Mary O'Hara commença à se former à la littérature en écoutant les sermons de son père, ministre de l'église épiscopale. Plus tard, elle vint avec sa grand-mère en Europe, y étudia les langues et la musique.
Petite fille, elle vivait l'hiver dans l'atmosphère citadine de Brooklyn Heights où se trouvait la paroisse de son père, mais passait l'été en Pennsylvanie, dans la propriété de sa grand-mère qui possédait une ferme, des chevaux, des vaches, des poneys.
Un des premiers désirs de son enfance eut pour objet un poulain qu'on lui avait promis et qu'on ne lui donna pas. Cette circonstance fut déterminante dans le choix de son sujet lorsqu'elle commença d'écrire.
Elle a épousé un Américain d'origine suédoise qu'elle suivit au Wyoming. C'est là qu'elle connut la vie du ranch, si bien décrite dans ses romans.
Ayant acquis une réputation considérable comme écrivain et dialoguiste de films, Mary O'Hara est connue aussi comme compositeur de mélodies et de pièces pour piano.

LE RANCH DE FLICKA

MARY O'HARA

LE RANCH DE FLICKA

Traduit de l'américain
par Marianne Gallet

CALMANN-LÉVY

Titre original :

WYOMING SUMMER

ISBN : 2 - 266 - 03156 - 2

I

Ranch du Goose Bar, Wyoming, juin 194...

Je suis descendue jusqu'au pré pour contempler le taureau. Il reste là, immobile et sans manger, la longue chaîne passée au travers de l'anneau du nez traînant sur le sol plusieurs mètres derrière lui. Cette chaîne est le seul lien qui l'empêche de partir. L'herbe grasse, le frais ruisseau d'eau vive, l'ombre des arbres, ses belles vaches du Guernesey — il n'en veut pas.

Il préférerait lacérer sa robe aux pieux des palissades, parcourir les hauts plateaux arides sous un ciel brûlant à la recherche d'un trou d'eau — inspectant tous les ranches et les corrals de la région — et être ramené avec force coups de fouet et imprécations.

Alentour, les ranchers font l'élevage pour la boucherie des vaches à tête blanche de Hereford; Burt Langley de l'autre côté du Dos-d'Ane, vers le sud, Haygood et Pomroy à l'est et à l'ouest. Rien ne rend plus furieux un éleveur que de trouver un taureau reproducteur dans ses corrals. Roamer est un taureau reproducteur.

Langley a formulé des menaces qui nous sont revenues aux oreilles : « Si je rencontre encore une fois ce taureau blanc de Bergwin sur mes terres, il ne méritera plus son nom de taureau en retournant chez lui. »

C'est la plaisanterie typique du rancher et nous n'y prêtons pas attention.

Depuis, malgré tout, nous avons mis cette longue chaîne à Roamer.

Comme je m'éloignais, il tourna la tête pour me regarder et poussa un sourd mugissement.

Je viens tout juste d'arriver de New York et ne me sens pas encore chez moi.

A New York, où je vais chaque printemps recruter de jeunes garçons pour notre camp de vacances, j'occupe successivement tous les appartements de ma famille — celui de Reese, celui d'Elma, celui de Bess — ou les maisons et les appartements de mes amis. Je me fais l'effet d'une herbe errante entraînée par le vent des plaines de l'Ouest et ne trouvant de repos qu'en prenant appui sur une plante solidement enracinée.

Cela est déprimant au possible et je me hâte de rentrer, mais de retour maintenant, je ne reconnais pas la maison, même à l'intérieur. J'erre de pièce en pièce, dans cette maison que j'aime tant; nous l'avons bâtie ensemble, Michael et moi, ou plutôt j'ai dessiné le plan et il l'a construite — et elle est ravissante; d'épais murs de pierre en granite rose de nos collines, des cheminées dans chaque pièce, un sol de ciment teinté imitant le chêne sombre et ciré; tout est simple, confortable et original. Pourtant, je reste là, au milieu, comme si j'attendais quelque chose; je regarde autour de moi, désemparée; je n'ai pas encore réellement défait mes valises.

— Comment sont les veaux? ai-je demandé à Michael. Il s'agit des premiers nés de ce taureau acheté par moi il y a un an, issu du fameux cheptel de Guernesey Doré du Colorado.

— Oh! magnifiques! a-t-il répondu. Les plus beaux

que nous ayons eus jusqu'à présent. Tu devrais descendre jusqu'à la grange pour leur jeter un coup d'œil.

— Oui, ai-je dit; mais je me sentais apathique. J'aurais préféré me mettre au piano. Je n'y ai pour ainsi dire pas touché depuis mon arrivée. Je n'ai pas osé. Si je commençais, il me serait difficile de m'arrêter et de faire ce que j'ai à faire.

Assise sur le tabouret dur et austère, face au piano à queue, le dos tourné à la porte hollandaise bleue s'ouvrant sur la terrasse et sur la Pelouse, je me sens à ma place.

Celle de Michael est près de la radio dans le fauteuil spacieux et confortable aux pieds d'acajou sculpté et tapissé de doux mohair gris bleu. Dès le premier jour, Michael a déclaré en s'y calant confortablement : « J'aime ce fauteuil. Je m'y sens comme un roi. » Et il a tapoté ses bras capitonnés en signe d'approbation.

C'est un fauteuil isolé, loin de la chaleur réconfortante du foyer. Un petit cendrier à pieds est placé à ses côtés. Le bras est juste à la bonne hauteur pour que son coude y repose et qu'il puisse tenir en main la pipe qu'il a à la bouche. Sans tourner la tête, il peut regarder à l'extérieur — le haut de la porte restant toujours à moitié ouvert — avec ce regard fixe et absent qui proclame : « Je suis loin d'ici... Mes pensées errent à la dérive. » S'il veut se détendre et s'isoler davantage, la radio est juste à côté, il n'a qu'à tourner le bouton.

C'est généralement dans ses moments de grande lassitude que le grand fauteuil l'attire et le retient.

J'aimerais m'asseoir maintenant près de Michael et avoir une conversation sérieuse avec lui; lui raconter tout ce qui s'est passé à New York. En fait, je déborde de nouvelles. Mais il est plongé dans une opération passionnante — le forage d'un puits, afin que nous ayons plus d'eau pour le camp — et il ne peut penser à rien d'autre.

L'an dernier, au fur et à mesure que l'été avançait, il craignait que notre source ne se tarisse. Cette année, il ne veut pas se laisser prendre de court, quelle que soit la sécheresse.

C'est pourquoi les foreurs — trois hommes venus de l'extérieur sont là, dans les communs, en plus de Riley, notre aide habituel, et du vieux George. George fait la cuisine pour eux tous.

J'ai quand même montré à Michael la liste des nouveaux garçons qui doivent venir; je l'ai sortie de ma poche tout en marchant à ses côtés pendant qu'il m'emmenait en haut de la Gorge pour me montrer le lieu du forage; je lui ai lu leurs noms, je lui ai dit leur âge, à quelles familles ils appartenaient et quelles écoles ils avaient fréquentées. Mais il avait l'esprit ailleurs et m'écoutait d'une oreille distraite. Il s'en remet à moi pour tout cela.

Les garçons viennent de l'Est, comme moi.

J'ai passé tous les hivers de mon enfance à Brooklyn Heights où mon père, Reese Fell Alsop, était pasteur d'une église épiscopale; et tous les étés à Deercreek, le domaine pennsylvanien de ma grand-mère, Mary O'Hara Spring.

Ainsi toutes les démarches initiales — découvrir et recruter ces garçons en visitant les écoles préparatoires de la Nouvelle-Angleterre, en rencontrant les parents, en envoyant lettres et photos — tout cela m'incombe.

Mais il y a encore d'autres nouvelles. Des nouvelles si extraordinaires que je m'éveille chaque matin en me demandant : « Qu'est-ce donc? Quelque chose, une « chose » terriblement merveilleuse, étonnante, est arrivée! »

Et alors je me souviens, et je sens mon visage fondre dans un sourire; si par hasard quelqu'un se trouvait là je me cacherais, car je suis aussi enthousiaste, fière de moi et excitée qu'une enfant.

Primo : j'ai terminé cette nouvelle composition que j'intitule *Joie matinale*, suffisamment compliquée et difficile pour être donnée dans un récital; elle est vraiment ravissante; *deuxio :* j'ai vendu quatre scènes enfantines. *Papoose*, *Lorsque souffle le vent*, *Mädchen Tanz*, *Schuplattle Tanz*. Schirmer va les éditer.

Annoncer cela à Michael aura l'air de dire, « Tu vois!

Après tout! ». Car Michael ne tient pas mes talents musicaux en très haute estime.

Il vocifère : « Les heures et les heures que tu passes au piano! ou à composer de la musique devant ton bureau! Des semaines; des mois et des années! Et tout cela, pourquoi? Pour rien du tout! » Et il a l'air navré pour moi, plein de compassion, le cœur presque brisé.

Son visage prend une expression consternée tandis qu'il se récrie de nouveau : « Quel gaspillage! »

Maintenant, j'ai donc cette nouvelle à lui apprendre. Je la lui dirai ce soir, après le repas...

...mais après le repas il était assis dans le grand fauteuil et une émission théâtrale passait à la radio. Il fumait tranquillement, les yeux plissés. Je voyais aisément que ses pensées étaient loin d'ici et n'essayai pas de le ramener sur terre.

Hilda, la cuisinière que j'avais l'an dernier, n'est pas revenue. C'est une Suédoise de San Francisco, fin cordon bleu, et qui aime venir passer ses vacances d'été sur nos montagnes. Je dois m'occuper d'en trouver une autre. En attendant, c'est moi qui fais la cuisine — tant bien que mal.

Oh! ces éternels travaux ménagers! Je soutiens à Michael que, sans lui — un bon soldat sait toujours s'occuper d'un intérieur — j'aurais pu être une bien meilleure maîtresse de maison.

Mais il réplique :

— Pas du tout. Je m'y mets parce que tu ne sais pas.

Il fait tout de façon explosive. Tandis que je prends mon temps, que je mets de l'ordre avec nonchalance, commettant sans aucun doute le crime de penser à autre chose pendant mon travail — et même de composer de la musique — il fait brusquement irruption, on entend un grand vacarme, des allées et venues bruyantes, des exclamations joviales et moqueuses, et la besogne se trouve finie comme par enchantement. « Quel grand garçon je fais! » Il a nettoyé la cuisine avec la fougue d'un officier lançant son régiment à l'assaut.

Aussi ce matin, avant son réveil, me suis-je précipitée

dans la salle de séjour, et j'ai lancé toutes les carpettes sur la terrasse pour que George les secoue. J'ai balayé et astiqué le sol. Quand Michael est descendu prendre son petit déjeuner, la salle de séjour reluisait comme un sou neuf et j'étais devant le fourneau de la cuisine en train de faire cuire les œufs. Par-dessus mon épaule, sa main s'est approchée, rajoutant un gros morceau de beurre.

Toujours la même prodigalité. Je demande une brouettée d'engrais pour mon parterre de fleurs. Et je vois arriver un attelage de chevaux traînant une charrette. Je demande de quoi faire du feu. Une pleine brassée de bois est jetée sur les chenêts.

Maintenant, je me sens gentiment repoussée et quelqu'un me prend la poêle des mains.

2

LORSQUE j'écrivis à mon frère Reese, il y a dix ans, que Michael et moi avions acheté un ranch dans le Wyoming pour y faire l'élevage des moutons, il s'écria : « Dans quelle aventure vous vous lancez ! »

Tous répétèrent la même chose; quitter le « monde », le milieu où l'on est né et auquel on est habitué pour aller dans ces contrées sauvages — « aller vers l'Ouest » — quelle entreprise hasardeuse !

Au fond de mon cœur je savais, moi aussi, que c'était une entreprise hasardeuse — pas pour toujours. Elle convenait mieux, peut-être, à Michael qu'à moi-même. Il n'avait jamais réussi à surmonter tout à fait ces années de guerre — qui l'eût pu ? Mais, moi aussi, j'étais prête. Plus que prête. J'avais à me remettre de dix années passées à Hollywood à écrire des scénarios.

Nous vînmes donc dans ces vastes plaines herbeuses

et, en découvrant les hauts plateaux de la région, élevés en leur milieu et plus bas sur l'horizon, non seulement je sus, mais je me rendis vraiment compte pour la première fois que la terre est ronde. Je regardais de tous mes yeux, je m'émerveillais et ne pouvais me rassasier de contempler le déroulement infini des plateaux vallonnés tapissés d'émeraude. Ils étaient sillonnés d'ombres, pareilles à de la soie mouillée et au-dessus, la voûte céleste semblait une coupe renversée doublée d'un bleu profond de lapis-lazuli. Des monceaux de nuages d'un blanc éblouissant s'enroulaient en plis et replis inextricables. Leur ombre sur la prairie était immense et étrangement sombre : bleue noire, violette, indigo. A première vue, ils semblaient totalement immobiles. Puis l'on remarquait leur mouvement presque imperceptible vers l'est — nuages et ombres se déplaçaient sans cesse, changeant inlassablement leurs formes mystérieuses. C'était un monde vide et propre dont le cœur battait au ralenti.

Si vous avez de la chance vous pouvez faire fortune avec les moutons. Mais personne n'avait de chance ces dernières années. Les éleveurs de moutons perdaient en vérité des fortunes. Les prix baissaient. Pour épargner les dépenses des tourteaux, du foin, et du salaire d'un berger, nous vendîmes environ deux mille moutons à un prix inférieur à celui d'une côte d'agneau par tête. Les prix continuèrent à tomber. Alors nous laissâmes simplement les autres se débrouiller tout seuls, et nous avions le cœur brisé à la vue du petit troupeau massé près des barrières du corral, suppliant qu'on les rentre et qu'on prenne soin d'eux; des bêtes terrifiées et abandonnées, courant çà et là à travers la prairie, la toison déchiquetée, mise en lambeaux par les attaques des coyottes. Leur nombre diminuait constamment; à la fin, les derniers se dispersèrent.

C'est alors que nous avons pensé aux chevaux.

En fait, le ranch possédait déjà un certain nombre de chevaux; car lorsque vous achetez un ranch dans l'Ouest vous devenez automatiquement propriétaire de plusieurs marques. Nous avions acquis ainsi les marques IZ et A juif. Cela signifie que, parmi les centaines de chevaux sauvages qui sillonnent les montagnes sans clôture du Wyoming, toux ceux portant ces marques nous appartiennent. De même pour les poulains qui les accompagnent. Parfois un nouveau-né, un yearling ou un poulain de deux et même de trois et quatre ans. Aussi ignorions-nous le nombre de chevaux dont nous étions propriétaires. Cent? Deux cents? Trois cents? Ce qui nimbe de romantisme ces chevaux, c'est que du sang royal coule dans leurs veines. Descendants des chevaux arabes et barbes, amenés au Mexique par les Espagnols, ils se sont dispersés à travers les États peu peuplés du sud-ouest et ont dérivé vers les hauts plateaux du nord recouverts, l'été, d'une savoureuse herbe tubulaire.

A force de se reproduire entre eux et d'être exposés aux intempéries ils ont diminué en nombre, mais le sang parle encore. Ils ont le dos court, la tête haute et fière, l'agilité, la vitesse, l'art de tourner en un clin d'œil, la capacité de tout endurer et de vivre de rien, et, par-dessus tout, l'intelligence qui fait d'un cheval un partenaire et un compagnon désireux et impatient de partager le travail et la vie de son maître, à l'exemple des premiers chevaux arabes — pénétrant sous la tente et s'allongeant à vos côtés.

Michael et moi avions pris l'habitude de nous poster tout en haut de la crête derrière le Dos-d'Ane, scrutant le labyrinthe de collines qui s'élèvent, au sud, jusqu'aux monts Buckhorn du Colorado, et les kilomètres de pâturages ondulés qui s'étendent vers l'ouest, essayant de discerner le moindre signe de vie. « Regarde là-bas! » Une file de montagnards serpentait contre le ciel. Ou un groupe de minuscules points noirs se détachait au pied d'une colline à trente kilomètres de là. « Ce sont des chevaux en train de paître! » Et nous frémissions d'enthousiasme à la pensée que, parmi ces poulains sauvages, pouvait se trouver une perle rare. Une beauté. Le descendant d'un prince des chevaux. Qu'il nous appartenait sans aucun doute et qu'un beau jour, au cours d'une battue, nous pourrions l'amener au corral et le dompter!

Plus d'un cow-boy monte une bête comparable à ces fameux chevaux de lignée arabe.

Michael, qui avait fait la guerre dans le service des remontes, ne pouvait résister à l'idée de faire l'élevage de tels chevaux.

Dans tous ses services de remonte, le Gouvernement garde en réserve des étalons pur sang. Il n'y a qu'à faire son choix, mettre la jument dans la remorque au moment voulu — si c'est une jument sauvage ce n'est pas une petite affaire — et la transporter à la station.

Mais la station de remonte la plus proche de notre ranch se trouvait dans le Nébraska. Il nous fallait donc absolument un étalon qui nous appartienne. Nous fîmes l'acquisition de Blazes et, au cours des années, nous constituâmes un harem d'une vingtaine de juments à moitié sauvages.

On peut faire l'élevage de moutons et vendre les agneaux au bout d'un an. Mais, jusqu'à l'âge de trois ans, un cheval ne peut même pas être monté. En outre, il doit être dressé en vue de l'usage auquel on le destine — armée, police, polo, courses, selle, chasse ou harnais — sinon, il ne rapporte pas suffisamment. Tout cela prend trois, quatre, ou même cinq ans — perspective peu engageante. Malgré tout, nous gardions espoir.

J'avais remarqué que les ranchers de la région avaient l'habitude d'avoir — quelles que soient les bêtes qu'ils élevaient — un lot de vaches laitières, ils en donnaient la raison d'un air dégagé (et un peu gêné) en expliquant qu'il ne s'agissait que d'un petit revenu d'appoint pour couvrir les frais généraux. Je trouvai l'idée pleine de prudence. Pendant que Michael se débattrait avec les chevaux, je m'occuperais de l'exploitation laitière.

J'achetai donc une trentaine de vaches laitières et livrai du lait à Cheyenne pendant toute une année, apportant à la crèmerie le lait le plus propre de la région.

Pour produire ce superlait, Michael se mit en quête de fourrage pour les vaches. Il descendait dans le Colorado pour les betteraves; allait dans le Nébraska pour le maïs; et (hélas) se fournissait aux silos pour les autres grains — orge, son, avoine. Il devait parcourir ces distances immenses dans un camion acheté d'occasion et qui menaçait de tomber en pièces à chaque tournant.

Durant les nuits d'hiver, je restais à la fenêtre, me fatiguant les yeux à suivre le chemin du ranch qui se dirigeait vers le nord, puis tournait et disparaissait derrière la colline, et réapparaissait de nouveau pour traverser la voie de chemin de fer à trois kilomètres de là et déboucher sur la route nationale Lincoln. 9 heures, 10 heures, 11 heures, minuit. Enfin! Le voilà! Deux phares énormes et aveuglants, puis plus rien — que la nuit noire et le vent — puis de nouveau les phares et le tintamarre du camion, toujours entier, mais dont le bruit sinistre présageait le pire.

Michael revenait de ces terribles randonnées le visage terreux, figé dans une expression de stupeur et d'étonnement.

— Quel engin! — Il cherchait le mot exact : — C'est une catastrophe!

Je me faisais une idée pleine de romanesque de ma laiterie ambulante. Je la baptiserais la « Laiterie de Marie ». Sur le côté de la pimpante voiture de livraison je ferais peindre une magnifique vache de Guernesey. Dessous serait inscrit le slogan : « Cette belle crème jaune. »

Mais, pour l'instant, je charriais le lait à la crèmerie toute seule.

Les bidons de quarante-cinq litres étaient entassés dans la remorque, amarée à la voiture, et je faisais mes quelques cinquante kilomètres jusqu'à la ville, sur la nationale Lincoln.

Cette belle route traverse le Wyoming d'est en ouest en longeant la voie de chemin de fer de l'Union Pacific; elle est légèrement surélevée et bordée de chaque côté de profonds ravins qui, en hiver, permettent au vent de déblayer la neige.

La voie ferrée forme la frontière nord de notre vaste ranch de plus de mille hectares.

Je faisais la livraison du lait, quel que fût le temps. Ce qui, à cette altitude d'environ deux mille cinq cents mètres, représente des tempêtes de neige, des blizzards à ras de terre, des températures en dessous de zéro et des vents soufflant à une vitesse effarante.

J'avais plus d'une fois l'impression que voiture, remorque, lait et tout le reste allaient être emportés par le vent et tomber au fond du ravin.

Un après-midi d'hiver, après avoir terminé toutes mes courses à Cheyenne, je remarquai, au moment de me mettre en route, qu'il faisait beaucoup plus sombre que d'habitude à pareille heure.

Généralement, lorsqu'on roule vers l'ouest sur la route nationale Lincoln en fin d'après-midi, on se trouve face à un horizon teinté d'orange ou à un coucher de soleil flamboyant. Mais ce soir-là le ciel m'apparut de plomb de tous côtés. C'est un présage infaillible de neige, mais on ne sait jamais au juste quand elle va se mettre à tomber.

Pour plus de sûreté, je demandai au garagiste de mettre les chaînes à la voiture.

La remorque portait un lourd chargement. Michael avait demandé du ciment, de la chaux et des clous; il y avait plusieurs sacs de nourriture, plus les emplettes habituelles; sans compter les bidons vides.

L'homme extirpa les chaînes de la voiture. Mon Dieu! Que de maillons brisés!

— Si vous n'êtes pas trop pressée, je peux vous les réparer. J'en ai pour quelques minutes.

Pendant qu'il travaillait, je faisais les cent pas, inspectant le ciel à l'est, puis à l'ouest. Oui. C'était la neige. Mais dans combien de temps? Et d'où viendrait-elle? Il n'y avait pas un souffle de vent. Si la tempête venait de l'est, elle m'aiderait. Le vent serait derrière moi.

Notre ranch n'avait pas le téléphone. Ayant déjà envisagé une telle possibilité avec Michael, nous étions convenus que celui que le mauvais temps surprendrait à l'improviste, resterait à Cheyenne, et l'autre demeuré au ranch ne devait se faire aucun souci.

Mais je savais que Michael s'en ferait de toute façon.

De plus, je ne doutais pas d'arriver à bon port, même avec la neige; c'était plutôt l'obscurité grandissante qui m'inquiétait. Vite, donc.

Mais tout cela prit beaucoup de temps — faire le plein d'huile, d'eau, d'essence, réparer les chaînes, les mettre en place. Il fallut bien sûr décrocher la remorque et la déplacer, puis la faire pivoter à nouveau et l'amarrer à la voiture (deux hommes furent nécessaires pour la soulever).

Enfin, je payai le garagiste, montai dans la voiture et fis demi-tour vers la grand-route. La lourde remorque vira pour se mettre en ligne derrière moi. Elle a de gros pneus lui permettant de rouler sans heurt.

J'avais à peine redressé et appuyé à fond sur l'accélérateur que des flocons de neige se mirent à tomber. Gros et espacés, ils hésitaient encore, s'arrêtaient complètement, puis se remettaient à tomber.

A la sortie de Cheyenne, là où la route commence à grimper régulièrement pendant plusieurs kilomètres, je sentis la voiture peiner. Cela voulait dire qu'il y avait du vent, mais qu'il était contre moi, et non derrière. J'arrêtai le moteur et prêtai l'oreille à sa plainte grave et régulière. Je sortis de la voiture et scrutai la route. Pas une seule voiture en vue, devant ou derrière moi.

Je n'étais qu'à une cinquantaine de kilomètres du ranch mais, sur plus d'un kilomètre, la route s'élevait de trois cents mètres. La montée était si progressive qu'on la remarquait à peine; elle n'en était pas moins là, et je traînais un lourd chargement.

« Me voilà dans la situation, pensai-je, que Michael et moi avions envisagée. Le moment est venu d'être raisonnable et de faire demi-tour. » Puis j'eus comme un pressentiment. Je me mis à étudier la position de la voiture et de la remorque, la largeur de la route — trois voitures y tenaient aisément de front — la paroi abrupte du contrefort et la profondeur du ravin — quatre mètres cinquante environ. L'un était vraiment à pic et l'autre d'une profondeur impressionnante. Bien que cela fût faisable avec force manœuvre, en tenant compte du comportement imprévisible des remorques lorsqu'elles sont attachées à une voiture, j'entrevis cependant la possibilité d'engager remorque et voiture dans une position telle qu'il me serait impossible de les en sortir. Et même si je détachais la remorque pour faire faire demi-tour à la voiture seule, je n'aurais jamais la force de soulever le bras et de remettre la remorque en place.

Je réalisai alors que j'étais environnée de périls et mon cœur se mit à battre violemment.

Mais quelque chose vous pousse toujours à aller de l'avant. L'esprit éprouve de la répugnance à faire demi-tour et à revenir sur ses pas, sans parler des voitures et des remorques.

Je remontai donc en voiture et me préparai à une randonnée longue et pénible.

La neige tombait maintenant avec régularité, formant un rideau peu compact au travers duquel je pouvais voir. Le vent la projetait de biais sur la route.

Je gardais constamment le pied sur l'accélérateur et la voiture faisait de son mieux. Kilomètre après kilomètre, nous grimpions la côte. L'obscurité s'épaississait de plus en plus, la plainte du vent résonnait plus fort, la neige se faisait plus dense, la pente insensiblement plus abrupte.

Je n'étais pas inquiète, j'essayais seulement de toutes mes forces de garder des points de repère. Cela n'était guère facile car je roulais plus lentement, le chemin semblait plus long et les bornes apparaissaient toujours au mauvais moment.

A mi-chemin environ, la neige ensevelissait la voiture comme dans un linceul. J'y voyais à peine.

Par moments, la pente se faisait beaucoup plus raide et je devais passer en seconde, puis en première vitesse. Et brusquement mon cœur battit à tout rompre et ma gorge se serra lorsque, déjà en première, le moteur se mit à ralentir, à ralentir encore... mais la montée s'adoucit alors légèrement et le cap fut franchi; mon cœur reprit son rythme normal, et je fouillai la route du regard, essayant d'apercevoir à travers les vitres et le rideau de neige les bornes kilométriques. Je pensais que je devais approcher du ranch. Peut-être avais-je même dépassé le chemin.

Finalement, je me crus perdue. J'aurais dû y être, ou l'avoir juste dépassé. Puis je réfléchis; non, il y avait encore cette petite montée escarpée et ce tournant, et soudain je sentis que je m'y trouvais. De nouveau en seconde, et le moteur qui ralentit, en première, et le moteur ralentissant toujours. Désespérée, je commençai à zigzaguer sur la route, faisant n'importe quoi pour garder le moteur en marche et faire avancer la voiture.

Ce fut en agissant ainsi, gagnant seulement quelques centimètres à chaque fois, que je réalisai que le sort était peut-être maintenant contre moi. Cette pensée transforma totalement mon état d'esprit. Toute crainte me quitta.

Mais cette côte, elle aussi, s'aplanit. Je roulai droit à nouveau, penchant la tête hors de la portière pour repérer un signe familier qui m'indiquerait où tourner.

M'y voilà. Je tourne.

Et un sentiment de bien-être me submergea. Quoi qu'il advînt, j'étais sur la bonne route — je n'étais pas perdue. Plus que trois kilomètres à faire — et ce serait facile. Mais maintenant la neige était épaisse.

Il y eut plusieurs passages difficiles, mais j'en vins à bout chaque fois, puis je me jetai sur un amoncellement de neige et cette fois je ne pus en sortir. Je forçai le moteur. Il s'arrêta. Je le mis en marche, essayai de nouveau. La voiture était enlisée et ne pouvait plus avancer. Il fallait que j'aille chercher la pelle dans le coffre, que je déblaye, et alors tout serait de nouveau facile, et je me retrouverais bientôt assise devant une bonne flambée, racontant à Michael toutes les péripéties de cette aventure.

Je sortis de la voiture et le vent me renversa.

Toute abasourdie, je me remis sur pieds. Mais dès que je ne fus plus protégée par la voiture, je ne pus résister. Le vent était de glace et son gémissement s'était transformé en un bruit de sirène.

Cramponnée à la voiture, j'examinai le bloc de neige. Ce n'était pas un simple tas que j'eusse pu aisément déblayer, mais une véritable carapace d'un mètre d'épaisseur, recouvrant et effaçant tout, route, rochers, clôtures, bornes. De nouveau la plaine — la plaine ondulée et infinie — mais blanche maintenant et non plus verte.

Mon visage se trouvait pris dans la glace là où le vent l'avait frappé. Je me giflai. La glace se brisa en morceaux, tomba, et se reforma immédiatement. Mon corps était tout raide et engourdi par le froid. Je savais que mes mains n'arriveraient jamais à soulever le capot de la voiture et à trouver la pelle. De plus, à quoi bon?

Je me tenais, chancelante, accrochée à la poignée de la portière, et pensais que ce que j'avais de mieux à faire était peut-être de réintégrer la tiède atmosphère de la voiture et d'attendre le matin. Mais je ne persistai pas dans cette idée car je savais qu'au petit matin je serais morte. Je me souvenais des articles de journaux chaque hiver. Et j'avais vu la photo d'un couple de gens enlacés dans leur voiture, à cent mètres de chez eux, entièrement gelés.

La seule chose à faire était donc de marcher jusqu'à la maison. Rassemblant toute mon énergie et prête cette fois-ci à affronter les assauts du vent, presque courbée en deux, je m'éloignai de la voiture et me mis en route.

La lueur irréelle et incertaine qui émanait de la neige me permettait d'apercevoir coteaux et vallons. Je pataugeais, j'enfonçais dans la neige, tombais plus d'une fois et me relevais avec effort. Je brisais la glace sur mon visage.

Il y avait une rangée de petits points noirs sur la neige, espacés d'environ trois mètres. Lorsque je réalisai que ce devaient être les sommets des poteaux de la clôture, je me sentis rassurée. Car la clôture longeait la route jusqu'au ranch. Ils me conduiraient jusqu'à la maison.

Mais il fallait escalader des collines accidentées. A chaque pas mes genoux se dérobaient sous moi. Plus je faisais appel à tout mon courage, plus je trouvais en moi force et énergie, et mon étonnement fut grand lorsque je commençai à me rendre compte que ce n'était pas suffisant.

Je me souvins de l'histoire que m'avait racontée un aviateur lorsqu'il vit la fumée jaillir de son appareil et qu'il s'exclama : « Ça y est! »

Je pensai aux occupations que j'allais laisser en route. Je me demandais si quelqu'un ressentirait cruellement ma perte. Je me trouvais, en esprit, dans une situation qui ne s'était encore jamais présentée et cela m'excitait.

Automatiquement, je continuai à lutter et, après chaque chute, je me relevai, à moitié suffoquée.

Au matin, la tourmente s'était dissipée et le soleil étincelait.

Lorsque Michael et moi allâmes regarder la voiture de près, l'intérieur, depuis la natte de caoutchouc jusqu'au toit, ne formait plus qu'un bloc compact de neige congelée.

La « Laiterie de Marie » ne dura qu'un an. Au bout de cette période nos gains étaient nuls. Et Michael s'écria : « Tout cela pour rien! Quel gaspillage! »

Je me demandai pourquoi j'avais échoué là où les autres ranchers réussissaient. Un coup d'œil en arrière me donna la réponse. J'avais acheté au détail et vendu en gros. Si j'avais fait le contraire (chose impossible là où nous nous trouvions), l'exploitation laitière aurait couvert les frais généraux.

Maintenant nous donnons le lait aux jeunes garçons.

3

Les premiers temps de notre arrivée au ranch, nous n'avions pas de chat et l'endroit était infesté de *gophers* [1].

Prenez un chat, nous disait tout le monde. Pas besoin de le nourrir. Il attrapera les *gophers*.

Je n'avais jamais eu de penchant particulier pour les chats. Pour les chiens, oui. Nous en avions toute une ribambelle à Deercreek. J'avais grandi avec eux, mais jamais un chat à la maison, que ce soit à la campagne ou en ville. Si par hasard il y en avait, ils étaient relégués dans la cuisine et au sous-sol, créatures d'un autre monde — apparentées aux ombres sournoises rôdant autour des poubelles dans les allées des villes, et jamais admises dans le cercle familial.

De plus, un chien se dévouait corps et âme à son maître. Il était capable d'accomplir des actions héroïques, telles que vous sauver la vie si vous êtes en train de vous noyer, vous sortir d'une maison en flammes si vous êtes un petit enfant désarmé au berceau, vous donner une gorgée de cognac d'une jolie petite gourde suisse si vous êtes un voyageur perdu dans les Alpes, prêt à sombrer dans le fatal sommeil des neiges.

Mais un chat — un « félin » — le mot lui-même avait une résonance sinistre.

Un froid matin d'hiver, pendant que nous achetions du grain au silo, nous vîmes une chatte noire et ses petits, à l'âge où ils folâtrent encore. Entre deux sacs de grains émergea soudain un petit museau noir et sauvage.

Je me souvins des *gophers* et demandai à l'homme s'il

1. Rongeur américain de la famille des sciuridés et qui se nourrit de grains.

acceptait de nous donner l'un des petits. « Choisissez celui que vous voudrez », répondit-il. Je pointai le doigt vers la grotesque et noiraude poupée de son. Il la saisit et s'approcha de la voiture, tenant dans ses mains le petit animal qui se débattait comme un forcené.

Je savais pourquoi il hurlait et se trémoussait de la sorte. Il réclamait l'obscurité, voulait ne plus rien voir, sentir quelque chose de chaud et de vivant. Je comprends parfaitement la théorie de Freud selon laquelle le désir de retourner dans le ventre maternel est un sentiment naturel, même chez les humains.

Je pris le petit chat et le fourrai sous mon blouson de velours doublé de peau de mouton. Il se calma aussitôt et ne broncha plus jusqu'à la maison.

Arrivés au ranch, une grande flambée fut allumée dans la salle de séjour et nous déposâmes le chaton devant l'âtre avec une soucoupe de crème chaude. C'est là qu'il fut élevé.

Je commençai à observer qu'il fixait sans cesse son regard sur moi. Je jetais un coup d'œil sur le feu et voyais ses yeux me contempler, longuement, même lorsque je jouais du piano.

Un jour je demandai à Michael : « As-tu remarqué comme Félix m'observe tout le temps?

— Oui, j'ai remarqué, répondit-il. Il est fou de toi. »

J'étais flattée au plus haut point car on dit que les chats sont indifférents. Comment se faisait-il alors que, sans avance particulière de ma part, Félix ait osé lever les yeux sur la Reine du ranch et tomber amoureux d'elle?

A partir de ce moment le chat ne me quitta plus d'une semelle. Je vaquais à mes tâches journalières avec l'impression que, quelque part dans l'air, me fixait la prunelle immobile du chat, figé dans la pose traditionnelle du sphinx. L'expression de paix profonde, de béatitude complète que prenait son visage en contemplant le mien, pouvait faire croire qu'il était parvenu au but de son existence.

Je devins, à chaque instant, consciente de la présence du chat.

Félix se trouva une épouse quelque part. Les chats se multiplièrent et la colonie de *gophers* diminua.

Il devint et est resté le papa-modèle des chats. Lorsque maman chat est fatiguée d'allaiter ses petits ou que le temps est venu de les sevrer, Félix prend la relève. Il s'allonge sur le côté et autorise chacun des chatons à sucer une petite touffe de poils. Ils s'alignent tous en une rangée, pétrissant son ventre avec délices. Lorsque nous venons le voir, il lève la tête et nous contemple avec fierté, mais ne dérange pas les petits.

Lorsqu'ils sont assez grands pour apprendre à manger seuls, il les conduit aux bols de nourriture près de la porte de la cuisine, mange un peu lui-même, puis, leur cédant la place, les encourage à faire de même.

Pour leur montrer qu'il ne faut pas avoir peur des chiens, il s'avance fièrement, les gifle en plein visage, puis se retourne vers les chatons comme pour dire : « Vous avez vu ça ? Aucun danger ! »

Lorsqu'ils sont plus grands, il faut les initier à cette chose importante et essentielle — la musique.

Lorsqu'il entend le piano, il rassemble les enfants et les conduit à la queue leu leu à travers la salle à manger jusqu'à la salle de séjour, et pas de batifolages, s'il vous plaît ! C'est une faveur spéciale. Allongez-vous par terre aussi près que possible du tabouret de piano et abandonnez-vous à l'expérience la plus envoûtante que puisse connaître la sensibilité féline.

Un automne, une épidémie frappa les chats du ranch. Leur nombre diminua rapidement. Félix fut sain et sauf, mais ses femmes, ses enfants et ses petits-enfants périrent. A la fin, il ne lui resta plus qu'un petit-fils malade, qui lui aussi, disparut.

Félix ressentit cruellement sa solitude. Il se mit à chercher de tous côtés. Dans toutes les pièces, dans tous les recoins, derrière les coussins, sous les lits, persuadé qu'il découvrirait quelque part son chaton souffrant. De temps à autre, il poussait un gémissement aigu.

Michael et moi décrétâmes qu'il nous fallait prendre un autre chat.

Tard un après-midi, après avoir terminé mes courses

en ville, je rendis visite au vétérinaire afin de fixer rendez-vous pour la vaccination des vaches.

Pendant que nous parlions, je remarquai un petit chat sur le dos d'un fauteuil. Il grimpait sur le siège, passait et repassait à travers les barreaux, me lançant des coups d'œil comme s'il évaluait la distance pour bondir.

C'était un chat écaille de tortue avec de longs poils soyeux, un corps très court qui le faisait ressembler à une boule toute ronde, une queue dressée d'un air agressif, et un museau particulièrement gracieux où s'ouvrait la fente jaune des yeux.

Je finis de traiter l'affaire, et avant de partir demandai :

— Vous ne voudriez pas vous débarrasser d'un chat, par hasard ?

— Vous voulez dire ça ? Il pointa son pouce en direction de la boule pelucheuse sur le fauteuil.

— Oui.

Il la cueillit et me l'envoya. « J'allais justement sortir pour lui acheter un biftek haché. C'est une chatte, me prévint-il.

— Je veux une chatte. »

Je la transportai jusqu'à la voiture, lui aménageai un nid confortable dans la couverture du siège arrière, l'y déposai, pris ma place et dis : « En route vers l'ouest ! Missy. »

D'un bond elle atterrit sur mes épaules, puis sur mes genoux, puis s'agrippa à mon cou et se suspendit à mon menton.

Je me demandai depuis quand elle avait été sevrée, car ses petites pattes et son museau fouinaient en tous sens.

J'essayai de la détacher d'une main; elle résistait âprement. Ses griffes aiguës s'enfonçaient dans mon manteau et tenaient bon. Je dus arrêter la voiture, me ranger le long de la route, et entreprendre toute une série d'opérations pour la remettre dans le lainage.

Au moment où je passai les vitesses, elle avait déjà sauté dans mon cou de nouveau.

Elle se sentait seule, bien sûr — le siège arrière était

trop éloigné. Je refis le nid avec la couverture sur le siège avant à côté de moi, mais le résultat fut le même.

Puis j'essayai de conduire d'une seule main, en la maintenant dans son nid de l'autre main. Mais dans cette grimpée de trois cents mètres contre le vent et dans l'obscurité grandissante, on n'a pas trop de ses deux mains pour conduire. J'abandonnai donc la lutte, et fis les cinquante kilomètres ses pattes cramponnées autour de ma gorge, son museau sous mon menton et son petit derrière reposant sur le revers en pointe de mon manteau.

Félix fut ravi et la prit entièrement sous sa protection. Il partageait avec elle les produits de sa chasse (Félix était un chasseur chevronné). Il s'allongeait près d'elle pour la lécher et lui faire sa toilette. Il l'emmenait jusqu'au piano lorsque je jouais. Il lui dit que le lait fraîchement trait et encore tiède était le meilleur; il lui enseigna à s'asseoir au bord du caniveau dans la Grange à l'heure de la traite en attendant que l'on remplisse le petit bol spécialement réservé à son usage; ou si l'on tardait trop, à se faufiler jusqu'au pied du garçon de traite, à se dresser sur ses pattes de derrière entre le seau et les genoux du laitier et là, s'appuyant d'une patte sur son genou, à essayer d'attraper une lampée du mince filet de lait coulant dans le seau.

Lorsque je partais à la recherche des vaches pour les faire rentrer — parfois elles étaient très loin et j'en avais pour plus d'une heure — Félix et Missy m'accompagnaient. Le plus souvent, ils partaient en tête, se couchaient sous les vaches et lorgnaient les mamelles rebondies.

Félix et Missy suivent une ligne de conduite bien précise. L'hiver, lorsque nous sommes absents, ils vivent dans les communs avec les hommes. Au printemps, lorsque nous revenons, ils réintègrent la maison, la terrasse et la Pelouse.

Le premier printemps, Missy nous avait oubliés. Michael et moi la regardions, amusés, aller et venir d'un air indifférent sur la petite allée sombre tracée dans la neige entre la Grange et les communs. Elle apercevait nos pieds, nos jambes, mais ne daignait pas lever les yeux.

Je lui parlais, mais ses oreilles restaient sourdes. Depuis de trop longs mois, le son d'une voix humaine n'avait frappé ses oreilles.

Puis un beau jour, elle passa près de moi, hésita, me lança un clin d'œil, et je souris.

Elle se figea dans une immobilité si totale qu'elle semblait sous l'effet d'un choc violent. Puis le passé la submergea d'un seul coup; la musique, le feu dans l'âtre, et la chaude cuisine où, le matin, je m'affairais pour préparer le petit déjeuner tandis qu'elle restait assise sur mon épaule, sa patte droite enlacée autour de mon cou.

Elle poussa un cri, s'élança vers moi et se dressa sur ses pattes arrière en levant les pattes de devant; je la soulevai et elle se blottit au creux de mon cou, ronronnant de nouveau, léchant mon visage, essayant de lécher ma bouche de sa petite langue rose et rugueuse.

Elle n'oublia plus jamais. Les autres printemps, à notre retour, on aurait dit qu'elle attendait déjà, sûre que nous allions arriver.

J'entendis la voiture de Michael s'approcher derrière la maison en provenance des écuries. Il stoppa pour hurler :

— Je descends jusqu'à la Prairie Sinueuse. Tu veux venir?

Je me précipitai à la fenêtre du fond, et passai la tête dehors pour dire :

— Oh, non, j'ai beaucoup trop à faire. — Puis, tandis qu'il démarrait, je criai : — Attends-moi!

Je le rattrapai au moment où il atteignait le parc à bétail. Il fit un large sourire, se pencha pour ouvrir la portière et je grimpai.

Une fois dans la prairie, il me laissa descendre et continua plus loin pour inspecter la brèche dans la digue que Riley est en train de réparer.

Je restai simplement immobile, regardant autour de moi. Je me sentis soudain remplie d'une béatitude absolue.

En cette fin d'après-midi l'air était doux. La longue prairie ovale — environ huit cents mètres sur quatre cents — était déjà recouverte de tendre fléole des prés et d'herbe rouge pleine de sève. Il a beaucoup plu ce printemps-ci. Il y a un énorme cumulus violacé qui reste suspendu en permanence dans le ciel au-dessus du ranch. Il décrit de larges cercles et, de temps à autre, pendant la journée, il s'ouvre subitement, décharge sa pluie, puis se referme et s'éloigne, laissant parfois entendre un sourd grondement avant de glisser derrière les montagnes tandis que le soleil réapparaît dans tout son éclat. Que peut-on rêver de mieux pour les foins? Nous sommes sûrs d'avoir une récolte splendide. Michael exulte. La prairie est du plus délicieux vert clair teinté d'une ombre de bleu, couleur merveilleuse que je mélangeais souvent sur la palette de ma boîte de peinture lorsque j'étais enfant.

Le ruisseau dévale du sommet du Rocky Mountain Divide à cinquante kilomètres à l'ouest, et parcourt dans toute sa longueur notre ranch allongé en forme d'auge. Il est contenu par une digue entre les prairies afin de nous donner une réserve d'eau.

Çà et là Michael a construit de petits ponts voûtés aux endroits les plus favorables — en belles pierres taillées bien sûr dans notre granite rose. Il ne peut mettre la main à quelque chose sans en faire une œuvre d'art.

Son nom est le Ruisseau de l'Arbre Solitaire. On pourrait l'appeler ruisseau, rivière ou fleuve, selon la quantité d'eau que le ciel a déversée, car ici, au bout du monde, nous parcourons toute la gamme des intempéries, depuis la brume et le brouillard jusqu'à la grêle intempestive, les tempêtes de neige ou de glace — ou les crues subites.

Un soir nous quittâmes le ranch, Michael et moi, pour aller à un bal à Fort Russel Warren, au nord de Cheyenne. L'air était doux et embaumé. Je ne portais pas de châle sur ma robe du soir en mousseline de soie.

Au moment de quitter la soirée, peu après minuit, quelqu'un nous interpella d'une voiture voisine : « Une crue a inondé votre chemin! » Aussi étions-nous déjà avertis lorsque nous découvrîmes une étrange et large rivière traversant notre ranch de part en part pour la première fois.

La route se jetait en plein dedans. Nous nous arrêtâmes et contemplâmes le spectacle avec stupeur.

Où était donc passé le petit pont de pierre voûté sous lequel courait le ruisseau? Se demandant s'il avait été emporté par les eaux, Michael ôta chaussures et chaussettes, retourna son pantalon et partit à la recherche du pont. Il le trouva à la même place, les parapets disparaissant sous un pied d'eau.

Nous abandonnâmes donc la voiture sur la route, j'enlevai mes chaussures et mes bas, relevai ma longue jupe sur mes bras et, poussant des cris de joie et des éclats de rire comme deux gosses, nous suivîmes les parapets jusqu'à l'autre bord et retrouvâmes ainsi notre maison et notre lit.

Au matin, la rivière s'était évanouie. Le Ruisseau de l'Arbre Solitaire était de nouveau là, courant sagement sous les voûtes de ses ponts.

Pour l'instant, le ruisseau, régulier et rapide, suit son cours au fond du lit dont les méandres sinueux ont donné son nom à la prairie.

Je pouvais à peine apercevoir la surface de l'eau à travers la ligne tortueuse des aunes et des saules qui se penchaient sur ses deux rives.

J'entendais dans le lointain la voix de Michael criant quelque chose à Riley.

Au-dessus de moi s'étendait, très bas, un ciel bleu pâle, calme et bienveillant. Çà et là, des lambeaux de nuages minces, transparents, aux contours indécis et fondus, flottaient d'un air si nonchalant, si indifférent, si serein, que je me sentais moi aussi nonchalante, indifférente et sereine. Une brise embaumée soufflait doucement sur la prairie et faisait flotter librement mes cheveux.

J'enfonçai les mains dans les poches de mon pantalon de flanelle grise et restai là, immobile pendant une demi-heure.

4

De tous les élevages que nous avons pratiqués—moutons, vaches laitières, chevaux, garçons — seul l'élevage des garçons a donné des résultats. Mieux encore, il s'est développé. Il a pris forme. Et parents et professeurs nous ont demandé si nous pouvions étendre notre activité aux mois d'hiver; créer un cours pour les jeunes garçons qui, pour une raison ou pour une autre, ont dû interrompre leurs études dans les écoles préparatoires — et où Michael pourrait leur faire rattraper leur retard.

Ici, dans le Wyoming, ce serait impossible; les hivers obligent à rester trop enfermé. Il nous faudrait une maison spacieuse et confortable en Nouvelle-Angleterre. Elle nous a été offerte. Mon ancienne camarade de classe, Betty Bedford (dont le fils Alan vient régulièrement dans notre camp de vacances) a deux propriétés à la campagne, qu'elle occupe rarement — elle préfère aller en Europe. Elle a mis à notre disposition, sans loyer, celle qu'elle possède au nord du Connecticut.

Avoir un ranch exige une lutte incessante. Il faut pouvoir en tirer profit, le mettre en valeur et l'exploiter. Mais une exploitation saisonnière (le camp de vacances) ne donne que des gains saisonniers. Les hivers engouffrent le profit des étés. De longs hivers solitaires et coûteux.

Pour emménager à l'est, équiper l'école et en assurer les frais jusqu'à ce qu'elle soit sur pied, il faut environ un millier de dollars. Il n'est pas impossible qu'un petit ranch — de la taille du nôtre — arrive, au cours d'une année favorable, à rapporter cette somme, si nous vendons un bon prix les chevaux, les vaches, ou notre beau foin des montagnes.

C'est cette occasion que nous espérons et que nous attendons avec impatience. Plusieurs fois, nous avons cru que nous allions enfin réunir la somme, mais quelque chose est toujours survenu à l'improviste pour engloutir ces quelques milliers de dollars, et nous avons dû nous résigner à attendre l'année suivante.

Michael a tant à faire avec l'équipe de forage qu'il ne s'assied même pas pour manger. J'avais fini de déjeuner et étais assise au piano en train de jouer *Joie matinale* lorsque je l'entendis dans la cuisine, et tout de suite après il entra dans la salle à manger et s'immobilisa à mes côtés. Il tenait d'une main un sandwich de galette de seigle au gruyère et de l'autre une bouteille de bière.

— Qu'est-ce que tu es en train de jouer? C'est nouveau. Tu ne le jouais pas l'année dernière.

— Oui, c'est nouveau. Tu l'aimes?

— Oui. Je le préfère à tes autres compositions. C'est plus simple.

Je jubilai et me sentis en humeur de pouvoir composer n'importe quoi! Et je me souvins de l'*Ordonnance pour compositeurs* de Rachmaninoff : ils n'ont besoin que de trois choses. Des louanges. Encore des louanges. Toujours des louanges.

J'adore tout simplement ce morceau.

Je m'éveillai un beau matin à New York avec le rythme de cette mélodie battant dans ma tête. Ainsi, selon toute apparence, mon subconscient l'avait composée pendant mon sommeil.

Je ne sais ce qui m'éveilla, mais je me dressai subitement sur mon séant, me demandant où j'étais. Je ne reconnaissais plus la chambre et ne pouvais me rappeler de rien. C'est une drôle de sensation.

Je regardai autour de moi. Une fenêtre carrée donnait sur un mur de briques grises surmonté d'un pan de ciel grisâtre et vide. Cela ne m'évoquait rien.

Je regardai le lit. Un lit à colonnes sage et bien astiqué, pour une personne, recouvert d'un édredon de satin qui avait à moitié glissé sur le sol.

J'y étais. Je me trouvais dans la chambre d'ami de l'appartement de mon frère Reese à New York.

J'empilai les oreillers derrière mon dos, me calai confortablement, arrangeai et remontai les couvertures, et pris mon cahier et mon crayon sur la table de chevet. Je voulais à tout prix en noter le plus possible avant de l'oublier.

J'ébauchai les phrases musicales, notai par écrit chaque thème, indiquai les harmonies, et en un rien de temps le présentai à Schirmer qui dit : « C'est un très beau morceau. Nous allons le publier et vous verser les droits d'auteur. »

Il fourmillait d'idées musicales et je reconnus à son humeur joyeuse l'allégresse du matin. Je griffonnai le titre à la hâte : *Joie matinale.*

... Cette façon qu'ont les petits enfants de jaillir littéralement du lit, émergeant de la nuit pour s'élancer dans la clarté du jour et dans la vie!

...et cette façon qu'ont les petits animaux, au ranch, de frétiller et d'être si heureux de vivre!

...le soleil, le soleil, encore le soleil! des faisceaux de lumière où dansent, s'agitent et tournoient les grains de poussière non pas de cette danse, bacchanale propre au royaume de la nuit, mais de la danse innocente des êtres insouciants — les abeilles et l'herbe des prairies, le duvet des chardons et le faîte des arbres!

Au petit matin, moi aussi, je me sens toute neuve et prête à accueillir un monde nouveau. Il faut absolument que je me mette en route. Et tous ces gens qui dorment, et dorment, et ne peuvent se réveiller! Je sais que c'est comme ça qu'il faut être, et qu'il faut prendre son petit déjeuner, à une heure convenable, mais j'aimerais déjeuner pas plus tard que cinq heures et demie six heures, et avoir un petit piano juste à côté de mon lit, et une chambre chaude et confortable où je puisse composer dès le matin sans cette sensation de vide et de léger vertige, ou une chambre si froide que mes doigts s'engourdissent à tenir le crayon et le papier lorsque je m'assieds dans mon lit.

J'ai toujours envie de me précipiter dans la chambre de Michael pour le réveiller en me jetant sur le lit. Et c'est ce que je fais parfois.

Il se dresse sur son séant et me fixe avec ahurissement, furieux, en réalité, d'avoir été tiré de son sommeil, mais se disant qu'il faut être patient avec moi et que, puisque je l'ai réveillé, il n'y a plus rien à faire qu'à en prendre son parti. Et il fait son possible pour ne rien dire et ne faire aucune remarque. Il se gratte la tête d'une main et attrape une cigarette de l'autre; mais, épouvantée de mon audace, je me suis déjà enfuie de la pièce.

Tout cela est contenu dans *Joie matinale.*

Et l'hiver dernier lorsque, à des températures de zéro degré, je devais traire les vaches. Deux vaches à traire et personne pour m'aider. Je courais et je criais pour essayer de me réchauffer.

Je portais mes vieux blue-jeans et un épais chandail.

Michael disait : « Quand est-ce que je ne verrai plus ces horribles pantalons? »

J'ouvrais la porte de la cuisine et faisais irruption dehors dans le froid mordant, le soleil aveuglant et le ciel de cobalt; là, les animaux m'attendaient.

Comme ils aiment le matin, eux! Comment peuvent-ils prévoir le moment exact où le tintamarre des seaux de lait se balançant à mon bras va se faire entendre à travers la porte? Michael prétend qu'ils observent la maison pour voir les spirales de fumée monter de la cheminée. Car, bien sûr, avant de sortir pour la traite, j'ai allumé le feu dans le fourneau de la cuisine.

Ils sont tous là; Bunny, le cocker brun, en état de perpétuelle adoration, les yeux rivés à la porte, se mettant à bondir et à agiter la queue sans arrêt dès mon apparition.

Les canards. Papa et maman, et les sept enfants aussi gros que leurs parents mais parfaitement conscients de leur place respective, et se dandinant sagement en file indienne derrière moi jusqu'à la Grange.

Les chats et leurs petits. Félix, le *pater familias* plein de dignité, avec son pelage noir et luisant, son unique guêtre blanche et son plastron blanc, arborant un air d'autorité. Missy, le petit diable angora écaille de tortue aux yeux de topaze.

Et Rheingold, le jeune étalon alezan, qui sait très

bien que c'est un crime de *lèse-majesté* [1] de se joindre aux animaux de petite engeance réunis devant la porte de la cuisine, mais qui ne peut résister à la tentation et fait un brusque écart de côté au moment où retentit le fracas des seaux, puis revient et se met humblement en file derrière les canards.

On frappa à ma porte — d'un bond je fus transportée du ranch à l'appartement de Reese.

— Entrez! criai-je, fourrant cahier et crayon sous l'édredon de soie.

Thé ou café matinal sont la coutume chez Reese. Maud entra et nous échangeâmes les bonjours habituels. Elle posa le petit plateau chargé de café fumant sur mes genoux (quel arôme s'en dégageait!), ferma la fenêtre et quitta la pièce.

Tout en buvant mon café et en grignotant la mince rôtie beurrée mes pensées continuaient à suivre leurs cours.

A mon enthousiasme se mêlait un sentiment de culpabilité. Je savais fort bien que ce morceau allait m'accaparer entièrement et prendre tout mon temps. Qu'allait-il advenir de ces piécettes enfantines du premier, deuxième et troisième degré que j'étais censée écrire? Ce n'était, je m'en rendais compte, qu'un exercice de virtuosité. Était-ce le genre d'œuvre que Vernon Spencer intitulerait « Beaucoup de bruit pour rien »? Trop difficile pour des débutants, mais pas assez profonde, pas assez importante dans sa conception ou dans son développement pour intéresser un véritable artiste? Je ne le pensais pas. Cette fois-ci, enfin, j'allais lui en imposer.

Je finis la rôtie, posai le plateau sur la table, sortis le crayon et le cahier et me remis à l'ouvrage.

Si Schirmer n'en voulait pas, il irait rejoindre la pile de manuscrits rangés sous la rubrique « Pour l'opérette ». Et, en outre, je débordais d'idées pour les scènes enfantines.

J'attendais impatiemment, pleine d'anxiété, que le petit déjeuner soit terminé, que Reese soit parti à son

1. En français dans le texte.

bureau et que Jérôme, son jeune beau-fils, ait disparu quelque part, afin de pouvoir me mettre au piano et entendre enfin, de mes propres oreilles, cette merveille.

Mais après le petit déjeuner ce fut Jérôme, et non moi, qui s'installa au piano.

Après tout, c'est « son » piano. C'est un piano à queue de concert, vieux cheval de bataille que lui légua Éloïse, sa mère, décédée il y a un an.

Jérôme, devant son piano à queue — devant n'importe quel piano — agite passionnément mains et corps, haletant et pantelant, en proie aux affres de la plus profonde émotion. Des torrents de notes s'échappent. Des chutes du Niagara de notes! Tout le monde dans l'appartement en est éclaboussé et trempé jusqu'aux os.

Une telle averse serait particulièrement néfaste à *Joie matinale;* je protégeai donc ma nouvelle composition d'une capuche imaginaire et pensai à autre chose.

N'étant pas encore habillée, je pus me nettoyer le visage. J'aime aborder un jour tout neuf avec un visage neuf, purifié de la veille. J'utilise pour cela de l'huile de noyau de pêche — qui remplace la coûteuse huile d'amandes douces — et je me fais un massage de cinq à dix minutes.

J'ai promis à Michael de le faire tous les jours — et je ne l'ai pas encore fait.

Eugénie me téléphona.

— J'ai passé la nuit en ville.

— Dans ton appartement?

— Oui. Toute seule. Tu imagines?

Je n'arrivais pas à imaginer. Elle est toujours envahie de parents, d'amis, de domestiques.

Elle poursuivit :

— J'étais ravie de déjeuner avec toi hier.

Elle avait déjeuné ici, et ensuite nous avions fait un brin de conversation. Je l'observais, assise dans son grand fauteuil, ses fines jambes croisées l'une sur l'autre, ses bas et ses escarpins irréprochables sur ses petits pieds, son élégante robe imprimée dont la coupe stricte qui lui est chère lui confère un air d'autorité presque solennelle; son ravissant minois satiné encadré de boucles dorées parfaitement coiffées (par Michel du Waldorf); son impertinent béret bleu et blanc. Et je me disais qu'elle avait l'air tout à fait française.

— Ed est arrivé de Washington ce matin; et nous avons pris le petit déjeuner dans un jardin.

— Un jardin? A New York? Comment cela?

— Oui. Avec des amis qui habitent près de chez nous et ont un jardin.

Tout cela avait un goût d'aventure. Dormir toute seule dans un appartement de ville en plein été, au milieu des meubles ensevelis sous les housses; entendre au petit matin son mari tourner la clé dans la serrure; l'accueillir sans la routine solennelle des domestiques, du plateau du petit déjeuner, des enfants — j'imaginais Ed et Eugénie s'embrasser tendrement comme deux jeunes tourtereaux pleins de gaîté, puis aller prendre leur petit déjeuner dans le jardin d'un ami.

— Eugénie! Mais c'est une véritable aventure!

— Oui. C'en est une. Nous avons décidé que, dès que nous pourrions, nous irions tranquillement passer l'été à New York pendant que les amis sont à Long Island, et nous reposer pour de bon. Mary, je crois que Jeannie et moi nous allons venir au ranch au mois d'août.

— J'espère bien que oui. Je compte sur vous.

— Il ne faut pas compter sur nous. Ed ne se doute même pas que nous avons une idée pareille en tête juste au moment où nous venons d'acheter la grande maison de Long Island pour passer les vacances. Et nous dépensons beaucoup trop.

— Ça ne fait rien. Je suis sûre que vous viendrez.

Je n'eus pas l'occasion de jouer *Joie matinale* sur le piano de Jérôme avant le dimanche matin.

C'était une journée étouffante. Reese et Jérôme étaient partis le matin en voiture pour Jones Beach. Je rassemblai mes notes et mes bribes de *Joie matinale* et me dirigeai vers le salon pour les recomposer sur cette casserole de piano à queue.

Je m'assis pour jouer et pour la première fois « entendis » vraiment de façon concrète cette musique. Je la jouai et la rejouai inlassablement, le regard perdu, errant autour de la pièce sans y voir. Je jouai, transportée de ravissement, comme une somnambule.

Je finis par remarquer des tableaux accrochés au mur. Tout en jouant mes yeux s'y étaient attardés, et maintenant une partie de mon esprit se laissait aller à la réflexion. Il y avait là plusieurs nus de femmes ressemblant aux esquisses des sculpteurs, l'une d'elles repliée sur elle-même telle un fœtus. Reese aimait ce genre de dessins parce qu'il faisait de la sculpture sur bois. Lorsque nous étions jeunes tous les deux, à la maison de Brooklyn, il s'asseyait souvent le soir avec le couvercle d'une boîte à cigares et un ciseau bien pointu, et s'exerçait à graver des déesses et des dieux grecs dans le bois tendre.

Il y avait une autre esquisse pleine de courbes et de spirales. Un chien. On aurait dit les circonvolutions d'un cerveau.

Là se trouvait une extraordinaire peinture à l'huile de Jérôme. Un cimetière sur un fond de brume bleutée et une vague silhouette blanche et irréelle flottant au-dessus de l'une des tombes.

Puis venaient toutes les photos d'Éloïse, le mère de Jérôme. Elles me renvoyaient mon regard des murs, du manteau de la cheminée, de chaque coin de la pièce — si tristes, si affreusement tristes.

Nous avions tous cru que jusqu'au dernier moment elle ne s'était pas rendu compte qu'elle allait mourir. Mais je réalisais maintenant avec surprise qu'elle le savait déjà depuis longtemps.

Elle mourut l'été dernier pendant que Jérôme était au ranch avec nous, et quand le télégramme arriva, c'est moi qui dus lui annoncer la nouvelle.

Elma s'arrêta en passant pour déjeuner avec moi, et après le repas je lui jouai le morceau. Mes doigts glissaient maintenant avec aisance sur le clavier.

— Quel brio! s'écria-t-elle. Joue-le encore une fois!

Je lui le jouai et rejouai plusieurs fois.

— Quelle gaîté! Quel charme! Quel entrain!

Et elle poussait des cris de joie et d'enthousiasme

comme quelqu'un qui assiste à la venue au monde d'un nouveau-né et s'exclame : « C'est un garçon! »

Chaque fois qu'il n'y avait personne dans la pièce, je le jouais.

Je le jouais jour après jour jusqu'à ce que s'approche l'époque de mon retour au ranch.

Un soir, tandis que je jouais dans la pénombre du living-room, je remarquai à peine que Maud avait fait entrer un porteur pour emporter l'énorme malle posée au milieu du plancher. Jérôme allait en visite. Maud retourna dans sa cuisine.

Le grand gaillard avait l'air à bout de forces dans sa tenue de travail en cuir — le visage terreux et ruisselant de sueur, de cette pâleur grisâtre des visages new-yorkais sous une chaleur torride.

Il referma la malle, puis il n'y eut plus aucun mouvement dans la pièce. Je continuai à jouer, sans faire attention, et entendis subitement : « Dites donc, c'est vraiment joli, ça. »

Je levai les yeux. Il se tenait penché au-dessus de la malle à moitié relevée, l'air absorbé, me contemplant et prêtant l'oreille avec attention. Puis il fit basculer d'un seul coup la malle sur son dos. Mes doigts continuèrent à courir sur le clavier — ils jouaient tout seuls maintenant.

Il se courba, donnant une petite secousse pour caler l'énorme masse entre ses épaules. Je jouais toujours, attendant qu'il s'en aille, mais il ne fit pas un mouvement. Au bout d'un moment, il répéta : « Terriblement joli! »

Je lui jetai à nouveau un bref coup d'œil, me demandant s'il se rendait compte qu'il portait une malle sur ses épaules, une malle qui, sans aucun doute, contenait une caméra et divers appareils de photo, des piles de partitions et de livres, des boîtes de jeux, des boîtes de peinture et des palettes, d'innombrables paires de chaussures et de bottes, pointure quarante-cinq.

Je désirais de toutes mes forces qu'il s'en aille. Je ne pouvais pas supporter une minute de plus le poids de cette malle sur ce jeune visage épuisé.

Mais il ne bougea pas avant que j'aie entièrement terminé et que mes mains soient retombées sur mes genoux. Alors, se retournant, presque plié en deux, il sortit en biais de la pièce marmonnant encore une fois : « Terriblement joli! »

Je jugeais maintenant mon œuvre à travers son approbation et pensais qu'elle était bonne — réussie.

En la rejouant au ranch sur mon piano à queue Mason et Hamlin, je continue à croire qu'elle est réussie. Son rythme est fluide et plein de gaîté. Et puis Michael la trouve jolie.

J'ai enfin défait mes valises, sorti et rangé le linge.

5

Je viens juste de descendre jeter un coup d'œil sur les veaux. Ils sont très beaux, bien entretenus, et plus blancs que bruns. L'une des jeunes mères, une génisse d'à peine deux ans, promet d'être une bonne reproductrice.

Bien que j'aime énormément la maison, je préfère encore la Grange. Elle est profondément enfoncée dans la terre et son toit rouge la coiffe de si près que seule une étroite bande de mur peinte à la chaux blanche apparaît au-dessus du sol.

Elle forme la frontière inférieure de la Pelouse.

La Pelouse est le cœur même du ranch.

La première fois que nous vînmes ici, elle servait de dépotoir pour les ordures. Maintenant elle est aplanie et entièrement recouverte d'herbe que trois chevaux tondent en la broutant.

Elle a une superficie d'environ quarante ares et est

à peu près carrée. Elle descend en pente douce depuis les dépendances du ranch sur la droite — les communs, le pavillon de la source, le hangar à outils, la glacière — jusqu'à la Grange, en bas à gauche. Au milieu se trouve un bassin de pierre où tous les animaux vont s'abreuver. L'eau, amenée de la source par une conduite, est fraîche et délicieuse.

Du côté opposé, en face de la maison, se trouve la haute falaise, presque perpendiculaire, où pousse une végétation dense de pins, de fougères et de fleurs sauvages. C'est un véritable jardin à même le roc, sillonné de minuscules sentiers où nos chevaux au pied sûr se frayent un chemin avec précaution.

La Grange s'ouvre vers l'est sur des corrals qui, à leur tour, débouchent sur un pré de deux kilomètres et demi que nous appelons le Pré des Veaux. Il s'incline progressivement (vers le nord) jusqu'au Ruisseau de l'Arbre Solitaire. Les vaches errent nonchalamment à travers les corrals et le pâturage pour aller s'y abreuver et se tenir à l'ombre des immenses cotonniers qui bordent ses berges.

J'ignore depuis quand la Grange existe. Sans aucun doute depuis que le ranch est habité, et cela remonte loin. Elle semble, en vérité, ne faire qu'un avec la terre.

A l'intérieur, elle est aussi vaste qu'un petit pâté de maisons. Fraîche et sombre comme une église.

Elle renferme des rangées de montants pour attacher le bétail. Des enclos pour les vaches qui ont mis bas. Des stalles pour les attelages et quelques selles de chevaux. Des compartiments pour veaux, taureau et jeune taureau. Des coffres à grain. Des sections cloisonnées pour entreposer caisses et emballages. Et il reste encore la moitié — une grande moitié — réservée pour le foin.

Elle pourrait contenir cent cinquante à deux cents tonnes si le foin était mis en balles, mais nous n'avons pas de machine et il est inutile d'en faire la dépense puisque le foin n'est destiné qu'à notre usage; nous le déversons donc tel quel dans la grange à travers une ouverture pratiquée dans le toit, et elle arrive à en contenir jusqu'à vingt ou trente tonnes.

Le reste de la récolte est entassé dans un long losange extérieur parallèle à la Grange, et dans une tour carrée terminée en pointe située à l'extrémité de l'étable aux vaches, qui forme un L avec la Grange. Cet L renferme dans son coude deux corrals et constitue un râtelier en plein air et un abri douillet pour les vaches en hiver.

Je restai dans la Grange, m'enivrant de la senteur du foin, du vieux bois et du sol dur de terre battue. Levant les yeux, j'aperçus, loin au-dessus de moi, le long toit en pente solidement étayé de poutres de pin résineux. Elles étaient toutes de la même taille, bien polies, teintées d'une belle couleur chaude et patinée d'or brun.

Ces poutres provenaient à l'origine de la Montagne des Poteaux, ainsi nommée à cause des hauts pins résineux qui y croissent et fournissent des poutres à tous les ranchers des environs.

Un jour Michael, debout dans la Grange et embrassant du regard la sombre et froide soupente où se croisaient si élégamment les poutres de pins, déclara : « Je suis content que nous ayons retiré d'ici les meubles en surplus; ainsi que les caisses d'emballage, le miroir de ta mère, les portraits. »

Il affirme que la Grange flamberait comme de l'amadou à cause de la résine contenue dans le bois de pin. « La première chose que je regarde, dit-il, en revenant de la ville et en contournant le coude de la colline, est la Grange. Est-elle toujours à sa place ? » Il interdit aux hommes de fumer à l'intérieur.

Mais ils le font quand même.

Lui aussi d'ailleurs.

J'entendis le sourd mugissement de Roamer et me rendis jusqu'à la porte latérale de la Grange pour jeter un coup d'œil dans le corral. Je l'aperçus dans le pré, de l'autre côté de la barrière. Il est presque entièrement blanc mais, sous son pelage, il reste Guernesey bon teint. Avant de l'acheter, je séparai les poils blancs de l'épaule et examinai la peau — on aurait dit une pelure d'orange. Et la racine des cornes est jaune, elle aussi, ainsi que le bord des paupières, les sabots et l'intérieur des naseaux, et son corps est parsemé par-ci par-là des taches brun jaune caractéristiques des Guernesey.

Je remarquai que la longue chaîne qui traînait par terre avait disparu. J'en avais touché un mot à Michael et avais mis le doigt sur le point sensible qui déclenchait une de ses colères subites.

— Il se consume à vue d'œil! Il se laisse mourir de faim! Je n'ai pas l'habitude de traiter les animaux de la sorte!

— Mais qu'est-ce qui lui arrive, Michael?

— Rien du tout! Ce n'est qu'une mauvaise tête nerveuse, irritable et obstinée — comme tous ceux de son espèce.

Il n'y avait plus maintenant, attachée à l'anneau de nez, qu'une courte chaîne balayant à peine le sol. « Juste assez longue, pensai-je, pour l'empêcher de traverser ou de sauter par-dessus les clôtures. »

Je pénétrai dans le corral et l'examinai attentivement (de l'intérieur du corral.) Une distance d'environ trois mètres et demi nous séparait.

— Hello! mon vieux!

Il se tenait de profil et ne tourna pas la tête vers moi, mais je pus voir ses petits yeux rouler à l'intérieur de ses paupières dorées de Guernesey pour jeter un coup d'œil en arrière.

Les taureaux regardent toujours de cette façon.

L'animal le plus dangereux des États-Unis, dit-on, n'est ni le chat sauvage, ni la panthère, ni le lion des montagnes ou l'ours gris, c'est le taureau reproducteur pur sang.

Je dressai moi-même le premier taureau que je réservais à mes vaches laitières et le surnommai le Champion de Deercreek; plus brièvement, Cricket.

Le dressage d'un veau est harassant et ingrat, et ne peut se faire autrement qu'en blue-jeans.

La difficulté est d'arriver à le faire boire dans un seau à l'âge où il a encore l'habitude de lever la tête pour téter. Il faut lui faire « baisser » le museau dans le seau de lait; en même temps, introduire dans le lait quelque chose qui ressemble vaguement à une tétine et dont il puisse se saisir; maintenir le veau à l'endroit que vous désirez; et l'empêcher de renverser le seau par ses vigoureux coups de tête.

Vous coincez le veau entre vos genoux, vous vous calez l'un et l'autre dans un angle, vous tenez le seau de la main droite et de l'autre lui fourrez la tête dedans. Il renifle l'odeur du lait, s'excite et se met à cogner de la tête en tous sens. Vous resserrez alors l'emprise de vos jambes, posez le seau à terre, plongez votre main gauche dans le lait et le laissez sucer vos doigts. Il aspire de la sorte une grande quantité de lait d'un seul coup.

Il faut compter environ trois à quatre jours de jeûne complet et une séance matin et soir avant que le veau soit suffisamment affamé pour se fourrer l'idée en tête — et le lait dans le gosier.

Ensuite, cela va tout seul.

C'est de cette façon que j'élevai Cricket; et douze mois après, il se précipitait encore vers moi le museau en l'air chaque fois qu'il m'apercevait, et si j'avais le malheur d'étendre la main, il s'emparait de mes doigts et les suçait; je pouvais ainsi le conduire à mon gré.

Il ne put jamais se débarrasser de cette habitude ou résister à l'envie d'agir ainsi. Mais il prit des proportions plus impressionnantes; et, petit à petit, se précipiter « vers » moi prit toutes les apparences de se précipiter « contre » moi; et j'eusse préféré qu'il s'abstînt.

Un printemps, après avoir été absente tout l'hiver, je sortis le soir pour rentrer les vaches pour la traite et revins à la maison la gorge serrée. Un énorme taureau noir, en liberté au milieu du troupeau, tenait à tout prix à me témoigner son affection de la façon la plus incongrue.

J'avais été obligée de saisir un gourdin et de le menacer du geste. « Va-t'en, Cricket! » Et cela, tandis qu'il me suivait en reniflant, avec de drôles de petits grognements, les narines dilatées, faisant son possible pour atteindre ma main!

Je brandis le gourdin. Il poussa un cri aigu, fit demi-tour, lança une ruade et s'éloigna à toute allure la queue dressée en l'air; mais il revint bientôt à la charge derrière moi.

— Ce n'était qu'un jeu, affirma Michael. En fait, il ne t'a pas vue de l'hiver et il était tout ému et excité.

A deux ans, on pouvait encore permettre à Cricket d'être ému et excité. A quatre ans, il devenait une menace ressentie par tout le monde.

Fort heureusement, il ne sautait pas par-dessus les clôtures, mais, si vous marchiez de l'autre côté, il les longeait en beuglant et en s'arrêtant de temps à autre pour piaffer.

Michael soutient que c'était pour s'environner d'un nuage de poussière et empêcher les mouches de le piquer. Avec Michael, les animaux ont toujours raison.

Si Cricket apercevait quelqu'un bouger à trois kilomètres de là, il se mettait à pousser de profonds beuglements et se dirigeait vers lui d'un air menaçant et décidé.

Cela, dit-on, est la preuve d'un instinct de gardien bien développé. Un bon taureau doit être constamment sur ses gardes pour protéger le troupeau, prévenir l'intrusion des étrangers et être prêt à charger.

Aucun doute n'était possible sur les aptitudes de Cricket à prévenir l'intrusion des étrangers et sur sa promptitude à charger.

Un été qu'Eugénie et la petite Jeanne étaient au ranch, elles partirent pour la pêche dans le Pré des Veaux. Personne ne se souvint, au moment où elles se mirent en route, que Cricket se trouvait dans ce pré.

Nous les vîmes revenir à la maison complètement terrorisées. Cricket les avait aperçues tandis qu'elles longeaient le courant; il s'était précipité à toute allure vers elles en beuglant et en piaffant; et quand elles s'étaient mises à courir, il les avait suivies de près. Elles s'enfuirent. L'hameçon d'Eugénie se prit dans la robe de Jeanne, et celui de Jeanne dans la robe d'Eugénie. Jeanne commença à pousser des cris stridents.

D'un commun accord nous décidâmes, Michael et moi, qu'il fallait se débarrasser de Cricket. Inutile d'attendre que l'irréparable se produise.

Un jour qu'il était en ville, Michael en toucha donc

un mot au Rabbin à qui nous avons l'habitude de vendre notre viande de bœuf.

Lorsque le Rabbin vint pour estimer la valeur du taureau, je le conduisis en voiture jusqu'à un point élevé sur le versant de la colline au-dessus du pré; et nous restâmes assis dans la voiture pour contempler Cricket, à quatre cents mètres de là.

Le Rabbin voulut que je l'emmène à pied jusque dans le pâturage.

— Mais il est dangereux, dis-je.

— Je n'ai pas peur des taureaux.

— Attendez un instant. Attendez qu'il aperçoive la voiture. Il comprendra qu'il y a quelqu'un d'étranger à l'intérieur.

L'instant d'après Cricket nous vit. Il s'immobilisa, en alerte, la tête dressée. Il regarda fixement, renifla l'air, tendit l'oreille; puis démarra dans notre direction d'un air menaçant et décidé, sans nous quitter du regard. Il s'arrêta un instant, baissa la tête, piaffa et poussa son long beuglement.

Je ne connais pas le rugissement des lions dans leurs jungles natales, mais je les ai entendus au zoo; et cela n'est rien comparé à ce grondement profond, sortant des entrailles et se brisant en un cri aigu et discordant, qu'est le mugissement d'un taureau furieux.

— Il ne peut nous atteindre. Nous sommes séparés par une clôture, dis-je.

— Mais je ne peux pas l'évaluer si je ne m'approche pas davantage — le plus près possible. Je conduisis donc la voiture en bas de la colline et tournai jusqu'à la clôture du côté le plus éloigné du pré, là où le terrain est plat.

Nous sortîmes et restâmes debout près de la clôture. Cricket, à six mètres de l'autre côté, s'était calmé maintenant qu'il pouvait nous surveiller du regard.

Le Rabbin essayait d'estimer son poids. Il rampa sous les barbelés et fit quelques pas vers lui; Cricket baissa un peu plus la tête. Ils échangèrent un regard. Le Rabbin tourna autour de lui, l'inspectant sur toutes les coutures. Cricket fit un tour lui aussi, gardant la tête basse.

Je ne les quittai pas des yeux.

— Environ dix-huit cents livres, je pense, annonça-t-il enfin; et, tournant le dos, il revint vers moi.

— Courez vite! hurlai-je tandis que le taureau chargeait.

Le Rabbin lança un coup d'œil en arrière et partit en bonds frénétiques, se jetant au sol et roulant sous la clôture.

Tout en se relevant et en époussetant ses habits, il déclara :

— Dites au monsieur de tuer ce taureau. Ne me le livrez pas vivant. D'habitude, je refuse qu'on me livre les animaux morts; mais ce taureau-là va tuer quelqu'un si on ne le tue pas d'abord.

C'est pourquoi j'ai maintenant Roamer, qui mugit au lieu de beugler, et part en courant, mais qui n'a jamais chargé personne. Cependant...

Il était là, près de la clôture, attendant que les vaches reviennent du pré pour la traite.

Je les vis revenir en troupeau épars, les unes s'attardant encore à renifler l'herbe, les autres s'avançant d'un air décidé en balançant la tête. Elles avaient brouté l'herbe toute la journée. Elles avaient l'estomac plein. Nombre d'entre elles restaient immobiles à ruminer, repues.

Alors que je traversai le corral pour ouvrir la barrière et les faire entrer, Roamer sauta par-dessus la clôture. La courte chaîne ne le gêna pas le moins du monde. Je pus voir comment il s'y prenait — il se contenta d'envoyer la chaîne en l'air par une secousse de la tête et, avant que la chaîne eût le temps de retomber, son grand corps se souleva de biais par-dessus la clôture avec l'aisance d'un coureur de haie professionnel, et il se laissa retomber doucement de l'autre côté.

Je restai près de la barrière tandis que les vaches entraient à la file. Roamer m'observait, immobile. Je me dirigeai tout droit vers la porte de la Grange, mais sans me presser. (Surtout pas de panique.) Il tourna lentement la tête; ses yeux sombres, inquisiteurs, rusés, restèrent fixés sur moi. Puis, il s'achemina vers la petite auge de bois contenant sa ration de grains et la flaira.

Dans la Grange, je trouvai Félix et Missy, déjà à leur poste en train d'attendre les vaches, et, aussitôt après, j'entendis le tintamarre des seaux de lait et les voix de Riley et de George descendant des communs pour la traite.

Je suis assise sur la terrasse, ma machine à écrire portative sur les genoux, rassasiant mon regard du spectacle de la Pelouse et heureuse que nous n'ayons pas construit la maison à l'écart des activités de la ferme, mais ici, en plein cœur de tout.

6

Le forage du puits a abouti à une très belle nappe d'eau. C'est un triomphe; mais elle débouche si bas qu'il va falloir pomper l'eau jusqu'au niveau des conduites.

Ce qui entraîne la construction d'un moulin à vent. Il faudra compter dans les deux à trois cents dollars.

Cela pose un autre problème. Où va-t-on l'installer? Chacun donne son avis, l'un sur les nappes souterraines, l'autre sur les courants atmosphériques.

Le lit du Ruisseau de l'Arbre Solitaire constitue le niveau le plus bas du ranch. A partir de là, prairies et pâturages montent en pente douce vers le nord jusqu'à la voie ferrée.

Au sud également, le terrain s'élève par une série de dénivellations jusqu'à une abrupte crête boisée, coupée d'une tranchée suffisamment vaste pour contenir notre ranch. Quel abri merveilleux! Puis, il se redresse à nouveau à travers les pâturages et les chemins vicinaux avant d'atteindre une chaîne encore plus haute, longue et ondoyante. C'est le Dos-d'Ane. Puis encore une autre cuvette, et une autre, et une autre encore, chacune surmontée d'une crête de couleurs et de contours différents, et ainsi de suite jusqu'aux monts du Buckhorn qui forment la frontière du Colorado. Tout en haut, éblouissantes, les montagnes du Neversummer recouvertes de neige presque toute l'année, dominent le paysage.

Cette tranchée taillée dans la première crête constitue un emplacement douillet pour notre ranch. Elle a la forme d'un sablier dont la Gorge serait l'étranglement. A travers la Gorge serpentent un petit sentier et un filet d'eau. Les collines abruptes et couvertes de hautes futaies qui la bordent de chaque côté s'écartent pour laisser la place, en haut, aux écuries, et en contrebas à la maison du ranch et à la Pelouse.

Comme c'est un véritable entonnoir où s'engouffrent les vents, nous y suspendons la viande lorsque nous avons abattu une bête et que nous voulons conserver un mouton ou un quartier de bœuf. Nous la mettons dans une cage grillagée et suspendons la cage à une branche de pin. La cage est balancée par le vent et la viande, à l'abri des oiseaux et des mouches, sèche et devient savoureuse. C'est là que Michael voudrait placer le moulin à vent.

Mais le vieux George soutient que le moulin doit être sur une hauteur, au sommet de l'une des collines, et non pas au fond de la Gorge. Et Michael dit que cela l'affermit dans sa conviction — il faut le construire dans la Gorge parce que George se trompe toujours.

George est froissé du ton autoritaire de Michael et exécute ses ordres avec des marmonnements hargneux. Mais lorsqu'il s'adresse à moi, son timbre de voix s'adoucit à un point tel qu'on l'entend à peine. Pour ces hommes de l'Ouest, la galanterie n'est pas devenue un vain mot. Ils conservent toute leur gentillesse, leur déférence, leur affection envers la « dame ». Pour rien au monde, ils ne s'en départiraient.

George a des dents énormes, tout à fait dans le style « confection », imbues de leur importance. Il n'a pas un seul poil sur la tête. Dents et crâne chauve conspirent à lui donner l'apparence d'une tête de mort.

Il vous dira qu'il est cow-boy. Il l'a été, en son temps. Aujourd'hui encore, il aime prendre le vieux Baldy, lui mettre une grande selle bien confortable, enfiler le pied dans le long étrier en grimpant sur un rocher, et partir faire une petite promenade à l'amble.

Dans presque tous les ranches (excepté les exploitations à grande échelle), « cow-boy » et « aide » sont synonymes. George est maintenant un « aide ».

Nous en avons hérité en même temps que du ranch, de la même façon que des IZ et des A juifs. En hiver, si nous n'en avons pas besoin ici, il se trouve un emploi de portier dans un petit hôtel en ville. Lorsqu'il gèle à pierre fendre et que la neige s'amoncèle dehors, il est bien à l'abri dans le sous-sol sec et chaud. Il dort dans le lit le plus confortable qu'il ait jamais connu, tout près de la chaudière. Il mange à la cuisine de l'hôtel. Son salaire suffit à pourvoir à ses besoins personnels — ses dépenses de tabac, l'achat occasionnel d'un blue-jean, d'une paire de chaussures, d'une veste de travail. Il touche quinze dollars par mois.

Michael a reconduit maintenant en voiture les trois foreurs à la ville et un grand calme a envahi l'endroit.

Le moulin à vent sera définitivement dans la Gorge — Michael en a décidé ainsi.

George se répand en prophéties de malheur, mais l'équipe de travail est déjà arrivée sur place et s'est mise à l'œuvre.

Je ne peux tenir en place.

Je change de vêtements, me lave les mains — change de vêtements me lave les mains.

C'est un symptôme qui traduit mon agitation intérieure et s'empare inévitablement de moi chaque fois que je change de lieu d'habitation. Vraisemblablement, je suis comme une bernique : donnez-moi l'occasion de me fixer quelque part, et vous verrez comme je m'accroche.

Je deviens un sujet d'étonnement pour moi-même. Subitement, j'en ai assez des jours qui passent; j'en ai assez de cette vie, ou de n'importe quelle autre vie.

Ce flux incessant; cette quête sans fin, ces changements, cette inquiétude perpétuelle; jamais rien de sûr, de véritablement apaisant. Je pensais rentrer dans mon foyer, mais je ne me sens pas dans mon foyer. Je pense que c'est à cause de la musique.

A écrire trop de romans ou à composer de la musique, on s'isole de la vie pour devenir un spectateur, un simple observateur. Si l'on est resté trop longtemps perdu dans ses rêves, on ne peut plus reprendre pied sur terre. Je voudrais être ancrée dans la réalité. Dans cette maison, dans cette chaise, dans cette robe; manger, avoir chaud ou froid, et ne plus jamais m'évader à nouveau dans l'irréel; mais je sais que c'est impossible.

Une vague de détresse cosmique me submerge et mon « mal-aise » se transforme en désespoir lancinant.

Je me dis que c'est seulement la période d'adaptation. Pendant quatre mois j'ai été une certaine femme, vivant à un certain rythme, soumise à certaines influences, en un certain endroit. Maintenant, tout est changé et le moindre des changements n'est pas le brusque passage du niveau de la mer à ces hauts sommets, que les cheminots du transcontinental appellent la « grosse colline ». Tel est le nom singulier qu'ils donnent au Rocky Mountain Divide.

Je mets le linge de côté, puis l'égare; le retrouve un quart d'heure plus tard sur la table de la salle à manger; me trouve devant le tiroir de mon bureau à chercher et à fourrager, et m'aperçois d'un seul coup que j'ignore ce que je cherche. Je grimpe jusqu'au corral pour voir les chevaux qui s'y trouvent et, une fois là-haut, me souviens de ce que je cherchais. Je reviens; l'ai oublié de nouveau. J'ouvre le tiroir et regarde à l'intérieur; abandonne; change de vêtements; me lave les mains.

...deux des yearlings manquent. Michael et Riley sont partis à leur recherche, chevauchant pendant des heures.

...tous les jours, je me débats avec mes habits. Les pantalons en grosse toile bleue de coton sont la tenue classique du ranch de l'Ouest; mais lorsqu'ils sont neufs, ils sont raides et encombrants et même une fois assouplis par de nombreux lavages, ils restent trop étroits — on plaisante souvent en disant qu'il faut un tire-boutons pour les enfiler. J'ai donc opté pour les pantalons de toile pur fil de différentes couleurs — bleus, blancs ou bruns : Il faut les acheter à New York, car personne n'en porte dans l'Ouest, si ce n'est les « snobs ». Puis viennent la ceinture de cuir et les gants, les bottes de cheval, sans oublier le chapeau de toile (je ne sors jamais sans chapeau pour que mes cheveux ne s'envolent pas). Tout cela rien que pour aller jusqu'aux écuries. Bien avant la fin de la journée, je suis déjà fatiguée par le poids de mes vêtements.

Au fond, un lien étroit existe entre soi-même et ses vêtements — il faut une sympathie réciproque. Il faut également qu'ils plaisent à votre mari. Lorsque Michael n'aime pas mes vêtements, il les donne tout simplement à quelqu'un d'autre. Un automne, une amie vint me rendre visite à Los Angeles et, tout en la regardant, il me semblait que j'avais déjà vu sa robe quelque part. Subitement, je m'écriai :

— Cette robe ! J'ai exactement la même ! Je parie que tu l'as achetée chez Robinson !

Elle eut une exclamation de surprise et dit :

— Mais voyons, Mary, c'est « ta » robe ! C'est Michael qui me l'a donnée. Tu ne le savais pas ?

A New York, je dus m'acheter en vitesse des vêtements pour la ville. Et j'avais aussi plusieurs projets pour le ranch — finir certaines choses en train, compléter ceci ou cela. Mais *Joie matinale* est arrivée au beau milieu et j'ai oublié tous mes projets.

Je contemple avec perplexité un paquet de linge attaché avec un bout de ficelle et suis incapable de me souvenir à quel usage il était destiné. J'enfile une jupe de coton, des socquettes et des sandales et pousse un soupir de soulagement en me sentant si légère ; puis je mets à sac tous mes tiroirs pour trouver quelque chose qui aille avec. Aucun pull n'est de la bonne couleur. Le haut que j'ai acheté à New York, assorti à la jupe, ne me va pas. En plus, il a l'air d'un sous-vêtement.

Me revoilà donc à nouveau en pantalons et bottes, le contenu de mon tiroir éparpillé à travers la chambre.

Je suis descendue en ville mettre une annonce au bureau de placement pour une cuisinière.

J'ai contacté quelqu'un pour vendre certaines de mes vaches, car j'en ai plus qu'il m'en faut.

J'ai fait divers achats.

Je suis allée à la pépinière acheter toutes sortes de plantes pour les jardinières et les pots de fleurs.

Deux géraniums écarlates pour les deux petites consoles sous les fenêtres de la « Chambre de Pin »; une douzaine de géraniums saumon foncé pour les longues jardinières bleu outremer; deux pervenches pour les pots de fleurs devant le mur de la maison, là où la pergola qui recouvre la terrasse forme un véritable salon de plein air.

Puis tout un assortiment pour le vieux four noir hollandais que Michael a déniché sur un tas d'ordures et qui est accroché maintenant à la pergola. Un lierre, une pervenche, un lantanier, des phlox roses et blancs, des ageratums, des pétunias violets et rosés, et un unique zinnia d'une teinte cerise peu commune.

...j'ai maintenant planté les fleurs et j'écris, assise sous la pergola de la terrasse. Elle n'a pas encore revêtu sa pleine floraison d'été, et lorsque je lève les yeux j'aperçois le charmant treillis se découpant sur les nuages du ciel.

Le four hollandais, suspendu tout au bord, offre un spectacle ravissant avec toutes ces plantes nouvelles qui s'entremêlent et retombent de chaque côté.

L'herbe avait tellement poussé sur la terrasse que Michael y a lâché des chevaux la nuit dernière.

J'ai pu les entendre monter et descendre les marches de pierre, piétiner en tous sens, hennir, renverser les chaises.

Ce matin, la terrasse est tondue de frais. Michael a coupé l'herbe à la faucille. Ce soir, on mettra en route les appareils d'arrosage.

Le parterre de fleurs est plein d'iris des champs bleu clair. Les autres gros massifs de lilas sont tout prêts à s'épanouir.

Ici, à cette altitude, les saisons ont environ deux mois de retard sur New York. Cette année le printemps est venu particulièrement tard; les gelées ont persisté jusqu'à la fin du mois de mai, et ce n'est qu'hier que Michael a désherbé et sarclé les plates-bandes et pioché la terre autour des bosquets de lilas.

Le gros nuage se trouve juste au-dessus de ma tête et un grondement de tonnerre se fait entendre.

C'est à nouveau l'heure de la traite; les vaches attendent dans le pré devant le corral, en mugissant. Roamer est avec elles, bien sûr, et pousse de temps à autre son sourd rugissement.

Trois petits veaux sont attachés sur la Pelouse. Leur mère a dû s'éloigner pour une raison ou pour une autre et ils ont l'air abattu, laissant tristement pendre la tête.

Les chiens sont couchés près de moi. Bunny, le cocker brun, et Rachel, mon setter blanc. Elle est âgée de huit mois. Je l'ai expédiée au ranch depuis Los Angeles alors que ce n'était encore qu'un bébé de trois mois — petit setter de Llewyn d'excellente race. Je voulais un chien suffisamment gros et fort pour me suivre dans mes longues randonnées à cheval, les petites jambes courtes de Bunny se fatiguant trop vite. J'ai pensé qu'un setter ferait l'affaire.

Mais Michael a dû quitter le ranch peu après son arrivée, et elle a grandi sans être dressée. Elle connaît à peine son nom! Elle ne sait qu'une chose, c'est que la vie est faite pour agir comme bon vous semble et, pour elle, cela signifie courir, et encore courir, le plus possible. Et plus l'on vous appelle et vous intime l'ordre de revenir, plus vite vous devez vous enfuir en courant.

Résultat : elle est aussi fluette qu'un serpent. Nerveuse, timide et sauvage.

Michael trouve de bonnes excuses. Le mal était déjà fait lorsqu'il est revenu au ranch. Il a essayé de l'enfermer dans le hangar à outils plusieurs jours de suite, et elle a mangé un peu mieux et repris du poil de la bête, mais il n'est pas bon de garder un jeune chien enfermé.

Je contemple Rachel, désespérant d'elle; comme si elle comprenait, elle se lève, baisse la tête et disparaît furtivement hors de ma vue.

Mais Bunny est tellement suffoqué de joie de me voir de retour qu'il agite frénétiquement la queue au moindre mouvement ou regard de ma part.

Demain, je vais retourner en ville chercher la cuisinière, dont le nom est Etta Biggs et, par la même occasion j'emmènerai notre jeune bœuf d'un an pour le faire abattre, afin d'avoir une réserve de viande séchée pour tout l'été.

Il a plu.

Je rentrai dans la maison avec la machine à écrire.

Michael et Riley sont revenus. Ils n'ont pas trouvé les deux poulains égarés, mais ont passé une heure à réparer une clôture.

Michael a l'air bronzé, en pleine forme, heureux, et paraît vingt ans plus jeune que son âge. Il a le physique d'un athlète.

La pluie cessa, le soleil brilla de nouveau et un arc-en-ciel se dessina.

— D'où vient, interrogea Michael, toute cette herbe coupée dans la baignoire?

— C'est bien simple. La terrasse est toute recouverte d'herbe coupée; après avoir pris mon bain de soleil ce matin, je suis allée dans la salle de bains et je me suis frottée avec la serviette de toilette dans la baignoire. J'avais plein d'herbe collée à la peau.

— Il ne faut jamais faire ça. L'herbe va s'en aller dans les tuyaux et les boucher.

— Mais c'était juste de tout petits brins d'herbe; et le tuyau est gros « comme ça ». Je fis un gros cercle avec mes mains.

— Gros comme ça, rectifia-t-il, dessinant un petit cercle.

— De toute façon, j'allais l'enlever.

— Ce n'est pas la peine. C'est déjà fait.

— Merci. Manquerais-je d'ordre?

— C'est-à-dire, tu n'es pas particulièrement ordonnée.

— Je viens de ranger ma chambre à l'instant.

— Tu n'es pas non plus désordre, mais cela n'a pas d'importance. On tolère un certain désordre aux génies. Il dit cela d'un air malicieux, avec un léger ton moqueur dans la voix.

— Bon, de toute façon, tu n'as pas attrapé de tiques, déclarai-je, tout en examinant son dos nu dans sa chambre.

L'autre jour, en travaillant à la digue de la prairie, il avait attrapé deux tiques.

Je l'embrassai pour la nuit.

— Et toi? s'enquit-il.

— Moi non plus.

— Comment le sais-tu?

— Je les entendrais faire « tic tic ». Je souris. Est-ce que cela t'empêcherait de dormir si je descendais un peu jouer du piano?

— Pas le moins du monde.

— Je fermerai la porte.

— Ce n'est pas la peine. J'aime ça.

Ce mot gentil pour ma musique me réchauffa le cœur, et je jouai pendant une heure ou deux. Puis je tapai un peu à la machine.

Je vais me coucher maintenant. Je me sens un peu plus calme que tout à l'heure.

Je n'aime pas les tiques. J'ai l'impression que ça me démange partout...

7

PAS encore eu l'occasion d'annoncer la nouvelle à Michael pour ma musique.

Communiquer. Je pense aux tambours africains qui ébranlent toute une région pour communiquer un simple ragot. Ou au langage par signes des Indiens — série de gestes harmonieux permettant d'exprimer tout ce que l'on désire. Parfois, la simple rencontre de deux regards provoque un choc tel qu'on peut à peine le soutenir.

C'est le lien qui nous unit les uns aux autres. C'est pourquoi nous devons nous exprimer. Tant que je ne me suis pas confiée, ne serait-ce qu'aux pages d'un cahier, j'ai l'impression que cela ne m'est pas vraiment arrivé. Aussi, à partir d'aujourd'hui vais-je tout inscrire dans ce journal.

J'ai passé ma vie à faire des tas de choses. Des maisons et des jardins pour y vivre. Des choses à porter et des choses à manger. Aimer, me marier plusieurs fois, avoir des enfants et écrire de nombreux scénarios pour Hollywood. Mais jusqu'à présent, je n'ai jamais entamé sérieusement une carrière de compositeur.

Il y a quelque temps, je reçus une lettre de Vernon Spencer rédigée à peu près en ces termes : « Si vous n'avez pas perdu votre inspiration et vos talents de compositeur, vous devriez vous y remettre car en ce moment la demande est grande sur le marché et il y a très peu de bonnes pièces pour enfants. C'est une honte, ce qu'on donne à étudier aux enfants. Vous avez un sens de la mélodie très sûr et pas assez de suffisance professionnelle pour juger ce travail indigne de vous. A l'ouvrage, donc! »

Il y a deux photographies de Vernon Spencer dans mon bureau. L'une, lorsqu'il était encore ce que les Allemands appellent un *jungling* — expression tellement charmante, surtout si on la traduit par « jouvenceau ». Elle représente un jeune garçon de seize ou dix-huit ans, vingt à la rigueur. Il a une physionomie vive et espiègle, un regard sincère et attentif caché derrière de studieuses lunettes, des oreilles étonnamment larges se déployant comme deux voiles, et le visage tout entier est empreint d'une douceur et d'une bonté qui le rendent presque beau.

L'autre photo (tel qu'il est maintenant) n'est pas belle et toute ressemblance a disparu avec le « jouvenceau ». C'est ce que le génie, joint à un labeur intellectuel sans relâche, fait d'un visage. Si quelqu'un ignorait qu'il est génie, sa signature dans le coin à droite de la photo suffirait à le lui prouver. Seul un génie peut écrire ainsi. Mais à Los Angeles et à Hollywood, aucune preuve n'est nécessaire. Il est le « maestro » incontesté. Il le reconnaît lui-même d'ailleurs. Relatant l'un de ses exploits, il a coutume d'ajouter avec entrain : « Génial, n'est-ce pas? »

Au-dessus de la signature, il a écrit avec son ironie habituelle : « A la seule Mary que j'aie jamais aimée. »

Je réfléchis sérieusement à sa proposition, puis décrétai que j'avais encore de l'inspiration et du talent et que, même si les perspectives du marché étaient faibles, je ne manquerais certainement pas d'ouvrage. J'écrivis donc dix-huit pièces pour enfants, et voilà que Schirmer en a accepté quatre.

Pendant des années, Spencer m'a suppliée de m'arrêter de composer juste le temps qu'il lui faudrait pour m'enseigner les principes de la composition... « Vous auriez dû étudier pendant que vous étiez encore à l'école, que vous étiez jeune; est-ce que personne ne s'est intéressé à vous? n'a reconnu votre talent? »

Et j'entends encore la voix de mon père : « Si au moins tu te mettais sérieusement à la musique, Mary, je n'insisterais pas tant pour que tu passes tes examens; et plus tard, je t'enverrais en Europe pour étudier. »

Mais je ne voulais pas m'engager dans une véritable carrière. J'aimais simplement la musique, comme j'aime respirer l'air et vivre.

Poursuivant, Spencer disait : « Vous pourriez être un compositeur au moins aussi connu que Chaminade. »

Cela, je ne pouvais l'imaginer car, lorsque j'étais petite, moi et mes amies jouions les morceaux de Chaminade. *Le Flatteur*, *La Danse de l'écharpe*. Voyons! sa réputation s'étendait sur deux continents.

La première personne à qui je m'adressai fut Spencer, car j'avais toute une pile de morceaux et espérai les faire publier.

Il examina quelques-unes de mes compositions et s'exclama :

— Mais chacune est une petite perle! C'est un travail vraiment très intéressant et il suffirait de quelques retouches pour que n'importe quel éditeur l'accepte immédiatement. Je ne peux m'arrêter de les jouer. Prenez ce thème, par exemple. Ajoutez un crescendo ici — voilà, c'est tout simplement merveilleux! Accompagné d'un chœur d'hommes, cela vous transporterait aux nues!

Mais il nuança ses louanges. Elles avaient toutes quelques imperfections, dit-il; des phrases manquaient; des pauses n'étaient pas à la bonne place ou n'avaient pas la longueur voulue. On ne pouvait les publier telles quelles. Pour conclure, il ne restait plus qu'une chose à faire : étudier. Je n'avais pas le choix. Il me promit qu'en trois ans j'apprendrais tout ce qu'il faut connaître.

Le cœur me manqua. Je ne pouvais m'imaginer en compositeur professionnel. J'avais déjà deux enfants. Mais j'étais divorcée — ce qui avait changé beaucoup de choses. Cela avait laissé un vide. Peut-être un travail suivi...

Je me confiai donc à M. Spencer et il débuta avec l'harmonie à quatre voix.

C'est toujours par cela que l'on débute. Les quatre voix sont le soprano, l'alto, le ténor et la basse. Hymnes et chœurs. Chantés par des chorales, des maîtrises ou des chœurs d'église, l'effet est magnifique. Je ne crois pas avoir connu de moments plus heureux dans mon enfance que ceux où je me trouvais dans l'église de mon père, chantant les cantiques habituels, et levant les yeux vers mon frère Reese, là-haut, dans le chœur — les yeux pleins de ferveur sous sa douce frange blonde, la bouche grand ouverte au-dessus de la noire lavallière, tenant son recueil de cantiques des deux mains — et les autres choristes, hommes et jeunes garçons, si raides et imposants dans leurs robes noires et leurs surplis blancs, tous la bouche ouverte tandis que s'élevait l'hymne puissant et glorieux.

Mais chœurs et orgues ne sont guère praticables lorsque l'on étudie chez soi ou que l'on prend des leçons particulières. Et la musique de cantiques écrite pour quatre notes ne donne rien au piano.

Si encore on pouvait se servir de ses dix doigts au lieu de quatre, et utiliser tout le clavier au lieu de se contenter de deux octaves, cela pourrait ressembler à quelque chose. Mais non, juste quatre doigts. Et pour arriver à accomplir cette malheureuse performance, il faut ingurgiter d'innombrables règles et exceptions à la règle.

C'est un travail ardu, désagréable et ingrat. Malgré tout, je travaillais très dur.

Spencer était enthousiasmé par mes progrès et disait que j'accomplissais en une leçon le travail de cinq.

Au bout de six semaines, le plus jeune de mes enfants attrapa la diphtérie et je fus mise en quarantaine pour deux mois. Il fallut arrêter les leçons.

Je profitai de cette quarantaine pour composer tout à mon aise. Je terminai six pièces enfantines pour piano en suivant les conseils de Spencer et les envoyai à la John Church Company. A ma grande surprise, on les accepta. Après la quarantaine, j'en écrivis trois autres, un peu plus difficiles. Elles furent également acceptées et le magasin de musique le plus important de Los Angeles consacra entièrement sa vitrine aux œuvres de ce nouveau compositeur.

Spencer me téléphona pour me dire de descendre en ville la regarder.

Je restai ébahie, en contemplation devant la vitrine de cet immense magasin, sans en croire mes yeux.

Je décidai de reprendre mes leçons avec Spencer. Mais je reçus au même moment une offre de la Metro Goldwin m'engageant comme lectrice spécialisée. Mon nouveau salaire amena des changements non négligeables dans mon budget. Je pus commencer à faire des projets, à envisager une bonne école privée pour les enfants, des vacances d'été...

Puis, je me mis à écrire des scénarios, dix ans de scénarios, avec un succès qui me surprit. Puis mon mariage avec Michael, et je n'eus plus jamais l'occasion d'apprendre à composer, avec Vernon Spencer ou un autre. Je continuai néanmoins à composer. Je ne pouvais faire autrement.

Nous sommes restés en relation. Il n'a jamais cessé de m'encourager. Mais ces dernières années, il s'est fait moins pressant. Il a un peu perdu espoir, je suppose. Et je remarque qu'il a changé le temps. Il ne dit plus : « Si seulement vous étudiiez ! », mais « Si seulement vous aviez étudié ! »

Est-il vraiment trop tard ? Cela me donne envie de relever le défi.

Une fille se marie, a des enfants, fonde un foyer, élève ses enfants. La moitié de sa vie a tôt fait de s'écouler sans qu'elle s'en rende compte. Les enfants, comme les oiseaux, se rassemblent au bord du nid et s'envolent. Ma fille est maintenant confiée à la garde de son père à Los Angeles, où elle étudie le piano avec Vernon Spencer et le chant avec Mara Kempbal ; elle a une voix d'ange, des cheveux rouges, des longues jambes et chante dans le chœur, et elle s'appelle comme moi, Mary O'Hara, mais nous la surnommons Pat.

Et puis mon fils. Avant de partir à West Point, il était tout en bras et en jambes. Il avait l'air désossé. Quand vous le voyiez mettre ses 1,85m sur une chaise, vous aviez envie de vous baisser pour l'aider à ramasser les morceaux qu'il aurait pu oublier en route.

Puis, un jour que je lui rendais visite à l'École Militaire, nous faisions un brin de promenade et il déclara soudain de son ton rêveur : « Je crois que nous allons nous faire « prendre ». » Il m'expliqua le rite selon lequel on fait tonner le canon et l'on abaisse le drapeau au coucher du soleil.

Pendant qu'il parlait, le coup de canon retentit. Sa main se leva brusquement pour le salut militaire, son corps fit volte-face et se figea, immobile — mon cher poulain dégingandé aux membres indisciplinés! Et il resta ainsi pétrifié, grave, maître de chaque parcelle de son corps, tandis qu'éclatait l'hymne national, que l'on amenait le pavillon et que je faisais mon possible pour ne pas fondre en larmes. Tout ce qui est beau me fait pleurer.

Ce n'est donc plus moi qui m'occupe de son habillement (ce splendide uniforme!). Et ces trois années d'étude qu'il me faudrait pour faire de moi une seconde Chaminade — je les ai maintenant.

Mais c'est plus que du temps qu'il me faudrait. C'est de l'argent — beaucoup d'argent. Spencer prend cher pour ses leçons.

Il possède une grande maison dans le quartier de Los Feliz. Elle est construite sur le flanc abrupt d'une colline dominant des ravins, des coteaux, et ces pics rocailleux et déchiquetés qui jaillissent aux abords de Los Angeles et font ressembler le paysage à une affiche de tourisme.

Son studio est une pièce en longueur dont un des côtés est à moitié vitré afin de pouvoir contempler cette vue extraordinaire. Il s'assied devant le piano à queue, légèrement à gauche, et regarde à travers cette baie vitrée tandis que ses doigts courent sur les touches. A sa gauche se trouve un second piano à queue, un Erhard, destiné à l'élève. (Moi?)

Mais nous devons faire des économies. Et même si je passais une partie suffisante de l'année à Los Angeles, ce serait pure complaisance de ma part de prendre place devant l'Erhard pour des leçons.

Il y a autre chose. On pense souvent qu'il n'est pas

recommandé d'enseigner la théorie à un musicien qui compose déjà. Car, dit-on, si vous commencez par composer et allez à l'école ensuite, vous apprendrez toute une série de règles, de termes musicaux, de méthodes, mais vous ne composerez plus. (Toujours cette opposition étrange entre la théorie et la pratique.)

Un hiver, à New York, j'entendis parler d'un certain Bleeker, organiste et enseignant à des professeurs, et voulus écouter certaines de ses conférences sur l'improvisation. Je lui téléphonai, et ne sachant trop comment me présenter lui dis : « Heu... je suis compositeur... j'ai déjà publié plusieurs œuvres, mais je suis très ignorante, et je... »

Je fus interrompue par son éclat de rire. « Un compositeur ignorant! Ce sont les seuls compositeurs! »

D'un autre côté, les directeurs de maisons d'édition sortent tous des conservatoires de musique; ils ne laissent pas passer la moindre dérogation aux règles, et ce sont eux qui jugent mes œuvres — qu'ils les acceptent ou non.

Je me vois donc renvoyée d'une position à une autre.

Je suis sûre d'une seule chose : je nage en plein doute et incertitude. L'inspiration continue à jaillir, mais le premier venu peut me convaincre que ce que je fais n'a aucune valeur.

Il est temps de remédier à cet état de choses.

Aussi fis-je deux choses à New York.

J'allai chez Schirmer me renseigner sur les traités de musique. Quels étaient les meilleurs livres, les meilleures méthodes? On me répondit que c'était celle du Dr Percy Gœtschius, la plus rigoureuse et dont s'inspiraient toutes les autres. J'ai une photo de lui : un visage d'Allemand distingué, sérieux, affable et barbu; et sous la photo, la liste de ses diplômes et de ses titres dans le monde musical international. Il sort, comme Spencer, du Conservatoire de Leipzig.

On prétend que les capacités intellectuelles diminuent au fur et à mesure des années. Je pourrai vérifier cela cet été. Il est possible que l'esprit soit plus lent, se souvienne plus difficilement. Mais la jeunesse, elle aussi, n'est pas sans désagréments. L'instinct vital prédomine. On prend tout au sérieux, et surtout soi-même. On est facilement susceptible. On a le cœur brisé. On a tout à perdre ; il faut réussir à tout prix.

Mais que s'accumulent les années, les déceptions et les échecs, et on accepte bientôt les choses d'un cœur léger. Car tout n'est-il pas déjà perdu ?

Quoiqu'il en soit, l'essentiel est de prendre de bonnes résolutions — je commandai donc les livres. *Relations tonales*, *Traité des formes musicales*, *Contrepoint simple*, *Applications du contrepoint*. On devait me les envoyer au ranch.

La seconde chose que je fis fut d'écrire à Spencer pour lui suggérer que, puisqu'il a un fils de seize ans et que je tiens un camp de vacances pour jeunes garçons, il aimerait sans doute envoyer Jimmie ici pour l'été et me ménager ainsi un crédit pour des leçons l'hiver prochain à Los Angeles.

...j'attends sa réponse avec impatience...

— Quelle est cette lettre ? interrogea Michael en sortant brusquement de la maison.

J'étais assise dans le hamac, le courrier sur les genoux, le visage épanoui, m'imaginant déjà devant l'Erhard du studio de Spencer.

Michael tenait un sandwich à deux mains. Un œuf cuit sur le plat et de l'oignon entre deux tranches de pain de seigle. C'est alors que je lui expliquai tout, les morceaux de musique que Schirmer avait achetés, et que Jimmie allait venir au camp. Je lui montrai la lettre de Spencer. « Dressez-moi une liste des objets dont Jimmie aura besoin... linge, couvertures, affaires de toilette, habits... sac de couchage ? carabine ? et si vous avez d'autres compositions déjà prêtes, envoyez-les-moi pour que nous commencions nos cours de perfectionnement dès maintenant... »

— Ainsi tu vois, conclus-je, je vais avoir un crédit et je pourrai prendre des leçons de musique avec Spencer l'hiver prochain quand je serai à Los Angeles.

— Il est grand comment ? demanda Michael en finissant son sandwich et descendant les marches de pierre.

— Pas très grand pour ses seize ans.

Michael prit la pelle et se mit à débarrasser la Pelouse du fumier.

— A propos, j'ai ramené Madame Pompadour et je l'ai mise dans le Pâturage des Écuries pour toi.

— Oh, formidable !

— Sois prudente. Elle est restée dans la montagne tout l'hiver.

— Je sais.

Pom est une jument rouanne bleu sombre, presque de la couleur des raisins. Sa queue et son abondante crinière sont noires et elle a dans ses grands yeux sombres ce regard sauvage caractéristique des chevaux qui passent leur vie sur ces hauts plateaux. Elle est très nerveuse. Elle s'emballe. Elle s'échappe en courant. Il lui arrive même de se cabrer et de se renverser en arrière. Nous admettons à la rigueur qu'elle se cabre ; elle ne manifeste par là que son trop-plein d'exubérance. Mais retomber en arrière, c'est vraiment dépasser la mesure et nous ne pouvons le lui pardonner.

Je raffole d'elle. Elle a une façon de marcher merveilleuse. Nous sommes de très bons amis. Mais, à mon grand regret, j'ai un effet sédatif sur la plupart des chevaux. Dès que Michael les monte, ils sont surexcités, caracolent, font des pas de côté et semblent prêts à exploser.

Michael rejeta la pelle.

— Je pense, dit-il, que si Jimmie est encore un petit bonhomme, ce cheval bai sombre de trois ans ferait tout à fait son affaire.

— La pouliche ?

— Oui. J'ai oublié comment tu l'as appelée.

— Princesse. Prinny de son petit nom. Mais elle n'est pas encore dressée.

— Non. Il faut que je m'occupe immédiatement de ces poulains non dressés.

Je restai longtemps assise, rêvant à ma musique.

Le soleil se couchait. De longs rayons horizontaux zébraient la falaise d'en face.

J'entendis des morceaux de schistes et de pierre

dégringoler avec fracas jusqu'au pied, dans le petit ruisseau; des chevaux essayaient de se frayer un chemin sur son flanc abrupt et je pouvais maintenant apercevoir les chatoiements dorés qui se jouaient sur leur pelage lustré.

Michael se demande toujours s'il n'y aurait pas moyen de transporter cette eau jusqu'au sommet de la falaise et de la faire retomber en une longue cascade jaillissante et écumeuse.

Quand la lune se lève, c'est là qu'elle apparaît d'abord, juste au-dessus de la falaise — comme un fin liseré d'or. Puis, tandis que vous l'observez, elle surgit et s'installe en moins d'une minute, énorme lanterne japonaise dorée accrochée dans l'entrelacs des sombres branches de pin.

Comme la terre tourne vite!

8

Me trouvant hier en voiture avec Etta Biggs, la nouvelle cuisinière, elle déclara brusquement : « Ce qui me tracasse, c'est savoir si nous allons nous disputer toutes les deux au sujet de la nourriture. »

Surprise, je lui demandai pourquoi nous devrions nous disputer.

— C'est que vous venez de l'Est. Est-ce que vous aimez la façon dont on cuisine chez nous, dans l'Ouest?

— A vrai dire — j'hésitais, pensant aux sauces indigestes, épaisses comme de la pâte, aux steaks minces et désséchés, aux lourdes crêpes — il y a certains plats que je préfère peut-être préparés d'une manière différente; les steaks, les sauces, par exemple. Mais dans ce cas-là, je vous signalerai mes préférences. Le reste du temps, faites à votre guise. Cela vous est égal si je vous fais quelques remarques?

— Oui, si vous me les faites gentiment, répondit-elle avec dignité.

Puis, elle me parla d'elle-même. La plupart de ses ennuis physiques venaient de ce qu'on l'avait mal soignée après la naissance de son enfant. L'histoire prit des proportions de plus en plus amples et il en résulta que le moindre des malheurs qui s'étaient abattus sur elle était dû à la négligence ou à l'injustice. Elle était transportée d'indignation à la pensée de tout ce qu'elle avait subi; et de ce que subissaient les autres. Les nécessiteux inscrits sur les listes de secours devraient être payés plus. Beaucoup plus.

— Il faudrait veiller au bien-être des gens, dit-elle. Et sans lésiner, en plus. Il ne suffit pas d'avoir de quoi payer son loyer, sa nourriture et ses vêtements, il faut bien pouvoir donner son linge à la blanchisserie et avoir un peu d'argent de poche.

J'écoutai.

— Et ce qui me révolte le plus, continua-t-elle, c'est de voir les gens faire des enfants coup sur coup. Ça me donne envie de leur donner des coups de poing, de quel droit mettent-ils des enfants au monde? Je n'ai jamais pardonné à mes parents de m'avoir mise au monde.

— Vous regrettez vraiment d'être née, Etta?

— Pour sûr. Si on m'avait demandé mon avis, je n'aurais jamais choisi les parents que j'ai; ils n'ont jamais rien fait pour moi. Et si j'avais eu l'expérience que j'ai maintenant, je n'aurais jamais eu d'enfant moi-même.

— Vraiment, vous n'en auriez pas eu?

— Bien sûr que non. Chaque fois que je vois passer un corbillard, poursuivit ma réjouissante domestique, je pense qu'il a bien de la chance. Si au moins ça pouvait être moi.

Je ne sais si c'est cette conversation qui a mis mon moral à plat, mais je me retrouve dans le même état de dépression et d'abattement morbide qu'il y a quelques jours.

Après avoir installé Etta dans ses quartiers et lui avoir donné mes indications pour le repas du soir, j'errai à la recherche de Michael.

Je le trouvai plongé jusqu'au cou dans le délicat problème de trouver un morceau de tuyau de la bonne taille et de la bonne forme pour que la fontaine puisse couler.

Il était assis dans le hangar à outils au milieu d'une pile de vieux tuyaux, manipulant celui-ci, examinant celui-là, marmonnant entre ses dents.

Je m'assis à côté, découragée. Autant espérer faire un brin de causette avec un yogi indien.

Je me mis, moi aussi, à marmonner pour moi-même : « Tant que Pom est dans le corral, je la chevaucherais volontiers s'il ne faisait pas si froid et si brumeux. »

Il dressa l'oreille à la mention d'un cheval. « Tu ne vas pas te laisser arrêter par un misérable brouillard! »

Je continuai à réfléchir et il retomba dans ses abîmes de perplexité.

Je m'en allai au hasard.

Je montai lentement les escaliers, dans l'intention de me laver les mains. Puis je me ressaisis. « Pas de ça! » dis-je.

Avec résolution, j'enfilai ma tenue de cheval. Il faisait vraiment un froid mordant. Je passai un polo de laine, par-dessus un pull-over, puis un blouson de cuir et mis sur la tête mon bonnet de laine pour le ski.

Pom était toute fringante après son long hiver en liberté sur la montagne et je pouvais tout juste la tenir en main.

Je la conduisis d'abord dans le Pré de la Maison, car je voulais lui faire faire quelques sauts. Je lui fis sauter une douzaine de fois le ruisseau dans les deux sens, à l'endroit où il est le plus étroit, et découvris pourquoi j'avais du mal à garder l'équilibre sur cette jument. C'est la façon dont elle change brusquement d'allure pour prendre son élan plutôt que le saut lui-même.

Mais Pom voulait qu'on la laisse aller librement et non pas qu'on l'oblige à faire ceci ou cela; je quittai donc la prairie pour les hauts plateaux où le brouillard serait moins dense et où j'avais une chance de retrouver les poulains égarés. Je demandai à Riley le nom des poulains. Playboy et Floss. Deux magnifiques petits alezans, amis inséparables. On ne les voyait jamais l'un sans l'autre,

Je chevauchai à travers le Pâturage de la Maison — cette étendue de prairies qui entoure la maison et la Pelouse.

Le vent mugissait à travers les pins du sommet de la falaise et, en les traversant, j'avais l'impression de me trouver tout près de la mer, les oreilles emplies du ressac d'équinoxe.

Je me sentis pénétrée de l'immensité de la mer.

La senteur des pins, humides de brouillard, était délicieuse et d'une pureté ineffable. J'en aspirai une profonde bouffée.

Une fauvette, couleur de pied d'alouette, s'intéressa à nous et se mit à nous précéder, voletant d'un buisson à l'autre. Elle, si petite. Pom et moi, personnages si importants. Mais c'était elle la privilégiée; libre, légère, puissante.

Elle dressa la tête et m'observa. Je lui renvoyai son regard. J'espère toujours échanger un salut de connivence avec les oiseaux ou les animaux lorsque je rencontre leur regard. Il me semble parfois que cela se produit. Et, dans ce cas-là, quelque chose d'autre se produit, je ressens un petit pincement de cœur et un lien se forge entre nous. J'ai regardé plus d'une fois les yeux de Roamer, mais je ne les ai jamais vraiment rencontrés en face. Parce que j'en ai peur. Sans cela, peut-être serions-nous amis.

Je continuai jusqu'en haut du Pâturage des Écuries, traversai le chemin vicinal et commençai à escalader le Dos-d'Ane.

Le corps de Pom frémit et son allure s'accéléra. Elle est infatigable, me transporte comme une plume et galoperait par monts et par vaux si je la laissais faire.

Tout en haut, brumes et nuages nous enveloppèrent totalement. Le vent continuait à mugir. J'entendais une sorte de rythme pesant et régulier, comme si je tenais vraiment un coquillage collé à mon oreille et que me parvenait cet écho étrange de la mer et du ressac — et je fus soudain submergée de désespoir. Oh! pourquoi?

Ce paysage devrait me remplir d'allégresse, mais non — il est trop immense. Il est épique, et lorsque, à travers une brusque trouée, mon regard perça les épais replis des nuages pour suivre le déroulement sinueux des plaines jusqu'à une distance où nul œil ne peut atteindre, je sentis à nouveau l'immensité, cette immensité si belle qu'elle vous arrache le cœur et vous confond avec elle — mais c'est une greffe, faite au bistouri — avec du sang et de l'angoisse.

Rachel et Bunny m'avaient accompagnée au début mais ils se laissèrent bientôt entraîner par leur instinct fouineur. Bunny se manifestait de temps à autre, comme s'il était conscient de ses devoirs; mais Rachel, après quelques apparitions éclair à travers le brouillard, courant comme une folle, pendant le premier kilomètre de chevauchée, disparut, et je continuai seule ma route avec Bunny.

Je m'arrêtai près du sommet du Dos-d'Ane et restai longtemps assise là, scrutant le monde, mais je n'aperçus aucun poulain — pas le moindre signe de vie.

Pom regardait attentivement elle aussi. Tous les chevaux se sentent surexcités lorsqu'ils se trouvent sur ces hauteurs. Tout son corps frissonna. Sa fière encolure se raidissait et ses oreilles se dressaient en pointe. Je laissai les rênes flotter sur son cou et elle tourna successivement la tête dans une direction, puis dans l'autre par petites saccades brusques. Mais le brouillard se referma à nouveau autour de nous.

Il était impossible d'apercevoir quoi que ce fût.

Je fis donc demi-tour pour aller me peletonner dans le coin du sofa près du feu crépitant, plongée dans la lecture d'un traité sur le rythme de Lussy, en attendant de voir ce qu'Etta allait nous mijoter pour le dîner en guise de cuisine « de l'Est ».

...très tard... une espèce de petit fantôme blanc attendant devant la porte. Rachel. Boueuse, crottée, maigre et l'air égaré au-delà de toute expression, les flancs haletants se soulevant convulsivement, la langue pendant sur le côté de la bouche comme un long ruban humide.

J'ai congédié Etta et envoyé un télégramme à Hilda à San Francisco avec le faible espoir qu'elle pourrait encore venir ici pour l'été.

Essayant de se faire pardonner, Rachel rampe jusqu'à moi pour que je la cajole.

Tous les chiens adorent cela, mais chez Rachel c'est un besoin vital. Au bout d'un moment, je retire ma main de sa tête et lui dis d'aller se coucher. Mais, obséquieuse, elle se faufile jusqu'à Michael pour quémander d'autres caresses. C'est maintenant à Riley qu'elle fait des avances, pendant qu'il arrose la Pelouse.

Je l'ai aperçue à midi, assise sur les genoux de l'un des ouvriers de l'équipe du moulin à vent, éperdue de béatitude sous la flatterie des lourdes mains. Si l'on élève la voix contre elle — ne parlons pas des cris — — elle se fige en une sorte de stupeur.

Tous les enfants crient après les chiens, et presque tous les chiens commencent leur vie dans un foyer où se trouve au moins un enfant. A la campagne, tout le monde hurle après eux.

Vous les appelez. Ils ne viennent pas. Vous les appelez de plus en plus fort, vous criez. Pour peu qu'il fasse froid et que vous ayez interrompu un bon programme à la radio, une lecture intéressante ou une conversation pour sortir exprès donner à manger aux chiens, une note d'impatience perce dans votre voix. Si vous êtes du sexe masculin, vous laissez échapper des invectives. Pour finir, vous rugissez.

Les chiens ne s'en émeuvent pas. Sitôt qu'ils ont enfin entendu les appels, ils accourent à toute vitesse avec des frétillements de queue et des yeux pleins d'adoration, prêts à bondir et à témoigner leur affection, à recevoir leur portion de nourriture et de caresses, confortablement installés dans la maison de leurs maîtres.

Pour eux, ces cris ne contiennent aucune hostilité. Ils ne doutent pas de l'amour qui se cache sous ces vociférations.

Mais Rachel s'en émeut.

Quand s'arrêtera donc ce cercle vicieux? Tout le monde crie et s'égosille après elle.

Plus elle détale en une fuite éperdue, et plus les invectives redoublent.

Je peux l'apercevoir, camouflée derrière le massif du jardin, hasardant un œil, observant tout, bien résolue à partir en courant. Ces manières de sauvageonne viennent plus, j'en suis sûre, d'un sentiment de culpabilité que de la peur. Elle n'a aucunement l'intention d'obéir et sa propre vilenie l'accable.

Elle n'est même pas convenablement domestiquée.

A la campagne où les portes restent ouvertes la plupart du temps et où chacun entre et sort librement, les chiens sont le plus souvent dehors et ont l'habitude de satisfaire à leurs besoins sans demander la permission. Cela est leur affaire. Tout se passe bien, tant que les portes, par un malencontreux hasard, ne restent pas fermées plus que de coutume.

Il faut à tout prix domestiquer Rachel et lui apprendre à répondre quand on l'appelle.

Je projette d'inventer spécialement à son intention un son qui ne ressemblera à aucun autre de ces cris et clameurs qui lui ont fait prendre la fuite pendant si longtemps. J'aimerais pouvoir siffler, mais je ne peux pas car les chevaux sont dressés à répondre quand on les siffle. Je pense donc l'appeler sur deux notes aiguës, la cinquième puis la troisième de la gamme de ré majeur.

Cette petite tierce est un intervalle plaintif. Les enfants ont l'habitude de s'en servir pour s'appeler d'une colline à l'autre.

Elle revient souvent dans les tyroliennes, en Suisse et en Allemagne, dont l'écho s'égrène de montagnes en montagnes. Et je la chante toujours très juste car c'est avec elle que les orchestres donnent le la.

Aujourd'hui, le brouillard s'est dissipé et il fait un temps chaud et clair. Toutes les couleurs ont plus d'intensité. Je suis restée à prendre le soleil dans le hamac, au bout de la terrasse. Fini ce sentiment de solitude. Un peu de répit pour aujourd'hui. Je me plais à suivre du regard les allées et venues de Riley et de George entre la Grange, le corral, le pavillon de la source, les communs. De brusques éclats de voix me parviennent par intermittence de l'équipe de travail — une porte que l'on claque.

A travers le Pré des Veaux, dans la section n° 16, j'aperçus soudain un éclair coloré — ce sont les yearlings dévalant le plateau jusqu'au ruisseau pour boire. Ce sont les êtres les plus rapides du ranch. Ils ne courent pas, ils « se déversent » sur le sol, remplissant creux et bosses — monter ou descendre une colline ne signifie rien pour eux; robes chatoyantes, brunes, fauves, alezanes — tout un jaillissement de couleurs que le soleil fait resplendir de mille feux.

Le jour maintenant décline et la lumière se transforme au coucher du soleil. Elle devient douce et ravissante. Pas un nuage. Seule une teinte d'émeraude claire — et l'étoile du soir, énorme et dorée.

Le moulin à vent ne va pas tarder à être terminé.

9

Lorsque j'improvise au piano, certaines sonorités surgissent soudain qui me transportent de ravissement — une brève succession d'accords, un changement de tonalité, des bribes de mélodie — je les joue et les rejoue sans me lasser, y puisant un plaisir d'une intensité extrême.

Je suis en proie à une sorte d'hypnose; je finis par oublier totalement tout ce qui m'entoure et par avoir des visions; j'imagine des scènes de la nature : la mer, des pics montagneux, des corolles de fleurs, des couchers de soleil. Étant enfant, j'appelais cela aller dans un autre monde et je connaissais les sons qui avaient le pouvoir de m'y conduire. J'en sortais épuisée. Mon père me contemplait pensivement et avait l'habitude de dire : « Mary, on dirait qu'on t'a étirée à travers une filière. » Je me sentais coupable et honteuse, et baissais la tête.

Je sais toujours à quel moment ce phénomène va se produire. Je deviens impressionnable au plus haut point, ma sensibilité est à fleur de peau et je me rends compte que je vais pénétrer dans un monde différent (je l'appelle maintenant « Shinar »). Les visions de la nature exercent sur moi un pouvoir presque terrifiant.

La lumière, par exemple, cette façon mystérieuse de changer son essence même, en passant de l'aube à l'obscurité.

D'abord cette clarté du petit matin que j'ai essayé de traduire dans *Joie matinale.* Si innocente, joyeuse et spontanée, célébrée avec ivresse par le chœur des oiseaux : « Le revoici enfin ! Le jour ! Le soleil ! Et l'envolée dans les airs ! » Le monde tout entier est une coupe se tendant de toutes ses forces vers le ciel, se soulevant et s'ouvrant pour absorber la lumière, toujours et encore plus de lumière.

Et la lumière se déverse à flots, de plus en plus, jusqu'à la grandiose effusion de midi ; et alors elle se fait cruelle. Elle n'épargne pas la plus petite crevasse. Au début de l'après-midi, elle vous écrase. Pas le moindre soupçon d'ombre. Puis, tout doucement, les rayons du soleil s'inclinent et deviennent obliques, et chaque arête vive s'adoucit d'un mince ruban ombragé. Maintenant tout l'univers est esquissé à grands traits bleus et violets qui vont s'élargissant ; et, au fur et à mesure que l'obscurité s'épaissit, un sourire affleure vos lèvres, un sentiment d'étrangeté et de mystère vous envahit. Et l'atmosphère tout entière semble pousser un soupir de soulagement, qui s'alourdit de tristesse tandis que le jour meurt.

Le crépuscule est plein de magie, de sortilèges et d'enchantements. Et les oiseaux y lancent, de temps en temps, une note poignante, comme s'ils étaient les hérauts de quelque grave nouvelle.

Plus d'une fois, sous l'effet de ces expériences hypnotiques, l'inspiration me saisit; c'est ainsi que je composai *Sortilèges de la pénombre.* J'ai souvent pensé que le piano jouait son rôle lui aussi. Non pas à cause de la beauté limpide de sa tonalité ou de la perfection de sa mécanique, mais pour quelque chose d'autre.

Car c'est un instrument spécial. Il a son histoire.

C'est un piano à queue — le plus grand que fabrique la firme Mason et Hamlin — et il fut sélectionné avec soin par le célèbre pianiste et compositeur Leopold Godowski à l'intention d'un de ses jeunes élèves. (Cela se passait à Los Angeles, il y a déjà pas mal d'années.) On pensait que l'enfant était un génie. Le père, un Polonais, élevait à grand-peine toute une nichée d'enfants avec son salaire de typographe au *Times* de Los Angeles; il fit des sacrifices surhumains et le piano fut acheté et installé dans le salon du petit pavillon où ils vivaient, à Hollywood. La pièce ne contenait pas d'autres meubles. Aucun des enfants n'avait la permission de toucher au piano ou même d'entrer dans la pièce. Ce piano et le jeune garçon symbolisaient tout l'espoir de leur vie. L'avenir.

Le jeune garçon étudia pendant un an avec Godowski et le piano ne resta jamais silencieux. Puis, il fut fermé à clé.

Des philanthropes, persuadés par Godowski, s'intéressèrent au jeune génie et le prirent en charge. Ils l'enverraient à Paris faire son éducation. A son retour, il serait un virtuose mondialement connu et n'aurait plus besoin du piano. Les plus grands fabriquants se disputeraient l'honneur de lui faire cadeau d'un instrument.

A cette époque-là, je vivais, moi aussi, à Los Angeles, et étais en quête d'un piano aussi bon que celui sur lequel je jouais étant enfant.

Dans la maison de Brooklyn où je fus élevée, on prenait la musique très au sérieux. Cela était dû au fait que ma grand-mère maternelle vivait avec nous, et elle secrétait la musique comme la rose secrète son parfum.

Elle avait une harpe et en jouait de façon merveilleuse. La harpe est un instrument légendaire. En fait, elle vient de la Bible et on la cite dans les sermons d'église. Elle est bien sûr dorée et enjolivée de chérubins et de têtes d'anges. Personne n'était mieux désignée pour être la compagne de chérubins et d'instruments célestes que ma majestueuse grand-mère. On me permettait parfois de me joindre à ce groupement divin, assise par terre tandis qu'elle jouait, enfouie avec délices dans sa longue traîne de soie noire et manœuvrant les pédales lorsqu'il fallait changer la tonalité.

Il y avait un autre instrument imposant dans ce salon de Brooklyn. C'était un piano de concert, un Steinway, cadeau de ma grand-mère à Elma, qui étudiait le piano « sérieusement ».

Sitôt que je fus assez grande pour me tenir debout et atteindre le clavier, je le fis. Entendre résonner une quinte grave et profonde sur un tel piano, le couvercle soulevé, est une expérience pour quiconque a des oreilles pour entendre. Pour une enfant attirée par la musique comme je l'étais, dans ces premières années de ma vie, cela ne put que confirmer ma vocation; je fus définitivement conquise à la musique.

Lorsque ma grand-mère jouait, elle me permettait de me serrer tout près d'elle sur le tabouret de piano. Tant qu'elle jouait, je restais là. Elle me jetait de temps à autre un coup d'œil amusé et plein de bienveillance; j'observais ses mains avec attention et essayais de retenir les airs. Dès qu'elle avait quitté le piano, je m'exerçais à les retrouver toute seule.

J'appris ainsi en écoutant. Je jouai bientôt de nombreux airs de mémoire.

Quiconque s'est habitué, depuis son enfance, à jouer sur un tel piano, ne peut en supporter un moins bon.

Aussi, lorsque je me mariai et allai vivre à Los Angeles, je louai un piano à queue de marque Knabe; j'en fus mécontente, le renvoyai et louai un Baldwin, que je renvoyai également, et achetai un vieux Chickering.

Je continuai à être mécontente. J'essayai tous les pianos des salles de vente de Steinway, mais aucun ne pouvait se comparer à celui d'Elma. Maisons de musique et vendeurs commencèrent à s'habituer à ma quête inlassable du « bon » piano.

Un après-midi, tandis que je jouais seule, je remarquai une petite porte dans un coin. Je l'ouvris et me trouvai dans une sorte de grenier. Il ne contenait rien, hormis un unique piano. C'était le jumeau du piano d'Elma. Long, noir, fermé, majestueux, en attente. Il était réellement en attente.

C'était le piano de concert que le personnel de Steinway tenait à la disposition des virtuoses qui venaient en visite.

Je me glissai jusqu'au tabouret, soulevai le couvercle et plaquai la profonde quinte du ré et du la. De nouveau retentit la même résonance magique qui avait fait vibrer mon âme lorsque j'étais enfant.

On me laissa jouer tant que je voulus.

Un jour, un vendeur m'appela pour me dire qu'il pensait qu'il y avait, dans un petit bungalow des environs de Hollywood, un piano qui m'intéresserait. Il me donna les indications pour m'y rendre, car il n'y avait pas le téléphone.

C'est ainsi que le piano d'exercices du jeune virtuose polonais (il n'a jamais, hélas! rempli ses promesses) se trouve maintenant ici, au ranch, dans la salle de séjour. Il a été expédié de Los Angeles dans une caisse de la taille d'une petite cabane, débarqué à la gare de Buford, et hissé avec le plus grand soin dans notre grand chariot à foin. Deux attelages, Jock et Ginger, Fanny et Cap, l'ont emmené à petite allure à travers la campagne jusqu'à la maison, où des déménageurs de Denver l'attendaient pour l'installer.

Sortilèges de la pénombre fut écrit par une soirée d'automne, peu après notre arrivée au ranch.

Michael était malade au moment où je composai ce morceau.

Je me sentais coupable de rester si longtemps au piano et l'exaspérant, très probablement, alors que j'aurais dû être à ses côtés en train de le dorloter.

Je montai donc aérer la chambre quelques minutes,

lui tirant les couvertures jusqu'au menton en attendant que je referme la fenêtre. Je retapai les oreillers, lui apportai un jus de fruit, approchai une chaise et pris mon ouvrage de couture.

Il tourna le visage contre le mur.

— Redescends jouer, dit-il.

— Aimes-tu ce morceau? demandai-je, à la porte.

— Oui.

— Qu'est-ce qui te plaît dedans?

Pas de réponse. Il ne se retourna pas.

J'attendis un instant, puis me décidai à partir lorsque j'entendis le son de sa voix.

— Il y a une espèce de charme, de liberté, de vagabondage.

Je buvais ses paroles avec délice.

Lorsque le morceau fut terminé, je m'aperçus qu'il contenait vraiment une atmosphère et un rayonnement particuliers. Il diffusait cette étrange lueur du crépuscule. On était pris au charme, et l'on distinguait le chant d'une grive. Le chant des oiseaux n'est jamais proche de vous, dans votre jardin ou à la lisière d'un bois, mais toujours enfoui au cœur même des choses; et quelqu'un, entendant le morceau, s'écria : « Cet oiseau! « si lointain »... »

La gorge de Michael empira. Il faisait une inflammation des amygdales et la fièvre continuait de monter; je l'aidai donc à s'habiller tant bien que mal et le conduisis un jour consulter le médecin de Cheyenne.

Ne trouvant pas de place pour me garer, je fis le tour du pâté de maisons avec la voiture en attendant qu'il revienne.

Michael entra et s'assit face au docteur, un Hongrois, bon ami à nous. Il parlait parfaitement l'anglais, mais avec un drôle d'accent nasillard.

Le docteur dirigea le faisceau de sa petite lampe dans la bouche grand ouverte de Michael et s'exclama : « Magnifique! »

(Je pouvais exactement imaginer le ton de sa voix lorsque Michael me raconta l'histoire par la suite.)

Puis il saisit sa lancette et l'infirmière entra avec une cuvette.

Quinze minutes plus tard Michael était dans la rue, un tampon devant la bouche et inspectant le pâté de maisons à ma recherche.

De retour au ranch, il est à nouveau au lit, bien calé par les coussins, ayant ingurgité un calmant, un whisky bien tassé à la main, un feu crépitant dans la cheminée et un bien-être béat émanant de chacun de ses pores — cela me met du baume au cœur de le regarder.

Ma composition — *Sortilège de la pénombre* — a fait une courte carrière.

Je l'emmenai à New York une année et la présentai à la maison d'édition Sam Fox avec un autre titre au choix : *Chants d'oiseaux au crépuscule*.

M. Fox est musicien dans l'âme, et quand son éditeur lui fait auditionner un morceau, il arpente le studio d'un air concentré en écoutant intensément, et mimant les idées suggérées par le titre avec des gestes expressifs des mains et du corps.

Traduire l'enchantement du crépuscule résonnant de chants d'oiseau ne serait pas tâche aisée même pour un acteur chevronné, mais M. Fox ne se laissait pas abattre pour si peu.

Grand, de belle prestance, habillé de costumes de coupe anglaise, il attendait patiemment tandis que le piano jouait les chants d'oiseaux. C'était la pénombre qui l'intriguait, et les sortilèges.

— Voilà! C'est maintenant que les sortilèges commencent! s'exclama-t-il, et il commença à évoluer avec grâce autour de la pièce, soulevant les bras et les laissant flotter comme des algues sous-marines.

Le morceau continua sa route encore plus loin.

Un de mes amis en Hollande présenta plusieurs de mes compositions à un pianiste virtuose hollandais, Pierre Palla. Il choisit *Chants d'oiseaux au crépuscule* et le joua à La Haye au cours d'un concert.

10

Je découvre que tous les animaux aiment la musique. Lorsque je m'assieds pour jouer dans la salle de séjour, le haut de la porte hollandaise reste ouvert. Tout de suite après la porte se trouve l'étroite terrasse soutenue par un mur de pierres sèches de soixante centimètres (très joliment construit par Michael), puis le parterre de fleurs et la Pelouse.

Les animaux en font leur lieu de rassemblement. Parfois ils montent jusqu'à la terrasse, devant la porte même. Les oiseaux viennent se percher sur la pergola, sautillant et gazouillant, et éclatent souvent d'un tel concert de chants qu'ils semblent vouloir noyer le son du piano.

C'est seulement depuis mon retour que la musique est entrée dans la vie de Rachel. Je crois qu'elle la remplit de stupeur.

Lorsque je me lève pour me reposer et prendre un peu l'air, et que je vais m'appuyer sur la partie inférieure de la porte hollandaise, ils sont là.

Baissant les yeux, je peux voir deux chiens sur le paillasson.

— Mais c'est Rachel!

Bunny agite frénétiquement la queue. « C'est moi qui l'ai amenée. »

Félix et Missy sont assis au soleil à l'autre bout de la terrasse, en train de faire leur toilette.

Il arrive même que, assise au piano, j'aperçoive en tournant la tête les oreilles du jeune Rheingold pointer à la porte.

Toujours rien des poulains égarés. Aujourd'hui, le

temps est merveilleusement clair. Je vais faire une autre tentative.

J'ai ourdi un stratagème plein d'astuce. Je ne ferais pas attention à Rachel mais appellerais Bunny. Ce serait de la perfidie, car Rachel, habituée à suivre Bunny depuis qu'elle est petite, se précipite chaque fois qu'on l'appelle.

Michael m'aiderait. Nous la saisirions alors et les enfermerions tous deux dans le hangar à outils, empêchant ainsi Rachel de se décharner encore plus à force de courir.

Mais j'avais déjà enfilé ma tenue de cheval. Le remarquerait-elle ?

Elle observa Michael tandis que Bunny se précipitait vers lui, et lorsque Michael appela : « Rachel ! viens ici ! Rachel ! » elle fit demi-tour et s'enfuit.

Michael cria d'un ton impérieux. Je criai. Riley la vit passer en flèche devant les communs et « il » cria. Les ouvriers du moulin à vent crièrent.

Plusieurs partirent à sa poursuite et essayèrent de la rattraper au moment où elle se précipita comme l'éclair à travers la Gorge. Elle rampait sur le sol comme une fouine, sa longue queue tellement repliée sous son corps qu'elle rejoignait presque son menton.

Michael perdit patience.

Encore quelques cris tonitruants, et il fallut bien reconnaître notre défaite.

Rachel s'était arrêtée dans le bois de trembles au-dessus des écuries, d'où elle pouvait tout observer à son aise, en particulier le corral où j'étais en train de seller Madame Pompadour, et d'où elle pouvait s'échapper à toute vitesse dans le monde immense et infini à la moindre tentative de capture de notre part.

Tout en escaladant la montagne, je cherchai un moyen de la rendre douce et obéissante. Je la vis passer en trombe.

Elle leva la tête vers moi, non pas d'un air triomphant, mais inondée de joie. Elle est folle de liberté, mais elle est le chien de n'importe qui. Elle ne fait confiance à personne. Cet air terrifié, sournois, méfiant, dont elle vous regarde ! Comme un animal égaré, sans foyer, sans ami, sans maître.

Je laissai Pom escalader le Dos-d'Ane au petit galop. Rachel était déjà hors de vue.

En haut d'une crête derrière la Section 20, je descendis de cheval et m'assis pour scruter l'univers. A cinquante kilomètres à l'est, au-dessus de Cheyenne, des plaques d'or pur scintillaient dans le ciel — le dôme recouvert d'or du Capitole. A l'est et à l'ouest se déroulait la voie ferrée. Je pouvais la repérer grâce aux trains qui y roulaient, des trains petits comme des jouets d'enfant. A l'ouest, lorsqu'ils devaient grimper la « grosse colline », il fallait deux locomotives pour les tirer, je pouvais apercevoir les nuages de fumée ; mais de l'autre côté, à l'est, la pente redescendait ; ils dansaient sur les rails et n'avaient pas besoin de locomotive supplémentaire. C'est une voie importante. Il y passe un train environ toutes les trois minutes. Je pus entrevoir la jaquette blanche d'un des garçons d'un pullman tandis qu'il se tenait sur la plate-forme du wagon restaurant.

Encerclant le paysage, loin à l'ouest et au sud, se dressent les chaînes de montagnes — les montagnes Neigeuses, les montagnes du Neversummer — ainsi nommées par les Indiens. Le 4 juillet, il se tient toujours un rassemblement de ski dans ces monts du Colorado.

Pas de tempête en vue aujourd'hui — seuls de blancs nuages voguent à la dérive — mais en fixant attentivement mon regard sur ces pics lointains, je pus me rendre compte que là-bas le vent soufflait ; car, tandis que j'observai, je vis comme un duvet de neige s'élever en spirales telle la fumée d'une cheminée ; et je sus que le pan d'une montagne venait d'être arraché et soulevé en l'air. Je vis la neige planer un instant, s'étendre et tourbillonner — c'était vraiment une tornade — puis se dissiper peu à peu et s'évanouir. Tout fut calme à nouveau.

Je me remis à chevaucher, faisant faire une promenade à Pom. Soudain elle s'arrêta, dressant brusquement la tête, et poussa un hennissement. Un autre hennissement lui répondit de derrière une colline basse à ma gauche. Je pressai mes jambes contre son flanc, nous contournâmes la colline, et là se trouvait toute la bande des yearlings, tête dressée, nous observant, prêts à s'enfuir. Un petit rouan bleu vint à notre rencontre; et, subitement, Pom et lui se livrèrent à des démonstrations d'affection, tout à la joie de se retrouver. C'était le poulain qu'elle avait eu cette année. Les autres poulains se dispersèrent autour de nous. Rachel les avait découverts bien avant moi et se tenait assise de l'autre côté de la petite colline, immobile et attentive.

J'avais tout le temps, maintenant que Pom et son poulain se mordillaient et jouaient ensemble, de jeter un coup d'œil sur les autres. Rachel disparut.

Les poulains sont toujours vilains au printemps lorsque leur long pelage commence à s'en aller par plaques. Parfois, ils ont tellement changé de couleur et de taille durant l'hiver que je peux à peine les reconnaître.

Je pensai qu'il en manquait deux sur le total de seize, mais, en comptant, j'en trouvai quinze. Je restai perplexe. Je refis le compte. Quinze. Comment se pouvait-il que Playboy et Floss manquassent l'un et l'autre, à moins qu'un poulain étranger ne se fût mêlé aux nôtres?

En observant attentivement les alezans, il me sembla que l'un deux ressemblait étrangement à Playboy. Mais il ne faisait aucun doute que Floss, qui portait des marques distinctives, manquait.

Sur le chemin du retour, je décelai une odeur de charogne dans l'air.

L'odeur était forte.

Je lâchai les rênes et, jetant un coup d'œil alentour, aperçus Rachel penchée au bord d'un précipice.

Je galopai jusqu'à elle. Floss était là. Il était difficile de s'imaginer que c'était tout ce qui restait de la ravissante pouliche — le corps était déjà à moitié pourri, la peau crevée, racornie et desséchée, les dents à nu, la ravissante queue couleur crème qui lui avait donné son nom (car on aurait dit un brillant écheveau de soie à broder)[1] n'était plus qu'un enchevêtrement de mèches emmêlées.

Toutes sortes d'animaux s'étaient attaqués à la carcasse. Heureusement, une couche de neige la recouvrait encore en partie.

Je reconstituai l'accident. La bande des poulains courant à toute allure à travers la prairie comme c'est leur habitude. Le sol invisible sous la neige. Le précipice à moitié ou entièrement comblé. Incapable de deviner où le terrain est sûr et où il ne l'est pas, Floss tente le saut et, ou elle calcule mal, ou son pied glisse, ou le bord cède au moment où elle retombe et l'entraîne avec lui. Et la voilà au fond.

De retour au corral, j'informai Riley.

— Mais c'est deux qui manquent.

— Non, seulement un, Riley. Playboy est avec les autres.

— Mais nous ne l'avons pas vu.

— Parce que vous les cherchiez tous les deux ensemble. Quand vous avez vu que Floss n'était pas là, vous avez cru qu'il n'y était pas non plus. Mais il est là.

Je dessellai Pompadour.

— Combien de poulains y avait-il?

— Quinze.

Riley se gratta la tête; déconcerté. Il a l'air d'un clown. Ses jambes sont courtes et arquées et un rictus dubitatif est posé en permanence sur son visage d'Irlandais.

Je pénétrai dans la salle de séjour pour trouver Michael debout devant la cheminée, l'air égaré.

— Je suis dans un beau pétrin. Tu arrives juste à temps.

— Que se passe-t-il?

— Le moulin à vent est terminé mais il ne marche pas.

— Il ne marche pas?

J'étais atterrée. Puis je me souvins avec soulagement:

— Mais il n'y a pas de vent aujourd'hui.

1. *Floss* en anglais, signifie bourre de soie. *(N. d. T.)*

— Un peu. Suffisamment. Il devrait bouger mais il ne fait pas un mouvement. Tout ce temps-là perdu, tant à faire, pas encore d'eau, et je ne sais pas par quoi commencer. Dois-je essayer de monter l'eau avec un siphon ? Ou acheter une pompe ?

Il tenait en main le catalogue de Montgomery Ward ouvert à la liste des pompes.

Il semblait dans une détresse totale. Mon cœur se mit à battre. Je me vis face à une catastrophe.

— Floss est morte, dis-je. J'ai trouvé son squelette dans la Section 19. Playboy est avec les autres.

Je souhaitai de toutes mes forces que le moulin marche.

Nous restâmes debout à contempler le moulin paresseux.

Par moments, sous l'effet d'une bourrasque de vent, les bras tournaient quelque temps et faisaient monter un peu d'eau.

— Là-là-là, l'encourageait Michael.

Et je répétais : « Là-là-là. » Et les chiens accouraient à toute vitesse en entendant ces sons étranges, aboyant, sautant et frétillant de la queue.

Puis il ralentissait de plus en plus — et s'immobilisait.

— De toute façon, déclarai-je, ce n'est pas un désastre total.

— *C'est* un désastre total !

— Non. Si nous avions foré un puits ici, puis là et ailleurs, et si nous n'avions rien trouvé, comme tant d'autres, là oui, ç'aurait été le désastre total. Mais nous avons trouvé cette belle nappe d'eau du premier coup. Maintenant si nous n'arrivons pas à la faire monter avec le moulin, nous trouverons un autre moyen. Il ne faut qu'un peu plus de temps.

— Les garçons vont arriver dans deux semaines et j'ai trois chevaux à dresser avant qu'ils arrivent. Sa voix était désespérée.

— Cela n'a pas tellement d'importance si l'eau ne coule pas encore quand ils seront là. Ce qui compte, c'est le dressage des chevaux.

Il faut trouver un expert pour le moulin à vent ; peut-être que des aubes de deux mètres cinquante au lieu d'un mètre quatre-vingts arrangeraient tout. Sinon, savoir s'il faut conduire l'eau avec un siphon du puits jusqu'à la source, installer une pompe dans le sous-sol de la maison, démolir le moulin...

Lorsque quelque malheur s'abat sur Michael, il tombe malade. Cette fois-ci, il a des névralgies d'un côté du visage, un léger rhume; et il est enroué.

Il a essayé le siphon.

Ça ne marche pas.

Il s'accuse amèrement chaque fois que quelque chose tourne mal.

— Cette fois, j'étais pourtant sûr d'avoir pris toutes les précautions voulues; envisagé toutes les possibilités avant de commencer le moulin; et je me suis trompé une fois de plus!

— Mais, protestai-je, comment pouvais-tu prévoir la direction des vents? Tu es tombé juste sur l'emplacement d'eau, et c'est ça qui compte. Et il semblait toujours qu'il y avait beaucoup de vent dans la Gorge.

— J'aurais pu mieux étudier les courants atmosphériques. J'aurais dû. J'aurais pu placer des drapeaux à cet endroit, plusieurs jours de suite, exactement à la même hauteur, avant de commencer le moulin.

Son rhume empira.

Le vieux George va et vient d'un air affecté.

Le chef des travaux est venu avec un autre « expert ». Ils ont examiné le moulin sous toutes les coutures, cherché longuement les raisons de cette apathie, pris son pouls et sa température et décrété en fin de compte qu'il faudrait amener l'eau du puits jusqu'au grand réservoir sur la colline avec une pompe, puis la faire descendre jusqu'à la maison par une conduite.

Ils se retirèrent avec Michael et le catalogue Montgomery Ward dans son cabinet de travail pour choisir la pompe.

Michael écrivit la commande et ils l'emmenèrent en ville pour la poster.

Avant de partir, ils remplacèrent quand même les

aubes d'un mètre quatre-vingts par des aubes de deux mètres cinquante, histoire de voir ce qui allait se passer.

Rien ne se passa.

Michael, maintenant qu'il a commandé la pompe, se sent beaucoup mieux. Ses névralgies ont disparu et sa voix a repris un timbre normal.

Il m'annonce allégrement que dimanche la pompe sera installée et qu'il y aura de l'eau à la maison.

Cela est, bien sûr, impossible, car nous sommes aujourd'hui mercredi et la pompe n'arrivera pas avant plusieurs jours.

Quoi qu'il en soit, la situation évolue.

Où est passé l'homme beau, élégant, qui vint me chercher à l'arrêt d'autobus de Cheyenne lorsque j'arrivai de New York? Il avait des bottes de cheval reluisantes et un pantalon immaculé. Son épaisse chevelure blonde était lisse et brillante d'un récent brossage.

La vie militaire n'améliore pas seulement le physique et la prestance d'un homme, elle en fait presque un dandy. Et je suis entièrement d'accord. Les hommes doivent prendre soin de leur personne et de leurs habits autant qu'une femme.

Mais, outre son apparence soignée bien sûr, il est très beau. Les gens se retournent pour regarder ce visage sévère et hâlé qu'éclaire le large sourire des dents blanches, ces yeux d'un bleu froid et perçant — si perçant — et qui ne sourient jamais. Le nez, brusque et décidé, trahit son caractère.

Mais maintenant!

Sa tenue de travail est composée d'un chapeau tout bosselé et taché de sueur, d'un vieux pantalon rapiécé qui n'a plus ni forme ni couleur; d'une chemise ouverte de flanelle, d'un gris sale; de lourdes bottes de fermier massives et déformées en accordéon, sur lesquelles retombent en tapon de grossières chaussettes blanches.

Je ne le vois jamais sans qu'il transporte un marteau, une lime, des morceaux de bois ou de fer. Ses belles mains carrées, aux étranges doigts en spatule, sont tout le temps crasseuses, tailladées, meurtries, tandis qu'il s'affaire à tout mettre en ordre pour l'été; réparant le hangar à outils, le poulailler, les écuries, les machines. A côté des travaux d'envergure comme la construction du moulin à vent ou le dressage des chevaux, il y a une multitude de petits détails dont il faut s'occuper. Et, durant les courts instants de répit, il tombe dans une sorte d'apathie, assis près de la radio en fumant sa pipe, immobile, figé, le visage sombre, de profonds cernes se creusant sous les yeux.

Hilda est arrivée.

Et maintenant tout est changé.

Ma chambre est parfaitement en ordre. La petite table à ouvrage près de la fenêtre, avec des fleurs jaunes. Mon bureau, si net, avec tous les papiers rangés dans des classeurs. J'ai mis des fleurs dans toutes les pièces de la maison. C'est parce que nous formons équipe, Hilda et moi. Et lorsqu'on travaille en équipe, on fait beaucoup plus attention. Mais lorsqu'on est seule, on se laisse aller.

Je suis allée en ville et je me suis acheté trois robes, un dollar chacune.

J'en ai mis une aujourd'hui — rouge, bordée d'une petite ganse blanche, avec une petite martingale dans le dos et une longue fermeture éclair sur le devant. Elle est légère, fraîche, facile à enfiler, et a un air d'insouciance. Je me sens donc insouciante.

11

Il y a plein de poissons dans le Ruisseau de l'Arbre Solitaire et l'on en n'a pas encore retiré l'eau pour la diriger, dans les canaux d'irrigation qui courent en bordure des prairies.

On le fera lorsqu'on aura réparé les digues. Les canaux seront alors barrés par endroits et l'eau se déversera sur les prairies et les inondera afin de hâter la pousse du foin.

Jusque-là, les prairies restent sèches; les poulinières et leurs poulains, accompagnés bien sûr de l'étalon, sont encore dans leurs quartiers d'hiver — le petit bois de trembles à l'extrémité de la Prairie de Castle Rock.

Les prairies, chacune en forme de longue soucoupe elliptique, couvrent toute l'étendue du ranch et sont reliées entre elles par des digues.

Aussi, si je n'en profite pas avant que les prairies soient inondées, je ne pourrai sans doute plus pêcher par la suite.

Le ciel est très couvert aujourd'hui; beau temps pour la pêche.

La première chose à faire est de savoir où est Missy. Elle est aussi déterminée que les chiens à m'escorter dans chacune de mes expéditions.

Je la trouvai profondément endormie sur le coin du sofa dans la salle de séjour. Elle était couchée sur le côté, repliée en boule comme une chenille, son museau innocent légèrement renversé, les yeux étroitement fermés, ses quatre petites pattes retombant mollement sur le pelage crème de son ventre.

Pas un enfant au monde ne s'éveille lorsque sa mère le touche. Les animaux que je possède ne bronchent pas non plus à mon contact. Je passai légèrement la main de haut en bas sur la fourrure soyeuse de Missy, et elle n'eut même pas un clignement de paupière. Je sortis donc et appelai George pour qu'il me déterre quelques vers.

« Ce sera une bonne surprise pour Michael, pensai-je en me mettant en route, lorsqu'il verra des truites pour le dîner. Je dirai à Hilda de ne pas les faire cuire avec de la farine de maïs, mais juste avec de la graisse de porc salée et en plein air pour qu'elles sentent le feu de bois. »

Les chiens surgirent de je ne sais où, bondirent autour de moi, puis s'engagèrent sur la piste fraîche d'un lapin.

Je connais les endroits où se trouvent les truites, juste sous les berges, à chaque coude du ruisseau.

Tout en pêchant, je songeai à la façon dont était né le ranch.

C'est le ruisseau qui a dû être le point de départ. Sans ruisseau, il n'y aurait pas eu de digues. Sans digues, le foin n'aurait pu pousser. Sans foin, pas de vaches laitières, ni de camp de vacances — en fait, pas de ranch.

Et je ne serais pas, maintenant, assise ici, en train de pêcher.

Je sentis une secousse et tirai sur ma ligne; à l'extrémité se démenait une truite irisée de vingt-cinq centimètres.

Quatre choses se produisirent à la fois.

Missy déboucha brusquement de derrière un buisson et s'élança contre la proie frétillante et argentée. La truite se décrocha de l'hameçon. Les chiens, par un hasard inexplicable, se trouvaient là et, voyant la truite tomber à l'eau, plongèrent à sa poursuite. Je renversai ma boîte de vers.

Tandis que je me baissais pour les ramasser, je sentis une présence et me retournai. Roamer était là, derrière moi, m'observant, la courte chaîne pendant à son nez.

Je restai pétrifiée. Les chiens sortirent de l'eau, vinrent le plus près possible de moi, et s'ébrouèrent avec vigueur.

Depuis l'enfance, on vous apprend à ne pas manifester votre peur. On vous apprend même à ne pas « avoir » peur (cela est le comble du ridicule!). Cependant, je fus persuadée dès le début que Roamer n'avait pas de mauvaises intentions. Il était curieux. Il se passait quelque chose et il voulait savoir quoi. De plus, il entendait ne pas être laissé de côté. Les animaux sont solitaires dès leur naissance et recherchent la compagnie (à moins d'être malades, ou sur le point de mourir, ou qu'il s'agisse d'une femelle près de mettre bas).

Sinon, à d'autres égards, ils ressemblent à leurs frères aînés les humains, ils recherchent la sécurité. Manifestez votre autorité à certaines personnes, prenez-le en charge, montrez-leur votre volonté de domination et de possession, et elles remettront avec amour et gratitude le fardeau de leur personne et de toute leur vie entre vos mains.

Ma peur se calma, et je me tournai vers Missy, exaspérée. Elle pouvait, et elle allait très probablement, tout gâter. Lorsqu'elle m'accompagne à la pêche, elle s'assied généralement au bord de l'eau, immobile, juste sous la ligne, le regard plongé au fond du ruisseau. Je crois qu'elle arrive à voir le poisson s'approcher, grignoter l'appât et mordre à l'hameçon. Au moment où je retire d'un coup sec la ligne, elle se bat avec moi pour arriver à l'attraper.

Je l'appelai, main tendue : « Viens ici, minou. »

Elle ne peut jamais résister à une caresse et se précipita vers moi en poussant un petit cri d'adoration. Je la soulevai et l'installai sur mon épaule gauche, où elle prit sa position favorite, une patte tendrement passée autour de mon cou.

Je remontai le ruisseau et Roamer me suivit, bientôt rejoint par Rheingold, le jeune étalon.

Les chiens couraient en tête, partagés entre le désir de ne par perdre ma trace, de ne rien manquer, et cependant de rester à l'affût de la première piste chaude.

Je repris mon poste au coude suivant. Les chiens s'assirent, la langue pendante, me regardant avec de petits gémissements d'impatience, dans l'attente de ce qui allait se produire. Mais rien ne se produisit si ce n'est, très loin, un vague mouvement dans l'herbe que je ne pus apercevoir, et les voilà partis de nouveau à toute allure.

J'attrapai alors trois belles truites à la file. A chaque fois ce fut toute une histoire, car il fallut protéger le poisson contre Missy, le décrocher de l'hameçon et le mettre dans ma poche. La troisième fois je fis tout tomber, y compris Missy, m'affalai par terre presque couchée sur le poisson, Missy sauta sur mon dos, Rheingold piaffa bruyamment, Roamer poussa un sourd grondement, les deux chiens accoururent en flèche, essoufflés et pantelants, et s'allongèrent dans le ruisseau pour se rafraîchir.

A partir de ce moment, ils dédaignèrent tout le reste

pour ne plus s'intéresser qu'à la pêche, remontant le cours d'eau en avant-garde, repérant les nappes d'eau. et les méandres poissonneux. Ils tournaient vers moi leur regard humide et interrogateur et lorsque je marmonnais : « Non, pas là », ils repartaient en avant avec un optimisme inébranlable. Comment fis-je pour attraper deux autres poissons? Je pensai au dîner. L'eau me montait à la bouche. Quelle belle platée de truites!

J'arrivai enfin à la clôture qui séparait la Prairie Sinueuse de la Prairie de Castle Rock. A l'extrémité se dresse cette espèce de haute tour rocheuse, jadis, sans doute, une petite montagne. Attaquée par l'érosion au cours des siècles, il n'en reste plus que ce squelette rocailleux; et elle se dresse maintenant, tel un château fort, avec des créneaux, des tours, et creusée à la base d'une infinité de cavernes. Ces cavernes ne sont guère hospitalières; les animaux, petits ou grands, y vont pour mourir ou dévorer une proie; elles sont jonchées de carcasses, de débris d'os ou de touffes de pelage, çà et là un crâne; et le bourdonnement sinistre des mouches y résonne en permanence.

Mais la prairie est magnifique, riche comme toutes les autres des restes de la récolte de foin précédente, mais aussi nantie d'un ravissant abri, grâce au boqueteau de jeunes trembles qui enjambe le ruisseau à son extrémité, près du Rocher.

De l'endroit ou j'étais, la main posée sur la barricade, je n'apercevais pas le moindre poulain ou la moindre poulinière, mais je savais qu'ils étaient là. Ils devaient se trouver cachés dans le bois de trembles.

Il est bon dans un ranch de toujours savoir exactement où l'on se trouve, où sont les clôtures et les barricades et quelles bêtes elles renferment.

Si j'ouvrais la barricade pour pénétrer dans le pré, mon escorte allait tout naturellement me suivre.

Je tournai mon regard vers eux. Les chiens avaient compris qu'ils devaient être patients en attendant que je réfléchisse. Ils restaient assis, leurs yeux brillants levés vers moi. Missy était au creux de mon cou. Roamer et Rheingold eux aussi avaient compris que je délibérais, et prenaient patience dans l'espoir qu'il allait en sortir quelque chose.

Je savais que seule la force ou une manœuvre rapide pourrait empêcher Roamer et Rheingold de me suivre quand j'ouvrirais la barricade de la clôture de barbelés.

Blazes allait accourir au galop de l'autre bout de la prairie pour voir qui envahissait son domaine, et sans doute dix-huit juments et dix-sept poulains le suivraient. Rheingold reconnaîtrait sa mère Juanita et, dans la joie de se retrouver, ils se mordilleraient et pousseraient de petits hennissements d'allégresse.

Car Juanita est dans la bande des poulinières.

C'est aussi la monture préférée de Michael, juste adaptée à sa taille, à son poids, à son style. Elle est vraiment épatante.

C'est moi qui ai amené Juanita au ranch.

Il y a de cela plusieurs années, nous avions trop de vaches laitières et de génisses et pas assez de chevaux de selle; et je racontai à Michael qu'un laitier m'avait un jour arrêtée en ville pour me dire qu'il possédait une jument de selle et l'échangerait volontiers pour une vache laitière si le marché me convenait.

Michael déclara que c'était une excellente idée et me suggéra d'aller examiner la jument et de traiter l'affaire.

Je n'avais pas très confiance en mes capacités pour juger un cheval, mais Michael avait trop à faire pour s'en occuper; je me retrouvai donc un beau jour avec voiture et remorque dans la petite ferme située au nord de la ville, indécise et désemparée à la vue d'une grande jument osseuse, dont le propriétaire m'assurait qu'elle était dressée pour la selle, mais qu'il avait peur, selon toute apparence, de monter.

C'était un vrai paquet d'os. Sa robe aurait pu être noire, n'eût-elle été incrustée de ce qui semblait être la poussière et la crasse accumulées par les ans. Un kyste énorme de la grosseur d'une prune, lui déparait les naseaux. Mais elle était d'une taille exceptionnellement grande et il me sembla, à bien la regarder, qu'elle avait une tête racée.

Confiante de nature, je crus le propriétaire lorsqu'il

m'affirma qu'elle avait été très souvent montée, et je pensai qu'elle nous serait plus utile que l'une de mes génisses.

Ce qui me décida peut-être fut qu'on l'avait installée sur le flanc aride d'une montagne, sans eau, sans herbe et sans ombrage.

Je la ramenai à la maison dans la remorque, et, tout en conduisant (je ne pouvais pas la voir), j'oubliai les os, la poussière, la tête pendante, la verrue, et tombai amoureuse d'elle. J'étais persuadée ramener à la maison une superbe jument noire et luisante, aux membres fins et racés, à la physionomie vive et animée, au regard fougueux et intelligent, spécialement faite pour la selle.

Je lui donnai un nom digne d'une princesse espagnole, *Juanita*.

Mon cœur battait de fierté et d'excitation lorsque j'arrêtai la voiture devant la terrasse de la maison du ranch.

Tout le monde était là. Michael, quelques-uns des jeunes garçons, Eugénie, quelques amis.

— Qu'y a-t-il dans la remorque? demandèrent-ils.

Ce ne fut qu'un hurlement.

Même Michael, qui peut flairer un bon cheval à un kilomètre était terrassé.

Je tournai mon regard vers elle. Elle se tenait, comme le font souvent les chevaux fatigués, le poids du corps sur l'une des jambes arrière, de sorte que tous ses os (et ils étaient tous visibles) avaient l'air tordus et de guingois.

Son poil était d'un noir terne tournant vaguement au roux. Sa tête lasse retombait lamentablement sur le bord de la remorque. Elle fermait à demi les yeux. Sa verrue pointait plus que jamais.

Qu'était devenue ma princesse espagnole? Je ne pus m'empêcher d'éclater de rire. Nous rîmes jusqu'à nous en faire mal. Un de ces fou rire inextinguibles. Et, selon toute évidence, on ne riait pas de Juanita, mais de moi, car tout le monde ne cessait de répéter,

— Mais Mary, comment as-tu pu faire une chose pareille?

Mais, finalement, elle devint Juanita, la princesse espagnole.

Dressée, entraînée, disciplinée, pomponnée, choyée. « Vous la distinguerez facilement des autres juments, avait dit Michael, il n'y a pas longtemps, en donnant des instructions à quelqu'un pour la ramener du pâturage, c'est celle qui a l'air d'un cheval de course. »

Elle adore mettre bas et n'est jamais stérile. Chaque printemps, elle donne naissance au plus beau poulain du groupe, ne lui ressemblant jamais mais à l'image du Seigneur — un alezan doré. Et ils sont aussi semblables entre eux que les pois d'une même cosse.

Elle les élève à la perfection tout en continuant à être montée par nos poids lourds, à faire des courses de haie ou de longues excursions. Dans la Chevauchée Suicide, c'est toujours elle qui mène en tête, montée par Michael. Cela consiste en une course à bride abattue où l'on doit suivre le guide sur des collines abruptes, des pentes vertigineuses, par-dessus des torrents et des haies, toujours au grand galop. C'est la dernière folle randonnée du camp de vacances.

Rheingold était l'un de ses petits et elle serait pleine d'allégresse de le retrouver. Je les imaginais déjà en train de se cabrer, de se mordiller, d'entrelacer leurs crinières en guise de jeu. Mais que dirait Blazes? Comment allait-il accueillir son grand fils de trois ans? Généralement, lorsque le jeune poulain atteint ses deux ans, son maître n'en veut plus et le chasse de la bande avec de méchants coups de dents.

« Eh bien! pensai-je, maussade, bien décidée à atteindre cet endroit particulier du ruisseau où de belles truites se cachent sous la rive, je n'ai pas besoin d'ouvrir la barrière. Je n'ai qu'à me laisser rouler sous la clôture. »

Mais je savais que le résultat serait pratiquement le même. Blazes et ses juments dévaleraient la prairie en courant. Il y aurait Roamer et Rheingold de « ce côté-ci » de la clôture, Blazes et son troupeau de « l'autre », moi au milieu; et pour comble, ces sales chiens se mettraient sans doute à aboyer frénétiquement et chasseraient même les poulains.

Au moment exact où j'arrivai à la conclusion qu'il

valait mieux laisser tomber mes projets de pêche, mon escorte d'animaux le devina. Roamer baissa la tête et commença à paître. Rheingold en fit autant. Les chiens se désintéressèrent de moi et s'éloignèrent au petit trot, flairant quelque piste de lapin.

Je m'aperçus qu'il faisait beaucoup plus sombre et levai les yeux vers le ciel. Un épais nuage était là et juste au-dessus un éclair le zébra subitement. J'allais recevoir l'ondée si je ne me dépêchais pas de rentrer.

J'enroulai rapidement ma ligne, mais il était trop tard. De sombres masses de nuages s'amalgamaient. Il y eut un éclat de tonnerre. Missy bondit de mon épaule et disparut. La pluie commença à tomber à verse. J'enfonçai la tête entre les épaules pour me protéger les yeux, pressai la boîte de vers sur mon cœur, et fis route tant bien que mal vers la maison. Des trombes d'eau dégringolaient le long de la robe blanche de Roamer. Le pelage trempé de Rheingold avait tourné au brun sombre. Ils baissaient tous deux stoïquement la tête et courbaient les épaules. De subites bourrasques de vent vous cinglaient. Un froid mordant me transperçait. Dans les cieux résonnaient des coups de tonnerre les uns après les autres. Les éclairs sabraient l'espace tout autour de moi. Je vis le sol se couvrir de petites billes blanches qui rebondissaient et devinrent bientôt des balles de ping-pong; levant la tête pour voir ce qui se passait, je reçus au coin de la pommette un énorme grêlon.

Je me précipitai vers un abri — vite cette saillie rocailleuse, là — et tandis que je me recroquevillais sous la plate-forme, un petit lapin de garenne s'en échappa. Je goûtai la saveur salée du sang coulant de ma blessure à la joue.

Peu après, je me dirigeai vers la maison sous un soleil resplendissant. Les champs fumaient et scintillaient de mille diamants. Toutes les couleurs s'étaient faites plus intense : le vert de l'herbe et des arbres, le rouge des toits, le bleu du ciel; et, subitement, un arc-en-ciel se dessina — courbe parfaite, reliant le ranch au Dos-d'Ane; puis tandis que je le contemplai (personne ne peut détacher son regard une seule seconde d'un arc-en-ciel), un second s'étendit au-dessus, arc complet lui aussi. Puis, incroyablement, un troisième.

Je restai accoudée au parc à bétail, les regardant avec admiration.

— Hilda! Hilda! Je suis trempée jusqu'aux os! Jetez quelques sacs par terre dans la cuisine!

Elle fut horrifiée en me voyant le visage ensanglanté et claquant des dents.

— Pour l'amour du ciel, madame Bergwin! Que vous arrive-t-il?

Des petits pains faits à la maison cuisaient dans le four et la pièce était remplie d'une douce chaleur. Hilda m'apporta le grand peignoir de bain et je restai devant le fourneau brûlant pour enlever mes habits ruisselants.

L'une des truites était une véritable merveille, longue de trente centimètres.

Hilda les nettoya et nous les mangeâmes pour le dîner.

12

Je suppose que c'est l'expérience acquise par Michael au Service des Remontes qui lui a donné cette maîtrise dans le maniement d'un grand nombre de chevaux. Il n'a besoin de personne pour l'aider; en fait, il ne veut personne aux alentours.

Les ranchers de la région ne tarissent pas de commentaires sur ce phénomène.

— Il sait comment s'y prendre avec un cheval, disent-ils.

Ils en sont incapables eux-mêmes. Ils font appel à leurs voisins pour les aider et tout le monde se met à hurler et à galoper jusqu'à rendre les chevaux complètement fous. Il faut bien une demi-douzaine de cow-boys pour conduire les chevaux à l'endroit désiré.

Non seulement le comportement de Michael vis-à-vis des chevaux, mais notre comportement envers tous les animaux, en fait nos façons d'agir en général, d'exploiter le ranch, de cultiver la terre, de faire la cuisine, de diriger la ferme, sont sujets à commentaires d'un bout à l'autre de la région.

Ce pays, qui semble à première vue si désertique, fourmille en réalité de commérages et de cancans.

Nous n'avons aucun proche voisin. Les habitations des ranches sont séparées par des kilomètres et des kilomètres et n'ont pas le téléphone, mais elles sont reliées entre elles pas un système de communication aussi efficace que les tambours d'Afrique.

Le moindre télégramme que nous envoyons ou recevons est lu à haute voix au premier venu; de sorte que, si nous achetons ou vendons du bétail, tout le monde est au courant, si notre camp de vacances reçoit plus ou moins de garçons que nous ne l'escomptions, si oui ou non nous arriverons à couvrir les frais, cela n'est un secret pour personne. Non plus que le nombre exact des aides que nous embauchons, l'heure à laquelle ils commencent à travailler le matin, comment nous les nourrissons. Et si vous arrivez au ranch à l'improviste à l'heure du repas, va-t-on vous inviter pour le dîner? Est-ce un bon dîner? (Cela devint une véritable conspiration.)

Les nouveaux venus sont toujours pris comme têtes de turc et nous n'y prêtions pas attention. Parfois, il nous arrivait de rire nous-mêmes de bon cœur lorsque revenait à nos oreilles quelque anecdote.

— Avec quoi croyez-vous qu'ils ont planté leur champ de pommes de terre? Avec des pommes de terre frites!

— Que croyez-vous qu'elle ait répondu un jour que je passais par là pour la prévenir qu'une de ses vaches, dans la prairie, était en chaleur? Elle a dit : « Comment savez-vous? »

J'appris bientôt que je ne savais rien, pas même les

choses élémentaires de la vie, que je croyais tout ce qu'on me racontait; et que j'avais peur de tout, surtout des taureaux.

Je m'habituai, après avoir au passage salué d'un sourire une connaissance aperçue à Cheyenne chez l'épicier, au garage ou au bureau de poste du Canyon de Granite, à voir les visages se rapprocher en ricanant et à entendre ces petits gloussements qui signifient clairement que l'on se moque de vous.

Il arriva des choses étranges que l'on voulut faire passer pour de purs hasards.

— Un taureau, vous dites, madame Bergwin? Un taureau inconnu dans votre ranch? Comment cela est-il possible? Ce devait être un jeune bœuf qui s'y était égaré.

— Non, c'était un taureau.

— Je parie que c'était un bouvillon.

— Non, un grand taureau rouge.

— Un bœuf peut être tout aussi bien grand et rouge, la seule différence...

— Je vous dis que c'était un grand taureau de Hereford, je l'ai entendu mugir en bas, dans la prairie.

Regardant autour de moi les visages qui m'écoutaient, congestionnés d'un fou rire contenu, je compris qu'on me faisait marcher. Mais j'étais partie dans mon histoire et ne pouvais m'arrêter. On me relançait par des questions polies lorsque j'hésitais. Et je racontai comment j'avais été dormir à la belle étoile, mon lit de camp installé sous une bâche que j'avais accrochée à un poteau suspendu entre deux pins; comment j'avais été réveillée un matin par le beuglement terrible de ce taureau. Il était encore très loin, en bas de la prairie. Je restai étendue, essayant de deviner quel taureau ce pouvait être. Puis il cessa ses mugissements et je me demandai où il pouvait bien aller. Un petit sentier monte de la prairie vers les corrals des écuries en passant derrière la maison. Mon lit de camp se trouvait installé en bordure de ce sentier; s'il le suivait, il allait arriver juste au niveau de mon lit et peut-être, excité par la bâche blanche, allait-il charger. Depuis quelques minutes, je n'entendais plus rien — je me demandais où il se trouvait à l'instant même — et d'un seul coup je bondis hors de mon lit, arrachai la bâche et tout le reste, mais je me trouvai projetée en plein sur ses cornes!

Mes auditeurs poussaient des exclamations et prenaient l'air horrifié.

Jusqu'à aujourd'hui, je ne comprends rien à cette histoire de taureau, car je l'ai revu encore mainte et mainte fois.

Un soir, vers minuit, étendue dans mon lit et ne pouvant trouver le sommeil, j'entendis un groupe d'hommes à cheval s'engager sur le chemin du ranch. Ils ne faisaient aucun effort pour étouffer le bruit de leurs pas ou de leurs voix; ils criaient et plaisantaient, et passèrent au galop devant la maison en direction de la Gorge jusqu'aux corrals.

Je pensai qu'ils avaient peut-être voulu prendre un raccourci de la grand-route au chemin vicinal, et avaient traversé notre ranch. Personne n'est censé agir de la sorte, et Michael serait furieux. Mais il ne s'éveilla pas et je m'endormis rapidement.

Le lendemain matin, nous découvrîmes ce même grand taureau de Hereford enfermé dans notre corral.

Le vieux George, tout en émoi, reconnut le taureau. Un « tueur », qui avait été chassé du ranch de son propriétaire, il y a des années. Personne ne voulait s'en charger ou en prendre la responsabilité. Tout le monde en avait peur.

Nous le remîmes en liberté sur le chemin vicinal. Je l'aperçus pendant des semaines, broutant, tout seul, errant çà et là. Si je me trouvais à cheval, je m'arrêtais pour le regarder, et il me renvoyait tranquillement mon regard.

Avec son énorme corps, ses petites jambes courtes, et ses bouts de cornes raides pointant en biais, il ne ressemblait guère à mon Roamer.

A la fin, il disparut.

Les nouveaux immigrants ont un avantage sur les autres. L'agent local leur envoie toute une documentation scientifique et ils lisent la gazette gouvernementale que l'on distribue gratuitement. Ce que font rarement les ranchers du pays.

Nous avions toute une pile de ces gazettes. Pas un seul renseignement susceptible d'être utile aux débutants que nous ne trouvions résumé et exposé avec art dans une de ces brochures. Là se trouvait réunie l'élite agricole et bien informée de la région.

Aussi, lorsqu'un beau jour, mes yeux aperçurent le spectacle incroyable de trois énormes porcs tués et dépecés, étendus sur l'herbe devant moi, et que j'entendis l'ouvrier agricole me dire : « C'est pour vous, M'dame, tout prêts à mettre en conserve. » Le premier moment de stupeur passé (nouveau sujet de plaisanterie pour tout le voisinage), j'allai prendre tout simplement sur le rayon la brochure intitulée *Comment faire votre charcuterie*, réquisitionnai deux aides et la cuisine des communs pour un ou deux jours, et *je fis ma charcuterie!*

L'article promettait des résultats mirobolants à condition de suivre les indications à la lettre, et il ne mentait pas. Jamais je ne vis de saucisses aussi savoureuses, de lard aussi succulent, de fromage de tête aussi tentant, ou de pieds en gelée plus appétissants. Et les jambons! Là, la brochure se surpassa. Elle affirmait que si vous vouliez vous concilier votre banquier pour le restant de vos jours, il suffisait de lui faire cadeau de l'un des jambons après l'avoir roulé dans du poivre noir et de la sauge, l'avoir soigneusement cousu dans une fine étoffe blanche et suspendu aux poutres de votre cuisine pendant six mois!

De même pour la récolte de pommes de terre. Elles sortent tout droit du livre, ces pommes de terre! Résultat : la meilleure récolte de la région.

J'ai toujours cru que Michael échappait à la mise en boîte à cause de sa maîtrise des chevaux. De cela, on ne pouvait pas se moquer. Et c'est quelque chose qui compte, par ici.

Burt Langley, notre voisin à trente kilomètres au sud, vint nous rendre visite un jour. Les gens avaient l'habitude de venir, histoire de jeter un coup d'œil et voir où nous en étions, souvent pour emprunter du matériel, ou discuter au sujet d'une clôture, ou simplement prendre un raccourci.

Langley était un grand gaillard à tête rouge et au visage de clown. Il était toujours mal rasé et toujours en train de mâchonner quelque chose — chewing-gum ou tabac. Quoi qu'il en soit, ses mâchoires allaient et venaient sans cesse comme celles des vaches.

Au moment de partir, il conduisit son cheval sur la Pelouse et le fit caracoler. Le cheval accomplit tous les tours de force que l'on offre en spectacle dans les rodéos. Langley le fit asseoir sans difficulté, tout en lançant vers Michael et vers moi des coups d'œil de triomphe.

Michael n'a que mépris pour cette immense selle en usage dans l'Ouest qui, dit-il, est comme un fauteuil à bascule d'où il est impossible de tomber. Il n'a que mépris pour la manière dont les gens de l'Ouest se mettent en selle, tournant le dos aux naseaux du cheval. Il n'a que mépris pour cette façon de permettre au cheval de démarrer avant que son cavalier ne soit totalement installé. (La première chose que Michael enseigne à un cheval est d'obéir à son commandement : « Halte ! »). Il n'a que mépris pour cette manie de crier, de fouetter et d'éperonner le cheval pour l'exciter et le faire caracoler par pur esprit d'exhibition.

Il n'avait que mépris pour tout ce que faisait Langley et n'essayait pas de le dissimuler; mais pour ma part, j'étais très impressionnée, ce qui exaspéra Michael encore plus. Je restai bouche bée d'étonnement et battis des mains, et Langley, ne se sentant plus d'aise, chevauchait la tête haute en ruminant avec vigueur.

Un autre voisin, Reuben Haygood, est tout à fait différent et est devenu un ami. Il traite les chevaux de la même façon humaine qui nous est habituelle et Michael lui demande souvent de venir nous aider pour la récolte de foin.

Je me souviens de lui l'année dernière, alors qu'il nettoyait la Prairie Sinueuse, son cheval Nig et notre Baby attelés ensemble — râtelant le foin avec habileté et l'empilant en grandes meules irrégulières d'un jaune nuancé de vert.

Il arrêta son attelage tandis que je le saluais.

— Bonjour, madame Bergwin.

— Bonjour, Rube. Comment cela va-t-il aujourd'hui ?

— Pas trop bien. Ça se voit ?

— Non, je trouve que vous avez une mine splendide, Rube.

— Hm-m, c'est toujours comme ça. Vous voyez comment je manie ces bêtes, M'dame ?

— Oui. J'étais justement en train de vous observer. On voit que vous savez vous y prendre.

— Et rien qu'en leur parlant. Je ne les frappe pas. Votre Baby, si vous la bousculez, vous ne pouvez en venir à bout, mais en lui parlant gentiment, on en fait ce qu'on veut.

Il se remit en route. Et je pouvais l'entendre s'adresser aux chevaux. « Qu'est-ce qui te prend, Nig, hein ? Commence pas à t'emballer. Et toi Baby, fais attention Baby, là, redescends de l'autre côté maintenant. » Dociles, les chevaux enjambaient une petite meule, pendant que Rube soulevait habilement le râteau et laissait tomber une autre botte de foin sur le tas.

Baby était l'un de mes chevaux favoris. Suffisamment trapue pour le travail, pas assez pour empêcher qu'on la monte. Sa robe d'un brun terne et sa noire et épaisse crinière lui donnaient un aspect commun, mais j'aimais la monter.

Michael me désapprouvait. Chevaux et cavaliers doivent s'équilibrer mutuellement. Cela expliquait pourquoi le prince de Galles faisait des chutes si fréquentes : il montait des chevaux trop grands pour lui.

Équilibrées ou non, je faisais avec Baby des chevauchées merveilleuses; elle était toujours prête à partir en promenade, elle avait une allure régulière et m'aimait particulièrement. Dans ces conditions, je trouverais du plaisir à monter même un éléphant.

13

MICHAEL a maintenant réparti tous nos chevaux — environ une centaine — dans les pâturages spécialement réservés à la période d'été.

Il a fait sortir le troupeau des poulinières — juments, poulains, étalon — de la Prairie de Castle Rock, les a conduites à travers les autres prairies jusqu'au Pâturage de la Maison; puis leur a fait remonter la Gorge et le Pâturage des Écuries, traverser le chemin vicinal et escalader le Dos-d'Ane jusqu'à la Section 20. C'est là qu'elles vont passer l'été sous la garde de l'étalon, hors de portée des garçons et du remue-ménage incessant qui entoure la maison.

Blazes veillera à ce que les juments aillent toujours là où l'herbe est épaisse et juteuse. Il les gardera à l'abri pendant les tempêtes; les emmènera aux trous d'eau; chassera les étrangers.

Deux cow-boys, sans cesse en alerte, ne pourraient prendre un aussi grand soin des juments et de leurs poulains qu'un bon étalon de la prairie.

Riley et George reçurent l'ordre de rester invisibles toute la journée. Personne en vue. Interdiction de proférer un seul cri. On enferma les chiens.

L'opération comportait l'ouverture et la fermeture d'environ six barricades. Je me proposai pour exécuter cette tâche, mais Michael préféra le faire lui-même. Il monterait Lingot d'Or — notre grand alezan hongre. L'allure de Lingot d'Or n'est guère faite pour procurer du plaisir à son cavalier, mais il a de l'expérience et pourrait accomplir cette besogne tout seul.

Michael ramena ensuite la bande des dix-huit poulains de deux ans de la Section 7. Elle comprenait dix pouliches et huit poulains.

Dans le corral, il les sépara, conduisit les pouliches dans la Section 19 et laissa les huit jeunes étalons dans le Pâturage de la Maison, prêts à être châtrés dès que le vétérinaire arriverait.

Puis il retira du groupe principal des chevaux de selle, des hongres et des chevaux de traits, les trois poulains de trois ans qu'il faut dresser sans attendre pour cet été : Diabolo, Wing Ding et Prinny.

Ils furent dressés à deux ans pour le licou mais n'ont jamais été montés. Faire en sorte qu'ils soient prêts à être montés par les garçons dans dix jours représente un travail harassant en perspective.

Ici, dans l'Ouest, l'équitation n'est pas un amusement. Les cavaliers — cow-boys et monteurs de chevaux sauvages — dressent les chevaux en vue de les faire travailler pour eux. Ils le font de la manière la plus expéditive possible; avec violence, parfois avec cruauté, mais de façon efficace.

Il n'est pas rare de voir les chevaux rassemblés et enfermés dans le corral le premier jour, dressés, le lendemain, sellés ou harnachés le jour suivant.

On s'empare du cheval et on le roue de coups jusqu'à ce qu'il soit presque assommé. Il doit bien comprendre une chose : qu'il faut se soumettre à un maître. Il est alors prêt pour le travail.

Pendant les jours qui précèdent, on le laisse sans nourriture afin qu'il affronte le combat déjà affaibli. Puis il est pris au lasso, on lui lie les pieds, et à chacune de ses tentatives pour se redresser on le rejette à terre. On procède alors à la « volée de sac ». Cela consiste à cravacher et à frapper sans arrêt le cheval à coups de sacs ou de couvertures; on lui assène des coups sur la tête d'un côté, puis de l'autre, jusqu'à ce qu'il ne donne plus signe de vie, quoi qu'on lui fasse.

Les chevaux sont extrêmement intelligents. On les place au sommet de l'échelle animale. Ils savent immédiatement ce qu'il en est. Dès le début du combat, ils comprennent qu'ils sont vaincus d'avance et abandonnent la lutte. L'épreuve est suivie de bons traitements, d'avoine, de paroles réconfortantes et ils découvrent que la vie peut se poursuivre comme à l'accoutumée. Mais ils n'oublient jamais leur première défaite et ne s'exposent pas à en subir une seconde.

Les cow-boys sont persuadés qu'on ne peut monter avec sécurité aucun cheval qui n'a pas été auparavant rossé.

On rencontre toujours, bien sûr, un cheval qui refuse de céder, — il préfère mourir. Et il meurt.

Michael ne peut supporter ce genre de méthode. « Quelque chose s'en va de lui, qui ne reviendra plus jamais! » vocifère-t-il.

Il préfère y passer plus de temps, dompter le cheval plus lentement, et cela donne généralement de bons résultats. Mais les cow-boys ne s'y fient pas. L'un d'eux me déclara que je montais un cheval que personne n'aurait dû monter.

Nous faisons maintenant travailler ces trois poulains sauvages tous les jours.

Diabolo est méchant et s'arrange pour faire tomber Riley chaque fois que celui-ci le monte. Il ne fait jamais tomber Michael. Quant à moi, je n'ai pas la permission de le monter.

Wing Ding est le plus grand des trois. Il pourrait bien atteindre quinze mains une fois adulte. Michael pense qu'on pourrait le vendre à l'armée. On en tirerait ainsi un bon prix. Le danger est plutôt dans les mauvais traitements que le cheval s'inflige à lui-même, en se cognant en tous sens et en se jetant par terre. S'il se blesse et garde de vilaines cicatrices, l'armée n'en veut pas, même s'il a reçu un bon entraînement.

Prinny n'est pas très bien développée. Michael et Riley sont beaucoup trop lourds pour elle, c'est donc à moi de m'en occuper.

Les livres de Gœtschius sont arrivés de New York.

Michael a ramené le colis de la poste et me l'a tendu.

— Qu'est-ce que c'est?

Je m'emparai fébrilement du paquet, me précipitai dans la maison, arrachai le papier et m'assis sur un coin du sofa.

Le contrepoint est la partie la plus ardue de l'étude de l'harmonie à cause de sa précision quasi mathématique. Je ne l'ignorais pas; aussi décidai-je de commencer par là. J'ouvris *Contrepoint simple.*

Sans m'attarder à étudier ou à faire les exercices, je parcourus rapidement le livre pour me faire une idée d'ensemble de la méthode adoptée par Gœtschius à l'usage des débutants. Je m'aperçus que chaque chapitre constituait une leçon. Il y avait à la fin une série d'exercices avec leurs corrigés.

Lorsque j'arrivai au bout du livre et le refermai, je possédais déjà des notions beaucoup plus précises sur le contrepoint.

J'ai toujours eu une prédilection pour les horizons. Peu importe lequel, que ce soit la ligne plate et monotone de la mer ou celle des gratte-ciel de New York, ils exercent sur moi un attrait fascinant.

Supposons une ligne, non pas continue mais faite d'une succession de petites taches, et qu'il existe deux de ces lignes pointillées, tels deux horizons différents et superposés courant l'un au-dessus de l'autre, de façon que, en face de (ou contre) chaque petite tache (ou point), se trouve un autre point — et nous aurons une illustration parfaite du contrepoint à deux parties ou musique horizontale.

La poésie fait son apparition avec le très beau mot de « fugue », car les points semblent réellement s'enfuir. Ils ne prennent pas le départ exactement au même moment. La première ligne se met à courir à travers la page de musique (ou à travers le monde ou le clavier) et un peu plus tard, l'autre ligne part à sa poursuite.

Chacune de ces lignes, explique Gœtschius, doit être elle-même une charmante mélodie, et pour arriver à ce résultat il vous faut obéir aux règles. De plus, lorsqu'elles se réunissent en un même envol, elles doivent être aussi harmonieuses jouées en duo qu'en solos séparés.

Ah! il faudrait vraiment qu'elles se marient, ces deux lignes d'horizon! Non seulement l'union d'une créature pleine de beauté à une autre créature pleine de beauté, mais encore la beauté de ce lien même qui les unit!

Mais qu'est la beauté? Qui peut dire qu'une pareille chose existe? Je peux le dire. Pour moi, elle existe. Un mouvement léger, gracieux, est beau. L'envol, la « fugue », sont beaux.

Un été, l'un des garçons me dit :

— Mais, madame Bergwin, comment pouvez-vous être si sûre? Comment « savez »-vous qu'il y a un Dieu? A supposer qu'il n'y en ait pas? Ou à supposer que vous ne puissiez pas croire qu'il y en ait un?

— Cela ne changerait rien pour moi.

— Comment cela?

— Il me suffit d'adorer, d'adorer la bonté, d'adorer la beauté. Je sais que cela est vrai parce que je le vois autour de moi. Regardez autour de vous. Ne le voyez-vous pas, vous aussi?

Ses joues s'empourprèrent pour toute réponse.

— Mais est-ce que c'est vraiment ÇA?

— N'est-ce pas suffisant?

— Suffisant pour quoi?

— Pour vous conduire hors de prison.

— Prison?

— Notre prison charnelle, notre prison physique et matérielle.

Il resta pensif.

— Mais vous avez dit « adorer », tout cela n'est quand même pas Dieu?

— C'est drôle que vous posiez cette question. Saint Augustin s'est posé la même question il y a de cela quinze cents ans. Il le raconte dans son livre.

— Et quelle fut la réponse?

— Il dit que, en voyant qu'il aimait à un tel point le monde extérieur, il se demanda si c'était cela Dieu. Et la beauté du monde lui répondit : « Non! Mais Il nous a créés! »

Le jeune garçon eut l'air décontenancé.

Avant d'exposer les principes de sa technique, Gœtschius, comme tous les professeurs, procède à un examen des classiques.

Prenons par exemple, l'une des *Inventions* à deux parties de Bach, qui sont de courtes fugues. Les deux rangées de notes horizontales partent du début et volent d'un seul trait jusqu'à la fin.

Si vous analysez chacune des rangées, vous vous apercevrez qu'elle comporte deux sortes de musique, dont l'une pourrait être appelée positive et l'autre négative. Positive : des phrases mélodiques bien définies appelées *motifs* [1] qui sont répétées tout au long du morceau dans des tonalités différentes. Négative : des interludes décousus, sans originalité particulière, mais servant de trait d'union aux *motifs*.

Aussi, avant d'essayer d'écrire deux lignes mélodiques superposées, écrivez d'abord une seule ligne de musique négative et positive correctement équilibrée. Et avant, trouvez un *motif* (depuis trois notes jusqu'à une ou deux mesures). Et avant cela, faites en sorte que les notes s'enchaînent avec grâce et sans effort!

C'est incroyable le nombre de choses qu'il vous est interdit de faire, si vous voulez passer d'une note à une autre sans violer les règles du contrepoint rigoureux. On a l'impression de ces acrobaties auxquelles les enfants ont l'habitude de se livrer. Attachez-vous les mains, bandez-vous les yeux, mettez-vous les jambes dans un sac, et puis essayez maintenant de vous déplacer d'un endroit à un autre.

Bach considérait ses *Inventions* comme des acrobaties. Il dit qu'il les composa en guise d'exercices.

J'ai déjà fait les exercices à la fin des chapitres 1, 2 et 3.

Les huit jeunes étalons que l'on va châtrer sont sur la Pelouse, en train de boire à la fontaine et de jouer entre eux. Je suis restée près de la porte à les contempler.

On peut presque voir une sève fougueuse courir dans leurs veines. Leurs robes, chatoyantes et irisées comme si on les avait huilées, sont de couleurs flamboyantes : or, noir et bai. Leurs crinières et leurs queues ne se

1. En français dans le texte.

contentent pas de flotter — elles semblent jouir d'une vie autonome; chacun de leurs poils, drus et vigoureux, jaillissant avec force. Les poulains se tiennent la plupart du temps sur leurs pattes de derrière, celles de devant dressées en l'air et s'amusant à lutter les uns contre les autres. Ils laissent échapper de temps à autre de petits cris et des grognements.

Ils ne seront plus ainsi une fois qu'ils auront été castrés.

Il y en a un parmi eux, un poulain noir que je n'ai baptisé que lorsqu'il a été presque adulte.

Les éleveurs de chevaux sont toujours aux aguets, essayant de discerner « le » cheval exceptionnel qui pourrait fonder une dynastie. Ainsi le cheval du petit Morgan qui a transmis à des centaines de rejetons son nom et sa gloire. (De temps à autre, il arrive qu'un génie éclose dans une famille médiocre.)

Ce poulain-là s'est distingué par sa taille dès sa naissance; sa robe scintille comme du jais; il a une élasticité et une souplesse remarquables dans tous ses mouvements. Mais c'est son pelage qui est le plus extraordinaire. Son immense queue balaye le sol; sa crinière touffue se soulève comme les vagues et s'enroule autour du visage le plus sauvage et le plus racé que j'aie jamais vu. Il est semblable au vent impétueux qui balaye les plaines.

J'ai l'habitude de les désigner du premier coup, à la suite d'une observation spontanée. Ainsi, lorsque je dis à une jeune pouliche : « Pas de minauderies, s'il te plaît! » (Nom : Minauderies, Minnie pour abréger.) Ou encore : « Oh! tu es bien prétentieuse ce matin! » (Nom : Prétentieuse, Pretty pour abréger.)

Mais je n'arrivais pas à trouver un nom pour ce poulain. Je voulais quelque chose qui évoque à la fois la grandeur et la noblesse, comme Aigle, ou Clairon, ou Capitaine. Il est descendu des collines en claironnant comme un cor de chasse.

Je me décidai finalement pour cette dernière image — et l'appelai Trombone.

Trombone est maintenant là, avec les autres poulains de deux ans, en attendant d'être castré.

— Que dirais-tu, Michael, si on ne castrait pas Trombone? Il se pourrait que Rheingold ne se révèle pas un bon étalon. On ne peut jamais savoir à l'avance.

Il répondit qu'il y réfléchirait. Il est toujours très ennuyeux de garder dans un ranch de jeunes poulains non castrés avec toutes les pouliches et les juments. Tôt ou tard, ils sont amenés à se battre avec l'étalon.

Michael a été le témoin d'un combat semblable en Belgique, durant la guerre. L'un des étalons tua l'autre. Ils portent leurs coups avec une exactitude et une précision comparables à celles des boxeurs.

Ils se cabrent, allongent les pattes, s'abattent en coup de marteau sur les reins.

Se laissent glisser par terre, rampent tête première, broient une patte de devant.

Se redressent, abaissent leur sabot, écrasent le crâne.

J'ai assisté à tous ces coups; j'ai vu se dérouler un combat du début à la fin, mais entre des poulains qui s'amusaient. Seulement de la boxe pour rire.

J'ai monté Prinny. Pour le moment, il ne s'est encore rien passé, mais ce n'est guère rassurant de se trouver sur un cheval qui risque de se déchaîner à chaque instant. Elle garde la tête tournée pour m'observer, et je sens son dos s'arrondir un peu sous la selle. Cela n'est pas loin du saut de mouton.

Je passe toute la journée en tenue de cheval, trop fatiguée le soir pour me changer. Mais je n'ai pas abandonné le contrepoint.

Michael n'arrive pas à saisir clairement de quoi il s'agit.

Il s'arrêta près du piano.

— Qu'est-ce que c'est que « ça »?

— Du contrepoint. Tu te souviens. Je t'ai expliqué. Les livres de Gœtschius.

Très sérieux, sans essayer de faire de l'esprit, il me demanda :

— C'est de la musique?

J'éclatai de rire.

— Franchement, je n'en sais rien! Qu'en penses-tu, *toi?*

— On dirait quelque chose qui aurait été composé avec une règle à calcul.

— Tout juste! Bach l'a appelé *Inventions*. Mais on en fait des concerts entiers. C'est joué par de grands orchestres et par des virtuoses!

— Mais est-ce qu'il y a de la *composition* là-dedans? Tu vois ce que je veux dire — de la *création?*

— Oui. Les six notes du début. Le *motif*. Tout le reste est ce qu'on appelle des *variations*. La règle à calcul.

Maintenant que Michael a commandé la pompe, il n'est plus préoccupé par le moulin à vent.

Chaque fois que nous traversons la Gorge pour aller seller un cheval, nous passons devant. Il se dresse avec grâce, telle une dame alanguie posant avec un éventail, l'agitant de temps à autre dans un sens, puis dans l'autre, comme pour nous mettre à la torture. Puis s'immobilisant à nouveau, tout sourires.

Il ne pompe pas la moindre goutte d'eau.

— Est-ce qu'il va falloir qu'on le paye? hasardai-je, pensant déjà à plusieurs centaines de dollars.

— Certainement pas! rugit Michael. Il ne nous sert à rien, n'est-ce pas? Et puis, j'ai commandé la pompe. On peut très bien démolir le moulin et l'utiliser pour autre chose. Il est neuf.

— Mais, la main-d'œuvre. Le bâtir. Le redéfaire. Qui va la payer?

— Pas moi!

Mais mon cœur se serra. Je savais bien qu'en fin de compte nous aurions à payer la main-d'œuvre. Et il fallait malgré tout acheter la pompe, elle n'est pas encore arrivée.

J'ai l'impression de faire quelques progrès avec Rachel.

J'ai découvert qu'elle adore les œufs crus. Elle les lape dans un petit bol bleu que je tiens à la main.

Bunny, comme la plupart des cockers, est glouton. Si nous ne faisons pas attention, il engouffre son dîner, puis s'approche du bol de Rachel et pousse un sourd grondement. Rachel cède la place immédiatement. « Mais, bien sûr, Bunny, si tu en as envie. D'ailleurs, j'avais terminé. »

Et il avale son repas sous ses yeux, tandis qu'elle remue doucement sa longue queue touffue. C'est pourquoi nous craignons qu'il ne lui prenne toute sa nourriture.

Et puis, aussi, elle est souvent loin de la maison au moment du repas.

Ou peut-être se trouve-t-elle tout près, mais ne se montre pas parce qu'on l'a appelée sur un ton trop autoritaire.

Nous laissons donc un bol de nourriture pour elle en permanence.

Cela ne sert pas à grand-chose à cause de Bunny, à cause des chats qui, eux aussi, raffolent de la farine de maïs et des déchets de viande, ou à cause des canards qui l'aiment également.

Mais nous avons découvert que Rachel se nourrit toute seule. Elle se faufile comme un serpent entre les barreaux des parcs aux veaux et dévore leur avoine crue et broyée. Elle boit le lait caillé que l'on verse aux poulets. Aussi avons-nous dit à Riley de laisser tout le temps un seau de lait caillé ou de petit lait à portée des chiens.

Rachel mange ce qui lui plaît, quand cela lui plaît. Ce sont ses folles randonnées qui lui donnent un aspect si famélique.

Les œufs crus, elle les lape dans le petit bol de faïence bleue, sur la terrasse de devant, chaque matin après le petit déjeuner.

Je tiens le bol à la main. Elle boit avec beaucoup de délicatesse et de douceur, me jetant de nombreux coups d'œil, l'air de dire : « Tu es sûre que c'est pour moi ? Si, pour une raison ou pour une autre, je ne devais pas y toucher, je ne me permettrais pas de donner un seul autre coup de langue. »

Je lui souris. Son œil capte mon sourire et elle agite gentiment sa queue touffue en finissant de nettoyer le bol.

Les chiens ont l'habitude de passer la soirée dans la salle de séjour ou sur la terrasse en notre compagnie.

Au moment du coucher nous sortons avec eux, les laissons gambader çà et là tandis que nous faisons nous-mêmes une petite promenade, puis nous les appelons pour les enfermer dans le hangar à outils pour la nuit.

Tel est du moins le programme prévu, et Bunny s'y conforme. Mais il n'est pas rare que Rachel disparaisse comme par enchantement au moment où elle s'aperçoit que l'heure du coucher approche. On enferme alors Bunny tout seul dans le hangar.

Lorsque Rachel revient, aux environs de minuit, quand tout le ranch est profondément endormi, c'est à ce moment qu'elle s'en donne à cœur joie.

Son aboiement, ou plutôt, ses aboiements — car ils se succèdent toujours comme un tir de barrage (de préférence au milieu de la nuit) — sont perçants et nerveux.

On dirait une femme qui ne peut patienter une seconde de plus.

Aucun sommeil humain n'y saurait résister.

Elle se place sur un point élevé d'où elle peut voir tout le ranch s'étendre à ses pieds, dans la clarté brillante du clair de lune; et elle prend pour mot d'ordre : aboyez contre tout ce qui bouge. Si le vent fait tournoyer une feuille, aboyez contre elle. Si un nuage assombrit la lune et transforme les jeux d'ombre et de lumière, aboyez contre lui. Si un cheval, broutant sur la Pelouse, fait un écart, aboyez contre lui.

Dès le premier aboiement, je me dresse sur mon séant, me tenant la tête de désespoir. Dans combien de temps Michael va-t-il s'éveiller? Cela servirait-il à quelque chose de sortir pour essayer de la faire taire? Très certainement non. Elle ne viendra pas si je l'appelle. Je ne pourrai pas l'attraper. Inutile.

Au bout d'une demi-heure environ d'aboiements, Michael est tout à fait réveillé, furieux et résolu.

Michael n'accepte pas la défaite aussi aisément que moi; il va donc dehors.

On entend de gentils appels : « Viens ici, Rachel, viens mon toutou, ça, c'est une brave fille! Viens, ma petite Rachel, j'ai un biscuit pour toi! »

Elle médite ces paroles en silence un moment, puis lâche une explosion d'aboiements.

La même voix sucrée, insidieuse, reprend : « Ici, Bunny, viens ici Bunny! »

Elle s'arrête d'aboyer, s'assied au sommet de la colline pour observer Michael.

Il appelle de nouveau, toujours doucement. Le cheval entend sa voix et se dirige vers lui. Rachel oublie totalement Michael et dit clairement au cheval ce qu'elle pense.

Michael crie. Rachel disparaît.

Il hurle après elle, de ce hurlement autoritaire; mais elle ne revient pas avant qu'il ait regagné son lit, de mauvaise humeur.

Elle réapparaît alors, s'assied sur la colline, et se remet à aboyer un peu plus.

Je viens d'apercevoir une vision familière se détachant sur l'horizon. Diabolo trottant d'un air désinvolte, la selle vide. Où est Riley? Il revient en traînant la jambe, comme d'habitude, une heure environ après le retour de Diabolo.

14

J'EN suis arrivée au chapitre du *Contrepoint simple* où l'élève doit commencer à « varier » les motifs.

Le motif est donné dans le livre. L'élève doit élaborer à partir de là un contrepoint correct; puis un contrepoint pour le contrepoint. Cela constitue la partie thématique (ou positive) du morceau de musique et se répète une ou deux fois dans des tonalités différentes. Bien que le motif soit court — pas plus de deux ou trois mesures — il n'y aura plus besoin de musique thématique pour le restant du morceau; seulement de musique « négative » pour relier les motifs entre eux.

J'ai fait une découverte intéressante à propos du motif. S'il est laid, le contrepoint qui le développe est plus laid, et le contrepoint du contrepoint encore plus laid. Le morceau entier devient alors un chef-d'œuvre de laideur et il est très pénible d'y travailler.

Mais si le motif est beau, comme dans la plupart des œuvres de Bach pour le contrepoint, le contrepoint composé à partir de ce motif est beau lui aussi, de même que le contrepoint du contrepoint, et par voie de conséquence, tout le morceau.

Comme cela est étrange et merveilleux! Comment est-il possible que ces minuscules bribes de musique — une seule mesure et parfois même un fragment de mesure — contiennent en elles la totalité de la beauté qui se déploiera dans une *Invention* de trois ou quatre pages? Mais il en est ainsi, de même que (me disais-je) le chêne tout entier est contenu dans le gland, et avec lui toute sa beauté!

Les exemples de motifs que donne le livre de Gœtschius sont vraiment très laids. Je fis mes exercices de variations avec courage et aboutis à chaque fois à un horrible contrepoint. Ce fut très douloureux.

Aussi lorsque j'arrivai à la page où l'on demandait à l'élève d'inventer lui-même son propre motif et de broder ses variations, je fus heureuse. Enfin, j'allais pouvoir leur montrer de quoi j'étais capable.

Pleine d'assurance et d'enthousiasme, je me mis en mesure de créer un motif admirable.

Comme c'est curieux! Cela n'est pas si facile après tout! C'est un phénomène vraiment incompréhensible! Je n'y suis pas arrivée! En dépit de mon imagination débordante et du flot incessant de mon inspiration musicale, j'ai été incapable de créer le plus petit motif susceptible de se prêter à des variations!

Je n'en reviens pas, et je repense à cette remarque que fit un jour Vernon Spencer à Michael : « Votre femme a des connaissances étendues, mais pas autant qu'elle le croit. »

Je m'applique encore plus. Je me débats désespérément. Je compose motif après motif. « Faites que j'arrive à créer un seul gland (musical) ! »

Mais je n'y arrive pas. Moi aussi je tombe malade. J'ai mal à la tête. Ma voix s'enroue. Je deviens à moitié aveugle.

Il fait une journée chaude et ensoleillée, presque la première de l'été.

Sur l'ordre de Michael, Riley et George ont sorti la grande moquette, les rideaux et les meubles tapissés de la salle de séjour pour les nettoyer à fond. La maison tout entière est propre comme un sou neuf.

Tard dans l'après-midi, Michael rentra. J'étais devant la cheminée, très abattue à cause des motifs de contrepoint. Il jubilait.

— Je suis content de ma journée. J'ai fait récurer le réservoir à fond, boucher tous les trous, j'ai construit une nouvelle plate-forme en ciment plus haut sur la colline pour que la pression de l'eau soit plus forte; j'ai installé le réservoir dessus et révisé toute la tuyauterie. Voilà, tout est en place! George a fait deux grands baquets de beurre. J'ai fait rentrer les poulains, je les ai passés en revue et je leur ai donné de l'avoine. Et la pompe devrait arriver dans un jour ou deux.

Il m'embrassa.

Il avait un aspect effrayant. Hirsute, dépenaillé, sale.

Je ne pus m'empêcher de rire.

— Ne suis-je pas un être horrible de venir embrasser une dame dans cet état?

— Est-ce pour fêter le travail, ou le travailleur?

Riley est entré avec le courrier. Il y avait une carte postale annonçant à Michael l'arrivée de la pompe de Montgomery Ward. Michael n'a plus qu'à aller avec la remorque jusqu'à la gare, à payer la pompe (payable à la livraison, bien sûr), à la charger sur la remorque, à la ramener à la maison, puis à l'installer.

Mais voilà que le moulin se met à tourner comme

un derviche! Un bon vent souffle justement à cet endroit-là! Les longues aubes sont presque invisibles dans l'air.

La tige du piston va et vient, faisant monter l'eau dans le réservoir.

La dame se moque de nous, là-haut, dans la Gorge. Elle s'amuse bien, en faisant tournoyer son éventail. Et nous nous amusons bien, nous aussi, à la regarder.

— Et la pompe de Montgomery Ward, Michael?

— On peut la renvoyer, dit Michael d'un ton enjoué.

— Ne devrons-nous pas payer les frais de transport?

— Pas moi! (Mais nous devrons les payer.)

— Je descends en ville.

— Quand tu reviendras, il y aura de l'eau dans la maison et je t'aurai préparé un bon bain chaud.

Généralement, Michael est ravi de me retrouver lorsque je me suis absentée quelque temps, mais cette fois-ci, à mon retour, je le retrouve plongé dans la détresse la plus profonde.

— Je suis encore une fois dans le pétrin.

— Au sujet de l'eau? demandai-je alarmée.

Il fit oui de la tête.

— Que se passe-t-il maintenant?

— Elle arrive dans le sous-sol mais elle ne monte ni dans la cuisine ni au premier étage. Je n'y comprends rien. Elle arrive aussi dans les communs, qui sont situés *plus haut* que notre étage.

Il se lança encore dans quelques explications supplémentaires, puis coupa court, exaspéré. Il disposa du bois dans la cheminée et alluma le feu.

— N'en parlons plus, et n'y pensons plus. Je m'en fiche. Je vais bientôt prendre toute une journée de détente.

Je contemplais pensivement les flammes. J'imaginais en esprit le réseau de tuyaux souterrains et essayais de calculer les différents niveaux, la traction de la pesanteur.

— Comme c'est curieux, dis-je d'un air absorbé.

— J'ai dit que nous n'en parlerions plus, interrompit-il sèchement.

Je m'éloignai, mis la radio et m'assis sur le canapé, froissée.

Il y eut un long silence. Du feu jaillirent quelques étincelles. Je ne trouvais rien à dire.

De l'autre bout de la pièce, ses yeux se portèrent sur moi, et il interrogea doucement :

— Fatiguée, chérie?

— Chaque fois que je vais en ville cela me fatigue.

— Je suis fatigué moi aussi. Éreinté. Je vais boire quelque chose.

Il alla à la cuisine et revint avec deux verres, m'en tendit un et se rassit.

Nous sirotâmes notre whisky tandis que le feu s'éteignait doucement.

Puis il déclara :

— Avant d'aller me coucher, je vais aller vérifier si le réservoir ne déborde pas. Le moulin a pompé de l'eau toute la journée. Je ne voudrais pas qu'il sape les fondations.

Il revint bientôt.

— Ça y est, j'ai trouvé ce qui se passe. Le réservoir est vide. Toute l'eau s'est échappée. Et en bas, en face de la maison, là où le tuyau fait un coude pour pénétrer dans le sous-sol, le sol est trempé. C'est là que se trouve la fuite. C'est soit le joint qui fuit, soit la conduite qui a éclaté.

— Formidable, m'écriai-je. Maintenant que tu sais d'où ça vient, on est tirés d'affaire!

— Pas formidable du tout, répliqua-t-il avec violence. Cela va être un travail terrible.

J'essayai de supputer en silence.

— Tu crois que la canalisation a gelé?

Il fit signe que oui.

— Elle est profonde de combien?

— Quatre-vingt-dix centimètres.

Je compris, en voyant son air, qu'il se sentait coupable. On lui avait dit que, pour plus de sûreté, il valait mieux mettre les conduites à un mètre cinquante sous terre. Mais il les avait placées à trente, soixante, ou quatre-vingt-dix centimètres, combattant pour ainsi dire, chaque pouce de terrain. Elles avaient toutes gelé et éclaté.

Riley et lui ont déterré le tuyau, trouvé la fuite et remis un coude neuf. L'eau arrive dans tous les robinets de la maison, de l'étage au sous-sol. *Eurêka!*

— Maintenant tu es sorti du pétrin, lançai-je allégrement.

— Non, je suis encore dans le pétrin.

— Quoi encore?

— La chaudière de la cave a éclaté.

Il y a un certain type, appelé Williams, qui fait le tour de la région en achetant des chevaux aux ranchers. Michael déteste lui en vendre parce qu'il en offre si peu; mais nous y sommes souvent obligés.

Il est venu hier matin, alors que Michael était descendu en voiture jusqu'à la Prairie de Castle Rock pour inspecter la digue.

Je dis à Williams que j'allais descendre chercher Michael, mais il répondit qu'il repasserait demain.

Je me dirigeai toute seule à pied vers la prairie pour annoncer la bonne nouvelle à Michael, mais je ne trouvai que Riley en train de travailler. Michael avait pris la voiture et était parti quelque part à travers les pâturages.

Je grimpai les pentes du Dos-d'Ane, me demandant s'il m'observait d'un endroit quelconque. Il a un regard d'aigle. S'il m'avait vue, pourquoi ne venait-il pas à ma rencontre? Sans doute un coup d'œil supplémentaire aux clôtures, au trou d'eau, à l'herbe ou que sais-je encore? J'atteignis un point élevé et regardai alentour. J'aperçus la voiture zigzaguer au loin, serpentant entre fossés et ravins. Il faut être un chauffeur habile pour conduire sur la prairie. On croit se trouver sur une surface presque plate, mais, en fait, ce n'est qu'une succession d'ondulations s'enchaînant les unes aux autres, plus ou moins profondes, et dissimulant de petites sources, des éboulements de terrain, des ruisseaux, des bouquets d'arbre, des champs d'herbe verte, parfois une maison ou un petit bâtiment.

La voiture disparut de mon champ de vision.

J'attendis, bien décidée à ne pas bouger jusqu'à ce qu'il m'ait trouvée.

Je renversai la tête en arrière et me perdis dans l'immensité du ciel bleu. Il y avait plus de ciel que de terre.

Comme le monde était tranquille. Lorsqu'on reste immobile, ici, sur la prairie, une multitude de regards vous observent. Si vous tendez l'oreille, vous pouvez entendre les voix — le chant flûté, le gazouillis, le sifflement lointain, le cri, le bruissement soudain, là, tout près de vous.

Mon œil saisit un léger mouvement — je regardai plus attentivement — deux antilopes à moins de cinquante mètres. Je n'aurais pu les apercevoir, n'eût été cet éclair blanc sous leurs queues, un plastron en forme de cœur.

Elles s'arrêtèrent et se retournèrent pour me regarder, puis repartirent. Elles marchent de façon étrange, comme si elles glissaient sur des roulettes. Ce sont les créatures les plus exquises, semblables à de petites figurines de porcelaine, presque irréelles.

La voiture déboucha soudain à ma gauche et roula vers moi en faisant mine de m'écraser, le large sourire de Michael s'épanouissant au-dessus du volant.

Je sautai à l'intérieur et sur le chemin du retour racontai que Williams était venu pour acheter des chevaux.

Michael rugit. « Juste au moment où je viens de les installer dans la section la plus éloignée. »

Néanmoins, lorsque nous fûmes rentrés, il enfila des pantalons et des bottes de cheval, chevaucha jusqu'au Dos-d'Ane, sélectionna vingt chevaux, les ramena et les enferma dans le corral.

Williams ne revint jamais.

Michael remit les chevaux en liberté.

Le vétérinaire est venu et a castré les jeunes étalons. Il y a eu un cas de décès.

Il arrive que l'on s'attache, sans raison spéciale, à

un certain poulain. La raison, pour Star, est peut-être d'avoir senti si souvent le petit coup qu'elle me donnait dans le dos, lorsque tous les poulains tournaient autour de moi dans le corral.

Lorsque je me lie d'amitié avec un cheval, je commence par lui tourner le dos pour le laisser libre de venir derrière moi, à mon insu — sans subir mon regard — me reconnaître d'abord à l'odeur. Il approche doucement son museau de mes épaules, renifle, me souffle dans la nuque, puis s'ébroue et part en caracolant pour revenir aussitôt me donner cette grande bourrade au creux des reins qui veut dire qu'il m'aime bien et veut que nous devenions amis.

Mais il veut encore plus. Il veut connaître cette ivresse que lui procure mon regard lorsqu'il se pose sur lui. La première fois qu'un cheval rencontre l'œil humain, il peut à peine le supporter. Cela le rend à moitié fou. Mais après l'avoir craint, il arrive à le tolérer, puis à le désirer impatiemment.

Je me retournais pour voir qui me faisait des avances; puis j'apercevais l'étoile brillante sur le front et reconnaissais son expression comique et interrogatrice.

Quelque chose dans sa physionomie me faisait toujours rire.

Ici, au ranch, nous voyons la mort souvent et de près. Lorsqu'une vache ou un cheval s'endort de son dernier sommeil et disparaît, personne n'est triste. Il est bon et juste de se reposer à la fin d'une longue journée. Mais quand il s'agit d'une pouliche comme Floss, ou d'un jeune poulain comme Star, c'est un deuil bien lourd à porter.

Je contemplai les autres de l'extérieur du corral. La tête pendante et les pattes ensanglantées. Où était Trombone? Il n'y en avait que six.

Je vis que Michael était descendu jusqu'à la maison pour prendre la voiture. Traîner un animal mort à travers les pâturages et la prairie jusqu'à la colline et au puits de l'ancienne mine d'or de la Section 16 est une corvée qu'il a en horreur; mais personne d'autre ne peut la faire.

La voiture fit marche arrière jusqu'aux portes du corral.

Je me précipitai à la portière.

— Trombone? demandai-je.

— Je l'ai remis dans la prairie, répondit Michael. Il gardait l'air renfrogné. Il avait probablement l'impression d'avoir essayé de se dérober à une obligation.

Trombone est donc encore là-haut. A voguer au sommet des collines, la tête haute, cette interrogation sauvage dans le regard, sa crinière gonflée s'enroulant autour de lui.

J'ai engagé une seconde bonne. Une ravissante Japonaise qui s'appelle Fumiko.

15

MICHAEL et moi avons passé la journée à rouler en voiture à travers l'État pour récupérer trois selles qu'il avait prêtées l'automne dernier à quelqu'un. Deux cent quarante kilomètres aller, deux cent quarante kilomètres retour. L'idée de perdre tout ce temps rebutait Michael, mais nous avons besoin des selles pour les garçons.

Nous avons pris presque tout le temps des raccourcis à travers plaines, sur de vieilles routes de terre.

La journée tout entière fut comme un rêve où nous voyageâmes sans trêve et aboutîmes nulle part. Herbe et ciel. Nuages et ombres. Nous ne voyions rien d'autre. Ils tissaient la trame du rêve. Ils nous rendaient silencieux et comme ensorcelés.

Il est étrange que, dans le monde entier, on se représente l'Ouest des États-Unis avec des revolvers, des bandits, des hold-ups et de folles chevauchées, alors que son vrai visage est ce désert qui se déroule à perte de vue, cette beauté incroyable.

Sur l'horizon se détachait toujours un groupe de lignes sombres, un moulin à vent et la masse confuse de bâtiments entassés sans ordre les uns sur les autres. Sitôt que l'un s'évanouissait dans le lointain, un autre faisait son apparition. Il y en avait parfois plusieurs.

Ces moulins à vent d'autrefois sont faits en bois. Ils prennent leur assise sur des tours de bois carrées et trapues et ont l'air d'athlètes vigoureux, faisant tournoyer des massues indiennes. Mais les moulins modernes sont comme le nôtre, — faits de minces fils de métal blanc, se découpant dans le ciel comme de délicates toiles d'araignée.

Toute la journée, la voiture se maintint sensiblement à la même vitesse de quatre-vingt-dix kilomètres heure; le paysage resta sensiblement le même.

Je retrouvais le même paysage qui m'avait accueillie lors de ma quatrième journée de voyage en autobus depuis New York. J'avais vu les États défiler sous mes yeux les uns après les autres à travers la portière. Lorsque nous commençâmes à nous élever dans les hautes altitudes, sous cette coupe bleu sombre du ciel s'inclinant vers nous, je me sentis de nouveau hypnotisée, comme chaque fois que je me suis absentée un certain temps. Et me souvenant de la sensation que procure un cheval galopant sous soi à travers ces plaines tapissées d'herbe moelleuses, une ivresse me gagna, je sentis battre le rythme, clop, clop, et m'aperçus que je composais une chanson.

Je l'intitulai *Herbe verte du Wyoming* et décidai qu'elle pourrait servir de thème principal à mon opérette. M. Fox la publierait, j'en étais sûre.

L'opérette se trouve pour l'instant dans une boîte divisée en différents compartiments contenant des chants, des danses et des cahiers de musique remplis de mélodies et de thèmes musicaux à développer plus tard.

J'ai écrit sur la boîte en gros caractères noirs : POUR L'OPÉRETTE.

J'ai commencé à y accumuler mes compositions quand

j'avais dix-huit ans, le jour où Schirmer me renvoya une chanson que je lui avais soumise en disant : « ...Cela est musical et a du charme... le compositeur devrait apprendre l'art de la composition. »

Oui, pendant la moitié de ma vie j'ai caressé ce rêve. Est-ce un rêve ? Ou un projet ? Y a-t-il une différence ?

Lorsque ma sœur Elma déclara à treize ans qu'elle allait devenir médecin missionnaire et passer sa vie à faire le bien sur des terres étrangères, exerçant sans doute chez les femmes recluses dans les « zénanas » de l'Inde, personne ne la prit au sérieux; et pourtant, elle gravit un à un les échelons qui la conduisirent finalement à la tête d'un hôpital de Shanghaï, l'amenèrent à prêcher du haut d'une chaire des sermons en chinois et à enseigner l'obstétrique moderne aux jeunes étudiants chinois.

Lorsque, à l'âge de quinze ans, je décidai : « Un jour j'écrirai une opérette », personne, là non plus, ne me prit au sérieux, pas même moi, et je n'ai cependant jamais cessé de monter les degrés me menant à l'accomplissement de ce rêve.

Les compositions se sont accumulées à une cadence régulière.

Étant à New York, je montrai quelques-unes de mes danses à des éditeurs et l'on me répondit que si j'arrivais à décider un chorégraphe célèbre, tel que, par exemple, le fameux russe Chalif, à en écrire la chorégraphie, on me les publierait.

Il n'est guère facile d'attirer l'attention d'un artiste en vue, de l'obliger à vous écouter et de vaincre cette indifférence et cette apathie qui affectent inévitablement tous ceux qui ont réussi.

Je vis Chalif et lui fis ma proposition. Il renvoya l'entretien de jour en jour. Il avait cours. Ou le pianiste n'était pas là.

— Où est Nelson ? Qui sait où est Nelson ? Il envoya tout le monde à la poursuite de Nelson dans son immense appartement de Radio City.

— Ne pouvez-vous les jouer vous-même ?

Je secouai tristement la tête, sachant comment je perdais justement mes moyens au moment le plus crucial.

Finalement, un jour que Nelson avait de nouveau disparu, j'entrepris de les jouer sur ce terrifiant piano, plusieurs touches manquaient, toutes les autres étaient d'un brun noirâtre, les pédales grinçaient, et je me surpassai.

— Vous jouez très bien, dit Chalif. Je ne comprends pas pourquoi vous êtes si modeste.

Puis il fit un geste et dit : « Votre musique a ça. »

Il serra le poing devant son visage, raidit tout son corps, et brandit son poing en l'air de quelques centimètres en frappant légèrement du pied.

Oh! Ce coup de pied!

Les yeux me brûlèrent subitement.

Je n'arrivais pas à dissimuler mon émotion, mon excitation, ni à refréner les larmes qui me montaient aux yeux et à cacher mon sourire. Il me regarda avec bienveillance et compréhension et ce fut comme s'il m'avait prise dans ses bras pour me réconforter en me disant : « Là, là... »

Puis il revit en détail chaque danse avec moi, m'expliquant avec la patience et la précision d'un artiste à quoi correspondait chacune exactement.

— Cette *Valse du ski* est une valse exhibition. Seulement deux danseurs sur scène vêtus d'une tenue de soirée très habillée. Cette *Danse des poupées* (pour laquelle j'ai une prédilection) est un véritable ballet, environ six minutes et demie, au moins six personnes sur scène.

Pendant qu'il m'expliquait, j'imaginais chaque danse, chacune si belle lorsque serait représentée mon opérette. Je m'étonnais de ne pas l'avoir vu moi-même, dès le début.

Il n'en résulta rien, bien sûr. Les chorégraphies auraient coûté trop cher; mais j'exultai. Quand je pensais à ce poing crispé! à ce coup de pied!

Les danses et les indications de Chalif sur ce qu'il faut en faire se trouvent là dans la boîte, et le thème central a été les rejoindre.

Au cours de cette interminable promenade en voiture où nous fûmes saturés d'herbe, Michael et moi, je commençai à réfléchir à l'histoire.

Mes meilleures idées me viennent lorsque je ne les cherche pas; lorsque mon attention se porte ailleurs, comme maintenant par exemple, où je contemple l'horizon et les formes sans cesse mouvantes des ombres des nuages.

Les idées surgissent donc de cette zone inférieure du cerveau où le subconscient donne libre cours à sa fantaisie et à ses divagations; cependant que l'esprit conscient observe et note avec étonnement : « Tiens! Regardez là! Qu'est-ce qui remonte? »

Henry James disait que c'est comme regarder une marmite en ébullition. Vous vous penchez au-dessus du fourneau pour observer le bouillon : « Tiens! un oignon! Une carotte! Un morceau de viande! »

Je vis moi aussi bouillonner une histoire pour ma comédie musicale. Une demi-douzaine d'histoires.

Je la situerais dans le Wyoming, bien sûr, une sorte de conte populaire. Il y a longtemps, alors que nous élevions des moutons, nous avions un gardien pour veiller sur eux et j'avais été surprise de voir son visage, des traits fins et aquilins. Je m'étais informée, et l'on m'avait rapporté des histoires que vous pouvez croire ou non, comme il vous plaira, mais que je mis immédiatement dans la bouche de l'un de mes personnages, et cela donnait à peu près ce qui suit :

— Les bergers du Wyoming? On en a causé dans les journaux! Des grosses légumes, voilà ce qu'ils étaient autrefois! Ils ont connu des jours meilleurs! Presque tous i' viennent de l'Est. Ont eu des ennuis; se sont taillés dans l'Ouest et se sont planqués chez les éleveurs de moutons. C'est pas moi qui les blâmerai. Si la police est à vos trousses, filez le plus loin que vous pouvez!

Il y en aurait donc trois dans ce cas, qui seraient de drôles de types. Et j'en ajouterais un de plus, le héros qui serait venu dans l'Ouest, non pas à la suite d'une disgrâce, mais pour partir à la recherche d'un petit-fils qu'il aurait perdu.

Soudain, ça y était, j'avais mon histoire. *Histoire d'un garçon perdu*. Et ce serait lui le « jeune » héros, qui ne pourrait pas épouser la jeune fille qu'il aime parce qu'il est un « poulain indompté ». Ah! J'ai trouvé le titre : *Le Poulain indompté;* il s'applique parfaitement à ce garçon qui, pas plus que les poulains indomptés des hauts plateaux, dont on s'empare et que l'on dresse parce qu'ils sont beaux et racés bien qu'ils n'aient pas de pedigree, ne sait quelle est son origine ni d'où il vient. Puis, je ferais se rencontrer le grand-père et le petit-fils! Et je mettrais un chœur; et je me souvins alors que, lorsque j'avais acheté Roamer, le propriétaire de ce fameux cheptel du Colorado m'avait dit qu'il n'autorisait dans l'étable que des jeunes filles ou des femmes — jamais de garçon de traite ou de trayeuse mécanique. J'imaginais donc une demi-douzaine de charmantes jeunes vachères. Et le ranch serait un ranch où l'on ferait l'élevage des vaches laitières.

Parfois, les idées bouillonnent si fort que j'en suis épuisée. Je me précipite vers une machine à écrire et note rapidement un aperçu général, un schéma, des bribes de dialogue, la description d'un visage ou d'un personnage.

Tout cela ira retrouver la « boîte » dès que je serai de retour.

Michael n'est pas arrivé à récupérer ses selles. L'homme les avait vendues. Ils se sont battus tous les deux. Le poing de Michael est encore tout meurtri. Sur le chemin du retour, il ne quitta pas « cet air » qui me désole.

Aussi aujourd'hui a-t-il pris cette longue journée en ville qu'il s'était promise. Et je suis restée tout le temps à mon bureau pour mettre au net *Joie matinale* afin de l'envoyer à M. Spencer. Cela m'ennuie, mais il l'a demandé. C'est bien la mentalité de Leipzig, des Allemands. Rendre tout le plus difficile possible. J'ai mal aux doigts, une raideur dans le cou et une crampe dans le pied. De plus, cela la fixe d'une façon trop définitive. Je crois que, jusqu'à présent, je n'ai jamais joué ce morceau deux fois de la même façon. J'essaie toujours quelque chose de nouveau. Est-ce que cela ferait mieux dans cette tonalité? Ou comme ça? Est-ce mieux si la mélodie est simple? Ou avec des octaves?

Elle n'a que deux mois encore. La plupart des œuvres de Chopin ont continué à évoluer pendant dix ans. Celles de Brahms aussi. Celles de Beethoven au moins un an.

En ce qui concerne le contrepoint, j'ai tranché le nœud gordien. Puisque je suis incapable de composer un motif que l'on puisse développer, j'ai fait ce que font de nombreux compositeurs, j'en ai emprunté un. On est parfaitement en droit d'agir de la sorte, à condition de le dire.

Le titre de mon contrepoint est *Invention à deux parties en sol mineur*. Et au-dessus de la première portée je traçai un petit fragment de portée où j'écrivis *D'après une bourrée de Bach*, puis j'inscrivis sur cette portée les quatre notes volées qui constituent mon motif. Ré, sol, ré, mi bémol.

A partir de là, je n'ai plus de difficulté pour continuer. Je sais que j'ai un « gland » musical de valeur, et qu'avec du temps (et beaucoup de travail) j'obtiendrai le chêne.

Je partis faire une promenade après le dîner. La soirée était belle et embaumée. Puis, je fis coucher les chiens dans le hangar à outils et rentrai à la maison. La salle de séjour était sombre. Je m'assis dans le grand fauteuil, mis la radio et écoutai un instant, rien que des fadaises. Je l'éteignis. Je restai assise longtemps dans la salle vide, l'obscurité, le silence. J'apercevais les portes-fenêtres qui s'ouvraient sur la terrasse. Les carreaux de verre, lisses et charmants, laissaient passer une faible lueur, était-ce déjà des étoiles? Je sortis pour me rendre compte.

La nuit émet une clarté dont je ne comprends pas l'origine. Ce n'est ni la lune, ni les étoiles, mais le ciel entier qui est lumineux d'un bleu pâle incandescent, au-dessus de la terre noire comme une tache d'encre. Je restai plongée dans ce gouffre sombre, la tête tournée vers le ciel. D'où venait ce feu? cet embrasement?

La lumière mystérieuse s'évanouit au moment où les étoiles sortirent une à une, la terre émergea de son obscurité profonde et je distinguai la silhouette familière des collines, des bois et des plaines. Elles encombraient le ciel, ces étoiles, se bousculant les unes les autres, déversant à flots leur clarté.

Au bout d'un moment je rentrai à nouveau, allumai les lumières.

Il est presque minuit, maintenant. Je me sens tout à fait réveillée. Je ne veux pas me mettre au lit et essayer de dormir, faire un court somme et me réveiller en sursaut pour regarder à ma montre l'heure qu'il est.

— Et toi, dit Michael, après m'avoir raconté en détail comment il commença par aller simplement s'asseoir dans un café, y resta deux heures sans bouger devant sa tasse de café (il fait souvent cela lorsqu'il quitte le ranch), alla ensuite fourrager alentour et découvrit quelques bonnes selles d'armée chez un marchand d'occasion, puis termina toutes les courses (il y en a toujours une liste impressionnante), enfin alla au Cercle, y trouva le lieutenant Hotchkiss; ils se rendirent ensemble au Club, rencontrèrent quelques officiers, prirent un pot avec eux et allèrent dîner à l'Hôtel des Plaines.

— Et toi, qu'est-ce que tu as fait? Tu es montée à cheval? Qu'est-ce que tu as mangé pour le repas?

— J'ai dit à Hilda de faire des macaronis à la crème.

— Des macaronis à la crème... répéta sombrement Michael.

— Et un gâteau au chocolat pour toi.

Il ne répondit pas. Il dirigea son regard vers le feu. Il avait l'air effondré.

— Non, je ne suis pas montée à cheval, continuai-je, j'ai fait une longue promenade et j'ai emporté un livre avec moi. Les chiens étaient partis en chasse de l'autre côté du ruisseau, je suis donc restée seule. Je me suis allongée sur le Dos-d'Ane et j'ai simplement contemplé le ciel le plus longtemps possible. Il y avait un faucon là-haut. Il patrouillait sur une grande section. Il m'aperçut. Il s'abaissait en flèche en décrivant de grands cercles, puis s'élevait à nouveau en poussant ce cri lointain et solitaire.

Je jetai un coup d'œil à Michael. Ses épaules s'affaissèrent un peu plus. Je poursuivis :

— Puis je me suis endormie et, lorsque je me suis réveillée, je me suis accoudée pour lire un petit peu. Puis j'ai entendu « Ouah, ouah, ouah ! » et, en baissant les yeux sur la colline, j'ai vu Rachel accourir à fond de train, suivie de Bunny. Je suis donc rentrée à la maison avec les chiens... Si nous allions nous coucher ? Il est minuit passé.

Il sortit de sa torpeur et répondit : « Oui ! » avec une violence soudaine.

Je pris mon livre et nous allâmes éteindre les lampes.

16

Reese a écrit qu'il allait nous envoyer Jérôme un peu avant l'ouverture du camp de vacances.

Jérôme est vraiment notre pensionnaire n° 1, non seulement parce qu'il vient presque tous les étés, mais parce que, lorsque mes enfants ne sont pas là, c'est lui le fils de la maison, étant le fils de la seconde femme de mon frère. Il nous appelle tante Mary et oncle Michael.

Quand Reese et Éloïse se sont mariés, Jérôme avait onze ans, et le plus cher désir de sa mère était depuis longtemps qu'il apprenne à monter à cheval.

Jérôme a toujours été un phénomène, le genre d'enfant que l'on reconnaît, dès l'école maternelle, comme un génie. Donnez-lui une boîte de couleurs et des pinceaux et il vous peindra aussitôt des tableaux que tout le monde voudrait accrocher chez soi. Un an de leçons de piano, et il joue comme un professionnel. Il apprend à jouer aux échecs et bat tous ses partenaires. Mais il n'a jamais eu l'occasion de faire plus ample connaissance avec les chevaux.

— Que dirais-tu du ranch de Mary ? proposa Reese

(qui souhaitait ardemment passer avec Éloïse une longue lune de miel en Angleterre). Là-bas, dans le Wyoming, tout le monde fait du cheval. Et ils reçoivent toujours, elle et Michael, de jeunes garçons pendant l'été.

On ne pouvait rêver mieux.

C'est un beau garçon à la peau mate, aux yeux sombres avec des cheveux noirs en bataille — une trace de sang juif dans les veines et une autre de sang mongol. Je me souviens avoir vu Reese se pencher, un soir, sur la chaise de sa femme dans leur salon de l'appartement de New York. Elle portait une ravissante robe du soir en mousseline de soie rose. Il arrondit sa main par-dessus le dossier et plaça deux doigts sur les pommettes saillantes. « Tu vois ça ? dit-il avec fierté, mongol. »

Un léger sourire éclaira les yeux en amande pleins de mystère.

Nous venions de sortir de table. Pendant tout le repas, le chat siamois d'Éloïse était resté, étendu et immobile, au milieu de la table.

Lorsque nous nous levâmes, Éloïse saisit le chat et le drapa autour de ses épaules comme une fourrure.

« Mongol » me fit penser à Gengis Khan, et j'entrevis en imagination ce chef déchaîné, galopant avec ses hordes à travers l'Asie et la Russie. Mais Éloïse était là, devant moi, dans son élégante robe du soir, sereine et souriant doucement, jouissant en toute quiétude des agréments de l'existence new-yorkaise.

Cependant, le chat restait sur ses épaules. Son chat siamois.

Lorsque je vis Jérôme arriver, des visions de chats siamois énigmatiques traversèrent mon esprit ; des hordes galopantes ; des armes menaçantes et des sabres cruels fendant l'espace comme l'éclair. En fait, je me trouvais en face d'un garçon ayant grandi trop vite, replié dans une sorte d'attitude obstinée et défensive, essayant déjà de se révolter contre les conventions de la société. Je sentais percer à travers cette carapace une gentillesse pleine de charme.

Il avait de l'ambition. C'était cela sa vérité profonde.

Je lui demandai comment il se débrouillait pour avoir

toujours de bonnes notes en classe et il me répondit : « Je ne pourrais faire autrement. A partir du moment où le professeur nous a donné un devoir, il m'est impossible de penser à rien d'autre avant de l'avoir fini. »

Nous nous aperçûmes bien vite de ses dons exceptionnels. Il absorbait tout ce qu'il pouvait apprendre à propos de n'importe quoi, et son esprit était toujours à l'affût de connaissances supplémentaires. Il faisait de la peinture, jouait du piano. C'était lui le champion dans nos parties d'échecs et de dames le soir. Il était passionné, bruyant et violent. Il avait une façon de rire bien à lui, une espèce de rire étouffé et doux, se maintenant longtemps sur la même note. J'aimais beaucoup l'entendre et m'arrêtais exprès pour l'écouter.

Michael lui donna le vieux Baldy à monter. Baldy connaîtrait parfaitement Jérôme dès qu'il l'aurait eu en selle cinq minutes. Baldy se comporterait toujours, à chaque instant, exactement comme il le faudrait.

Ce premier été au ranch, Jérôme garda presque en permanence une espèce de petit béret en feutre rouge ressemblant à une calotte. Je me demandais comment il ne s'envolait jamais, mais il semblait adhérer aux cheveux et les cheveux adhérer à lui.

Je m'en suis tirée admirablement avec mon contrepoint. Le petit gland musical fourni par Bach a produit tout ce que j'en attendais.

Je me suis servie de la règle à calcul. J'ai varié, transposé le motif dans une autre tonalité, réparti les quantités voulues de musique positive et négative, inventé le contrepoint du motif en suivant à la lettre les règles du livre, puis le contrepoint du contrepoint, et finalement tiré les deux larges traits verticaux annonçant : « C'est fini ! » Tout cela sans le moindre soupçon d'émotion.

Peut-on enfanter quelque chose de vraiment vivant sans douleur ?

Lorsque je compose mes poèmes musicaux, et même mes pièces enfantines, je me trouve plongée dans des abîmes d'angoisse et d'extase en même temps. Et, parfois, j'enfouis mon visage dans mes mains et j'éclate en sanglots.

J'ai lu dans les écrits des saints qu'ils définissent l'émotion comme un « mouvement de l'âme ».

Il n'y a rien de tel dans le contrepoint. Pas de mouvement, pas d'âme. Je ne vois pas comment il pourrait y en avoir. Mais c'est précis, correct, le mécanisme fonctionne à la perfection. Accompli par un maître, c'est magnifique.

« Les mathématiques s'opposant à l'âme. » Ce serait intéressant de développer ce thème. Peut-on l'assimiler au physique s'opposant au métaphysique? Et arrivent-ils finalement à se rejoindre quelque part dans l'infini et à ne faire qu'un? Je le crois.

Je me demande ce que Vernon Spencer, qui après tout est professeur de contrepoint et de fugue à l'Université de Californie, penserait de mon *Invention à deux parties en sol mineur?*

Il me vient à l'idée, sans attendre d'avoir fini de recopier *Joie matinale*, de lui envoyer ce petit échantillon de musique « fait machine » pour lui en offrir la surprise.

Roamer s'est de nouveau enfui. La clôture entre notre propriété et celle de Haygood est défoncée.

Riley, Michael et moi sommes partis à sa recherche sur nos trois poulains en cours de dressage. Ce genre de chevauchée est un très bon exercice pour les chevaux — s'arrêter devant les clôtures (il y en avait trois de brisées), traverser les cours d'eau, se laisser glisser le long des talus et des falaises, faire des escalades — après tout ils ne font que cela depuis qu'ils sont nés. Ils étaient décontractés et semblaient comprendre ce que nous voulions. Même Diabolo se conduisit convenablement, et le visage comique de Riley arborait un sourire de fierté.

Wing Ding est superbe. Pas étonnant. Regardez donc qui est son cavalier.

— Qui va monter Wing Ding? demandai-je à Michael.

— Quelqu'un de ma taille, de mon poids.

Je passai les garçons en revue. Selon toute évidence Michael fit de même, car presque aussitôt nos regards se rencontèrent et un sourire malicieux illumina son visage.

— Jérôme, dis-je, en ressentant une certaine consternation.

Roamer était allé bon train. Il était parti de l'autre côté du Dos-d'Ane en direction du ranch de Langley qui, décidément, semblait présenter un attrait particulier pour lui. A cause d'une vache bien précise? Ou simplement n'importe quelle vache en chaleur?

Finalement, nous l'aperçûmes au loin. Il n'y a rien dans la prairie d'aussi blanc que lui.

Avec force cris, manœuvres des chevaux et coups de fouet, Michael parvint enfin à lui faire faire demi-tour. Une fois cela fait, il sembla comprendre que la partie de plaisir était terminée et se mit à trotter allégrement vers la maison. Puis, il partit brusquement à vive allure et nous fîmes le reste du chemin sans nous presser.

Lorsque nous traversâmes le Pré des Veaux, les vaches étaient là attendant pour la traite. Arrivé au corral, Roamer commença à mugir, puis à beugler, baissa la tête et piaffa vigoureusement.

Michael dit à Riley de descendre de cheval et d'ouvrir la barrière conduisant à la Pelouse.

Ils firent monter Roamer jusqu'au hangar à outils.

Ils lui remirent la longue chaîne, et le voilà de nouveau à son ancienne place dans la prairie, près du cours d'eau, immobile et sans manger.

Il fait aujourd'hui une journée merveilleuse. Et l'eau marche à la perfection. Le vent souffle. Le moulin à vent tourne à toute allure. Le réservoir se remplit. L'eau coule dans tous les tuyaux et à tous les robinets de la maison et des communs. La fontaine jaillit. La nouvelle chaudière est installée. Les baignoires se remplissent d'eau chaude. La pompe est retournée chez Montgomery Ward. L'*Invention en sol mineur* a été expédiée à Vernon Spencer. Wing Ding, Diabolo et Prinny sont prêts à être montés. Et en un rien de temps, ce matin, j'ai composé une autre invention — motif et tout!

Voilà comment les choses se sont passées.

J'attendais que Michael descende pour le petit déjeuner.

Je m'assis au piano pour jouer *Invention en sol mineur* d'un bout à l'autre, en mesure, essayant de le rendre aussi étourdissant que possible (et Dieu sait si c'est étourdissant). Puis je laissai mon imagination folâtrer, à la recherche d'un autre motif. J'en trouvai un sur-le-champ. Je n'en reviens pas. Comment ai-je pu apprendre à composer de bons motifs rien qu'en m'exerçant à faire une *Invention ?* Mais le résultat est là, un bon motif en deux mesures, plus son contrepoint, plus le contrepoint du contrepoint. Celle-là sera *Invention en ré mineur*. Je commençai tout de suite à chercher les variations. La partie négative vint d'elle-même. J'aurais presque pu improviser le morceau tout entier d'un bout à l'autre dans sa forme définitive. Plus jamais je n'emprunterai de motif à quelqu'un d'autre.

Les exercices de ce genre ne procurent guère de satisfaction. Ils vous laissent une sensation de vide et de solitude.

Je jouai et rejouai sans cesse *Joie matinale* comme si elle était ma dernière chance.

Tout le monde l'aime. Des têtes surgissent dans la pièce, les gens s'arrêtent pour écouter et disent : « Qu'est-ce que tu jouais à l'instant ? Ça coule tout seul. J'ai l'impression d'avoir déjà entendu cet air quelque part. »

Vernon Spencer me dit un jour que, lorsqu'on compose un air qui touche le goût du public, il semble toujours familier.

La copie n'est pas encore terminée. Un morceau gai et allègre se poursuivant sur des pages et des pages représente des centaines de notes.

Je continuai encore à travailler après le petit déjeuner.

J'allai me délasser un moment près de la porte et aspirer une bouffée d'air ; baissant les yeux, j'aperçus à ma grande surprise Rachel couchée sur le paillasson. Elle était venue de son propre chef, car Bunny n'était pas là.

Était-elle partie à la chasse aux lapins ? Avait-elle été fouiner dans les rochers du haut de la falaise, gémissant d'impatience avide, reniflant, grattant, et le vent lui avait-il apporté les échos du piano? Elle aussi est sous le charme de la douce mélodie de *Joie matinale?*

Baissant les yeux vers elle, je rencontrai son regard heureux tourné vers moi et me sentis encouragée.

— Voudriez-vous entrer mon amour? lui demandai-je.

— Oui, s'il vous plaît.

Je la fis entrer et me remis au piano.

Elle erra à travers la pièce avec agitation pendant quelque temps, passant en revue les vestiges olfactifs laissés par Bunny, par elle-même, par les chats, par Michael et par moi.

Finalement, elle s'affala sur la carpette posée sous le piano, s'étendit de tout son long et se laissa aller à une détente totale. Admirable chien en porcelaine de Chine.

17

JÉRÔME est arrivé.

Michael a fait les présentations avec Wing Ding.

— Essaye-le un peu pour voir.

Jérôme sauta sur le cheval sans se servir de l'étrier. Il arrangea les rênes, enfonçant les genoux. Il adressa un large sourire à Michael, tandis que ses talons touchaient les flancs, et le cheval partit en avant. Penché sur la selle pour faire décrire un cercle à sa monture, il se retourna pour nous jeter un coup d'œil par-dessus l'épaule et Michael s'éloigna avec insouciance.

— Il est à toi.

Je pensais à la peur. Comment peut-on s'en débarrasser totalement?

Le premier été, avant que Jérôme vienne au ranch, Éloïse m'avait écrit pour me prévenir qu'il éprouvait certaines difficultés. Il ne se liait pas facilement avec les camarades de son âge. Il ne pratiquait pas de sports. Il était très indépendant et de nature plutôt renfermée.

Nous nous en aperçûmes de nous-mêmes. Il partait en excursion avec les autres garçons, mais bientôt tournait bride et rentrait à la maison, trouvant toujours quelque bonne excuse. Il s'était égratigné en traversant une clôture de barbelés et éprouvait le besoin urgent d'y appliquer immédiatement du mercurochrome. Une épine dans le doigt, une entaille, une écorchure, un bleu le remplissaient de consternation. On le voyait constamment couvert de morceaux d'albuplast et de bandages, parsemé de taches de couleurs médicinales.

D'abord, je n'y prêtai pas attention. Quand nous étions enfants, nous n'attachions guère d'importance aux chutes, même aux fractures.

Puis je remarquai que les plaisanteries des garçons tournaient aux sarcasmes — et j'entendis Riley dire : « Ce gosse, il a peur même de son ombre. »

Un jour qu'il allait peindre dehors, il glissa et tomba en transportant sa boîte de peinture et le verre d'eau. Le verre se cassa et Jérôme se fit une entaille assez profonde à la main. Il saignait abondamment et se précipita en courant à la maison, hurlant sans retenue. Tout en nettoyant, désinfectant, pansant la blessure, je ne disais rien, attendant que les hurlements cessent. Mais ils ne cessèrent pas et le garçon semblait sur le point de s'évanouir d'un moment à l'autre.

— Mais enfin, Jérôme, que se passe-t-il ? Ça ne te fait pas vraiment mal ?

— Non, pas vraiment, gémit-il.

— Et je peux t'affirmer que ce n'est pas dangereux.

Les sanglots semblaient lui déchirer la poitrine.

— C'est la vue du sang ?

— Je... je ne sais pas.

Cet état de choses s'atténua peu à peu, mais je restais soucieuse. Je ne pouvais supporter l'idée qu'un enfant vive avec un sentiment de crainte perpétuelle. Sous l'œil autoritaire de Michael, Jérôme devait panser et seller Baldy, le monter et le conduire hors du corral, le ramener après la course, le desseller et l'emmener dans le pâturage. Il était obligé de prêter l'oreille aux propos excités des jeunes garçons sur les randonnées qu'ils allaient faire avant la fin de l'été. Il devrait assister aux réunions nocturnes où les garçons persuaderaient Michael de leur raconter ses souvenirs de guerre.

Il est nécessaire d'éprouver une certaine crainte. Nous ne pourrions vivre sans cela. Personne ne désire avoir un enfant téméraire jusqu'à l'inconscience; mais le courage, lui aussi, est nécessaire. Après tout, nous vivons dans un monde qui peut nous engloutir aussi aisément qu'une mouche. Il nous faut regarder cette vérité en face, nous y habituer, puis ne plus y penser.

Je commençai à avoir des conversations avec Jérôme à ce sujet. Nous partions ensemble l'après-midi faire notre promenade à cheval. Je le laissais régler notre allure. (Nous allions l'amble.)

Nous parlions de la peur et de l'inutilité d'être trop peureux et d'en souffrir, puisque, quel que fût le soin avec lequel on se gardait, il pouvait toujours survenir quelque chose d'imprévisible et c'en était fini de vous. Nous illustrions nos discours d'exemples plus macabres les uns que les autres. En parler ne semblait pas effrayer Jérôme, mais au contraire le soulager.

Nous citions également des exemples de courage, et nous évoquions leur beauté. Noblesse. Héroïsme. Il s'enflammait au récit de ces exploits et le sang lui montait au visage. Je lui disais l'importance que les Indiens attachaient au courage et lui racontais comment les jeunes gens valeureux devaient prouver leur intrépidité en grimpant jusqu'au repaire de l'aigle au sommet de la falaise pour rapporter une plume d'aigle en guise de trophée.

— Je possède une plume d'aigle, Jérôme. Non pas que je sois montée en haut de la falaise pour aller la chercher, mais c'est une vraie plume d'aigle. Je vais t'en faire cadeau. Elle t'aidera à te souvenir de cette histoire.

Il était là, assis sur Baldy, et tourna son visage vers moi pour me sourire. Je lui renvoyai son sourire. Je sentis sa peine se dissiper comme les nuages.

— Il dit : « C'est maman qui serait contente si elle me voyait en ce moment, comme cela à cheval! »

Et nous partîmes au petit trot.

Je fixai la plume d'aigle à sa calotte de feutre rouge de telle sorte qu'elle puisse soit se dresser en l'air d'un air conquérant et victorieux, soit pendre lamentablement. Elle pouvait même se mettre en berne.

— Et maintenant, à toi de la régler, dis-je. Je garderai toujours un œil sur ta plume d'aigle. Lorsque tu chevaucheras avec les autres garçons, je regarderai si elle est bien droite ou si elle pend, et je saurai comment tu te sens.

Je pensais en moi-même, examen de conscience, connaissance de soi — et aveu de sa faiblesse — les va-et-vient de cette plume d'aigle ne me laisseront rien ignorer.

Cet été-là, j'aperçus plus d'une fois la plume pencher tristement sur la mine confuse et abattue de Jérôme; mais je la vis également se dresser avec des airs de victoire. Une telle expression sur un jeune visage est si belle qu'elle vous réchauffe le cœur.

Éloïse fut ravie lorsqu'elle apprit les performances de Jérôme à cheval. Et plus que ravie lorsque, l'hiver suivant, le professeur de son école lui dit que cet été passé au ranch du Wyoming avait « lancé » Jérôme.

Je voulais savoir dans quel sens cela l'avait « lancé ». Tout ce que je pus en tirer fut qu'il avait gagné de l'assurance. On l'avait élu chef de classe. Il s'était mis au football et avait été nommé capitaine de son équipe.

Jérôme, bien qu'âgé de quinze ans maintenant et aussi grand que Michael, a plus l'air encore d'un enfant que d'un adolescent, à moins que la conversation ne porte sur des sujets intellectuels ou artistiques. Son expression alors se transforme. Son regard devient profond et cela vaut la peine de lui demander ce qu'il pense.

Michael a installé une table de ping-pong sur la Pelouse, au-delà de la fontaine. Michael est un champion et il en est fier. Il est en train de jouer en ce moment avec Jérôme. Jérôme, comme d'habitude, n'a jamais fait de ping-pong auparavant, mais Gengis Khan est bien parti pour gagner.

Tous les garçons sont là, maintenant — sept nouveaux et sept anciens. C'est un brouhaha de voix juvéniles criant et jacassant dans tous les coins, de portes qui claquent; des groupes se forment au hasard, essayant de lier connaissance entre eux, avec Michael et moi, avec la disposition des lieux. Les anciens font visiter aux autres, donnent des explications, font des recommandations et des plaisanteries.

Ils se prennent facilement d'affection pour moi. Je suis une seconde maman. Mais ils ne savent quelle attitude adopter vis-à-vis de Michael.

Ils entendent les anciens l'appeler le « Général » et ils enregistrent cela. Puis, apprenant que l'on nomme un « officier de service » chaque matin pour inspecter les « quartiers » et être l' « aide » de Michael, ils se rendent compte que le camp est régi selon une discipline militaire. Puis ils découvrent qu'on a pris soin de régler leur emploi du temps; le matin, ils doivent s'occuper à des travaux utiles pour le ranch : remettre en état les routes, réparer ou poser des clôtures, couper des poteaux; après le déjeuner il y a une heure de sieste obligatoire pendant laquelle ils peuvent lire, écrire, se reposer dans leurs cabines; puis une heure d'entraînement obligatoire à cheval, ni plus ni moins que les véritables « exercices de voltige » de West Point; et c'est ensuite seulement qu'ils ont la permission de monter leur cheval pour aller où bon leur semble. Ils prennent ainsi l'habitude de la discipline et de l'obéissance. De temps à autre, nous tombons sur un garçon qui semble n'avoir jamais obéi à personne de sa vie.

Je guette toujours le moment où ils commencent à graviter autour de Michael, tout naturellement et sans s'en rendre compte. D'où cela vient-il? Il possède un tel ascendant. Cela tient, je crois, de l'adoration portée aux héros, et j'ai toujours pensé que c'était une des expériences les plus importantes de l'adolescence. Quel dommage si l'on n'a pas connu cela dans sa jeunesse! La même chose que si, plus tard, on ne tombe pas amoureux.

Si Michael est descendu en ville pour quelques heures, ils restent là avec inertie à l'attendre.

L'un après l'autre ils viennent me demander : « Madame Bergwin, quand le Général sera-t-il de retour? »

Ou bien : « Il n'y a aucune chance qu'il rentre pour le dîner? »

Michael est le centre d'attraction.

Je n'avais pas réalisé que c'est une qualité dont on peut se vanter jusqu'au jour où je fis, un été, le trajet en autobus de New York au Wyoming. Trois jeunes filles tinrent les passagers éveillés sous un feu roulant de bavardages et de rires, tout au long d'une interminable nuit; et lorsqu'au petit matin l'autobus s'arrêta et qu'elles descendirent, elles déclarèrent avec fierté aux amis venus les accueillir : « Nous avons été le centre d'attraction, depuis Omaha jusqu'ici! »

Il faut vraiment être quelqu'un pour devenir le centre d'attraction!

Nous avons un casse-cou, Harry Brimmer, garçon malingre de quinze ans, les cheveux coupés en brosse, une voix brusque et discordante, d'épaisses lunettes et un sourire charmant et mutin posé en permanence sur les lèvres. Il se fit désarçonner par Diabolo avant même d'être sorti du corral. Se remit en selle, de nouveau par terre. Cette fois, Harry resta vraiment interloqué. J'ai l'impression qu'il n'a pas fini d'être une source de joie pour les autres, cet été.

Le plus jeune et le plus petit, Scotty, monte pratiquement notre plus grand cheval, au mépris de toutes les lois de l'équilibre. Il s'agit de Baldy, qui allongea une oreille en arrière tandis que l'on hissait le petit bonhomme sur son dos, puis comprit qu'il y allait de son honneur.

Jusqu'à présent Jérôme n'a pas d'ennuis avec Wing

Ding, mais je me demande ce qu'il ressent. Aucune plume d'aigle n'est là pour me le dire.

Mon rôle, durant ces premières journées du camp, est de m'occuper de la nourriture. Je suis l'économe, la pourvoyeuse, l'hôtesse, la mère de famille, l'infirmière qualifiée et la confidente.

Tous les autres matins, je m'assieds avec Hilda pendant une heure devant la table à carreaux rouges et blancs et compose les menus pour deux jours.

— Qu'allons-nous faire pour le dîner, madame Bergwin ?

— Qu'allons-nous faire comme dessert ?

Invariablement ces deux questions me laissent perplexe. Pour le déjeuner c'est facile : bœuf, agneau, veau, poulet, porc, jambon, gibier et les légumes de la saison, puis à nouveau le circuit recommence. Mais les desserts et les repas du soir ! Les seuls auxquels je puisse penser sont ceux de la veille, de l'avant-veille, et du jour précédent.

J'implore du regard l'aide de Hilda et je lui en veux secrètement de sa calme expression interrogatrice.

Cependant, j'ai résolu le problème. L'hiver dernier, je me suis adonnée, avec tout le sérieux requis, à la recherche de desserts et de plats pour le soir.

Je m'en tins aux recettes réalisables sans utiliser toute la batterie d'ustensiles de cuisine (ce qui exclut les recettes des journaux féminins) et en réunis vingt-huit. La durée du camp étant de huit semaines, elles ne se répéteront qu'une fois.

Aussi, à présent, lorsque Hilda me pose ces questions déroutantes, j'ouvre les pages de mon livre de cuisine et me repaît la vue des listes tapées à la machine : tourte aux pommes à la hollandaise, gâteau de riz au caramel, pudding aux pommes, et si Hilda a oublié comment les faire, les indications très simples se trouvent sur les pages suivantes.

Je tape les menus et les épingle au mur de la cuisine. D'après les menus, je dresse ma liste de courses. Je descends à Cheyenne trois fois par semaine avec la remorque, pour rapporter de pleins paniers d'épinards, de maïs ou de betteraves.

Michael et moi vivons dans deux mondes à part et j'éprouve une sensation d'isolement.

Il semble tout à fait dans son élément. Je crois qu'il se trouve reporté à l'époque de la guerre, avec ses « garçons » dont il a la charge et la responsabilité. Mais moi, je me sens perdue au milieu d'une kyrielle de lutins qui dansent et sautillent autour de moi, rient sans cesse, crient sans raison, parlent un langage qui m'est inconnu (sûrement pas l'anglais).

Au cours des repas, si nous nous adressons la parole Michael et moi, cela prend l'allure d'une proclamation faite d'un bout à l'autre d'une table de quatre mètres, lui à une extrémité et moi à l'autre. Les enfants sont assis de chaque côté.

Là-bas, à la droite de Michael, se trouve un visage souriant qui a vraiment l'air de celui d'un chérubin. Le front est encadré de souples boucles de cheveux châtain clair. Les yeux sont bleu foncé. Il me rappelle une femme qui vit chez Vernon Spencer et porte le beau nom de Ruth. Elle a un très beau visage elle aussi, surtout le sourire. Elle a de belles dents larges et parfaitement régulières, d'un blanc éblouissant. Mais voyons, c'est la femme de Spencer, et voilà leur fils, Jimmie.

Jimmie n'est que grâce et légèreté, calme et satisfaction. Il a le sourire de sa mère. Il n'est pas musicien. Il est fasciné par les trains, les voies ferrées, les mécaniciens, les chemins de fer. Il préférerait de beaucoup être machiniste que Paderewski, m'a-t-il confié. Je me demande ce que le « Pur Génie » va en faire?

— Il se tient en selle, affirme Michael, comme un sac de farine. Ce qui est le plus grand compliment, car si le cavalier est détendu, le cheval l'est aussi.

Prinny s'est prise d'affection pour lui sur-le-champ.

Jérôme m'a demandé :

— Tante Mary, est-ce que je pourrais consacrer mon heure de sieste à faire du piano tous les jours, comme l'année dernière?

— En ce qui me concerne, oui Jérôme. Mais demande au Général.

— Je peux, oncle Michael?

Michael accorda la permission.

Un des garçons me donne du tracas.

— Bobbie, pourquoi es-tu si maigre? Est-ce que tu t'es beaucoup enrhumé l'hiver dernier?

— J'ai toujours été maigre, madame Bergwin. Et je dévore comme un ogre.

— Ta glande thyroïde fonctionne bien?

— On m'a fait un métabolisme et c'est normal. Je n'ai pas non plus le ver solitaire. Papa et maman ont cessé de se faire du souci parce que j'étais maigre.

— Tu devrais grossir. Tout le monde ici, au ranch, prend du poids.

Notre lait riche parviendra peut-être à ce résultat. Il y a toujours des seaux de lait crémeux placés dans l'eau vive du pavillon de la source, à la disposition des garçons lorsqu'ils rentrent assoiffés et en sueur de leurs chevauchées, tard dans l'après-midi. Ils descendent de cheval, attachent leurs montures, et se rassemblent dans la fraîche obscurité du pavillon. De la terrasse, leurs voix me parviennent — discussions, rires, bavardages.

Je dis un jour à Elma, qui après tout est médecin :

— Je crois que les garçons boivent environ quatre litres de lait par jour.

— Tu veux dire un litre. (Elle a l'habitude de prescrire un litre par jour.)

— Non, quatre litres. Ils en boivent trois ou quatre verres à chaque repas. Et trois à quatre louches dans les seaux du pavillon de la source.

Missy vint se présenter devant moi au moment où je m'asseyais pour lire près de la fenêtre, et m'annonça qu'elle allait avoir ses petits.

Cela ne m'étonna pas.

Elle vint demander la permission d'accoucher dans la maison, de préférence sur mes genoux. Je la mis dehors et fermai les portes. Elle alla se frotter aux jambes de toutes les personnes présentes sur la terrasse, ronronnant, racontant à tout le monde l'événement merveilleux qui allait se produire, puis s'évanouit dans la pénombre.

Elle vient de faire sa réapparition, aussi mince qu'une vedette de cinéma. Les garçons la taquinent pour qu'elle leur montre où elle a mis ses petits, mais elle reste tranquillement à faire sa toilette : « De quels petits chats parlez-vous ? Je ne connais pas de petits chats... »

18

J'ai deux machines à écrire. La machine portative que je transporte partout avec moi ; dehors sur la terrasse ; ou sur mes genoux durant toute une soirée dans la salle de séjour, ou en voiture. Michael a même parlé de construire une petite table à cette intention dans la voiture, à côté du casier à gants, de sorte que, en partant pour de grandes randonnées à travers le pays, je n'aie qu'à étendre la main pour la tirer.

La grosse L C Smith reste en permanence sur la table de ma chambre.

Parfois elles sont là toutes les deux, à angle droit, chacune avec une feuille de papier, l'une écrivant le roman, l'autre ce journal.

J'ai remarqué que chaque fois que je raconte aux gens des anecdotes sur la vie du ranch, et particulièrement sur les chevaux, ils m'écoutent avec intérêt. Aussi j'en ferai, je crois, le sujet de mon prochain livre. Simplement une nouvelle — d'environ cinq mille mots — sur l'un de mes chevaux, peut-être une petite pouliche.

Les garçons sont intrigués par les machines à écrire et par ma carrière de scénariste. En particulier Ham (Hamilton) Parks qui, un soir que la conversation roulait sur les futures carrières, déclara qu'il allait « être » écrivain.

Ham est un garçon hâlé, trapu, — déjà le physique d'un champion de football — et un extroverti s'il en fut un. Le choix de cette carrière me surprit.

Si encore il s'était agit de Billy Allenger.

Billy a dix-sept ans et va entrer à l'Université l'année prochaine; c'est le plus grand de nos garçons : un mètre quatre-vingt-huit. Il est pâle, a l'air distingué, porte des lunettes cerclées de noir, parle rarement, ne sourit jamais, ressemble à un homme d'affaires new-yorkais dans la trentaine — un de « ces jeunes gens neurasthéniques ».

Je réclamai à Ham Parks des précisions.

— Oh! bien sûr, dit-il modestement, je ne sais pas encore comment, mais je vais me spécialiser.

Je lui demandai alors s'il avait écrit des nouvelles, des articles. Non. Quoi alors? Il leva les épaules dédaigneusement.

— Simplement ce qu'on nous donne à faire en classe.

— Tu aimes écrire des lettres?

Il réjouit les autres garçons, en mimant l'expression de quelqu'un qui a envie de vomir.

— Que veux-tu dire alors par : devenir écrivain?

Il faisait preuve de patience à mon égard.

— Ce que j'ai dit, je vais me spécialiser.

— Mais pourquoi ce choix, puisque tu sais déjà que tu n'aimes pas ça?

— Il y a un écrivain qui, un été, est venu vivre près de chez nous, à la campagne. Il avait une caravane Pullman accrochée à sa voiture. Il ne pouvait vivre que dans la solitude. J'aime les bois. J'aime la pêche. Quelle sinécure!

Je demandai à Harry ce qu'il voulait faire, lui.

— Psychiatre.

Les petits yeux myopes de Harry papillotèrent à la ronde d'un air inquisiteur, derrière les verres épais de ses lunettes, mais personne ne rit de sa réponse.

— Ma tante Jennie a été voir un psychiatre tous les jours pendant un an. Et papa dit qu'elle lui a donné une fortune. Tout ce qu'il faisait, c'était de rester assis et de l'écouter parler.

Tous connaissent ou ont été voir des psychiatres, et ils adorent parler de leurs complexes.

Puis on me demanda si je n'écrivais plus de scénarios.

— Si on veut écrire pour le cinéma, il faut vivre à Hollywood. Ici, j'écris pour des revues. C'est-à-dire, j'essaie.

— Que voulez-vous dire, j'essaie?

— Je veux dire que j'essaie de les faire publier.

Il y eut un silence perplexe et désapprobateur. Ce n'est pas de cette façon que les choses se passent dans une carrière réussie. Aussi ajoutai-je, pour les rassurer :

— Et je crois y être presque arrivée.

— Que voulez-vous dire — presque?

— Eh bien! pour l'instant, j'essuie des refus, cela, en vérité, est presque la réussite; il n'y a plus qu'un pas à faire.

Murmures de dégoût. Le succès devrait vous être servi, bien sûr, comme sur un plateau.

— Un pas!

— Oui. J'ai franchi tous les autres. J'ai élaboré une histoire, l'ai modifiée sans cesse. Me suis décidée pour, puis contre — une douzaine de fois. L'ai finalement rédigée. Cela représente du papier, des heures à taper à la machine, des carbones, des corrections, du temps et du travail. Ensuite, prendre une enveloppe, trouver les adresses, peser, affranchir, expédier; puis on vous renvoie le texte. Tout cela n'est pas rien.

— Et le pas qui reste à faire?

— On vous envoie un chèque au lieu du manuscrit. Et une lettre rédigée différemment.

Ils ruminèrent mes paroles en silence.

— Mais vous, vous pourriez dire à Ham comment il faut écrire, n'est-ce pas tante Mary? (Jérôme a déjà beaucoup écrit lui-même.)

J'éclatai de rire.

— Je pourrais surtout lui dire comment « il ne faut pas ».

Ils voulurent tous savoir comment il ne faut pas.

— Eh bien! il ne faut pas : être littéraire, académique, minutieux ou ampoulé; pas de préciosité, de laisser-aller (trop de laisser-aller), de verbosités ou de répétitions; pas de style tarabiscoté ou puéril, faussement enjoué, futé ou spirituel.

— Mince alors! Qu'est-ce qu'il nous reste?

— Dites-nous plutôt alors ce qu'il « faut » faire.

Cela était plus difficile. En fait, je possède deux ou trois « trucs » qui m'ont aidée à me tirer de plus d'une situation embarrassante. Lorsque je fis mes débuts, à Hollywood, dans les adaptations de romans pour l'écran (ce qui consiste en une série de photographies minutieusement décrites), je demandai à un vétéran : « Comment donc faites-vous pour commencer? » Il me répondit : « Racontez simplement votre histoire. »

Cela n'a jamais manqué de réussir. Je place en imagination mon petit garçon de l'autre côté de la pièce en face de moi, je porte mon regard sur son visage attentif et impatient, et je commence.

La règle n° 2 me vient d'un roman anglais qui avait pour héroïne un écrivain; un jour, complètement empêtrée dans son texte, elle se dit, excédée : « Voyons maintenant, suis-je ou non capable d'exprimer quelques idées très simples en anglais ordinaire? » Et elle découvrit sur-le-champ qu'elle en était parfaitement capable.

Lorsque je communiquai aux garçons ces deux règles d'or, ils furent très déçus, comme chaque fois qu'on se trouve en face de vérités simples.

Bobbie demanda :

— Mais que faire quand on est arrêté? Je suis toujours arrêté au milieu de mes dissertations.

— Cela dépend; si je tape à la machine, je vais m'allonger un peu sur le lit. Ou dans le hamac. Ou bien je vais faire une promenade en voiture : le fait de sentir des roues sous soi.

Il se fit un brouhaha inintelligible que j'interrompis finalement en disant :

— Cela est parfaitement vrai. Si j'ai inventé quelque chose pendant que j'étais allongée sur le lit, et que j'essaie ensuite de le développer à la machine, je suis obligée de retourner sur le lit pour trouver la fin.

Redoublement du brouhaha, tout au long duquel s'égrena le rire charmant et étouffé de Jérôme. Il finit par dire :

— N'est-ce pas du « laisser-aller », tante Mary?

— Oui, certes.

— Qu'est-ce que c'est au juste que le « laisser-aller », madame Bergwin? »

C'est notre généralement silencieux Jimmie qui pose la question.

— Bien, essayons de définir le mot par ses contraires.

Ce fut le signal d'une dispute générale où je pus savourer quelques instants de répit, tout en relevant au passage les mots qui jaillissaient par-ci par-là. Positif. Sec et coupant. Rigoureux. Mécanique.

Discrètement guidés par moi, ils en arrivèrent à l'opposition entre physique et métaphysique, que j'approuvai; puis je demandai si quelqu'un pouvait situer le moment précis où le physique passe au métaphysique.

Avant que nous quittions la table, je leur donnai mon opinion à ce sujet : que ce point précis n'existe pas; et ce fut Jérôme qui conclut la discussion.

— C'est pourquoi on peut se permettre un peu de « laisser-aller »?

Au début, les garçons trouvent indignes d'eux de se reposer au milieu de la journée mais, petit à petit, ils en viennent à aimer l'heure de la sieste. Beaucoup s'endorment. Ce sont les plus grands qui dorment le plus.

Chaque cabine abrite deux garçons. Le plancher et la partie inférieure des murs sont en bois. Au-dessus est un grillage. Une poutre et des chevrons servent de support à une tente de toile munie de pans qui peuvent se rabattre en cas de pluie.

Le campement est situé dans un bosquet de jeunes pins, sur la pente douce qui descend derrière la maison. « L'officier de service » veille à ce que tout soit en ordre.

A la fin de l'été, lorsque les garçons sont partis, je vais parfois m'étendre là-haut dans l'une des cases. J'écoute le bruissement des aiguilles de pins et hume l'odeur épicée et pénétrante de la résine. Ce murmure et cette odeur vous transportent loin de toutes les villes. Ils vous transportent loin des maisons, très loin, dans un lieu où vous êtes seul. Je fis cette découverte très tôt dans mon enfance, lorsque l'on nous emmenait passer une partie de nos vacances dans les bois. Les garçons ne l'oublieront jamais.

Pendant les deux premières semaines du camp, nous devons Michael et moi fournir un effort considérable. Il en porte le reflet sur son visage : ses traits sont tendus. Non seulement, il faut du temps pour les avoir tout à fait en main, mais il y a la crainte perpétuelle d'un accident toujours possible avec les chevaux.

L'heure d'équitation vient après la sieste.

On désigne un garçon pour amener les chevaux du Pâturage des Écuries. Il fait environ deux kilomètres carrés et demi, sa surface est tout accidentée de creux et de bosses, et les chevaux y sont éparpillés un peu partout. Mais ils savent qu'on leur donnera de l'avoine dès leur arrivée au corral et sont impatients de venir. C'est toujours Lingot d'Or que l'on monte pour ce rassemblement quotidien, brave bête qui connaît son métier à fond et pourrait presque faire le travail toute seule.

Les garçons aiment beaucoup qu'on leur confie cette mission et elle constitue un très bon exercice d'équilibre et d'adresse.

J'éprouve toujours un grand plaisir à me trouver dans le corral au moment où les quatorze vigoureux poulains à demi sauvages s'y ruent, au grand galop.

On passe le licou à chaque cheval, on lui accroche sa musette d'avoine; on l'attache à un des poteaux de la barrière du corral et son cavalier le panse.

Nous avons un jeune garçon de quinze ans, Redding Brewster, qui a déjà une grande expérience du cheval. Il est blond, beau et bien fait. Michael lui a donné Rheingold; ils s'équilibrent à la perfection et forment un ensemble magnifique.

L'autre jour Rheingold se comporta mal, tirant sur la corde pendant que Red essayait de l'attacher à sa place. Il refusa d'avancer, raidit les pattes, secoua la tête et agit en tous points comme s'il n'avait jamais été dressé au licou.

Le châtiment d'une telle conduite est de mettre le cheval « au piquet », en l'attachant à un poteau au milieu du corral.

On infligea donc cette humiliation à Rheingold. Il se tenait tranquille maintenant, les naseaux légèrement dressés, attaché à quelques centimètres seulement de ce déplaisant poteau. Puis, lorsque, sur l'ordre de Michael, Red le détacha, l'étalon sembla attaquer son jeune maître.

Il y eut des discussions sans fin à ce sujet. Rheingold avait-il vraiment voulu renverser Red, ou s'était-il simplement cabré au-dessus de lui? Quoi qu'il en soit, le cheval se libéra d'une brusque secousse et se cabra; Red se détourna pour l'éviter, mais glissa et s'étala par terre au moment où l'énorme sabot s'abaissait.

J'étais présente. Tout le monde poussa un cri étouffé ou une exclamation. Michael releva Red, l'appuya sur son bras gauche, la tête tourné vers le sol, tandis que de la main droite il arrachait le blue-jean lacéré. Je pus voir l'expression de terreur mortelle sur le visage de Michael, pendant la seconde où il s'attendit à découvrir le genre de blessure causée par le coup de sabot d'un étalon qui s'abat.

Mais Red était sain et sauf; pas la moindre égratignure sur ses fesses blanches et lisses.

Rheingold avait rué de côté, et se tenait maintenant à sa place habituelle contre la barrière du corral, calmé et attendant d'être pansé. Il avait tourné la tête, pointant ses oreilles, et essayant de voir ce qui se passait là-bas, près du poteau de pénitence.

Michael remit Red sur pied, et celui-ci resta debout, souriant et embarrassé, le derrière à l'air. Quelqu'un l'interpella, « Qu'est-ce que tu as fait de tes pantalons? » et lorsque Michael, en guise de plaisanterie, drapa le blue-jean déchiré autour du poteau, des sifflets et des hourras l'acclamèrent.

Il n'y eut plus d'accrochage entre Red et Rheingold.

Pendant que les garçons pansent leurs chevaux, Michael va de l'un à l'autre, leur donnant des conseils. Il faut passer l'étrille et la brosse en descendant sur les pattes de derrière. Les chevaux ont du mal à le supporter. Cela les chatouille. Michael montre aux garçons comment se tenir pendant cette opération; ils doivent être constamment sur leurs gardes, prêts à esquiver le coup; et surtout, ils doivent se cramponner à l'arrière-train du cheval de façon à ne pas se trouver juste sous les sabots du cheval s'il lance une brusque ruade.

Musettes et licous sont alors retirés; on installe les brides, la couverture et le surfaix. Tous les exercices sont faits sans selle.

Arriver à monter sur un cheval sans selle à partir du sol est difficile. Plus d'un garçon reste dans le corral à se débattre pour essayer de se hisser sur le dos de son cheval, pendant que le restant de la troupe chevauche en direction du terrain d'exercices.

Ce terrain est situé dans une partie plane de la prairie s'étendant entre l'étable et le ruisseau.

Les exercices ont, en fait, une action calmante sur les chevaux. Ils restent immobiles en ligne ou en cercle, les rênes relâchées et, tandis qu'ils sentent les garçons glisser sur leur dos, perdre l'équilibre, grimper à nouveau, ils se détendent complètement et sont heureux.

De la terrasse, je peux apercevoir le terrain et je m'y tiens généralement à cette heure-là pour observer les manœuvres.

Les garçons font les « ciseaux » sur leur monture. Michael commence le premier. Ils ont ainsi la tête face à la queue du cheval. Puis ils le font de nouveau, pour se retrouver dans le bon sens.

Michael fait ensuite un appui sur les mains, plaçant ses deux mains sur le garrot du cheval et se penchant en avant jusqu'à y porter tout son poids, puis son corps se soulève doucement du dos du cheval et monte graduellement en l'air, tandis que les jambes restent raides et dressées vers le haut. Les garçons luttent désespérément pour y arriver. De temps à autre, un gymnaste compétent y parvient.

Il y a des chutes fréquentes, et c'est ce que veut Michael. Il désapprouve cette obsession de vouloir s'agripper au dos du cheval, prélude au désastre d'être jeté bas. Car si vous avez perdu votre équilibre, vous êtes, pour ainsi dire déjà par terre, et il vaut mieux alors vous trouver par terre que sur le dos du cheval. Le cavalier devrait se laisser glisser ou bondir sur le sol, puis sauter à nouveau. Ils s'exercent donc à sauter du cheval en marche, au trot et au galop, et à y remonter.

Ils acquièrent, peu à peu, cette maîtrise au cours de l'été. Notre brochure publicitaire traite de la question sous le titre : « Étude de l'équitation ».

Une fois l'heure d'exercices terminée, les garçons sont libres de faire ce que bon leur semble. Généralement, ils font des promenades à cheval jusqu'à quelque endroit éloigné. Ils ont visité tous les ranches des alentours. Les premières semaines, la plupart d'entre eux retournent aux écuries pour seller leur cheval. Mais, petit à petit, lorsqu'ils se sentent plus sûrs, ils se contentent de partir directement du terrain d'exercices, enfoncent les talons dans les flancs du cheval et partent à fond de train, à poil, hurlant et galopant comme une bande d'Indiens.

Je finis la copie de *Joie Matinale*, la postai au « Canyon de Granite », et rapportai le courrier. J'ai l'habitude de m'asseoir dans le hamac pour distribuer le courrier, tandis que les garçons font cercle autour de moi. Je remarquai une grande enveloppe dont l'adresse était tracée de la belle calligraphie d'un génie.

Je me demandai ce qu'il pouvait bien m'envoyer et trouvai, en l'ouvrant, mon *Invention en sol mineur*. Il a dû l'envoyer presque par retour de courrier. Elle ne portait pas une seule correction, rien qu'un mot griffonné en lettres énormes au bas de la page, STUPÉFIANT. Elle était accompagnée de quelques lignes : « Si votre *Invention en sol mineur* avait été présentée à l'Université, elle aurait remporté le premier prix de contrepoint. Qui vous a enseigné le contrepoint ? »

Je réfléchis sérieusement à la question. Si la seconde,

l'*Invention en ré mineur*, est aussi bonne que la première, et je suis sûre qu'elle l'est, il me semble que je n'aurai aucun mal à en composer d'autres. Si j'en composais une douzaine, je pourrais les présenter à un éditeur, à titre d'exercices de contrepoint moderne pour les étudiants qui veulent s'attaquer ensuite à Bach. Mais cela représente un travail considérable, et l'idée ne me sourit guère. J'attendrai d'en discuter avec M. Spencer lorsque j'irai à Los Angeles.

Je vais donc me mettre maintenant à l'étude du développement thématique.

Je possède les traités de Gœtschius et de de Lavignac sur la question.

De Lavignac dit : « Dès le début, le compositeur prendra note des bribes, fragments, idées mélodiques, dont il se servira plus tard pour développer ses thèmes et étoffer son œuvre. »

C'est une chose que j'ai toujours fait inconsciemment. Mais savoir ce que je fais et pourquoi je le fais, me familiariser avec les formes et les modèles classiques, réduira de beaucoup, je pense, mes efforts.

Je suis donc partie à la recherche parmi les manuscrits que je garde en réserve, d'un thème prêt à être « développé ».

Je pense à *Bagatelle*.

Je l'ai composé, il y a quelques années, à Los Angeles. Lorsque je le jouai à M. Spencer, il me plongea dans le désarroi en s'écriant :

— Quelle sauvage!

Il se rua vers la porte de l'antichambre, l'ouvrit avec fracas et appela les étudiants qui attendaient. Je dus leur rejouer le morceau.

Je lui demandai ensuite :

— Mais pourquoi sauvage?

— Parce que vous avez transgressé toutes les lois de l'harmonie avec cette roulade descendante de sixtes parallèles et le justifiez en en faisant un passage d'un effet saisissant.

Tandis que je le rejouais à nouveau, Jérôme fit irruption dans la pièce.

— Qu'est-ce que c'est que ça? Ça me plaît. Joue-le encore.

Si, jadis, M. Spencer a traversé la pièce à grandes enjambées — si maintenant, Jérôme accourt en l'entendant — il doit y avoir quelque chose.

— Mais je n'aime pas ce titre *Bagatelle*, dit Jérôme. Cela lui donne un air frivole, qu'il n'a pas.

En effet. Il y a en lui quelque chose de vigoureux et de fort qui vous entraîne.

— J'ai l'intention d'en faire un morceau plus important, peut-être une pièce de récital.

— J'aimerais l'apprendre.

Mais j'hésite. Il me semble juste de la bonne longueur tel qu'il est, pas plus de trois pages; les découper, le « développer », briserait la liberté de son élan impétueux.

L'avoine, affirment toutes les brochures gouvernementales, constitue l'aliment idéal des jeunes animaux : veaux, chiens, chevaux. (Les Écossais élèvent leurs grands et vigoureux gaillards au flocon d'avoine.)

— Bobbie, dis-je, j'ai remarqué que tu prends des flocons d'avoine au petit déjeuner. Tu les aimes?

— Oh! oui, je les adore.

Je sers les céréales du petit déjeuner dans des bols de couleur en faïence mexicaine.

— Pourrais-tu en manger plus si je te donnais un bol plus grand?

Un peu gêné, Bobbie répondit que oui, il pense qu'il pourrait en manger plus.

J'ai dorénavant remplacé son bol rouge par l'une des jattes jaunes de la cuisine. Il l'emplit à ras bord de flocons d'avoine, y ajoute une tasse d'épaisse crème jaune et une tasse de sucre roux. Il prend cela en guise de hors-d'œuvres avant d'entamer son petit déjeuner d'œufs au jambon, de tartines grillées, de lait et de fruits.

19

Nous sommes descendus en voiture, Michael et moi, jusqu'au Canyon de Granite pour aller chercher le courrier et j'ai attendu dans la voiture pendant qu'il entrait à la poste.

En sortant, il me jeta un paquet. Je me demandai pendant un instant ce que ce pouvait être, puis je vis le nom de Schirmer et me souvins.

— Oh! Ce sont mes morceaux! m'écriai-je. Les exemplaires que l'on me donne!

— Quels morceaux?

— Les quatre pièces enfantines que Schirmer m'a achetées!

Michael était intéressé. Je déchirai le papier d'emballage et nous les examinâmes. Schirmer les avait arrangées avec beaucoup de goût; de façon très artistique vraiment; une charmante petite image représentait un « Papoose » emmailloté. Il y avait une minuscule gravure avec un arbre où « Soufflait le vent ».

Michael avait l'air très impressionné.

Il me demanda par la suite sur un ton indigné :

— Pourquoi n'as-tu pas mis tes morceaux en évidence sur le piano?

— Quels morceaux?

Sur un ton de plus en plus indigné :

— Les morceaux que Schirmer a publiés.

— Oh! Tu crois que je devrais?

— Évidemment!

Je les mis donc en évidence.

— Maintenant, joue-les.

— Ceux-ci? J'étais surprise. — Ce n'est vraiment pas

grand-chose. Sans aucune importance. Et tu les as déjà entendus mille fois. Ils ne valent vraiment pas la peine qu'on les écoute.

— *Joue-les!*

J'ouvris les pages de *Lorsque souffle le vent* et me mis au clavier.

Il y avait longtemps que je l'avais oublié et je dus le déchiffrer. Je déchiffre très mal dans mes bons jours — atrocement mal dans mes mauvais — et c'était un mauvais jour, avec Michael s'attendant à écouter quelque chose de merveilleux puisque Schirmer l'avait publié, et s'apprêtant à aller en faire l'éloge aux garçons l'instant d'après.

J'arrivai péniblement au bout, me demandant bien pourquoi Schirmer l'avait acheté. C'était correct, bien fait, il y avait quelque chose, mais quand même...

Lorsque j'eus fini, je me tournai vers Michael pour lui dire :

— Je ne comprends pas pourquoi ils l'ont pris.

Je me rendis compte seulement à ce moment que son visage était tout convulsé. A ma remarque, il fut secoué d'un rire bruyant et saccadé, sanglotant presque.

— Moi non plus.

Il rit jusqu'aux larmes. Je ne pus m'empêcher de rire avec lui. Mais je me sentais un peu malheureuse et très honteuse.

Quelques-uns des garçons entrèrent dans la pièce. L'heure de sieste était finie et ils se préparaient à monter à cheval.

Je rejouai le morceau, rejetant la faute sur mon interprétation déplorable. Jérôme resta près du piano à écouter attentivement.

— On dirait une fugue, juste là, au début, dit-il.

Je me sentis réconfortée. Je remarquai que malgré sa nudité, son absence totale de fantaisie, son dépouillement presque squelettique — une sorte de musique en miniature vraiment — on y sentait quelque chose. On pouvait même y découvrir une certaine intention.

Je le jouai plusieurs fois. Les autres garçons sortirent avec Michael. Jérôme resta.

J'en eus finalement assez de sentir que tous les éléments de valeur qu'il contenait n'étaient que suggérés. Je poussai brusquement la partition de côté et le jouai de mémoire, laissant venir sous mes doigts l'arrangement qui semblait le mieux approprié. Je fus étonnée de la liberté et de la turbulence de son mouvement; une véritable petite composition tourbillonnante et dramatique, illustrant très exactement le titre : *Lorsque souffle le vent.*

— Comme ça, ça vaut la peine, n'est-ce pas ? dit Jérôme. C'est là l'ennui de ces pièces récréatives. De bons éléments, de bonnes idées musicales, inutilement gaspillés. Et tout cela pour quoi ?

Pour ces quatre morceaux, Schirmer m'a offert cinquante dollars comptant. Je répondis que j'eusse préféré des droits d'auteur. Ils répliquèrent : « Pas de droits d'auteur. » Cinquante dollars, c'est à prendre ou à laisser. Je les pris.

Lorsque, il y a longtemps, la maison d'édition John Church publia ma collection de six pièces enfantines intitulées *Journées d'été à Deercreek* (le plus grand magasin de Los Angeles en fit sa vitrine), on me donna vingt-cinq dollars pour les six. Pas de droits d'auteur. Et pour les trois morceaux un peu plus avancés qui furent publiés par la suite, cinquante dollars.

Je suis ravie d'apprendre que nous avons un autre musicien au ranch.

C'est le petit Scotty. Ce surnom lui vient de ses origines écossaises, nom de famille McCollister. Scotty peut s'asseoir au piano, atteindre les pédales et jouer *Le Gai laboureur* avec justesse et énergie.

Cet enfant sensible doit surmonter un lourd handicap. Il est le plus jeune et le plus petit du groupe. On lui donne le cheval réservé aux jeunes débutants. Il n'arrive pas à s'y hisser tout seul.

Tous les autres garçons peuvent l'anéantir d'un mot. Non, ils n'ont même pas besoin d'un mot. Rien qu'à être ce qu'ils sont, plus grands et plus âgés, ils le démolissent.

Harry n'a qu'à le regarder d'un air malicieux, les coins de sa bouche relevés en ce sourire mutin, et dire affectueusement, mais de cette voix tonitruante qui fait se retourner tout le monde, « Eh bien ! Scotty ? » et tous les garçons à table pouffent de rire.

Une rougeur brûlante envahit le cou et les joues de Scotty et ses yeux s'emplissent de larmes.

Ce n'est pas la crainte. Ce sont des larmes de rage impuissante.

Que puis-je y faire ? Je ne vois rien. A table, Scotty est assis à ma gauche. J'ai l'impression que nous pourrions bavarder tranquillement s'il n'était pas à chaque instant assailli et en position de défense.

Mais maintenant, avec la musique, le contact s'est vraiment établi. Il y a un des morceaux que, je crois, il pourrait apprendre.

Lorsque j'y travaillai, l'hiver dernier, je les répartis en groupes de six. Six thèmes de chants d'oiseaux. Six petites études d'après nature. Et le groupe que j'intitulai *Voyage musical* était un ensemble de danses nationales. Je composai une danse allemande, une suisse, une espagnole, une écossaise, une irlandaise; il me manquait une danse suédoise.

Je les écrivis non pas à partir de mélodies folkloriques authentiques, mais dans le style de la musique folklorique de chacun des pays.

Mädchen Tanz (Schirmer a mis un titre anglais à la place du titre allemand) est une petite valse allemande entraînante qui contient quelques mesures du *Beau Danube bleu*. *Kilties* était une marche écossaise. « Je vois les *kilts* [1] tourbillonner », s'écria Reese lorsque je la lui jouai.

Je n'avais aucune idée de la musique suédoise et n'avais jamais entendu une de leurs chansons folkloriques. Où pourrais-je trouver l'inspiration d'une danse suédoise ?

J'entendis Spencer déclarer un jour : « Tout ce qui ressemble à de la musique folklorique est difficile à composer. On ne la « fabrique » pas. Elle se développe

1. *Kilt* : jupe courte des montagnards écossais. *(N. d. T.)*

toute seule. Si vous y arrivez, vous avez vraiment fait quelque chose. »

J'ai longtemps réfléchi à la façon dont naissait un chant folklorique. D'où venait sa semence, le terrain où il s'implantait, sa croissance.

La semence est sûrement l'émotion, la chaleur qui sourd du cœur humain.

Si, un jour où je me sens particulièrement seule et consumée d'impatience, je me mets à la fenêtre et m'écrie en tendant les bras : « Oh, reviens vers moi! Reviens! Reviens! » c'est déjà presque une chanson. Si, à ce cri, j'ajoute le rythme, aussitôt c' « est » une chanson.

Le rythme viendra si on l'accompagne d'une action répétée. Si, au lieu d'être à la fenêtre, la femme est assise et tient un enfant dans ses bras en le berçant et en chantonnant. Après le rythme, trouver les paroles

Vogue, bateau, vogue à travers la mer,
Adieu mon amant, adieu!
Il emporte mon amant sur les flots amers
Adieu mon amant, adieu.

Oh! mon enfant!
Oh! mon enfant!
Oh! mon enfant!
Adieu mon amant, adieu!

(Je chantais cela à une petite silhouette vêtue de longs pyjamas blancs, sa tête dure pressée contre mon sein, et mes bras refermés autour de son corps, dans le rocking-chair qui se balançait doucement, tandis que le jour mourait et que les fenêtres s'emplissaient de bleu sombre.)

Des chants qui accompagnent le balancement du berceau et l'ensevelissement des morts, la douleur et l'amour, la rencontre et la séparation, les semailles et les moissons et les fêtes et les réjouissances, tels sont les chants folkloriques.

Le livre *Les Noirs et leurs chants*, de Howard Odum et Guy Johnson, raconte l'histoire d'un professeur d'Université qui voulait étudier les chants d'une équipe de Noirs travaillant sur la route près de chez lui. Il se munit donc d'un carnet et d'un crayon et s'assit sur un mur de pierre à proximité; et au bout d'un long moment, il arriva à discerner les paroles de la chanson :

Y a un Blanc assis sur le mur,
Y a un Blanc assis sur le mur.
Y a un Blanc assis sur le mur
Y perd son temps,
Y perd son temps!

Où vais-je trouver l'inspiration d'un air populaire suédois très simple?

Nous avions à cette époque un chef d'équipe suédois appelé Nels. Un soir que nous nous trouvions dans les communs, je lui déclarai qu'il connaissait sûrement un tas de chansons, de mélodies et de danses suédoises.

Mais Nels secoua timidement la tête.

— Mais si, Nels, j'en suis sûre! Vous savez bien, aux fêtes, aux bals de plein air, comment danse-t-on? Quel genre de pas? Quel genre de chansons? Est-ce que les garçons soulèvent les filles et les font tourner autour d'eux? On fait la farandole? On frappe des pieds? ou quoi? »

Brusquement, Nels posa sa pipe et bondit sur ses pieds. Non seulement, il se mit à crier et à danser et à taper du pied sur le plancher des communs, mais il m'expliqua à quelles occasions avaient lieu ces danses. *Bonde Danse* veut dire « La danse du laboureur ». Elle a lieu au printemps, après qu'on a labouré et semé; tout le monde se rassemble dans les bosquets de bouleaux et jeunes gens et jeunes filles chantent et dansent.

Il me décrivit les costumes que l'on portait; les jupes des filles de couleurs vives et qui laissaient apercevoir leurs pantalons lorsqu'elles tournoyaient.

Le visage de Nels devint rose d'émotion à l'évocation de cette bande de dentelle de cinq centimètres qui garnissait les jambes des pantalons car, durant toute son enfance, il avait vu sa mère, son ouvrage de dentelle à la main, puis, plus tard, ses sœurs. On la cousait sur d'innombrables paires de pantalons de linon blanc descendant jusqu'aux genoux.

— J'entendis un jour ma grand-mère s'exclamer sur un ton horrifié « Pensez un peu! » et rouler des yeux effarés et se tordre les mains lorsque quelqu'un lui parla d'une de ses amies qui avait sept filles.

— Penser à quoi?

— Les pantalons!

Je composai la petite danse suédoise en suivant exactement le rythme du martèlement des pieds de Nels, l'intitulai *Bonde Danse*, l'ajoutai au groupe du *Voyage musical* et j'eus le sentiment que c'était la meilleure de toutes.

Selon toute évidence, ce ne fut pas celui de Schirmer, car elle ne fut pas choisie.

Je pouvais y voir tout ce dont Nels m'avait parlé. Le bosquet de bouleaux tout frémissant des tendres feuilles vertes du printemps, les sauts et les coups de pied des jeunes gens élancés et vigoureux dans leurs étroits pantalons, les jupes tourbillonnantes des filles, les rires et les cris et le bonheur épanouissant ces jeunes visages — la fougue et l'impétuosité merveilleuses du sang chaud de la jeunesse les soulevant de terre pour les faire s'élancer dans l'air — et tout cela se mêlait, par ce phénomène étrange qui fait se mêler dans l'esprit humain les visions et les rêves, à l'image de notre propre Nels, frappant le sol et bondissant dans la cuisine des communs, à la lueur de quelques vieilles lampes à pétrole, et des torchons rayés pendant derrière lui à côté de l'évier.

— Viens voir Scotty; aimerais-tu apprendre ce petit morceau que j'ai composé? Il s'appelle *Bonde Danse.*

Scotty se faufila jusqu'au tabouret de piano. J'installai la partition.

Harry était là, à l'écoute et clignant des yeux, son sourire malicieux relevant les coins de sa bouche, tout prêt à s'esclaffer.

Je remarquai en riant :

— Harry, tu ne pourrais pas l'apprendre même si ta vie en dépendait. Maintenant Scotty, écoute-moi.

Scotty l'apprit sans difficulté et j'éprouvai un plaisir particulier à entendre un petit garçon le jouer et l'interpréter à sa façon.

Harry resta quelque temps à écouter pendant que nous étudiions, puis s'esquiva sur la terrasse, souriant et papillotant des yeux.

Scotty l'exécuta un soir, après le dîner, pendant que tout le monde écoutait en silence sur l'ordre de Michael.

Tandis qu'il jouait, j'étais accoudée au bord du piano, entendant tout ce qui aurait pu être dans cette musique, et n'y était pas.

Je pensais à ces magnifiques œuvres de Liszt, les *Rhapsodies hongroises*. Elles avaient pour départ de simples airs folkloriques. Avec cette précision extraordinaire qui accompagne le souvenir de la musique — des passages entiers, chaque note présente à l'esprit simultanément — je me rappelais ces œuvres telles que je les avais entendues jouer si souvent au Carnegie Hall (et à chaque fois l'audience parcourue d'un frisson d'émotion) et je pouvais retrouver à travers l'arrangement pour orchestre le petit air simple qui leur avait donné naissance, le « thème » pour ainsi dire. Voilà! J'avais trouvé un exemple de développement thématique!

Comment avait-il fait? Comment avait-il pu arriver à prendre de petites ritournelles pouvant être pianotées par des mains enfantines et en faire sortir ces hordes puissantes, fracassantes, répercutantes d'harmonies et de sons prenant leur essor vers le ciel?

J'écoutais Scotty jouer la *Bonde Danse* et commençais à prendre note de ce que de Lavignac avait nommé les « bribes, fragments, idées mélodiques, que le compositeur... développera plus tard... pour étoffer son œuvre »; j'arrivais réellement à les distinguer et ils se mirent à sauter et à tournoyer dans mon esprit comme des chevaux indociles. Je pouvais entendre les grincements des cordes, le tourbillonnement des filles, les bonds des garçons. Voilà en quoi consistait, je le savais, un arrangement pour orchestre, et mon travail serait d'y prêter l'oreille, d'en faire un tout, de le soumettre à mon jugement critique, de le modeler en une forme classique, et, pour finir, de l'écrire.

J'étais écrasée. Ce fut comme si j'avais reçu un choc, lorsque le petit Scotty termina, se leva du tabouret de piano et resta debout un instant, face à la salle et au tonnerre d'applaudissements.

Ses joues étaient toutes roses de plaisir.

Cet après-midi-là, dans le corral, je remarquai un garçon en train d'en aider un autre à se mettre en selle. C'était Red qui aidait Scotty.

Il y a une expression de responsabilité sur le visage de Red, inhabituelle chez un garçon de quinze ans. Je lui ai demandé s'il avait beaucoup de petits frères et de petites sœurs; mais non, il est fils unique.

Red défit la courroie de l'étrier de Baldy et l'abaissa, puis aida Scotty à y enfiler son pied. Ensuite, tandis que Scotty s'agrippait à différents endroits de la selle en glapissant : « J'y arrive! J'y arrive! » Red, d'une bourrade dans le fond de ses culottes, lui donna juste l'élan qui lui manquait.

Maintenant que tous ces garçons sont venus s'ajouter à notre groupe familial, Rachel échappe à toute emprise.

En particulier, j'avais pris la ferme décision, puisque maintenant elle est grande, de ne plus lui permettre d'aller sur les lits et les canapés; elle, bien sûr, elle voudrait non seulement sauter sur les lits, mais y dormir. Quatorze garçons, quatorze lits, tous les garçons l'aidant et se faisant ses complices.

Tout ce qu'elle a à faire, c'est disparaître à l'heure où l'on enferme les chiens, rester à l'écart jusqu'à ce que toute lumière soit éteinte et tout danger de capture écarté, puis aller geindre devant l'une des cabines.

La prochaine fois que j'irai en ville, j'achèterai une brosse munie de poils durs propre à démêler le long pelage ondulé d'un setter anglais, et un collier de cuir avec une laisse.

Et je confectionnerai un rouleau avec une feuille de journal pour lui donner de petites tapes.

Tout le monde la choie et la cajole, tout le monde lui

donne à manger, personne n'a jamais levé la main sur elle.

Aussi maintenant vais-je m'en faire aimer.

20

Pour un chien citadin, la vue d'un collier et d'une laisse est une source de ravissement. Mais un chien de la campagne vit déjà en plein air et le monde lui appartient. Comment pourrais-je faire aimer à Rachel sa laisse et son collier?

L'heure d'entraînement a lieu sur la terrasse.

A ce moment de la matinée où les garçons sont partis travailler et où la maison est vide, à l'exception de Hilda s'affairant dans la cuisine et de Fumiko faisant le ménage au premier étage, le soleil est paresseux et tiède, aucune distraction spéciale ne se présente alentour, et il n'y a vraiment rien de mieux à faire que de se trouver là, avec la boîte de biscuits, le bol bleu, les œufs et « moi ». Non pas que ce dernier élément signifie quelque chose, car elle aime tout le monde; mais il est évident qu'elle commence à me considérer de façon un peu particulière. Puis il y a, sur la terrasse, ces espèces d'instruments bizarres qu'elle n'a jamais vus auparavant. Elle renifle la brosse, la laisse et le collier, d'abord avec méfiance, puis elle s'y habitue vite.

Je commence par le brossage. Je lui permets d'avaler seulement quelques lampées d'œuf, puis lui explique que maintenant elle doit attendre un peu pour avoir le reste. Je la soulève sur le banc, la tiens d'une main et commence à la brosser de l'autre, tout en lui parlant et en lui expliquant.

De temps à autre, elle s'effondre sur son arrière-train

et je dois la prendre par la mâchoire et la queue pour la remettre dans la position d'un chien d'exposition et lui faire honte en l'admonestant. Il y eut bien au début quelques petits gémissements de protestation et, de temps en temps, elle se retourna vers la brosse pour japper après elle. Mais un chien adore qu'on s'occupe de lui et qu'on le tripote, du moment qu'on le fait avec douceur et affection. Elle trouve du réconfort dans ma voix, et aussi dans les coups de langue occasionnels au bol bleu.

Étape suivante, le collier.

Elle a pris l'habitude de le voir là, en compagnie des biscuits et du bol bleu. Un jour, après l'opération de brossage, alors que nous étions étendues toutes deux sur l'herbe, je lui fis des passes avec le collier et elle y répondit par des coups de langue et des frétillements de queue. Je lui glissai la tête au travers, l'installai confortablement autour de son cou et attachai la bride.

Elle manifesta une certaine curiosité, le renifla, tourna une ou deux fois en rond sur elle-même, puis l'oublia et se rassit sur moi.

Je la fis pivoter en la tenant par là pour l'habituer à sentir le frottement des courroies sur son corps. Elle n'y fit pas attention. Selon toute évidence, je jouai simplement avec elle.

Puis j'attachai la laisse et me levai. Nous partîmes faire une courte promenade.

Je redoutais la première fois où elle serait brusquement arrêtée.

Le moment vint. Elle flaira une piste, resta frémissante un instant, puis s'élança et fut presque projetée sur le flanc par la laisse. Elle se remit d'aplomb, et réalisant qu'elle n'était pas libre, se tint tremblante et tendue, ses yeux essayant de percer le lointain. Puis elle se jeta sur moi dans une effusion de cris suppliants.

— S'il te plaît! Oh! s'il te plaît laisse-moi partir!

— Non, Rachel. Tu vas rester avec moi maintenant.

Encore une minute ou deux de ce tremblement saccadé, puis elle abandonna et oublia. Nous retournâmes sur la terrasse.

Je me rassis, elle s'assit tout près de moi, et lorsque finalement je détachai la laisse et la remit en liberté, elle ne s'en rendit pas compte.

Les quatre nouvelles que j'avais envoyées aux magazines pour essayer de les faire publier, m'ont toutes été maintenant retournées.

La dernière est arrivée aujourd'hui, accompagnée d'une note de refus de l' « Atlantic Monthly » disant : « Le manuscrit que nous vous retournons a été parmi ceux auxquels nous avons accordé une attention particulière. Et, bien que notre trop grand travail nous empêche de vous répondre personnellement, nous espérons que vous voudrez bien croire que nous avons grandement apprécié votre œuvre et que nous vous sommes très obligés d'avoir eu l'amabilité de nous l'envoyer. »

Sachant par expérience que l' « Atlantic Monthly » a d'autres modèles de lettres moins encourageants, celle-ci me procura une petite bouffée d'encouragement.

La faute que j'ai commise est de n'avoir pas expédié mes offres aux bonnes adresses. Les nouvelles « littéraires » ne devraient pas être envoyées aux « magazines de luxe », et vice versa. Mais la plupart de mes histoires se situent je crois, entre les deux.

Je ne pense pas que la nouvelle littéraire soit faite pour moi. J'aime raconter une histoire véritable, tenir un peu le lecteur en suspens, lui faire ouvrir les yeux. Je dois donc y introduire mon point de vue personnel.

La nouvelle littéraire moderne rejette, semble-t-il, le point de vue personnel (à la manière de Tchékhov). J'ai entendu définir la nouvelle tchékhovienne typique comme une présentation de la vie sans la moindre intrusion de l'auteur. Montrez simplement vos personnages, faites-les agir et parler devant le lecteur et laissez celui-ci tirer ses propres conclusions. De peur qu'il vous soit échappé au début quelque chose qu'on puisse prendre pour une « introduction », et à la fin quelque chose qu'on puisse prendre pour une « interprétation », coupez le début et la fin de votre histoire.

Cette conception ne correspond absolument pas à

« mon » idée de la nouvelle. Je déclare tout haut que cela est un instantané pris sur le vif.

Les instantanés sont fascinants.

Je ne me lassai pas, un jour, à New York, de saisir au vol des bribes de conversation dans les rues.

— Cent mille, je vous dis! s'exclamait cet homme derrière moi. Oui, Monsieur! Cent mille boutons! Et moi...

Ou bien deux filles marchant ensemble, l'une disant :

— Est-ce que tu te rends compte? Et j'ai été me faire « consoler » par lui!

Ou encore, un jeune gars déclarant à un autre :

— Mon boulot? Je les prends et je les remets, je les prends et je les remets.

Et Eugénie me racontant un dîner où elle avait été invitée. Lorsque je lui demandai s'ils avaient joué au bridge ensuite, elle s'écria :

— Non! Devine ce qu'on a fait pendant toute la soirée?

Je ne devinai pas. Il se révéla qu'ils avaient joué à regarder ce que j'appellerai des instantanés de la vie réelle. La nuit était chaude. Ils avaient éteint les lumières, restant dans le noir à observer ce qui se passait dans un appartement d'en face où les stores n'avaient pas été baissés. Tout ce qu'il y a de plus Tchékhov.

Ici, au ranch, il y a un instantané qui m'apparaît en certaines occasions. C'est lorsque je dors dans la « Chambre de Pin » du rez-de-chaussée.

Les fenêtres y ont de très profondes embrasures; le revêtement est en bois de pin clair. A l'extérieur, juste en dessous de l'appui de la fenêtre, se trouve une petite console de fer forgé munie d'un anneau tenant un pot de géraniums.

Lorsque je m'éveille tôt le matin et que la faible lueur du jour m'annonce que le soleil ne va pas tarder à se lever, je me cale contre des oreillers et garde les yeux fixés sur le lisse panneau de pin, car je sais que, dès que les longs rayons obliques du soleil seront assez forts, je verrai s'y découper bientôt l'ombre du géranium.

Le voilà! Un instantané! Une image absolument

ravissante — fleurs, feuilles, pot — et je me demande pourquoi le reflet de ce qui est charmant peut-être encore plus charmant. Mais n'en est-il pas toujours ainsi ? Le tableau d'un artiste représentant un arbre est plus beau que l'arbre lui-même, ou le visage d'une jeune fille dans une glace — il y a quelque chose en plus.

Voilà qu'un jour est apparu sur ce panneau de pin, voltigeant autour de la plante, un minuscule colibri, s'élevant et s'abaissant par petites saccades brusques, enfouissant son bec dans une fleur, le retirant, l'enfouissant à nouveau, puis, incroyablement, un deuxième colibri.

Quel instantané ! mais non pas une histoire.

Tôt ou tard, chaque écrivain en arrive à formuler sa propre définition de l' « histoire ».

La mienne est : un reflet de la vie, plus un début et une fin (la vie semble n'avoir ni l'un ni l'autre) et un sens.

Rachel fait de rapides progrès.

Ce matin, je l'ai emmenée faire une longue promenade avec moi, tenant la laisse très court, et elle a trottiné à côté de moi avec des allures de dame, sans protester, bien que la laisse fût vraiment courte.

Il arriva un moment, bien sûr, où elle oublia, fonça en avant et fut saisie à la gorge. Cela ne se reproduisit qu'une fois. La fois d'après, sur le point de bondir, elle se refréna et me jeta un coup d'œil comme pour dire : « Oh, j'oubliais ! Excuse-moi s'il te plaît. »

Il n'y eut plus de récidive.

Lorsque je la flatte et que je la caresse, elle est plongée dans des transports de ravissement.

Je la garde seule avec moi le plus possible.

Lorsque les garçons se rassemblent sur la terrasse ou dans la salle de séjour, il nous arrive souvent, Rachel et moi, de nous tenir à l'écart quelque part. Parfois, je monte tôt dans ma chambre et la prends avec moi.

Je m'installe confortablement dans le lit avec des coussins et un livre, et Rachel s'allonge de tout son long sur la carpette grenat sombre, telle une ravissante personnification de la grâce. Elle sait qu'il y a des biscuits pour elle sur la table de chevet et de temps à autre elle s'étend, bâille et approche son museau de ma main, quémandant une caresse ou un biscuit; puis retourne à sa place et s'affale avec un profond soupir d'aise. Elle allonge la tête sur les pattes et me cligne des yeux chaque fois que je tourne une page.

Il est des jours où mon isolement quotidien me pèse lourdement, où la solitude inhérente à la vie humaine — qui, je crois, vous opprime encore plus au milieu d'une foule — rend mon souffle haletant. Et je me surprends à désirer la présence dans le voisinage de femmes de ma sorte, avec qui je puisse bavarder et discuter, peut-être jouer au bridge. Je me souviens des premiers temps de mon mariage, lorsque nous avions pris l'habitude de nous retrouver à quatre un après-midi par semaine, pour jouer au bridge à un quart de cent le point; l'une d'entre nous préparait une grande coupe de chocolats fondants qui restait sur le bord de la table jusqu'à ce que nous ayons terminé le jeu et les chocolats et que nous ayons réglé nos petites dettes. Il était temps alors de rentrer à la maison et de retrouver notre mari, nos enfants et notre dîner.

Eugénie ne sera pas là avant la seconde semaine d'août.

Je me surprends à l'attendre. Mais, de toute façon, j'attends toujours quelque chose. Si je me trouve en compagnie de Michael et des garçons, j'éprouve subitement le besoin impérieux de m'éloigner. Et Rachel, Pompadour et moi, nous disparaissons toutes trois. Si je suis tout en haut, là-bas, au bout du monde, brusquement il me faut rentrer.

Hier, je ne pouvais supporter d'être seule. Il m'était tout simplement impossible de me retrouver face à face avec moi-même. Il me fallait le bruit de voix joyeuses ou n'importe quel autre bruit venant frapper mes oreilles, les robes étincelantes des chevaux devant mes yeux. J'avais envie de voir du mouvement — les corps des jeunes garçons en train de faire leurs ciseaux et leurs appuis sur les mains sautant avec aisance ou roulant au sol, remontant d'un bond ou se hissant péniblement sur le dos de leur cheval. (C'est incroyable combien ils ont vite appris.)

Je descendis donc jusqu'au terrain où se déroulaient les exercices de voltige et m'assis contre un poteau de la clôture pour les observer.

Je passai mes bras autour de mes genoux, un brin de menthe entre les dents, et pensai à la solitude — essayant de la chasser de mon esprit. Alors que chaque âme humaine est condamnée à vivre et à mourir seule, il est étrange que, dès notre naissance, nous nous débattions pour échapper à cet isolement irrémédiable.

Les yeux supplient, les mains se tendent, les cœurs s'ouvrent pour un peu d'amitié — pour son épanouissement et son aboutissement dans l'union.

Tout au long de l'enfance et de l'adolescence nous attendons, nos yeux brûlants d'impatience fixés vers ce point de la route loin devant nous, à travers la brume, ce point magique, où le miracle nous attend. Puis, lorsque nous avons atteint l'âge adulte, nous nous ruons sur notre destinée en criant : « M'y voici! M'y voici! » et, à travers l'amour, à travers l'art, ou à travers la religion, nous recevons — quoi? Quelque chose. Un semblant d'union, peut-être. Puis les froides barrières du brouillard retombent à nouveau pour nous ensevelir, nous séparer, nous isoler. Et l'angoisse de la séparation et de la solitude se fait plus poignante que jamais. Même les amants sont arrachés l'un à l'autre. Comme c'est navrant, de t'aimer comme je t'aime, et d'être aimée comme tu m'aimes, avec pourtant cet abîme entre nous.

Des cascades de rires interrompirent le cours de mes pensées.

Nous possédons un petit animal ridicule qu'il faut bien appeler un cheval puisque ce n'est rien d'autre. A première vue, on pourrait penser qu'il est un croisement de poney et d'âne, avec une tête et des oreilles de mule, un ventre énorme, de courtes jambes de piano et une rayure noire courant le long de son épine dorsale.

Il s'appelle Skippy et, aussi étrange que cela paraisse, est très malin. Il persécute les autres chevaux; les autres chevaux le persécutent. Chaque fois que nous entendons un vacarme de cris et de ruades, nous savons que Skippy a encore fait des siennes. Dans notre école d'équitation, Skippy est l'équivalent du bonnet d'âne. Tout garçon qui tire au flanc, essaie de se défiler, ou manque de se conformer à nos traditions, est condamné à s'asseoir sur Skippy, face à la queue, les bras croisés.

Le rôle de Skippy se borne à l'ignorer et à continuer de paître — et elle n'y manque jamais.

C'est Harry qui est en punition. Il trouve cela très drôle. Les autres garçons crient, sifflent, et galopent autour de lui. Skippy continue de paître paisiblement...

Un éclair sabra le ciel. Je sursautai et, levant les yeux, aperçus de noirs nuages; subitement l'eau se mit à tomber à verse.

Le peloton d'exercices partit à toute allure en direction des écuries et Michael galopa vers moi, mit pied à terre et me fit monter sur Juanita, que je suis censée ne pas monter parce qu'elle a trop de « tempérament » pour moi. Il lui donna une claque vigoureuse sur la croupe qui la fit démarrer d'un bond propre à me désarçonner.

Toute cette pluie! Il se passe rarement un jour sans une averse. Cela est merveilleux pour le foin. Je marche au travers et mesure sa hauteur sur mon corps. Jusqu'aux genoux. A mi-cuisse.

Tous les animaux s'en repaissent.

21

Le premier événement important de l'été est l'excursion en chariot couvert, à travers les plaines, pour aller assister aux « Journées de la Frontière », le Rodéo qui se tient la dernière semaine de juillet.

C'est une des fêtes estivales de l'Ouest se déroulant à une grande échelle, et on la surnomme « La Reine de toutes » ce qui est probablement vrai.

Durant toute une semaine, des spectacles du Far West sont présentés dans le Parc de la Frontière, juste à la sortie de Cheyenne. Les tribunes peuvent contenir jusqu'à cent mille personnes. Les spectateurs affluent de tous les coins du pays, et même de l'étranger.

On peut y voir le dressage de chevaux sauvages, des combats contre des taureaux [1], des courses de chariots couverts, des courses d'Indiens; toutes les acrobaties du Far West les plus violentes, les plus excitantes, les plus dangereuses, susceptibles de casser le cou, de répandre le sang, d'envoyer des hommes (et parfois même des filles) à l'hôpital, et à l'occasion de tuer.

Deux ambulances se tiennent sur le terrain à chaque spectacle; et ce n'est pas la moindre attraction de l'après-midi que le moment où la rumeur qui monte des gradins s'amplifie soudain, puis se tait, où, dans le silence total, tous les yeux se fixent sur la silhouette immobile étendue au milieu de la piste; puis une exclamation soutenue et prolongée par laquelle tout le monde s'interroge, et le son métallique d'une cloche tandis que l'une des ambulances roule à travers l'arène.

Avant le spectacle a lieu la Parade qui, à mon avis, est la meilleure partie du programme.

On élit une reine, accompagnée d'une demoiselle d'honneur, toutes deux de belles jeunes filles, vêtues de culottes de cheval blanches, de bottes de cow-boy de cuir blanc délicatement façonnées, de tuniques indiennes à franges en chevreau suédé blanc, de gants à manchette de cuir blanc et d'immenses sombreros blancs. Elles chevauchent deux chevaux alezans assortis, en tête du défilé.

1. En américain *bull dogging :* consiste à sauter d'un cheval au galop sur l'encolure d'un bœuf sauvage et le coucher au sol en le renversant par les cornes.

Il y a un grand nombre de soldats et d'officiers en uniformes (de Fort Russel Warren) et la fanfare joue sans arrêt.

En finale viennent les femmes de pionniers, dans des *surreys* et des *buckboards* [1], escortées de « frontaliers » à cheval. Les femmes de Cheyenne fouillent tous les recoins de leurs greniers et retournent leurs vieilles malles pour y trouver des habits appartenant à leurs grand-mères ou à leurs arrière-grand-mères : jupes à volants, manches à gigot et cabriolets. Elles agitent des mouchoirs bordés de dentelles, distribuent des sourires à droite et à gauche, portent des ombrelles; des attelages à l'allure paisible les conduisent en grande pompe. Des cavaliers en costume caracolent à leurs côtés.

Pendant toute la semaine où se poursuivent les fêtes, on donne un grand nombre de réceptions auxquelles hommes et femmes se rendent dans des sortes de travestis. Les hommes adoptent une tenue fringante dans le style militaire : pantalons serrés en gabardine marron, chemise plissée assortie, cordon de cravate mexicain, sombrero plat. Étincelants, ils ont vraiment très belle prestance. Les femmes s'accordent plus de variété. A un cocktail donné dans la résidence du Gouverneur, je pus voir des collants de toutes les couleurs, accompagnés de tuniques tressées, de nombreux costumes de *squaw* : jupes plissées turquoise, jaunes ou rouges, pailletées d'argent; j'aperçus — vision sortant d'un livre d'images —, une silhouette vêtue d'un collant et d'un sweater du rose le plus pâle, de longs cheveux d'or flottant dans le dos.

De notre ranch à Cheyenne, il n'y a, par la route, que cinquante kilomètres. Mais Michael a combiné une piste à travers plaines qui fait presque le double. Les garçons sont obligés de camper toute une nuit, et un chariot-cantine les accompagne, recouvert de la traditionnelle bâche blanche des anciennes « goélettes de la prairie [2] ».

1. L'une et l'autre sont des voitures légères à quatre roues et à deux places tirées par des chevaux.

2. Voiture couverte dont se servaient surtout les pionniers de l'époque héroïque dans leur voyage vers l'ouest.

Ils arrivent le samedi à l'emplacement qui leur est réservé dans le Parc de la Frontière et y passent toute la semaine. Quand ils reviennent au ranch, il y en a toujours un ou deux de malades, qu'il faut mettre au lit avec ce que nous appelons la « fièvre de la Frontière ».

L'entraînement intensif des trois premières semaines de notre camp de vacances est fait en vue de cette expédition. Chaque garçon non seulement doit savoir monter à cheval, mais prendre soin de sa monture et de son équipement.

La date de l'excursion approche et elle est devenue, pour ainsi dire, l'unique sujet de conversation.

Quels chevaux prendra-t-on? Quels poulains les accompagneront? Car si maman vient, bébé doit venir aussi. Combien d'argent chacun a-t-il mis de côté pour le Rodéo?

Il apparaît que Harry Brimmer s'est mis en tête, dès le début, de participer à la compétition des combats de taureaux.

Ils ont, Michael et lui, à ce sujet des discussions sans fin auxquelles nous assistons tous. Je ne sais pourquoi, cela me rend folle. Michael le laissera-t-il faire ou non? Harry veut qu'on lui donne une bête pour s'exercer. Ham suggéra Roamer, mais je m'y opposai formellement. Michael a finalement consenti à apporter une belle génisse d'un an dans l'étable pour que Harry puisse s'entraîner.

Nous descendons maintenant, tous les soirs après le dîner, nous appuyer à la barrière du corral, pour voir Harry surgir de la porte de l'étable sur sa génisse blanche. Elle le projette immédiatement au sol, fait volte-face, baisse les naseaux, les pattes raidies, attendant qu'il se relève et remonte sur elle pour le jeter de nouveau à terre.

Le cheval de Frederick Martin, Shag (ainsi nommé parce qu'il est habile à pourchasser les balles de polo [1]) s'est démis l'épaule, comme cela lui arrive souvent.

1. *To shag* en américain, veut dire : pourchasser les balles de polo. *(N. d. T.)*

Fred est presque malade d'anxiété à la pensée que le cheval ne pourra peut-être pas aller à la Frontière.

Ce Frederick est un autre garçon que je ne peux comprendre (Billy Allenger étant le premier). Dès que Fred désire quelque chose, son visage pâlit sous l'effet de la passion. Ses paupières s'écarquillent au point que ses pupilles se cerclent de blanc. Et tout cela pour des vétilles : le désir d'avoir une certaine place dans le rang, de vouloir que les garçons l'appellent Rick au lieu de Fred : il y met une telle « intensité ». Déconcertant, mais intéressant.

Pour ne pas fatiguer l'épaule endommagée, il est interdit à Shag de participer aux exercices de voltige de l'après-midi. Tel un vieux cheval de pompiers voyant partir sans lui la voiture vers l'incendie, Shag hennit désespérément, galope tout seul jusqu'au terrain, se met en ligne et fait les exercices avec les autres chevaux.

Tous les garçons s'exclament :

— Regardez Shag! Il ne veut pas être laissé pour compte!

Fred se dirige vers Shag, le prend à part, lui tient la tête en le caressant et en lui chuchotant des secrets. Puis il va voir séparément chaque garçon et lui demande de ne pas sauter sur Shag, de ne pas l'appeler, de ne rien faire qui puisse le troubler. Et j'observe sur le visage du garçon cette expression étrange d'exaltation presque excessive.

Riley est surexcité à la pensée de conduire le chariot-cantine; il a fait l'acquisition d'un magnifique chapeau à larges bords tout flambant neuf, d'une nouvelle paire de blue-jeans qu'il retourne sur ses genoux noueux et de bottes de cow-boy aux talons si hauts qu'il a l'air de marcher sur des œufs lorsqu'il va des communs à la Grange pour transporter les seaux de la traite.

Hilda et Fumiko se préparent fébrilement pour la fête, car je les laisse libres de descendre en ville pendant toute la semaine du Rodéo.

Le vieux George et moi nous garderons le ranch. Nous ferons la traite matin et soir. Si nous avons besoin d'aide,

Rube Haygood poussera une pointe à cheval jusqu'au ranch pour nous prêter main forte.

Il nous est souvent arrivé à George et à moi de nous retrouver seuls ensemble. De temps à autre, il vient à la cuisine et me prépare un repas. Il est lent, précis, méticuleux; les nombreux hivers solitaires qu'il a passés comme gardien de ranches dans l'Ouest l'ont familiarisé avec tous les aspects des travaux ménagers.

Il est censé également s'occuper des chevaux, mais Michael prétend qu'il en a peur. C'est possible.

Michael est descendu en ville choisir l'emplacement du Parc de la Frontière où il fera camper sa « troupe ». Il a demandé qu'on y dépose toute une rangée de balles de foin près de laquelle seront plantés des piquets pour attacher les chevaux.

Le chariot-cantine a été réparé, astiqué, graissé, convenablement équipé. Il transportera des sacs de couchage, des ustensiles de cuisine et des fournitures de toute sorte.

La plupart des garçons monteront des hongres, mais il y a le jeune étalon de Red, Rheingold. Michael était un peu indécis et avait pensé donner un autre cheval à Red pour l'excursion. Mais Red fut si désespéré que Michael se laissa fléchir. Il y aura plusieurs juments sans poulain et quatre accompagnées des leurs, Juanita, Falla, Bonnie et Glory.

Jusqu'à présent, c'est toujours le vieil attelage de trait, Fanny et Captain, qui a accompagné l'expédition, mais cette année ce sera Ginger et Jock, car Michael veut que le jeune attelage fasse lui aussi l'expérience.

On ajoutera un cheval supplémentaire que l'on attachera derrière le chariot. Ce sera Baby, qui convient aussi bien pour le trait que pour la selle.

Les garçons sont toujours en train de se demander d'où les chevaux tiennent leurs noms, et ils n'arrivent pas à comprendre pourquoi on a donné le nom de Baby à une jument de cette envergure. Je leur dis que son nom complet était « Pauvre Baby ». C'était encore pis; je leur expliquai donc que, à l'âge d'un mois, elle avait perdu sa mère; et la première fois que je lui donnai le biberon, je m'écriai « Pauvre Baby! »

— Je parie que j'ai deviné d'où Bonnie tient son nom : de la chanson *Ma Bonnie est au-delà des mers*, pas vrai?

— Faux. Elle s'est fait beaucoup attendre avant de naître. Et quand, enfin, le poulain est apparu, j'ai dit *à la bonne heure* [1]. Si vous comprenez le français, vous savez ce que cela veut dire.

— Vous auriez pu l'appeler Ala. Est-ce que je pourrais baptiser un poulain Ala?

Généralement, lorsque je permets aux garçons de baptiser un poulain, ils me dénichent des noms qui viennent tout droit du champ de courses : Madame X et Poule Mouillée. Mais Ala sonne bien.

Il a failli y avoir un autre accident. Une fois encore, ç'aurait pu être sérieux, mais il n'y a pas eu de conséquences graves.

Ham et Harry, après une longue chevauchée l'autre après-midi, étaient restés dans le pâturage à faire des exercices d'acrobatie. Ils étaient en pleine forme et faisaient cabrer leurs chevaux. Ils montaient sans selle et il n'était guère aisé de garder l'équilibre. Jazz se dressait avec obligeance sur ses pattes de derrière, mais pas suffisamment au goût de Ham. Ham le fit monter plus haut. Jazz obéit — Ham se cramponna de toutes ses forces — Jazz tomba à la renverse. Ham resta agrippé sur le dos du cheval et le cheval tomba sur lui.

J'ai déjà vu Michael obliger un cheval à basculer en arrière pour le discipliner, sauter de selle et se trouver sur ses pieds au moment où le cheval arrive au sol, puis monter à nouveau en selle tandis que le cheval se remet d'aplomb.

J'appris l'accident en voyant Michael remonter la prairie, transportant un jeune garçon sur ses épaules.

Ham ne pouvait pas marcher; une de ses jambes se refusait à fonctionner. L'épine dorsale du cheval avait frappé juste sur l'aine droite.

1. En français dans le texte.

Si le coup avait porté quelques centimètres plus à gauche, la vessie aurait éclaté, déclara le médecin. Tandis que là, c'était le muscle vigoureux de la cuisse qui avait reçu tout le choc; il restera paralysé quelque temps, mais retrouvera progressivement son élasticité et redeviendra aussi souple qu'avant.

Ham est capable de se tenir debout, faisant porter le poids sur sa jambe, mais il n'arrive pas à la soulever pour faire un pas. Il peut, cependant, progresser à reculons en la traînant. Tel est donc, pour l'intant, son mode de locomotion.

Je ne peux supporter trop longtemps cet univers où se mêlent les chevaux, Michael, les garçons, le bruit et la violence, tel un énorme nuage de poussière se déplaçant, là, tout près de moi; je dois ensuite chercher un refuge.

Je pars pour de longues chevauchées solitaires avec Pom et Rachel. Je songe à la musique. Je songe à Reese.

Reese et moi, nous avons toujours été captivés par les mêmes choses. Lorsque j'avais sept ans et qu'il en avait neuf, il accourait dès qu'il m'entendait plaquer ces quintes profondes et s'asseyait sur le tabouret à mes côtés. Nous nous regardions dans les yeux, et nous écoutions, émerveillés, tandis que s'écoulait l'après-midi. Nous frappions à une porte — où nous menait-elle?

Rien n'a changé. Lorsque je revins à New York après dix ans d'absence passés à Los Angeles, je revis mon frère pour la première fois au cours d'un dîner donné chez des amis. La conversation roulait sur certains rythmes d'Afrique du Sud et je lui demandai d'un bout à l'autre de la table :

— As-tu vu par hasard, il y a quelques années, ce documentaire qui montre une tribu de sauvages se déplaçant à travers la jungle en chantant un hymne guerrier?

Reese s'écria :

— Mais oui, je l'ai vu! Et nous entonnâmes en chœur cette mélopée étrange et inquiétante.

Il y avait encore autre chose que nous avions l'habitude de faire lorsque nous étions enfants. Je jouais un morceau de musique très simple, tel qu'il était écrit. Puis Reese s'écriait :

— Et maintenant, fais-en quelque chose de « grand » !

Alors, comme pour la petite pièce enfantine *Lorsque souffle le vent*, je donnais libre cours à mon inspiration, laissant courir mes doigts sur le clavier, jouant avec passion, aussi « grand » que je pouvais.

Puis il y eut la *Harpe éolienne.*

Je composai ce morceau il y a des années, alors que nous étions installés depuis peu au ranch. J'étais étendue un jour là-haut, au sommet du monde, perdue dans les cieux et l'immensité, et il me semblait percevoir la présence du vent tout autour de moi. Je pouvais l'entendre chanter, pourtant, pas un brin d'herbe, pas un nuage ne bougeait. Et je pensai : mais c'est une harpe — cet endroit! Je voyais en imagination les cordes s'incliner à travers l'espace et les épaules du vent, telles d'immenses ailes d'anges, passer au travers et produire ces plaintes étouffées, ces soupirs, ces sonorités à la fois si belles et empreintes d'une tristesse si fatale, capables de vous soulever aux nues et de vous écraser, de vous bercer et de boire toutes vos larmes.

Deux longues lignes mélodiques surgirent dans mon esprit pour ce morceau et me plongèrent dans une sorte d'hébétude. Je pus à peine faire un mouvement ou prononcer une parole durant plusieurs jours. Je fis l'expérience de l'état extatique.

Qu'est au juste l'extase? C'est la soif et la boisson à la fois; comment mettre cela en musique?

On aurait dit un flot s'enflant et se retirant au même instant.

J'ouvrai l'encyclopédie au mot « harpe éolienne » et trouvai à la suite des longs développements d'usage ces très belles lignes : « On rapporte que le roi David avait une harpe éolienne suspendue au-dessus de sa couche; durant les longues veillées nocturnes, elle résonnait d'harmonies ravissantes lorsque soufflait le vent du nord. »

Je jouais ce morceau tôt, un matin, dans l'appartement de Reese, lorsque j'entendis brusquement une exclamation et le bruit étouffé de ses pas, tandis qu'il se précipitait hors de la douche. Lui et son peignoir de bain apparurent à la porte du salon.

— Rejoue ça! Encore une fois! Recommence! Ne t'arrête pas! Continue à le jouer!

Pendant combien de temps jouai-je? Il ne voulait pas que je m'arrête.

Vernon Spencer, plus que Reese peut-être, fut profondément troublé par ce morceau. Il semblait abasourdi. Il le joua et le rejoua lentement, s'arrêtant çà et là pour laisser retomber les mains sur ses genoux et regarder fixement la partition, abîmé dans ses pensées.

— Comment avez-vous fait pour trouver ces deux mélodies?

Il les joua doucement, une note à la fois, laissa à nouveau retomber ses mains sur ses genoux et se plongea à nouveau dans ses rêveries.

Soudain, il se tourna vers moi et me regarda avec une expression contractée.

— C'est de l'amour! s'exclama-t-il comme avec surprise. Cela déborde — tout simplement — d'amour.

Je n'y avais pas spécialement pensé, mais pourquoi pas? N'ai-je pas été amoureuse toute ma vie? (« Hors l'amour, dit l'écrivain français François Mauriac, tout est tourment. ») Et tout ce qui symbolise l'amour. Parmi toutes les couleurs, « la couleur rose ». Parmi tous les intervalles de musique, « la tierce majeure ». Gœtschius, en parlant de cet intervalle, de sa douceur poignante, dit : « Usez-en avec parcimonie. » Oui, en vérité, usez toujours de l'amour avec parcimonie. « La joie cruelle de trop aimer est une chose terrible », dit James Barrie.

Spencer oublia ma musique et resta assis, les mains sur les genoux, les doigts légèrement repliés, regardant fixement à travers le mur vitré de la pièce, sans me voir. Les collines aux contours cruels lui renvoyèrent son regard.

— Je reste assis ici, dit-il d'une voix bizarre et étranglée, jour après jour, semaine après semaine, année après année, à travailler comme un *gopher!*

La comparaison me choqua. J'avais vu trop de *gophers.*

Il poursuivit avec la même expression lointaine : « Il y a un poème de Dowson. » Il le récita :

Il n'est pas long, le temps des ris et des pleurs;
De l'amour, du désir et de la haine :
Rien n'en subsiste, je crois,
Après que nous ayons franchi la porte.

Il n'est pas long, le temps du vin et des roses :
D'un rêve de brume
Un instant notre chemin émerge, puis sur lui
Se referme le rêve.

Il retira ses lunettes, secoua brusquement la tête et, de la main, essuya les larmes qui coulaient sur ses joues.

— Excusez-moi. Ces vers me font toujours pleurer.

Il se leva, se dirigea vers le fond de la pièce et jeta quelques bûches sur le feu. On sonna à la porte d'entrée. Cela signifiait que l'élève suivant venait d'arriver. Il n'y prit pas garde, mais me désigna le sofa du doigt.

— Asseyez-vous. J'aimerais parler un peu avec vous.

Les mots jaillissaient en un flot continu. Un véritable torrent. Il me raconta sa vie depuis sa plus tendre enfance jusqu'à cet instant. Toutes les heures, la sonnette retentissait et un autre élève arrivait. Ils s'entassaient dans l'antichambre.

A cinq heures, il les renvoya tous.

J'étais effondrée. Je me levai lentement du sofa. Retrouvant son sourire radieux habituel, il me tapota la joue.

— Ne faites pas attention. On reprendra un autre jour votre morceau. Aujourd'hui je me suis laissé emporter par l'émotion. Il fallait absolument que je m'ouvre à vous.

Ce qui m'est resté de cette longue narration, c'est l'image d'un petit garçon de quatorze ans en culottes courtes et en longues chaussettes de laine noire retenues par des jarretières rouges, implorant son papa. Puisqu'il avait remporté le prix et qu'on l'avait nommé organiste de l'église, ne pourrait-il avoir la permission de porter des pantalons longs ?

Lorsque la *Harpe éolienne* parvint à Sam Ford à New York et qu'il écouta le disque (Spencer l'avait fait enregistrer par l'un de ses meilleurs pianistes), il resta lui aussi les yeux fixés à la fenêtre en disant : « On dirait le vent. »

Il l'édita, sûr, dit-il, que le plublic aimerait écouter ces deux longues mélodies.

Le virtuose hollandais qui avait interprété *Chants d'oiseaux au crépuscule*, joua également la *Harpe éolienne*. Et lorsque je demandai à l'ami qui la lui avait apportée :

— Ça lui a donc plu ?

— Il a été emballé. Il a dit qu'il le trouvait « très émouvant ». Et pas le moins du monde facile. A cause des deux rythmes. Ce va-et-vient simultané.

Ils sont partis pour la Frontière maintenant.

22

RILEY se tenait rayonnant sur le siège du chariot couvert.

Les deux jeunes chevaux, Ginger et Jock, étaient dans les harnais, et l'on avait attaché Baby à l'arrière.

Lorsque je vois le tohu-bohu qui accompagne la mise en route de ce petit convoi, que j'entends ces cris et ce vacarme, je me demande comment on arrive à ébranler des armées.

On avait des ennuis avec l'attelage.

Le chemin qui descend des écuries a été taillé dans la pente douce conduisant de derrière la maison au bosquet de pins où sont installées les cabines des garçons.

Riley, essayant de diriger les chevaux le long de la descente, au milieu de l'attroupement des garçons à cheval, se tenait debout, jambes écartées, son grand chapeau rejeté en arrière, les bras presque arrachés des articulations sous la traction de l'attelage.

Soudain celui-ci ne lui obéit plus et se mit à ruer et à se cabrer.

Le chariot tanguait à droite et à gauche. Baby, projetée çà et là au bout de sa corde, se mit à ruer elle aussi, trébucha au travers de la corde et s'affola.

George et moi contemplions le spectacle.

Quel tapage! Riley, George, les garçons. Puis soudain la voix de Michael, en selle sur Juanita, domina les autres.

— George! Tiens-leur tête! Espèce de satané imbécile!

(Michael se retrouvait transporté à l'époque de la guerre.)

George était terrifié par les chevaux, mais encore plus par Michael, et il se précipita sous les sabots des bêtes dressées en l'air.

La fortune le favorisa. Le vent emporta le chapeau de Riley. George se persuada que son devoir était tout d'abord de récupérer le chapeau et il se lança à sa poursuite.

Le moment était vraiment critique : un cheval emballé, un chariot renversé, la clôture de barbelés bordant la route un peu plus bas. Je me mis donc à la tête des chevaux. Après tout, je connais ces poulains depuis leur naissance, et ils me connaissent.

J'étais furieuse qu'ils se conduisent si mal dans une occasion pareille.

— Ginger! Jock! Arrêtez-vous! Tenez-vous comme il faut!

Ils connaissent ma voix et ont l'habitude de m'obéir. J'arrivai à m'emparer des rênes flottant sous leur menton, mais ils se cabrèrent à nouveau, me soulevant avec eux.

La voix de Michael s'éleva au-dessus du vacarme.

— Mary! Éloigne-toi! Mary!

Brusquement, il y eut un instant de calme relatif. Les chevaux se retrouvèrent, en piaffant, sur leurs huit pattes. George tendit son chapeau à Riley. Je m'éloignai. Michael conduisit les garçons en bas de la colline, se retournant en selle pour dire à George ses quatre vérités; le chariot se mit à rouler sans heurt — la récalcitrante Baby, seule, continuant à protester.

Hilda et Fumiko, du seuil de la porte, lancèrent un dernier au revoir et rentrèrent dans la cuisine.

Encore un peu essoufflée de ma lutte avec les chevaux, je restai contempler la cavalcade serpentant le long de la pente et à travers le pâturage, tout en réfléchissant à tout ce que je devais faire au cours de cette semaine.

Je dois apporter le courrier aux campeurs, faire leurs courses en voiture, aller leur chercher des provisions, leur apporter de l'eau fraîche de notre source et de grands bidons de lait.

Michael m'avait expliqué la position exacte du campement pour cette nuit, me montrant sur la carte comment je pourrais y parvenir en coupant à travers la plaine par des raccourcis qui rejoignaient des anciennes routes de terre battue.

Ils dressaient le camp vers les 5 heures. Je pourrais les rejoindre en une heure de voiture. J'emmènerais avec moi Hilda et Fumiko et les déposerais au Canyon de Granite où je prendrais le courrier; elles iraient en ville avec l'autobus du soir. George demanderait à Rube Haygood de l'aider pour la traite.

Baby continuait à se débattre. Sa détermination de ne pas se rendre à la Frontière parvint à son point culminant au moment où ils allaient atteindre le tournant qui les cacherait à mes yeux et elle se mit à se démener comme une forcenée. Elle bondit, rua, zigzagua, galopa pendant quelques mètres, puis recommença à nouveau la comédie.

Mais maintenant que l'attelage était en train et excité par les exhortations de Riley, il se souciait peu de ce qui se passait à l'arrière du chariot.

La dernière trouvaille de Baby fut de s'asseoir par terre et de voir comment ils prendraient la « chose ».

Elle se mit donc sur son arrière-train comme un gros chien. Cela n'eut aucun effet. Chariot et chevaux continuèrent leur route.

La dernière vision que j'eus du groupe fut celle de Baby se faisant traîner sur son derrière dans le tournant de la colline.

Je restai là encore cinq bonnes minutes, immobile, attendant que la poussière se dissipe et que le vacarme s'apaise dans mes oreilles. Puis je me dirigeai vers le piano.

Il était 10 heures passées et j'avais cinq heures devant moi pour travailler.

Jusqu'à présent la *Bonde danse* ne comportait qu'un thème, et je savais qu'il lui faudrait une seconde partie.

J'entendis la voix de Reese :

— Fais-en quelque chose de « grand », Mary!

Je le jouai avec « grandeur ». J'improvisai librement. Voyant en imagination la foule de jeunes gens et de jeunes filles danser dans le bosquet de bouleaux, j'aperçus une petite fille se détacher du groupe et danser toute seule. Aussitôt jaillit sous mes doigts un thème vif et charmant sur lequel j'improvisai.

En consultant le livre de Gœtschius *Traité des formes musicales*, je découvris que la *Bonde Danse* avait maintenant une construction classique. Premier thème (A); second thème (B); puis retour au premier thème. La forme A-B-A. Ou la forme de chant simple. Ou encore la forme sonata-allegro.

J'étais prête à l'écrire.

La voix de Fumiko :

— Le déjeuner, madame Bergwin.

— Servez-le sur la terrasse, Fumiko.

Après le déjeuner, je réglerai les mesures et les périodes par écrit et j'ébaucherai le travail.

J'avais pensé dormir confortablement dans mon lit cette nuit-là, mais je dormis en fait sur une peau de cheval étendue sur la prairie.

Il est rare que l'on donne un nom aux peaux de cheval, mais celle-ci se nommait « Musette ».

Les raccourcis que Michael m'avait indiqués sur la

carte se révélèrent ne pas correspondre au trajet que je suivis en réalité tandis que je roulais (et roulais, et roulais sans cesse) à travers la prairie ce soir-là, transportant courrier, lait, eau et provisions.

Il devait y avoir eu une crue subite dans le voisinage, car la route où je me trouvais, chemin de terre creusé en contrebas à travers une région boisée, était recouverte d'une couche de boue d'environ dix à quinze centimètres.

Pour arriver à la traverser, je devais me maintenir à une allure rapide, et la voiture dérapait en décrivant des arcs d'un bord à l'autre de la route : *tout le long du chemin* elle tangua ainsi d'un bord à l'autre.

L'obscurité s'épaississait.

Je me sentais mal à l'aise. J'étais malheureuse, car me sentir perdue est une des choses que je déteste le plus au monde. Je continuai de la sorte encore pendant longtemps. Un temps qui me sembla une éternité. Je ne voyais pas d'issue.

Aussi ce fut merveilleux lorsque, soudain, j'émergeai et commençai à remonter la pente sur une route sèche, que j'entendis des voix et des hennissements et aperçus devant moi des lumières et la silhouette du chariot couvert se découper sur la lueur incandescente laissée par le coucher de soleil.

Cette peau de cheval!

Lorsque nous arrivâmes au ranch, nous fîmes la connaissance, puis devînmes finalement bons amis des Charlie Careys, l'une des vieilles familles du Wyoming, originaire de Virginie. Ils possédaient une maison à Cheyenne et un ranch important hors de la ville. Ils nous prirent sous leur protection. Ils avaient l'habitude de venir passer des journées entières avec nous; Charlie m'obligeait à m'asseoir au piano, se mettait à côté de moi et je devais donner un récital sur commande de tous les airs d'opéra dont je pouvais me souvenir — en particulier l'air de Musette de *La Bohème*. Il battait la mesure avec sa botte en criant : « Boum! Boum! » Il aurait pu continuer ainsi toute la journée.

Le premier travail qu'il obtint, me raconta-t-il, fut

de visiter les ranches de la région pour réparer des moulins à vent. Il chevauchait un poney alezan. Ce poney finit par mourir. Il s'y était attaché; il fit sécher la peau et s'en servit comme couverture de voyage pour la voiture, ou l'étendit par terre pour un pique-nique, pour faire la sieste ou pour dormir la nuit; il m'en fit finalement cadeau pour Noël.

Michael l'avait jetée dans le chariot-cantine au milieu de tous les autres matelas, ponchos, imperméables et couvertures.

Cette nuit-là, je dormis enroulée dans de chaudes couvertures, Musette étendue entre moi et le sol. Je dormis d'un sommeil de plomb.

Lorsque je retournai au ranch l'après-midi suivant, George m'accueillit avec une triste mine. Roamer n'était pas là.

— Mais il a sa longue chaîne.

— Non, M'dame. Le patron l'a enlevée avant de partir. Il a dû retourner encore au ranch de Burt Langley. C'est plus que sûr que celui-ci va le castrer. Il a dit qu'il le ferait s'il le rencontrait encore. Vous n'aurez plus jamais de veaux avec ce taureau-là, M'dame. Lorsque vous allez le revoir, il aura les jambes pleines de sang, à moins qu'il l'ait abattu.

— George! hurlai-je. Vous allez vous taire? Sellez-moi Pom pendant que je me change.

Je m'arrêtai de courir pour le rappeler :

— Et apportez-moi les cisailles. Je vais trouver des clôtures défoncées.

Je grimpai quatre à quatre les escaliers, enfilai à la hâte ma tenue de cheval, puis pensai que je pourrais prendre la voiture, suivre le sentier détourné jusqu'au chemin vicinal et de là contourner le ranch de Langley; la route était bonne et j'irais plus vite qu'à cheval. Mais non. Je devais ramener Roamer à travers les prairies. Je ne pouvais le surveiller avec une automobile.

Pendant tout ce temps, la peur faisait battre mon cœur à tout rompre.

J'avais peur même d'aller jusqu'à ce ranch où vivait Langley avec toute sa clique; ces mêmes hommes qui, j'en étais sûre, m'avaient joué ce mauvais tour avec le taureau rouge.

J'avais horriblement peur que, cette fois-ci, il soit trop tard pour sauver Roamer. George dit qu'il s'était aperçu de son absence, pour la première fois hier à l'heure de la traite, cela lui donnait vingt-quatre heures d'avance.

J'avais peur par-dessus tout de la dispute qui allait éclater entre Michael et Langley, si Langley avait mis ses menaces à exécution.

Je ne pris aucun plaisir à cette chevauchée. Je ne voyais pas les beautés de la nature. Je voyais seulement ce que mon imagination me montrait. Les corrals de Langley, et moi en train de m'y diriger pour réclamer mon taureau; je ne pouvais, moi aussi, m'empêcher de me figurer Roamer tel que George l'avait décrit; debout dans un coin, ensanglanté et vaincu. Quand il m'apercevrait, il pousserait ce sourd mugissement.

J'arrivai à la clôture marquant la limite du ranch de Langley, ralentis et la suivis pour retrouver l'endroit que Roamer avait défoncé la fois précédente et que nous avions réparé. Il y avait de fortes chances qu'il fasse à nouveau une brèche au même endroit.

Je parvins à l'endroit, mais il n'y avait pas de brèche. Je continuai mon chemin.

Je vis alors s'approcher un cavalier de l'autre côté de la clôture. Nous nous dirigions au pas l'un vers l'autre.

Du premier coup d'œil, je reconnus Burt Langley, à son allure pesante, à sa selle, à son cheval, à ses accoutrements typiques du Far West.

Je me demandais s'il serait furieux et agressif.

Ou il pourrait être poli et ne faire semblant de rien.

Ou il pourrait rejeter la faute sur quelqu'un d'autre et afficher des sentiments bienveillants.

Nous arrivâmes à la même hauteur et nous nous arrêtâmes.

Je le saluai de la tête.

— Hello, monsieur Langley.

— Salut, m'ame Bergwin. Son visage était sans expression, toujours en train de ruminer.

Nous nous dévisageâmes. Il parla le premier.

— Encore perdu vot' taureau?

— Eh bien! heu, j'ai deux poulains d'un an qui se sont égarés.

Ce regard insistant. Cette mâchoire qui va et vient.

— I' sont pas par ici.

— Non, ils ne défonceraient pas les barbelés. Eh bien! merci. J'enfonçai les talons dans les flancs de Pom et nous partîmes au pas. Il fit de même.

Je jetai un coup d'œil en arrière. Il jeta un coup d'œil en arrière. Et, subitement, il remit cette parade de la dernière fois; faisant caracoler son cheval, hurlant, l'éperonnant, brandissant son sombrero d'un geste et faisant des moulinets, frappant le cou, les flancs, la tête de sa monture. Je ne pus que rester immobile à le contempler, tandis que le cheval s'entortillait pour ainsi dire en tout sens, sautillait, tournait comme un tire-bouchon, se tordait en arc.

Avec un dernier moulinet, Langley le fit se cabrer à la verticale, tendit son sombrero vers moi en guise d'adieu et s'éloigna au galop.

Sitôt qu'il fut hors de vue, je coupai court pour rentrer au ranch, plongée dans mes réflexions. Si Roamer n'est pas chez Langley, ni chez Haygood (Rube nous l'aurait tout simplement ramené et aurait lui-même réparé la clôture), c'est qu'il est chez Pomroy. Or, le ranch de Pomroy était situé au nord. Il y avait tous nos pâturages à traverser. Cela signifiait quatre clôtures enfoncées. Et le jour commençait à baisser.

Tandis que je descendais la Gorge pour rejoindre les prairies, George vint à ma rencontre, plein de confusion.

— Il est là, M'dame. Il est resté caché tout le temps dans la petite combe de la Section 16. Cette sale bête. Il n'est pas venu chercher sa ration de grains à l'heure de la traite hier, maudit taureau. Ce matin non plus. C'est pour ça que j'm'étais figuré qu'il était parti.

Je descendis de Pom et lui jetai les rênes.

— Emmenez-la au corral et dessellez-la. Bouchonnez-la bien, elle est toute en sueur.

— Je pourrais vous préparer le dîner, M'dame?

— J'aimerais bien, George. Cela me donnerait le temps de prendre un bain chaud.

George et moi nous assîmes pour dîner devant la table à rallonges de cerisier dans le coin de la cuisine. La table était recouverte d'une nappe à carreaux rouge et blanc.

La cuisine est presque ma pièce préférée.

Elle est spacieuse et peinte à la chaux, avec deux portes-fenêtres s'ouvrant sur la terrasse et la Pelouse.

Au fond se trouve un énorme fourneau noir placé dans une alcôve. Les portes, les placards et l'armoire à épices ont été fabriqués par Michael en bois sombre teinté et ont beaucoup de cachet. Le sol est peint en vert pomme et protégé aux points stratégiques par de petites carpettes ovales au crochet, confectionnées par Pat, les carpettes au crochet étant sa spécialité. Elle a une prédilection pour les roses rouges et roses sur un fond crème avec des feuilles vertes et une bordure noire et brune.

Le matin la pièce est inondée de soleil.

Le soir, comme maintenant, à la lueur des lampes à pétrole, elle est intime, sentant bon la cuisine et pleine de chaleur humaine.

George a une spécialité. Le gâteau aux raisins secs et aux noisettes. Il sait que j'en raffole. Ce fut son cadeau de réconciliation ce soir-là. Nous restâmes longtemps à table, tandis que les chiens étaient assoupis près du fourneau.

Avant qu'il s'en aille, je lui dis de remettre la longue chaîne à Roamer.

— Demandez à Rube de vous aider.

23

J'AI défilé dans la Parade de la Frontière.

Je portais un costume de pionnière que m'avait prêté

une des femmes de la famille Carey : corsage brodé à basque, longue jupe à volants et cabriolet.

Des reporters photographes nous attendaient à la descente des voitures à chevaux.

Les chevaux marqués IZ, c'est-à-dire notre troupe, faisaient également partie de la parade. Michael était en tête avec Juanita, les garçons suivaient sur leurs chevaux bien pomponnés, puis Riley conduisant le chariot-cantine et Baby attachée à l'arrière.

Les quatre poulains remportèrent le plus gros succès. Poussant des hennissements de stupeur, levant la tête et dressant leurs oreilles pointues en un énorme point d'interrogation, bondissant sur leurs paturons élastiques, assourdis par les cuivres et la mêlée, la tête baissée et une ruade arrière de temps à autre en signe de défi, ils se tinrent à leur place et furent le point de mire du spectacle. Parfois l'un d'eux se précipitait vers sa mère, fourrait sa tête sous son ventre et dérobait quelques gorgées de lait. La foule s'esclaffait. Maman continuait son chemin, bébé rebondissait, tortillait sa petite tête fine et protestait avec colère. Mais qu'est-ce qui se passait donc?

Il fait un temps délicieux.

Je suis restée au bout de la terrasse pour m'en imprégner. Les chiens dorment sur l'herbe sèche chauffée par le soleil. La radio donne un très beau programme de musique de Schumann. Rester là, passivement, à enregistrer les vibrations de cette gamme de couleurs : le bleu, le vert, l'or, nos toits rouges, le charmant mélange bigarré du parterre de fleurs, vous donne l'impression d'accomplir quelque chose d'important.

Ce mystérieux « mouvement de l'âme » que nous appelons le bonheur, qu'est-il? Comment y parvient-on? Poursuivez-le, et il cesse d'exister; oubliez-le, et subitement le voilà.

Si vous rencontriez une personne plongée dans la béatitude, le verriez-vous sur son visage? J'ai lu ces mots « éperdu d'extase ».

A dix ans, Pat s'était prise d'amour pour la glycine.

Nous en avions une tonnelle entière d'où elle retombait en guirlandes. Pat cueillit une grosse grappe de fleurs bleues et la prit dans ses bras.

— Je la tenais contre mon cœur et m'étonnais de me sentir si heureuse, me raconta-t-elle.

Était-ce la couleur : ce bleu ? Était-ce le parfum ? Ou était-ce la pureté absolue de l'amour qui la submergeait ?

Lorsque, chez ma grand-mère de Deercreek, on apportait les rince-doigts sur la table pendant l'été — le rouge rubis, le bleu saphir et le vert émeraude — grand-maman May me regardait avec son doux sourire moqueur, trempait son doigt dans l'eau et le faisait tourner sur le rebord du bol qui chantait ! Il émettait un son musical d'une beauté si pure que je me sentais poignardée d'extase. Et ce sentiment ne m'a jamais quittée.

Une année que nous étions encore tout petits, elle nous emmena en Suisse et nous parla de l'edelweiss, cette petite fleur de velours blanc en forme d'étoile qui pousse dans la neige ; nous dit combien elle était rare, et difficile à trouver ; et que nous pourrions y penser sans cesse et chercher à accomplir cette chose suprême : trouver un edelweiss dans la neige.

Nous escaladâmes les Dolomites et jouâmes dans la neige, et sans cesse je cherchais à découvrir des edelweiss. Je me répétais tout bas le mot pour moi toute seule (il suscite encore en moi un sentiment d'ivresse). Nous en trouvâmes quelques-uns pendant l'été et les rapportâmes à la maison. J'en aperçus un — le plus beau de tous — mais ne pus arriver à l'atteindre car il poussait sur le flanc de la montagne de l'autre côté d'une crevasse, juste assez large pour que je n'ose pas sauter. Je m'agenouillai dans la neige et contemplai la fleur inaccessible. Tendue par l'effort, je brûlais de désir, j'étais au supplice.

Si les enfants viennent au monde en « traînant des nuages de gloire », cela est peut-être dû à cette intensité du désir.

Enfant, il m'arrivait parfois de découvrir la beauté dans un simple mot. Je me le chuchotais la nuit, dans mon lit, avec joie et ravissement : « argenté », « argenté ». J'avais l'impression de posséder un secret à moi seule. Personne n'en pouvait rien savoir ni me le prendre. Je me cachais sous les draps, me recroquevillais et étouffais à moitié d'un rire convulsif.

C'est ce que nous enseigne la sagesse ancienne. Si vous répétez sans cesse le même mot, il vous « ouvre une porte ». Il a frappé et éveillé certains centres nerveux. En Inde, on apprend aux étudiants à répéter le mot « Om ».

Lorsque l'on est prêt à étudier le yoga, un *gourou*, dit-on, apparaît.

Cela m'arriva en Californie, et à Reese à New York. Bien que nous ne soyons pas restés en contact (nous nous écrivons rarement), nous nous engageâmes sur la même voie. Il se mit à suivre les conférences de P. D. Ouspensky. Je me plongeai dans les Livres sacrés de l'Orient.

Orient et Occident échangeaient leurs cultures. Nous transmettions au vieux monde nos progrès techniques pour une vie matérielle meilleure. Eux nous apportaient en échange un puissant courant spirituel venant contrebalancer notre matérialisme et nous apprendre à contrôler l'esprit qui, à son tour, contrôle le corps.

Mon *gourou* n'était pas Indien mais Irlandais, avec un sombre visage d'Italien qui aurait pu être celui de Savonarole. Lorsqu'il faisait ses conférences, il avait une façon de parler énigmatique et détournée qui vous laissait perplexe sur le sens véritable de ses paroles. Mais dans le privé, c'était un prophète à qui la perspicacité ne faisait jamais défaut et un ami dont les mains pouvaient soulever des montagnes.

La première fois que je le vis, il avait déjà cette chevelure argentée de vieillard surmontant des yeux lumineux et sombres.

Je lui rendis une visite, sachant que ce serait la dernière, car l'on m'avait dit qu'il n'avait plus longtemps à vivre.

Ce n'est pas tous les jours qu'il arrive à quelqu'un — au cours de sa vie — de se trouver face à la grandeur.

Il avait l'habitude de recevoir ses disciples, assis dans un confortable fauteuil, devant une table et environné, dans toutes les directions, de hauts rayonnages chargés de livres qui transformaient l'immense pièce en un sombre labyrinthe où seule une lueur faible et diffuse se déversait.

Debout devant lui, je compris que j'avais à peine le droit de me trouver là, car, dès l'abord, son visage sombre et presque sévère, resta impassible. Sa tête, légèrement inclinée en avant, s'appuyait sur le dossier rigide du fauteuil. Les deux mains reposaient sur les bras du siège. Je posai ma main sur la sienne. Ses yeux tournèrent dans ses orbites et je sus qu'il me vit... et m'aima.

Je retirai ma main, et au bout d'un instant ses lèvres remuèrent.

— Charmante robe rose.

Elle n'était pas exactement rose, mais en soie d'un rouge clair très doux parsemé de petits motifs blancs qui l'éclairaient. Elle était légèrement plissée et bordée d'un petit col de velours noir.

Nous restâmes ainsi un moment, moi debout à côté de son fauteuil, lui sans me regarder, paupières à demi closes, las.

Je compris enfin que la visite était terminée et que je devais prendre congé. Je soulevai sa main, l'appuyai contre ma joue un certain temps avant de la reposer, puis lui souris et me retournai pour m'en aller. Il parla alors encore une fois.

— Charmante robe rose.

Quand je m'arrêtai aujourd'hui, sur le chemin du retour, à la poste du Canyon de Granite, on me remit un télégramme destiné à Hilda en me disant de l'ouvrir et de lui annoncer la nouvelle moi-même, car il contenait un avis de décès.

C'était son père qui était mort. Qu'est-ce que cela représenterait pour elle? Je me hâtai de revenir en ville et trouvai Hilda à son hôtel. Elle éclata en sanglots et ne s'arrêta plus de pleurer. Elle devait rentrer chez elle, dit-elle, immédiatement.

Je la ramenai au ranch et préparai sa valise pendant qu'elle pleurait; l'habillai pendant qu'elle pleurait; la transportai de nouveau en ville, lui achetai son billet, l'enfournai dans l'autobus, et je restai près de la portière pendant qu'elle pleurait.

— Je suis désolée, madame Bergwin, sanglota-t-elle, comment allez-vous faire? Les garçons seront rentrés d'ici trois jours.

— Je m'arrangerai. Ne vous tracassez pas.

— Mais qu'allez-vous « faire »? Fumiko est incapable de lever le petit doigt dans la cuisine.

Son désespoir à mon sujet, joint au désespoir causé par la mort de son père, l'amena presque au bord de la crise de nerfs.

— Je trouverai quelqu'un.

— Il n'y a personne en ville.

— En voiture!

La porte claqua. Le moteur démarra.

— Au revoir, Hilda. Écrivez-moi.

— Au revoir, madame Bergwin.

J'ai été au bureau de placement, mais il n'y a personne qui veuille travailler à la campagne. Ici, dans l'Ouest, les gens vont « en ville », et non loin de la ville, pendant la période des vacances.

Je me frayai lentement un chemin avec la voiture jusqu'au Parc de la Frontière.

La ville est pleine d'embouteillages.

Des bannières sont déployées à travers les rues annonçant qu'ici se déroule le plus grand Rodéo du monde.

Des bandes de jeunes garçons dévalent les rues à dos de poneys couleur pie ou peau de daim, essayant de brouiller le plus possible la circulation.

Les visiteurs sont habillés avec le plus grand chic : chemises de soie écarlate, violette ou jaune, imprimées de grands pavots blancs (vraiment très jolis), foulards de couleurs vives, culottes étroites, bottes décorées; et aucune distinction entre les habits des hommes et des femmes.

Lorsque j'atteignis notre campement, mon cœur se gonfla de fierté à la vue de l'alignement régulier des chevaux attachés aux poteaux, du rempart de balles de foin, des selles disposées avec soin le long de la clôture sous la garde de l' « officier de service ».

Michael me dit que trois autres garçons s'étaient joints à notre groupe. Le frère aîné de Ham Park et deux de ses amis étaient venus en voiture de New York pour assister au Rodéo, et voulaient rester avec nous jusqu'à la fin du camp de vacances.

Nous discutâmes, Michael et moi, de la catastrophe domestique et échangeâmes un regard.

— Alice? suggéra-t-il.

— J'étais justement en train d'y penser. Tu crois qu'on a une chance de ne pas la trouver ivre?

— Peu probable, dut-il admettre, pendant la semaine du Rodéo.

— A moins, hasardai-je avec une lueur d'espoir, qu'on ne l'ait ramassée ivre-morte et qu'elle soit en prison.

Michael s'accrocha aussi à cet espoir et décida de partir en éclaireur.

Je m'installai confortablement au creux d'une balle de foin et passai un moment agréable à bavarder à bâtons rompus avec les garçons jusqu'au retour de Michael.

On avait déniché Alice, dans un état de sobriété relative; elle serait ravie de venir au ranch faire la cuisine jusqu'à la fin de l'été, (nous l'avions déjà eue auparavant), mais il n'était pas question de quitter la ville avant que le Rodéo soit terminé.

Ensuite, il lui faudrait un jour pour préparer ses affaires et faire quelques petites courses. Elle viendrait lundi.

— Tu crois que tu pourras t'en tirer? demanda Michael.

— Pas de problèmes jusqu'à ce que tu reviennes avec les garçons samedi, mais à ce moment-là, vous allez être dix-huit pendant deux ou trois jours. Je ne sais pas...

— Que dirais-tu du vieil Harvey? suggéra Michael. Je suis tombé sur lui. Il cuisine pas mal du tout. Nous pourrions lui dire de venir aujourd'hui et le garder jusqu'à l'arrivée d'Alice. Il pourrait au moins te faire le ménage.

— Mais lui aussi, il est tout le temps saoul, objectai-je.

— Il a décidé de ne plus boire maintenant, dit Michael avec entrain. C'est ce qu'il m'a dit. Il s'est aperçu que finalement ça ne lui réussissait pas. Il voulait savoir si tu le reprendrais au ranch un de ces jours.

Je réfléchissais.

— Je voulais qu'il me sale une vache. J'aimerais savoir comment on fait. Et tout le monde dit que Harvey sait. Mais il ne pourrait pas le faire maintenant. Non, je me débrouillerai toute seule jusqu'à ce qu'Alice vienne.

J'achetai des provisions suffisantes jusqu'à lundi, et tandis que je rentrais au ranch, je sentis une paix douce et rafraîchissante envahir mon âme à la vue des lacets de la route serpentant vers l'ouest, dans la lumière du coucher de soleil, à la pensée de la maison paisible et vide, des chiens, de mon piano, de la longue soirée en perspective, et de la *Bonde Danse*.

Mon père montra un jour une de mes compositions à Joseph Hofmann, qu'il connaissait un peu, et Hofmann lui dit :

— Trop de thèmes musicaux.

C'est ce que disent les critiques des jeunes compositeurs qui abordent leur travail avec plus d'inspiration que de discipline. On fit ce reproche à Gershwin.

Gershwin répondit avec esprit (par l'intermédiaire de la presse) que si un compositeur possédait un trésor d'idées musicales, pourquoi devait-il en être avare?

Je me demandais qui avait raison, de lui ou des critiques?

J'ai toujours pensé qu'il existe réellement une technique universelle. Vous êtes en mesure de faire « ceci » parce que vous savez faire « cela ».

Il m'a été facile d'apprendre à écrire des scénarios

parce qu'on m'avait habituée à analyser et à disséquer des sermons. Lorsque j'ai dû bâtir une maison, j'ai su comment m'y prendre parce que je pouvais bâtir un scénario.

Pour cette maison, dans la North Rossmore Avenue à Hollywood, j'engageai le meilleur architecte que je connaissais, puis je ne fus pas d'accord avec son plan.

— Si vous pénétrez directement de la porte d'entrée dans la grande salle de séjour, il n'y a plus de « suspense ».

En fin de compte, il fallait tourner trois fois, en découvrant chaque fois quelque chose de nouveau. A chaque tournant l'impatience se faisait plus grande. On employait la même méthode avec un scénario si l'on voulait conduire l'audience jusqu'au point où elle s'écrierait : « Oh! »

On devait trouver son chemin jusqu'à la salle de séjour, puis tourner encore une fois avant d'apercevoir, à travers les hautes portes vitrées du fond, le spectacle enchanteur d'un long et étroit jardin verdoyant, bordé d'une haie de peupliers — puits profond — et s'écrier : « Oh! »

En appliquant ces mêmes techniques, que j'ai déjà mises en pratique, je me rends bien compte qu'il peut y avoir, en effet, trop de thèmes musicaux dans une œuvre, de même qu'une pièce de théâtre peut être trop riche d'idées. Dans ce cas, elle devient confuse et ennuyeuse. Les auditeurs doivent savoir de quoi vous parlez, reconnaître vos thèmes, arriver à les retenir par cœur.

Que ce soit au théâtre ou dans un concert, la salle réagit de façon émotive.

Tension, détente, espoir, attente, aversion, crainte, peur, toute la gamme des émotions. Le pouls bat, s'accélère, ralentit, s'arrête presque par instants, devient capricieux.

Si vous avez habilement construit votre pièce, c'est vous qui tirez les ficelles. Vous décrétez exactement à l'avance comment la salle réagira.

Un jour que je jouais une nouvelle composition à M. Spencer, il hurla brusquement :

— Vous ne pouvez pas faire cela! (J'avais introduit dans la basse une figure qui se détachait nettement.)

— Pourquoi?

— C'est thématique!

A l'époque, je pensais comme Gershwin. Plus il y en a, mieux c'est. Mais je m'aperçois maintenant que j'avais brouillé la piste.

Cela aurait égaré l'auditeur et aurait peut-être détourné son attention sur le nouveau thème au détriment de l'ancien.

Je prends donc des leçons toute seule en méditant sur la technique universelle, en lisant les ouvrages de Lussy sur le rythme, de de Lavignac sur la musique et de Gœtschius sur les formes.

Beaucoup de compositeurs sont des autodidactes — parmi les plus grands.

J'absorbe avidement le *Développement thématique.*

24

Pour revenir de Cheyenne, ils font le voyage en un jour, coupant au plus court à travers plaines et empruntant le chemin détourné qui prolonge la route vicinale. Ce dernier conduit directement au corral et aux étables. Bien plus tard, le chariot-cantine arrive péniblement.

Les garçons, bien sûr, meurent de faim; il y a donc toujours un bon repas qui les attend à 7 heures et demie, mais qui peut être gardé au chaud jusqu'à 9 heures si nécessaire.

En l'absence de Hilda, ce dîner mettait à l'épreuve mes talents de cordon bleu, d'autant plus que je voulais présider la table, dire le bénédicité et donner au repas son atmosphère détendue habituelle.

Fumiko a l'habitude de servir à table. Ces jours-ci, je l'ai initiée aux rites sur la façon attrayante de présenter un plat. Tout le travail préliminaire : éplucher les légumes, faire la cuisine, c'est moi qui m'en charge; tandis qu'au premier étage m'attendent un tub plein d'eau fraîche, une robe et une combinaison propres que j'enfile au dernier moment.

J'ai fait du pudding aux raisins pour le dessert.

Lorsque Fumiko donna la premier coup de sonnette, j'étais dans le tub et les garçons s'attroupaient sur la terrasse. Au second coup de sonnette, cinq minutes plus tard, j'entrais dans la salle à manger et Scotty avançait ma chaise.

Demain, au moins un garçon — ou plus — aura l'air un peu vaseux, et peut-être de la fièvre; je le mettrai au lit dans la chambre d'amis et lui installerai une petite table avec un verre d'eau où trempera un thermomètre, et une carafe de jus de fruit; je m'assiérai à son chevet, arrangerai ses oreillers et prendrai son pouls. Ils adorent ça.

A la fin du dîner, nous nous assîmes tous sur la terrasse.

Notre nuage habituel était là, au-dessus de nos têtes, encore plus gros que de coutume et plein d'électricité. Un éclair le sabrait, le nuage frissonnait et jetait une lueur fugitive, s'éclairait d'un reflet rougeâtre puis s'assombrissait de nouveau. Et tout recommençait.

Le jour était envahi par la pénombre. « Sortilèges de la pénombre. » C'était bien cela : ce bleu indigo magique et doux, et les oiseaux de nuit commençant à lancer leurs appels soudains et dramatiques.

En restant silencieux, vous pouvez observer cette métamorphose du monde. Les garçons étaient silencieux. Le gros nuage se déplaçait vers l'est. Finalement, ronchonnant et grondant, s'allumant et s'éteignant, il glissa de l'autre côté de la colline. Puis quelques étoiles apparurent, pâles et espacées. Elles se firent de plus en plus nombreuses, jusqu'à ce que le ciel tout entier resplendisse et brille de mille feux.

Les garçons allèrent se coucher tôt.

C'est Harry Brimmer qui est au lit aujourd'hui. Il a vraiment participé à la compétition des combats de taureaux, a bondi comme une flèche hors du box sur une bête pleine de fougue, et s'est cramponné environ dix secondes avant d'être projeté au sol. Il est entièrement recouvert de bleus; je l'ai enduit de liniment Sloan et toute la maison empeste.

En allant aux écuries, je passai à côté de Bobbie assis sur la margelle de la fontaine en train de faire sa lessive. Il frappait sa chemise de toile bleue dans l'eau, tout en fixant des yeux rêveurs sur l'horizon.

— On s'est bien amusé, dit-il en me souriant. Je suis content d'être de retour.

Il me semble que le visage de Bobbie s'est un peu arrondi.

Les garçons ont trouvé où Missy a caché ses petits. Quel endroit! Sous un affleurement en saillie sur le flanc de la colline, où l'on croirait à peine qu'une souris puisse se faufiler.

Mais les chiens restent obstinément devant à aboyer. Missy fait sa toilette non loin de là, indifférente. Il n'y a rien ici — comment serait-ce possible?

Mais j'ai entendu ces cris si ténus — et soudain Missy se fait aussi fine qu'une belette et disparaît sous la saillie.

Maintenant, elle les a de nouveau déménagés.

Michael est descendu en ville aujourd'hui pour faire le marché à ma place puisque je ne peux pas quitter la cuisine. Il ramènera Alice par la même occasion. C'est aujourd'hui mon dernier jour! Mais il est revenu sans elle. Ces « quelques petites courses » qu'il lui restait à faire avant de quitter la ville étaient d'une nature telle qu'on l'a arrêtée et mise en prison.

Le juge a dit à Michael qu'il la laisserait sortir si Michael en avait besoin, mais Michael a jugé plus sage de lui laisser cuver son vin en prison.

Je me retrouve donc avec dix-neuf personnes à nourrir encore pendant trois jours et le thermomètre qui s'est mis brusquement à monter de façon inexplicable.

Tout va bien.

Alice est là, menue, agile, effacée, discrète, efficace. On ne peut pas dire, elle a du charme.

Elle paraît environ cinquante-cinq ans. Ses courts cheveux frisottés ont une teinte plus verdâtre que grise et un mégot pend en permanence sur sa lèvre inférieure. Elle s'affaire çà et là à pas feutrés dans de vieilles pantoufles d'où émergent ses jambes nues recouvertes de taches grises. Elle nous promet toujours de ne pas boire tant qu'elle travaille au ranch. Si elle sent qu'elle ne peut s'en passer et qu'il lui faut à tout prix prendre une cuite, elle est censée nous demander la permission.

Elle glisse en silence dans la salle de séjour.

— Madame Bergwin?

Elle est un baume pour mon esprit et j'ai oublié les journées harassantes et enfiévrées dans la cuisine pour ne plus penser maintenant qu'à la *Bonde Danse*, qui dans sa forme développée s'appellera *Svenska*.

Ce second thème de *Svenska* que j'ai inventé, il a un programme, une histoire. Une petite fille — une enfant sauvage et espiègle — surgit d'un groupe, sa jupe rouge et tourbillonnante se tenant toute raide, elle se met à courir à travers la foule, s'arrêtant çà et là pour tourner, virevolter, frapper du pied, puis se remet à courir — la musique court, s'arrête, virevolte et frappe du pied — une seconde danseuse se joint à elle, et elles se poursuivent l'une l'autre pendant que les autres improvisent en chœur une sarabande échevelée — le mouvement s'accélère et se déchaîne jusqu'à devenir chaotique et déréglé, puis s'apaise progressivement en un rythme régulier et soutenu — et ainsi jusqu'à la fin.

Suis-je arrivée à le rendre?

Il vous faut développer un thème en vous conformant à ses caractéristiques et à ses potentialités, ensuite le relier à l'ensemble. Ce morceau de la fin — grotesque et délirant — je ne l'ai pas voulu expressément, il s'est imposé tout seul, de par la musique même. Comme si ces gars avaient tous bu un petit verre en trop, ou que la musique, les filles et la danse leur soient montées à la tête, et qu'ils se soient déchaînés. Et Dieu sait si un homme fait le pitre lorsqu'il se déchaîne! C'est pourquoi, à la fin, tous ces garçons font les pitres. Les filles hurlent. Poussent des cris perçants!

La question avec laquelle je me débats est la suivante : est-ce suédois? Le premier thème l'est, cela j'en suis sûre. Mais qu'est-ce au juste que « suédois »? La culture de base suédoise, cet ensemble d'habitudes en relation avec l'art, le commerce, la vie de tous les jours, la psychologie du peuple? Le trait caractéristique qui fixe une nation, un peuple, dans votre mémoire : pour les Français, la nourriture et les habits; pour les Hollandais, leur propreté phénoménale; pour les Allemands, le pas de l'oie, etc.

Je n'arrive pas à répondre à la question; je me rabats donc sur le rythme et la mélodie originale de la petite *Bonde Danse*, sur l'image qui me reste d'un Suédois dansant sur ses accents dans les communs, et je me dis que si le second thème apporte un contraste sans briser l'unité, il reste, musicalement parlant, correct.

J'y travaille la nuit lorsque tout le monde dort. Personne n'entend. Parfois, je vais dehors et je marche au hasard. Il arrive que la musique relâche son emprise sur moi et je reste à écouter.

Je ne suis pas la seule noctambule. Le plus souvent, j'entends le jappement proche ou lointain des coyotes. Lorsqu'ils hurlent de la sorte, ils sont assis en cercle, pointant leurs museaux vers le ciel, et je me souviens de la définition du dictionnaire : de petits loups; des loups de la prairie. Il y en a plein. Ce sont de petits animaux féroces et carnivores qui chassent en meutes. Ils se liguent contre un malheureux petit lapin sans défense, organisent une course de relais, se postant par intervalles tout autour d'une longue prairie. Ils pourraient battre n'importe qui à la course. Leurs cris vous remplissent d'une terreur primitive.

J'ai entendu plusieurs fois le cri d'un chat sauvage,

une fois de tout près. Je crois qu'il venait du sommet de la falaise. On dirait le long hurlement de terreur d'une femme que l'on va assassiner et qui aperçoit la hache que l'assassin brandit au-dessus de sa tête.

Parfois, tandis que je me promène sur la Pelouse, ou que je suis assise sur les marches de la terrasse, je m'aperçois que les étoiles pâlissent. Le ciel s'éclaircit et une délicate nuance abricot apparaît à l'est derrière le sommet de la falaise. La nuit est finie.

Alice a un bon ami qui vient la voir, un vieil homme à l'œil triste et aux habits crottés. Il possède une vieille guimbarde dans laquelle il apparaît et disparaît. Je ne sais pas où il va. De temps à autre, je le trouve assis dans la cuisine. Lui aurait-il, par hasard, apporté une bouteille? Elle m'a semblé ce matin, pendant que je lui donnais mes instructions, légèrement émoustillée. C'est un signe qui ne trompe pas. Son habituelle démarche glissante se transforme en pas sautillants, presque dansants, et ses yeux m'interrogent d'un air alarmé : —? —?

Non. Il ne lui a rien apporté. Tant mieux. Après tout, Alice a donné sa parole.

Peut-être est-ce l'un de ses maris. Il y en a eu toute une kyrielle. Elle trouve toujours un moyen ingénieux d'expliquer comment et pourquoi le dernier — bien qu'ils se soient mariés en bonne et due forme — n'était pas un véritable mari, à un poil près.

La brève vague de chaleur s'est terminée et le temps s'est brusquement rafraîchi avec des senteurs automnales, tôt le matin.

On dit :

— D'abord vient l'été, puis le Rodéo, puis l'hiver.

Les garçons font des projets pour la rentrée. A quelle date commencent les cours; reviendront-ils dans l'Est en train, en avion ou en voiture. Ceux qui entrent pour la première fois à l'Université sont excités.

Ils sont bronzés et costauds, ont quelques centimètres et plusieurs kilos en plus. Bobbie a gagné six livres. Il continue à engouffrer ses petits déjeuners héroïques.

Nous nous connaissons tous beaucoup mieux et nous

engageons de longues et fréquentes conversations. Nous parlons beaucoup de religion.

Ils ont vu sur mes rayonnages les Livres sacrés de l'Orient. Sur une autre étagère, j'ai les tomes imposants des premiers Pères de l'Église. Ils veulent savoir auxquels j'adhère, et je leur réponds :

— Aux deux. Je ne vois pas d'incompatibilité, des différences de point de vue, peut-être. Mais il est instructif de connaître différents points de vue. J'en ai encore un autre, vous vous rappelez.

— Votre père?

— Oui. Mon éducation protestante et « très biblique ».

— Lorsqu'on vous a fait apprendre tous ces textes bibliques?

— Oui.

— Mais comment arriviez-vous à vous en souvenir?

Je leur raconte alors les dimanches de mon enfance; le matin, l'école du dimanche et le temple, et l'attention *réelle* que nous devions prêter aux sermons, et les discussions et les analyses que nous avions ensuite à table à ce sujet; en fin d'après-midi, les réunions autour du piano pour chanter les hymnes en famille; mais nous devions passer le début de l'après-midi dans notre chambre, avec ordre d'apprendre par cœur un passage de la Bible. Chacun de nous un passage complet. Et dans notre recherche frénétique du texte le plus court, nous avons pratiquement appris le livre par cœur.

— Quel est le texte le plus court que vous ayez trouvé?

— Deux mots.

— Lesquels?

— Il y a une Bible sur l'étagère : cherchez vous-mêmes!

Éclats de rire et gémissements.

— Oh! madame Bergwin! Ce n'est pas juste.

Ce qui les tracasse particulièrement c'est si, oui ou non, ils doivent ou peuvent croire en Dieu. Tant d'amis, de parents, de professeurs, n'y croient pas.

Je me trouve dans une situation embarrassante. J'aimerais leur donner une certitude à laquelle ils puissent se raccrocher jusqu'à la fin de leur vie. J'aimerais leur faire partager la certitude que je possède moi-même; et l'émotion durable de la vision mystique. Mais je ne voudrais pas avoir l'air trop prêchi-prêcha, ou trop bigote, ou quoi que ce soit qui fasse vieux jeu et les assomme. Mais pas trop excentrique non plus. Pas trop yogi. Je me rabats sur les mots (et bien sûr, sur les textes) de la Bible :

— Savez-vous ce que signifie le mot « concevoir »?

Ils se lancent dans des conjectures et des discussions. Parfois rien qu'en cherchant le sens d'un mot, ils s'engagent dans une discussion qui se poursuit toute la soirée.

— Chacun doit concevoir Dieu à sa manière. Les uns Le conçoivent comme Ordre. Les autres comme Lumière.

— Et vous?

— Comme Vie.

Ils en reviennent toujours à la même question :

— Mais est-ce de la religion? Cela n'en a pas l'air.

— Bon, qu'est-ce que la religion? Que veut dire le mot? Nous savons ce que veut dire « ligature ». Et « re » marque toujours la répétition. Cela veut donc dire « lier à nouveau ». Unir. Ou réunir. Je l'imagine comme l'étreinte de deux mains. Un être humain étend la main. Et voici que descend la main de Dieu pour la saisir. C'est cela, la religion. Ce n'est pas bien difficile à se rappeler? Et, continuant mon improvisation, j'évoque l'image d'un homme en train de se noyer au milieu de l'océan — seule émerge sa main tendue et désespérée au-dessus de l'eau. Vient alors la réponse. L'étreinte d'une autre main.

— Pensez-vous que le monde puisse être sauvé?

— Oui, bien sûr.

— Comment? Ne me dites rien. Je parie que je sais. Par le communisme.

— Non.

— Le socialisme, alors.

— Non.

— Comment alors?

— Simplement en sauvant chaque âme, l'une après l'autre.

Un murmure court tout autour de la table.

— Combien de temps cela mettra-t-il?

— Pas tellement. C'est contagieux. Une âme passe le salut à une autre.

— Est-ce dans la Bible?

— Tout est dans la Bible.

— Dites-nous.

— Eh bien! si l'on m'élève, j'attirerai à moi tous les autres.

On me demande parfois au moment du repas :

— Madame Bergwin, irez-vous faire du cheval cet après-midi?

— Oui, je crois que j'irai.

— Je peux venir avec vous?

— Très certainement.

— Voulez-vous que je vous selle Pompadour après les exercices de voltige?

— Oui, s'il vous plaît.

Ce doit être Fred. Tandis que je suis allongée dans le hamac, je l'entends s'approcher avec les deux chevaux.

— Madame Bergwin, je suis en admiration devant vos éperons. Ils sont si menus.

— Le Général me les a ramenés de Paris il y a quelques années. Tu vois, ils emboîtent exactement le talon de la botte. Aide-moi à monter, Fred, Pom est si haute.

— Je voulais vous demander de me montrer exactement comment on aide quelqu'un à se mettre en selle.

Cela fait partie des règles de courtoisie auxquelles nous attachons une grande importance. Nous en faisons mention dans notre circulaire à côté de l'équitation; les parents se récrient avec surprise : « Comment! de la courtoisie! Dans des lieux si primitifs! »

Mais même nos chevaux sont tenus de faire preuve de courtoisie. Lorsque Michael leur tend un seau d'avoine, il les oblige à s'approcher chacun à leur tour, sans se bousculer ou se donner de coups de pied. De même pour les chiens et les chats. Tout le monde semble accepter de bon cœur cette discipline presque rituelle.

Bobbie décide de se joindre à nous, et nous chevauchons le long des pâturages qui s'étendent à l'ouest, loin de Blazes et de ses poulinières.

De temps à autre, nous arrêtons nos chevaux et restons à scruter les montagnes, buvant ce vent d'ouest doux et régulier et nous perdant dans le ciel.

J'aperçus, loin au sud, une forme minuscule qui ressemblait à un cheval, mais qui restait immobile. Elle était noire, et je pensai à Trombone. Trombone est vraiment unique. Un jour où j'aurai le temps, je monterai jusque là-haut et essayerai de me lier d'amitié avec lui.

Rachel vient avec nous et trotte à côté de mon cheval plus souvent qu'autrefois. Elle a déjà éliminé la moitié de ses vagabondages quotidiens. Après une soirée paisible passée avec moi dans la chambre, je la conduis *en laisse* jusqu'au hangar à outils où on l'enferme pour la nuit avec Bunny.

Ils y dorment toute la nuit. Pas d'aboiement, si ce n'est imposé par les circonstances (coyotes ou autres maraudeurs).

Le matin, George les fait sortir, ils prennent un petit déjeuner en vitesse, puis courent et batifolent mais sans trop s'éloigner à cause du plaisir tout proche de souhaiter bonjour à tout le monde.

Après quoi, l'heure de brossage et d'exercices avec moi sur la terrasse (et aussi ces délicieux œufs crus) ; puis, malgré l'invitation du monde extérieur, il y a également l'invitation de la musique; il lui arrive souvent de se laisser tomber sur le paillasson devant la porte tandis que je suis au piano, et de rester là toute la matinée.

On ne dirait déjà plus le même chien. Non seulement elle s'est remplumée, mais elle est alerte et fière. Fière de son obéissance, fière d'appartenir à quelqu'un. Fière de savoir que le bien et le mal existent; que l'on éprouve une grande jouissance à se savoir dans le bien; et qu'elle peut toujours obtenir de moi un regard d'approbation quand elle le désire.

Elle va de moins en moins quémander auprès des autres. Lorsque je la brosse sur le banc, Michael la regarde d'un œil critique et dit :

— Elle ferait presque un chien d'exposition. Elle a des muscles magnifiques.

Ses randonnées — ses folles randonnées d'autrefois — elle les réserve pour l'après-midi et le début de la soirée; mais beaucoup moins qu'avant. Je ne m'en inquiète plus.

Sur le chemin du retour, nous reçûmes une courte averse et un arc-en-ciel parfait se déploya au-dessus de la vallée d'une colline à l'autre.

Une odeur de poulet sauté flottait dans l'air — et quelle faim nous avions! Poulet sauté, laitue, haricots en boîte, compote de pommes et épaisse crème jaune de Guernesey. Que vais-je en faire lorsque les garçons seront partis?

Trombone se trouve là-bas, sur le pâturage le plus éloigné derrière le Dos-d'Ane.

Ce matin, j'ai pris la voiture et j'ai conduit aussi loin que j'ai pu; puis je l'ai laissée et j'ai commencé à grimper jusqu'à ce plateau, un seau d'avoine au bras et mes jumelles pendues autour du cou.

Le pâturage fait environ cinq kilomètres carrés. Il est hérissé de pics et de rochers, et un peu partout se trouvent de petites combes tapissées de genévriers et de groseilliers où il pourrait très bien se cacher s'il ne voulait pas que je le trouve.

Je savais qu'il me faudrait du temps. Mais Trombone connaît l'avoine. Il a déjà vu un seau. Il a été entraîné et dressé au licou pendant sa première année. Sinon, je n'aurais eu aucune chance de pouvoir m'approcher de lui.

Je restai donc au beau milieu et me mis à l'appeler de la même façon que j'appelle Rachel, sur ce la de l'octave moyen, puis le fa dièze. Cela produit un appel long et soutenu qui porte loin.

Je répétai et répétai cet appel sans me lasser à travers cette immensité déserte et sauvage, sûre qu'il l'atteindrait dans un rayon de trois à quatre kilomètres; et, s'il l'entendait, sa curiosité serait éveillée, il viendrait voir de quoi il s'agissait.

Une heure passa — qui me sembla un jour. Les nuages voguaient lentement au-dessus de moi. Lorsque je fus lasse de crier, je pris les jumelles et scrutai le paysage centimètre par centimètre. Pas trace de lui. Puis je m'assis et me reposai pendant un long moment, pensai à *Svenska* et y travaillai un peu; puis je me levai et recommençai l'opération.

Je vis des faucons, je vis une antilope, d'innombrables marmottes; et tout près de moi, une hermine surgit de son terrier. Sa petite tête de serpent, tournant comme un périscope, m'observa un bon moment, puis disparut au fond du trou.

Je m'adossai à un pan rocheux peu élevé et, en regardant tout autour de moi, je pensai : « Si je tombais, je tomberais dans le ciel. »

C'est ce qui rend cette contrée si différente des autres. Généralement, le ciel n'est que le plafond du monde et vous ne le voyez pas à moins de lever les yeux; mais ici, il vous environne totalement, comme si vous vous trouviez au centre d'une immense bulle bleue.

La matinée entière s'écoula et je commençais à avoir faim. Je continuai mon manège. Parfois, tout en appelant, je balançais le seau d'avoine. De temps en temps, j'appelais :

— Avoine, Trombone! Avoine!

Toujours rien.

Le soleil avait dépassé le zénith et commença à glisser vers l'ouest de l'autre côté du ciel.

Puis, j'aperçus une petite tache noire sur un rocher à un kilomètre de là, et me dis qu'elle n'y était pas auparavant. Ce pouvait être un faucon. Je pris les jumelles. Non, ce n'était pas un faucon, mais la tête de Trombone, dont le reste du corps était caché derrière le rocher. Il me regardait et je ne pus m'empêcher de rire : cette curiosité irrésistible, ses oreilles dressées en l'air, son expression si éveillée et étonnée.

Cela devint alors un jeu. Je m'avançai en l'appelant

et en balançant le seau. Il sortit de derrière le rocher et décrivit un cercle avec un trot superbe. Il grimpa sur le rocher, cette fois-ci entièrement à découvert, altier, le regard fixé sur moi, puis disparut, revint de nouveau. Il décrivit un second cercle, plus rapproché. Nous finîmes par rester face à face, à un kilomètre de distance. Sans les jumelles, on aurait dit un petit cheval d'armée en plomb.

Je savais qu'il allait venir maintenant, et sans doute à une grande vitesse. Je commençai à devenir inquiète, me demandant si je serais plus en sécurité adossée au rocher ou à découvert. Je pensais qu'il pourrait me renverser en me heurtant à vive allure. Mais le rocher, je courais le risque d'être écrasée entre le rocher et l'étalon.

Je me décidai pour le rocher — j'avais peur de basculer de l'autre côté — et au moment où je m'adossais, il *vint*.

Ce fut vraiment un instant d'une émotion intense. Le voir en mouvement, la tête haute et la crinière tourbillonnant autour de lui, était un spectacle saisissant. Pas un instant il ne ralentit son allure, son trot rapide — quel trot! Quand il fut près de moi, ce n'était plus un petit cheval, mais le cheval le plus immense que j'aie jamais approché.

Je lui parlai en tendant le seau.

— Ici, Trombone! De l'avoine, mon garçon! Viens, Trombone! Mais point n'était besoin de l'amadouer. Tout son corps se tendait vers le seau en dépit de la frayeur qu'il ressentait — je pouvais le lire dans ses yeux égarés, cerclés de blanc.

Puis il fut là, à deux mètres de moi. Il s'arrêta net, jambes raides, poids du corps en arrière. Je tendis le seau en avant — loin — le plus loin possible. Il avança la tête — le plus loin possible — toucha des lèvres le bord métallique — toujours en alerte, prêt à bondir de côté ou à faire volte-face ou à ruer. Il recula la tête, porta le poids de son corps en avant, relâcha la tension de ses jambes. Il renâcla et me souffla bruyamment dans la figure, puis fit un pas en avant et amena une seconde son visage sauvage et féroce contre le mien avant de le plonger dans le seau.

C'était l'aboutissement suprême de toutes les manœuvres de la matinée, et la frayeur et le choc qu'il ressentit furent tels qu'il redressa brusquement la tête et bondit en l'air. (Spectacle qui valait la peine d'être vu! Ce grand corps en l'air et la crinière tourbillonnante!) Il fut projeté à une bonne distance du dangereux seau et s'éloigna au petit trot, mâchant ce qu'il avait en bouche. Il décrivit plusieurs cercles, tête dressée et oreilles pointées, ne me quittant pas une seconde du regard en dessinant ses huit, les pattes haut levées de cette démarche flottante et merveilleuse. Puis, il vint en reprendre, plongea de nouveau la tête, bondit et s'éloigna de nouveau au galop.

Il termina le seau, mais sans quitter cette attitude inquiète du début à la fin.

J'avais des crampes dans le bras en reposant le seau. J'étendis la main vers lui, je voulais le toucher, le caresser, sentir ma chair contre la sienne, avant de m'en aller. Rien qu'une caresse sur le visage ou sur le côté de la tête. Mais il m'en refusa la permission.

Lorsque je fis demi-tour pour repartir, il me suivit. Il donna un coup avec les naseaux dans le seau vide, puis tournoya sur lui-même et s'éloigna au trot. Il fit un tour, revint et me suivit de nouveau.

Il me talonnait de près et me mordit au bras. Je savais que c'était en signe d'affection et d'intérêt, mais il me fit mal. Je me retournai et brandit le seau.

— Hé! Va-t'en! Je fis semblant de le menacer. Il bondit de côté en poussant un grognement sonore, fit plusieurs tours, revint de nouveau.

Je le sentis finalement aspirer une large bouffée de mon odeur — ce souffle chaud dans ma nuque. Puis, il s'ébroua. Enfin cette bourrade vigoureuse au milieu du dos. Il me suivait de si près qu'il me marchait presque sur les talons. J'accélérai le pas. Il s'arrêta à quelques mètres de la voiture et me regarda monter. Quel maintien! Cette torsion du corps, ces pattes tendues, cette tête dressée et ce menton rentré, ces oreilles comme des javelots, ces yeux cerclés de blanc terrifiants et terrifiés, et toute cette chevelure. Il arrive que les cheveux de certaines femmes aient une croissance exagérée. On peut les voir dans les scènes de vaudeville, leur chevelure traînant au sol, s'en drapant le corps comme d'une cape.

Après que la voiture se fut éloignée et qu'il fut hors de vue, j'entendis une demi-douzaine de hennissements retentissants, tous sur un ton interrogateur. Il devait être en train d'arpenter en tout sens l'endroit où avait stationné la voiture, faisant les cent pas pour ainsi dire. Maintenant, il ne m'oublierait plus jamais.

Qu'allait-il advenir de ce cheval ? Si on le laissait en liberté dans les pâturages, il pouvait rassembler une bande de juments et redevenir sauvage. Dans ce cas-là, nous aurions laissé échapper un des plus beaux spécimens de notre élevage. Du beau travail pour des éleveurs de chevaux !

Si nous le gardions sur la prairie sans le castrer, il nous faudrait songer à cela : qu'il ne peut y avoir deux rois.

« Vive le Roi ! » sous-entend que le Roi est mort.

Il tuerait Blazes.

25

Eugénie et Jeannie vinrent — et s'en allèrent.

— Rien qu'une semaine ! s'écria Eugénie lorsque je vins les chercher à la gare de Cheyenne. Ed est tout simplement furieux. — Ce ne *fut* rien qu'une semaine, et cette semaine elle la passa à l'hôpital.

Elle voulait monter à cheval et Michael lui donna Bonnie, cette vieille brave jument. Mais les juments ne sont pas forcément aimables les unes envers les autres. « Fat Pink », qui a un poulain, revendiqua la place de Bonnie contre la barrière du corral, se retourna et lui envoya une ruade pour essayer de la chasser.

Eugénie fit : « Aïe! » Le coup porté sur son tibia ne fut pas très fort, mais il resta douloureux, bien sûr, toute la soirée. Le matin, elle me dit que cela lui avait fait si mal pendant la nuit que, si le drap la touchait, elle se réveillait. Je fus inquiète.

Elle devait aller à Cheyenne le jour suivant et je lui fis promettre d'aller voir le médecin. Mais elle n'y alla pas. En revenant, elle me fit une grimace et dit que tout s'arrangerait.

C'était l'heure du repas, et je poussai un gros soupir. Je dus lui donner le bras pour la conduire à table. Je m'attendais à des complications et elles ne tardèrent pas à survenir.

Il lui fallut une infirmière spéciale cette nuit-là, à l'hôpital : compresses chaudes sur la jambe toutes les vingt minutes, possibilité d'ostéomyélite, télégramme à Ed.

Je crois qu'Eugénie a fait un séjour très agréable à l'hôpital. Elle ne souffrait plus; tout le monde venait lui rendre visite; ses infirmières étaient très gentilles; rien ne fut négligé, le docteur était épatant. La jambe commença à guérir.

Ed arriva, s'assura que tout allait bien, passa une journée avec nous, et repartit.

Jeannie adore toujours être au ranch; elle participe à toutes les chevauchées des garçons et, selon son habitude, reste tous les soirs à attendre la voiture près du parc à bétail, toute prête à annoncer les catastrophes de la journée.

— Des pêcheurs ont laissé les barrières ouvertes, et il y a dans la prairie plein de vaches à tête blanche qui ne sont pas à nous, en train de piétiner l'herbe.

— Shag boite. Il peut à peine marcher. George pense qu'il s'est cassé une jambe.

— Bunny a le museau plein de piquants de porc-épic.

Nous l'appelons Calamité.

Durant cette sixième semaine du camp de vacances, le travail des garçons devient plus passionnant. Il faut marquer les poulains de printemps, entraîner quelques poulains de trois ans et dresser au licou ceux de deux ans.

Pendant tous les jours qui précèdent, Michael les tient sur des charbons ardents.

— Quand allons-nous marquer les poulains, Général ?

A cette question, posée au petit déjeuner, tous les garçons se figent et fixent Michael.

Comme s'il n'avait pas entendu la question, son regard se porte vers le bout de la table et il demande à Jérôme de lui passer le miel.

Ils essayent une autre tactique.

— Ne pourrais-je pas chevaucher jusqu'aux pâturages et ramener Blazes avec les poulinières et les poulains, Général ?

Venant de Harry, la question déclenche un éclat de rire général.

Le journées passent et, même moi, j'attends avec impatience.

— Dis-leur, Michael. Ils n'y tiennent plus. Et moi non plus.

Michael préférerait ramener tout seul la bande de chevaux des pâturages; chevaucher tranquillement, vêtu d'un accoutrement tel que n'importe quel rancher de l'Ouest le prendrait pour un snob; retrouver la bande, les appeler en sifflant et en leur tendant un seau d'avoine, les conduire jusqu'à la barrière du chemin vicinal; poser le seau par terre pour les empêcher de partir pendant qu'il ouvre la barrière, se remettre en selle, encercler et regrouper les plus sauvages, et leur faire finalement franchir la barrière; puis redescendre à nouveau de cheval et la fermer, ensuite se remettre en selle, faisant aller son cheval au pas à quelque distance du troupeau, atteindre le corral, et là, ouvrir les barrières et les laisser trouver le chemin tout seuls.

Mais si les garçons « aident », ils se débrouillent toujours pour avoir les barrières fermées au moment où elles devraient être ouvertes; la tête d'un garçon surgit juste au bon moment pour semer la panique parmi les juments; ou, s'embrouillant dans leur travail d'équipe, deux garçons venant en direction opposée se jettent contre les chevaux, de telle sorte qu'ils se dispersent et s'en vont à quinze kilomètres à la ronde dans la campagne. Ils s'arrangent pour comprendre de travers chacun des ordres de Michael.

— Mais, Général, *vous* m'avez dit de me mettre derrière eux.

— Tout juste. Et tu t'es mis sur leur côté.

— Non, vous avez dit derrière; j'étais ici et vous là, et derrière veut dire en face de là où vous étiez.

— Non. Cela veut dire derrière eux.

Six autres s'en mêlent, et ils poursuivent cette intéressante discussion sur les positions respectives en criant de toutes leurs forces.

Le plus difficile est de séparer la jument de son poulain, au moment où l'on doit faire pénétrer le poulain dans le petit corral rond où on lui passera le lasso pour le jeter à terre et le marquer.

Mère et poulain semblent reliés par un cordon ombilical invisible; peu importe la vitesse à laquelle elle galope, tourne ou pivote sur elle-même, poursuivie par la meute hurlante des garçons avec leurs lassos, le poulain reste attaché à ses flancs, galope, tourne et pivote sur lui-même à côté d'elle.

Voilà, c'est fait.

Il y a eu un cas de décès. Le petit poulain noir de Poule Mouillée, en courant dans le corral rond, a rué contre les barres comme ils le font tous, et brusquement il ne courut plus que sur trois pattes. Un des sabots pendait dans le vide comme un pompon.

Michael l'abattit et les garçons le traînèrent sur l'herbe. Michael avança la voiture. Ils le hissèrent jusqu'au vieux puits de la mine et le firent basculer dedans.

Ce soir, la bande est de nouveau sur les collines, tous les poulains aussi élégants que s'ils sortaient de chez le tailleur avec leur IZ imprimé sur l'épaule, et l'année de leur naissance sur la patte de devant. Ceux sur lesquels on fonde le plus d'espoir ont également le A juif sur la joue.

Ils sont de nouveau sous la coupe de Blazes, les juments paissant paisiblement sur le flanc des collines en contrebas, inondées par la lumière des étoiles. Mais une maman n'a plus son petit garçon aux pattes élancées à côté d'elle. De temps à autre, elle lève la tête, jette un regard à la ronde, flaire le vent, hennit.

Presque dès leur naissance, les jeunes poulains se livrent chaque jour à une « heure de récréation ». Elle a lieu généralement au coucher du soleil. Ils quittent leurs mères, oublient tout sens de l'obéissance et même jusqu'à leur faim, se réunissent en groupes et se mettent à jouer.

Dans un tonnerre de petits sabots, ils courent et se précipitent les uns contre les autres, ruent, tournoient, échangent des coups de pied; de temps en temps, la ruade d'un minuscule sabot résonne avec un petit bruit sourd sur un ventre tendu; ils glapissent et s'élancent dans une course effrénée, s'arrêtent brusquement en tombant les uns sur les autres, tourbillonnent, repartent à fond de train.

A qui est destiné ce spectacle sans pareil? Au soleil qui se couche là-bas, à l'ouest, dans une orgie de pourpre et d'écarlate, ou aux faucons qui tournoient lentement au-dessus de leurs têtes, ou à l'étoile du soir qui vient de faire son apparition, souriante, se baignant dans sa lumière d'or?

Je suis montée là-haut à cheval avec les garçons. C'est une chose dont je voudrais qu'ils se souviennent.

Les voilà justement qui commencent à s'exercer à la lutte : au moment où ils se dépassent, la rapide ruade et le coup de massue sur les reins; ou les dents éraflant la hanche; ou, l'un en face de l'autre, la tête s'abaissant et serpentant vers l'adversaire, et happant brusquement la jambe de devant; ou encore, tous deux cabrés les deux têtes s'emmêlant et s'entrelaçant, les dents à découvert, s'assenant des coups avec leurs sabots de devant. Mais ce n'est qu'un jeu, de la boxe pour rire.

Faisant une petite promenade après le dîner, j'aperçus soudain Roamer, immobile, le museau contre la racine d'un petit pin. Je m'arrêtai à distance respectueuse, intriguée par son attitude et par le fait qu'il restait dans une immobilité si totale. Je tournai autour de lui; sans bouger, il roula ses yeux vers moi d'un regard qui semblait implorer de l'aide. Je me rapprochai, et m'aperçus alors que sa longue chaîne s'était enroulée autour du tronc de l'arbre et le retenait prisonnier. Il ne pouvait se mouvoir d'un pouce sans déchirer les membranes sensibles de ses naseaux.

Il me supplia en silence de lui porter secours, mais je pris mes jambes à mon cou et ramenai Michael. Si vous dites à Michael qu'un animal est en détresse, vous obtenez la même réaction que si vous dites à une mère que son enfant est endormi dans une maison en flammes.

Roamer ne me fit pas de reproches. Il roula de nouveau ses yeux vers moi (tandis que je m'abritais en sécurité derrière Michael) et avait l'air de dire, pendant que Michael déroulait la chaîne : Eh bien! tu as enfin apporté de l'aide; je ne t'en veux pas.

Sans rien dire, les yeux brillant de colère, Michael retira la chaîne de l'anneau de nez et recula.

— Voilà, mon vieux.

Roamer sentit qu'il était libre, fit quelques pas en avant, s'immobilisa dans une attitude superbe, tête haute, yeux en éveil, scrutant la prairie, les arbres en bordure du ruisseau, les collines basses recouvertes de pins de la Section 16, et partit brusquement au petit trot dans l'obscurité qui s'épaississait.

Michael rapporta la longue chaîne à Riley et lui dit de mettre la chaîne courte à Roamer demain, à l'heure de la traite.

Nous possédons maintenant un cheval vigoureux, qui va aussi bien pour la selle que pour le trait léger, et qui s'appelle Jinx.

Il commença sa vie d'une façon catastrophique. Il

naquit seulement à la fin de l'été et essuya sa première tempête d'hiver alors qu'il avait à peine trois mois. C'était une violente tempête et la jument était très vieille.

Je les ai imaginés : elle, là-bas, debout dans la dernière tourmente de sa vie, queue tournée contre la bourrasque et la neige comme le font tous les chevaux, et son poulain, désorienté et terrifié, se pressant contre ses flancs. Lorsque son petit museau cherchait la tétine chaude, elle tournait sa grosse tête en broussailles au-dessus de son arrière-train, et le touchait des lèvres; et ils s'appuyaient l'un contre l'autre, toute leur énergie tendue contre la force déchaînée de la tempête.

Elle connaissait chaque arbre, chaque falaise, chaque vallée du ranch. Pourquoi n'avait-elle pas cherché un abri où l'emmener? Elle ou son poulain n'en eurent peut-être pas la force; ou bien ses sens la trahissaient et sa vue s'obscurcissait.

Ils restèrent au milieu de la Section 19 que le vent balaie sans obstacle sur trois cents kilomètres et, pour la première fois, le poulain entendit cette longue plainte aiguë et chantante du blizzard et sentit le dard du brouillard gelé lui lacérer la peau à cent vingt kilomètres-heure.

Durant ces tornades, tous les animaux cherchent refuge dans une endurance stoïque et profonde. Pour la plupart, ils prennent leurs positions, stratégiquement calculées, et ne bougent plus.

Les longues heures passèrent. Ce dut être vers deux heures du matin environ que la jument commença à perdre sa chaleur, que son sang circula plus lentement. Dans un dernier sursaut instinctif de vie, rassembla-t-elle ses dernières forces pour se diriger vers les collines? Trébucha-t-elle, s'affaissant sur ses genoux et accueillant avec reconnaissance la terre qui venait à sa rencontre? S'allongea-t-elle sur la neige en s'abandonnant?

Parfois les chevaux poussent un profond soupir.

Le jour d'après, lorsque la tempête se fut dissipée, un voisin s'arrêta au ranch pour nous dire : « Savez-vous qu'il y a un de vos jeunes poulains tout seul dans la Section 19? »

Nous ne pensions jamais arriver à l'élever.

J'ai élevé des agneaux et des veaux et d'autres poulains orphelins au biberon. (Des biberons stérilisés.) Mais ce bébé-là ne voulait rien savoir des tétines ni des bouteilles.

A la rigueur, il aurait accepté l'avoine, mais le vétérinaire m'avertit que l'appareil digestif d'un poulain de trois mois était absolument incapable d'assimiler l'avoine; cela ne ferait que le rendre malade et l'achever.

Mais ce bébé-là disait : « Mettez-moi à l'épreuve. »

Michael comprit qu'un amour et une affection maternelle véritable de la part de quelqu'un de son espèce ferait plus que n'importe quoi. Il présenta donc le poulain à notre attelage de trait, la vieille Fanny et Captain, et leur dit que cette petite créature était venue leur apporter le réconfort dans leurs vieux jours.

Ils l'adoptèrent avec enthousiasme. Il les suivait partout. Dans le pré, il se tenait entre les deux, ou tout à côté. Harnachée et prête à se mettre au travail, Fanny tournait la tête pour appeler le poulain. Et il se précipitait en ruant et les accompagnait dans leur travail.

Il grandit en se nourrissant d'amour et d'avoine.

Mais il était poursuivi par la malchance. La première fois, il s'empêtra dans des fils de fer barbelés. Cela arrive à presque tous les chevaux, et ils en gardent un souvenir si effrayant et si horrible que plus jamais ils n'enjambent un morceau de barbelés. Ils s'en sortent généralement avec une ou deux cicatrices, mais sans conséquences graves. Il n'en alla pas de même avec Jinx. Ses blessures s'infectèrent, je dus de nouveau faire l'infirmière et, encore une fois, nous crûmes le perdre.

Il avait un an lorsque Michael construisit la petite piscine de l'autre côté de la Prairie Sinueuse.

Il obtint cette délicieuse petite coupe d'eau — trente mètres sur quarante-cinq — en faisant un barrage sur l'un des cours d'eau des pâturages. Michael voulait voir s'il pouvait y établir une réserve de truites.

Sinon, cela ferait une magnifique piscine pour l'été.

Il creusa le sol d'environ un mètre. Des murs de soutènement en terre d'un mètre également furent élevés tout autour. Il fallut six semaines de travail et plusieurs hommes à l'ouvrage. Cela coûta pas mal d'argent.

Puis on laissa couler l'eau. La coupe se remplit à ras bord en une nuit et l'eau commença à s'écouler goutte à goutte par le déversoir.

Nous descendîmes, Michael et moi, la contempler, gonflés de fierté. Quel plaisir en perspective pour nous tous, et pour les garçons.

Elle comportait en plus quelque chose d'exceptionnel. Nulle part ailleurs dans le ranch ne s'offrait ce tableau charmant : le ciel bleu à vos pieds ! Et des nuages voguant au travers, des oiseaux fendant les nuages, couleur et mouvement. Je m'émerveillais devant le miracle de la réflection.

Nous étions aussi euphoriques et réjouis que lorsque le moulin à vent fit ses premiers efforts timides pour tourner.

C'est alors que, au moment même où nous nous réjouissions, vint Jinx — yearling maladroit et dégingandé — qui prit le parti de courir en tout sens sur la chaussée surélevée large de un mètre qui formait le mur de soutènement à l'extrémité inférieure. Arrivé au centre, il sautait élégamment au-dessus du déversoir en ciment. Puis faisait demi-tour et recommençait.

Je vis un regard anxieux apparaître sur le visage de Michael.

Au bord du remblai, quelques mottes de terre avaient roulé et tombèrent dans l'eau.

— Va-t'en de là, Jinx ! hurla-t-il.

Il aurait pu tout aussi bien dire :

— Va et viens en courant à travers cette chaussée, Jinx ! Car c'est précisément ce que Jinx se mit à faire.

Des mottes de plus en plus nombreuses s'éboulèrent. Finalement, nous restâmes dans un silence de mort à regarder le remblai tout entier se désagréger, se cribler de trous, les eaux s'épaissir et écumer, des courants contraires bouillonner et jaillir dans le milieu. Pour finir, avec un grondement terrible, la chaussée céda sous la pression et toute l'eau se précipita dans le lit du torrent en contrebas.

D'un dernier bond, Jinx fut hors de danger et s'éloigna en trottant dans le pré avec un hennissement allègre.

En cinq minutes, la scène qui s'offrait à nos yeux redevint paisible et calme, le petit cours d'eau en contrebas décrivant gentiment ses méandres comme il le faisait depuis des siècles, un trou béant semblable à la cavité laissée par une dent que l'on vient d'arracher, encore humide.

— Je le savais! s'écria Michael, se maudissant et s'accusant. J'en étais sûr dès le début. J'aurais dû le laisser se consolider. Il aurait dû se tasser pendant un an avant que je laisse pénétrer l'eau! Quel gaspillage! Quel travail! Quel imbécile je fais!

Je devrais maintenant savoir que les colères fulgurantes de Michael sont sa façon à lui de se débarrasser d'une catastrophe, et pourtant cela me surprend toujours.

J'en avais moi-même étant enfant. Je me souviens d'une scène dans la nursery quand je n'avais pas plus de cinq ou six ans. On m'avait laissée mettre mes chaussures toute seule. Les chaussures avaient été humides, puis avaient séché, et étaient maintenant toutes raides. La chaussure que j'avais enfilée ne me semblait plus être la mienne. J'essayai de nouveau. Je les passai toutes les deux. La sensation était horrible. Je les enlevai. Mais je ne pouvais pas descendre au rez-de-chaussée sans mes chaussures. Je fus prise de rage et éclatai en sanglots, pleurant à chaudes larmes. Il n'y avait rien d'autre à faire que de les mettre et la défaite était totale. Mais avant d'accepter l'ignominie d'une telle situation, je pouvais au moins les punir, et je traînai les chaussures tout autour de la pièce, les frappant contre le sol, les cognant avec tout ce que je pouvais trouver de plus lourd, hurlant, sanglotant, les traitant des noms les plus infâmes qui me venaient à l'esprit.

Ce fut une des expériences émotives les plus intenses

de ma première enfance, et je ne l'oubliai jamais. Mais ces coups du sort — déceptions, frustrations, désillusions — qui s'abattent comme une massue et tombent dru et sans trêve, je m'aperçus, en regardant autour de moi, que tout le monde les subissait, et je sus que c'était cela la vie; et si par hasard une vague d'espoir rose me soulevait, il me semblait sentir quelqu'un derrière moi me tirer par la manche pour m'avertir.

Certaines personnes conservent ces rages enfantines toute leur vie. Je pense qu'elles ont de la chance.

Michael rebâtit le bassin et le laissa se tasser pendant un an.

Maintenant il est toujours plein à ras bord. L'eau s'écoule constamment par le déversoir et on a installé un plongeoir à l'endroit le plus profond. Les garçons chevauchent jusque-là, par les matinées ou les après-midi ensoleillés, attachent leurs chevaux aux buissons, se déshabillent et plongent dans l'eau. Ils s'allongent ensuite sur le talus ou sur le tremplin pour se dorer au soleil.

J'aime aller m'y baigner toute seule. Je nage un peu, puis je me laisse flotter en faisant la planche, et j'ai l'impression de me trouver au fond d'un bol, le ciel s'arrondissant au-dessus de moi, les gros nuages flottant à la dérive, les douces collines vertes partant au niveau de mon visage pour aller rejoindre le ciel.

Puis je renverse la tête en arrière, le plus loin possible, et je vois le ciel en bas et les plaines en l'air, et l'effet est si étrange et si beau que je reste perdue dans ma contemplation.

Les peintres aiment mettre leurs toiles à l'envers contre le mur pour mieux les étudier.

Hier, après mon bain, je rentrais vers la maison à travers la prairie en maillot de bain, une serviette jetée sur l'épaule.

Jérôme vint en courant à ma rencontre. Il y avait eu un accident. Michael l'avait envoyé me chercher parce qu'il fallait emmener Fred chez le médecin immédiatement.

Je trouvai Fred, plutôt pâle, assis dans mon hamac, prêt à partir en ville. Il avait le bras entouré de bandages et en écharpe.

Michael annonça avec un enjouement affecté que ce devait être une simple foulure, mais je pouvais lire dans ses yeux ce regard particulier.

— Ça ne me fait pas mal, dit Fred. C'était une petite chute de rien du tout. Deux fois moins mauvaise que les bûches qu'on ramasse tous les jours.

Il descendait la prairie à cheval après les exercices de voltige et, à un tournant brusque, il glissa simplement de cheval, il étendit la main et elle se trouva prise sous lui. Tout son poids avait porté sur le fin poignet.

Je montai quatre à quatre les escaliers pour m'habiller et Michael me suivit.

— Sa main était complètement retournée.

Je fis diligence sur la route nationale. C'était samedi après-midi. Tous les médecins de la ville seraient probablement partis pêcher ou jouer au golf.

Il fallut deux heures pour dénicher le Dr Phelps et pour que celui-ci pût faire une radio. Impossible de trouver quelque part une infirmière ou un anesthésiste.

La radio confirma ce qui sautait aux yeux — fracture compliquée du poignet.

On porta Fred sur la table d'opération. Le Dr Phelps administra lui-même l'anesthésique, puis me donna le masque à tenir pendant qu'il remettait le bras.

Fred hurla et se tordit (j'en étais toute tremblante et en sueur), mais il ne se souvenait plus de rien lorsque, quelques instants plus tard, il eut repris connaissance.

Une seconde radio montra que l'os était en place. On lui mit le bras dans le plâtre et j'envoyai un télégramme à sa famille.

Excepté la fois où je me brisai la clavicule, l'an dernier, en tombant d'un cheval non dressé, c'est le premier os cassé en six ans.

Tout est pour le mieux. Pas de complications. Fred remonte à cheval en se servant d'une main. Depuis l'accident, je l'ai gardé à la maison la nuit, mais il demande à retourner dans sa cabine.

Il n'y a jamais eu tant de fleurs des champs. Je reste dans un petit vallon sans en croire mes yeux. Il y a des sortes de buissons hauts de soixante centimètres — qui pourraient être des Alyssons géants — avec de petites fleurs blanches et délicates qui embaument. Des pieds-d'alouette bleus, lavande, roses et blancs; des delphiniums sauvages d'une magnifique teinte bleu sombre, de hautes campanules juchées sur des tiges aussi fines que des cheveux, leurs cloches retombant en cascades; des lys de Mariposa qui m'ont toujours fait penser à des jeunes mariées.

Je mets des fleurs plein la maison et je passe des heures à les arranger et à les renouveler. Elles ne durent pas très longtemps mais elles sont merveilleuses.

En traversant la prairie, je m'aperçois que le foin est très épais et m'arrive presque à hauteur de la taille.

— Si tout va bien, dit Michael, ce sera la meilleure récolte que nous ayons jamais eue.

— Et il se vend un bon prix, cette année, n'est-ce pas?

Michael me regarda avec un sourire éclatant en faisant un signe d'affirmation.

Je vis aussitôt la maison de Betty Bedford dans le Connecticut, les deux grandes cheminées de brique, l'ombre des vieux chênes, les pelouses et les terrasses; et nous voilà, Michael et moi, avec quelques garçons. Sans parler des chevaux broutant dans l'enclos, de Rachel et de Bunny.

Les quelques semaines qui vont venir vont être un moment crucial pour nous. Ou ce sera cette année, ou il va encore arriver quelque chose comme les années précédentes; et nous serons encore deux herbes errantes, séparées et attendant — sans but — entraînées à la dérive.

(Deuxième pensée : si nous devons vendre le foin, il faut le mettre en balles. Nous n'avons pas de machine. Donc, en acheter ou en louer une.)

26

C'EST tout juste l'aurore. Je n'ai pas beaucoup dormi, *Svenska* me fait passer des nuits agitées. Éveillée, j'entends de nouveau le vent souffler dans les pins; je sais que le moulin à vent est en train de tourner à toute vitesse.

Je regardai par la fenêtre en direction du nord-est, là où la falaise recouverte de pins s'incline en pente douce vers une colline nue : le pâturage de nuit. J'y aperçus les vaches debout et paisibles, attendant la traite du matin. Un grand coyote se trouvait non loin d'elles. Elles n'y prêtaient pas attention. J'en fus surprise pendant un moment, puis me rendis compte qu'un coyote est pour elles une chose beaucoup plus familière — plus « naturelle » — qu'un être humain.

Je vis le soleil se lever derrière la colline. Entre de longues traînées horizontales de rose profond et d'or teinté d'orange apparaissait un ciel bleu sombre. Au-dessus était suspendue la masse mauve et violette d'un nuage.

Hier, il y avait une odeur d'automne dans l'air. Et au cours de ma promenade, j'ai remarqué des fleurs différentes. Plus beaucoup de pieds-d'alouette, de delphiniums et de campanules. Mais, à la place, des verges d'or légères comme des plumes; des marguerites jaunes; des asters. L'or et la pourpre de l'automne ont remplacé le bleu, le rose et le blanc.

Le soleil vient de surgir et repose sur la colline la plus éloignée au nord-est. De longs doigts de lumière s'allongent pour caresser les pins et les collines ondulantes, les yearlings là-bas et les vaches dans le pré (le coyote a disparu); puis, lorsque cette boule de feu aveuglante s'élève un peu plus, la lumière inonde le moindre interstice, déversant à flots sa chaleur sur tout, sur la Grange, la Pelouse, la maison; tous les animaux se tournent pour y exposer leurs flancs, penchant la tête et détendant leurs muscles afin de laisser le bain bienfaisant de lumière ultraviolette les pénétrer par tous leurs pores.

Je me mis à la fenêtre; mes yeux éblouis clignotèrent et me brûlèrent, et soudain les larmes ruisselèrent sur mes joues, d'amour et de gratitude pour les êtres chers, pour la beauté et la tendresse de la vie, telle une vendeuse de fleurs présentant son plateau plein de bouquets, de pensées à mettre en boutonnière; ou préférez-vous cet œillet rose? ou les violettes? ou les petits poulains qui s'ébattent? ou bien l'arc-en-ciel, madame? deux, trois arcs-en-ciel? ou un doux parfum qui vous embaumera toute la journée?

Riley est en train de traire les vaches.

Dans le corral, Juanita mange son avoine; à côté d'elle, son adorable, fringant petit poulain alezan né ce printemps. Et voilà Lingot d'Or, le grand alezan. Comme sa robe brille! Il pense probablement qu'il est le papa du poulain, mais ce n'est pas lui. Là-haut, dans les vastes pâturages, de l'autre côté de la colline bossue après le chemin vicinal, Blazes veille sur sa bande de juments, en alerte, regardant partout à la fois, prêt à baisser la tête et à allonger son cou mouvant comme un serpent pour les rassembler en un instant. C'est Blazes le papa.

J'ai aperçu Roamer en dehors du corral et, non loin de lui, la petite génisse Domino. Toutes les vaches lui cherchent querelle; seul le taureau est son ami. Je demandai à Michael l'autre jour s'il l'avait remarqué et il dit :

— Oh! oui. Il est fou d'elle. Et on ne peut pas lui en vouloir. Elle est si gentille, si intelligente. Un vrai chou. Elle doit tenir une grande place dans sa vie de taureau.

Je me demande si c'est la raison pour laquelle Roamer ne s'est pas enfui ces derniers temps.

L'arôme du café va bientôt se répandre, maintenant, dans la maison.

Je vais passer la matinée à travailler sur *Svenska*. Cette semaine est consacrée aux visites touristiques, car les garçons ne doivent pas venir dans l'Ouest sans aller voir les sites les plus célèbres : le Parc de Yellowstone, les « Grands Tétons », « Jackson's Hole [1] ».

Ils sont partis tout de suite après le petit déjeuner, et, une fois de plus, je me retrouve seule avec mes animaux.

Il a fallu trois voitures pour les caser tous. Les fils Park ont prêté les leurs et nous en avons loué une à Cheyenne. Michael ayant la mienne je vais être sans moyen de transport pendant une semaine. Si je veux avoir le courrier, je dois aller à cheval jusqu'au Canyon de Granite.

Je laisse Alice aller en ville aujourd'hui. Riley la conduira dans la camionnette jusqu'à la route nationale Lincoln où elle attrapera l'autobus de 9 heures. Elle veut se faire faire une permanente, dit-elle, et elle me rapportera du papier brouillon et un rouleau de pellicule pour mon appareil photo. Je veux prendre une photo de Juanita avec son beau poulain que je n'ai pas encore baptisé.

Tard la nuit dernière, avant d'aller au lit, étant sur la terrasse, il me sembla entendre, au loin, sur les hauts plateaux, des bruits de sabots galopant et les cris d'un homme. Personne d'autre que Blazes et sa bande de poulinières n'est censé se trouver sur ces pâturages. Se pouvait-il que quelqu'un soit en train de les pourchasser? Je me sentis un peu inquiète. Cet après-midi, je monterai là-haut voir si tout va bien. Il y a des chances; Blazes se détachera du troupeau au petit trot pour venir parler à Pom, pousser des hennissements d'amitié et lui demander pourquoi elle n'est pas avec eux. Pom lui répondra que ça ne le regarde pas, mais elle sera nerveuse.

1. Le parc de Yellowstone est célèbre en particulier pour ses geysers. Les « Grands Tétons » constituent la barrière montagneuse la plus belle des montagnes Rocheuses. « Jackson's Hole » est une charmante vallée où se réunissaient jadis les trappeurs. *(N. d. T.)*

Voilà, dans *Svenska*, ce si bémol et ce mi bémol. Tout en les jouant et les rejouant sans me lasser, je pense à Reese — car j'y suis.

J'ai pénétré à l'intérieur! Oui, dans ce « Shinar » si aisément accessible aujourd'hui. Il m'arrive d'y pénétrer aussi aisément que l'on glisse dans un rêve, et je traverse une montagne. Les murailles se séparent, non par un effort de concentration de ma part, mais parce que tout mon être se rassemble; pas une parcelle n'est laissée en arrière (rien que cela déjà est béatitude). Je m'avance et nage dans une atmosphère qui est joie toute pure. Comment la musique peut-elle avoir un tel effet sur moi? Elle me soulève sur ses lames de fond et je me laisse bercer. Je m'abîme dans des gouffres d'angoisse qui sont aussi des gouffres de délices. Si je sanglotais, je ne m'en apercevrais pas. Tout est béatitude et je suis impuissante.

... Je suis restée à jouer ces quatre mesures pendant deux heures... je vais continuer à les jouer encore... pourquoi devrais-je jamais m'arrêter?

Il était 2 heures passées lorsque je suis montée jusqu'aux écuries seller mon cheval. Le « Shinar » m'avait chassée dehors.

Je l'avais prévu, bien sûr. Il s'estomperait, comme si portes et fenêtres se refermaient; j'aurais beau tendre l'oreille de toutes mes forces, les sons me parviendraient de plus en plus atténués et finalement je deviendrais insensible à tout. Je resterais au piano à répéter le mi bémol et le si bémol — bêtement.

C'est alors que tout se disloque et que s'empare de vous l'amertume aride. La solitude. La nostalgie.

Rachel et Bunny bondissaient à côté de moi; pour eux, la béatitude du jour commençait seulement.

Il est tombé une légère ondée au moment du déjeuner, puis le temps s'est éclairci de nouveau; mais il y a de l'orage dans l'air et je me munis d'un imperméable en prévision du mauvais temps,

Tous les chevaux de selle ont été mis dans le Pâturage

aux Écuries; je pris donc le sifflet et me tins devant la porte ouverte du corral, lançant des appels stridents. Rachel resta à côté de moi, attentive, tremblante, gémissante.

Peu après, deux juments et un poulain s'avancèrent vers moi au petit galop : Pom et Juanita. Je décidai subitement de monter Juanita. Elle a trop de « tempérament » pour moi, comme dit Michael, mais elle a une allure merveilleuse et j'éprouve un plaisir extraordinaire à la monter.

Pendant que je la sellais dans le corral, Rachel resta à ses pieds, poussant de petits cris pitoyables d'impatience angoissée.

Je suis capable maintenant de faire revenir Rachel de très loin.

Je me suis exercée longtemps, l'entraînant à répondre à cet appel particulier : « Raa-chelle », sonore et retentissant, d'abord sur le la, puis le fa dièze.

Je l'ai d'abord habituée à me l'entendre fredonner tout bas, chaque fois qu'elle se trouvait près de moi. Puis un peu plus loin, puis finalement, lorsqu'elle était presque hors de vue et que je voulais la faire venir.

La première fois qu'elle l'entendit, elle s'arrêta, se retourna, me fixa un instant, puis partit comme une flèche et disparut. Elle refit le même manège plusieurs fois.

Puis un jour, elle décida qu'elle allait venir; et elle arriva ventre à terre, oreilles rabattues, langue pendante, la gueule ouverte d'une oreille à l'autre, la physionomie empreinte d'une expression d'amour et de bonheur ineffable.

Je l'accueillis, bien sûr, avec des biscuits et force caresses; puis je l'emmenai faire une petite promenade en laisse avant de la relâcher.

Maintenant, elle répond chaque fois. Son éducation est complète et elle est en voie de devenir une petite dame parfaitement bien élevée, bien que je doive encore veiller à ce qu'elle ne dépasse pas la mesure.

Bien sûr, le poulain de Juanita nous accompagne. De temps en temps, il baisse la tête, rue des talons et chasse

Rachel. Rachel part en trombe, revient; il la poursuit, elle l'évite, bondit sous son nez, c'est une chose que les chiens font toujours; je me demande si c'est pour mordre ou juste pour lui toucher le museau : un baiser de chien. Bunny est si petit qu'il a du mal à y arriver. Le cheval l'aide souvent en penchant ses naseaux en avant jusqu'à ce qu'il puisse lui donner le baiser. En particulier Lingot d'Or. Il existe une affection toute spéciale entre Lingot d'Or et Bunny. Ils ne manquent jamais de s'accueillir en s'embrassant.

C'est un spectacle superbe de chevaucher par une tardive journée d'été, au moment où la saison change, où paysages, formes, cieux se métamorphosent.

Là-haut, sur la crête derrière le Dos-d'Ane, l'air était si clair que je pus apercevoir les chaînes les plus lointaines recouvertes de neige fraîchement tombée, qui les ensevelissait sous un manteau blanc uniforme descendant jusqu'au pied des collines. Entre elles et moi ondulaient les longues lignes sinueuses des autres chaînes de montagne, chacune d'une couleur différente : bleu, mauve ou brunâtre.

Au loin, à l'ouest, un orage se préparait — ou se dissipait — entièrement distinct du reste du paysage. Je me demandai si c'était l'orage qui s'était abattu sur le ranch à l'heure du déjeuner. Dans ce cas, le vent avait tourné car, observant le déroulement des nuages accumulés, je m'aperçus qu'ils se dirigeaient vers moi. Ils roulaient très bas, au ras du sol.

Nous étions ravis, là-haut, galopant à vive allure, essayant de trouver les juments, mais elles restaient invisibles. Cependant, l'orage s'amoncelait et prenait de la vitesse. Il semblait venir à ma rencontre avec une intention sinistre et je me rendis compte que, si je ne trouvais pas très vite les juments, j'allais recevoir une bonne averse.

Le vent se levait. Jusqu'à présent j'avais évité de l'affronter de face, mais j'étais persuadée maintenant que Blazes avait trouvé un abri pour sa bande quelque part dans cette direction, et je fis changer de cap à Juanita. Elle vacilla, mais je l'obligeai à continuer et nous fonçâmes tête baissée.

On entendait maintenant une plainte soutenue. Çà et là un lapin géant bondissait et roulait au loin, comme entraîné par le vent. L'herbe de la prairie se couchait, frémissante.

Subitement, le ciel s'obscurcit et s'emplit d'une grisaille immense qui étouffa totalement la lumière, et des trombes d'eau s'abattirent, en couches longues et obliques me fouettant le visage et couchant l'herbe au sol. J'abaissai la visière de ma casquette de toile sur les yeux, et lorsque Juanita faiblissait et détournait la tête, je lui enfonçais mes éperons dans les flancs, pressais mes jambes contre elle et l'encourageais de la voix.

Puis je tombai sur Blazes et son harem, queues et crinières rabattues par le vent, tournant le dos à la tempête. Lorsqu'ils se tiennent de la sorte, leur menton est rentré, leurs mèches du front leur retombent sur les yeux, ils ont alors l'expression des enfants dont le visage est mangé par une frange trop longue.

J'arrêtai Juanita et me mis à compter les juments. Blazes vint en trottant à notre rencontre; il y eut force démonstrations d'amitié. Notre petit poulain se mêla à la bande, renifla les autres poulains, engagea conversation avec eux.

Le compte y était, juments et poulains. Le vent et la pluie me cinglaient les yeux; je fis faire demi-tour à Juanita, l'éperonnai, et nous courûmes vent arrière.

Le poulain, devant quitter ses camarades, poussa des cris de protestation mais nous rejoignit ensuite au galop.

Tout en bas, en face de nous, à des kilomètres de là, le plateau s'abaissait en marches gigantesques, une autre, puis une autre. Une de ces marches resplendissait d'un soleil radieux. Au-dessus s'étendait un ciel bleu surmonté d'une couche de nuages blancs, unie dans sa partie inférieure mais se terminant en flocons mousseux comme le flot écumant à la surface d'une mer bleue; tableau souriant et paisible. Mais cette tempête qui me pourchassait était l'une de ces tornades infernales chargées d'électricité qui explosent de temps à autre sur le ranch. Le tonnerre retentissait comme des coups de canon. Le poulain bondissait, criait, jetait un regard égaré autour de lui, se précipitait contre les flancs de sa mère, puis était projeté à nouveau au loin. Je dis à Juanita, du corps, de la voix, des mains et des talons, de courir plus vite. Et comme elle courait!

Mais l'orage nous prit en chasse et subitement nous encercla. Le jour se fit plus sombre, la pluie plus aveuglante, les éclairs zigzaguaient sans arrêt : traits de feu qui faisaient frissonner l'univers, puis longues lances d'or poignardant le sol. Nous étions en plein cœur de la tourmente.

L'orage se déplaçait légèrement vers le sud-est. J'essayai de bifurquer vers le nord, là où une pente pas trop abrupte s'incline vers cette mer ensoleillée et, subitement, nous fûmes à l'abri de l'autre côté de la crête.

Encore quelques minutes, et nous nous trouvâmes dans le beau temps.

Le poulain exprima alors son contentement en courant devant nous et en bondissant joyeusement en l'air, exécutant un plongeon, en tous points semblable à celui d'une truite surgissant de l'eau pour y replonger aussitôt.

Juanita poussa un hennissement passionné d'admiration maternelle et je ris aux éclats de voir ce petit bonhomme beau et prétentieux.

« Beau et prétentieux » ; à quoi me faisaient penser ces mots? Mais à Eitel Fritz, voyons, l'un des fils du kaiser Wilhelm; je revis immédiatement la photo des enfants royaux de la cour d'Allemagne, cet été où grand-maman May nous y emmena : une rangée de garçons en costume de marin, se ressemblant tous plus ou moins à l'exception de celui-là, que les Allemands avaient surnommé affectueusement Eitel Fritz, parce qu'il était si beau et prétentieux.

Le poulain de Juanita revint donc à la maison, baptisé en bonne et due forme.

Je l'appelais déjà « Eitel », pour aller plus vite.

Tandis que j'enfilais des vêtements secs, je regardai par la fenêtre et aperçus l'arc-en-ciel, courbe resplendissante, frémissante, s'étendant d'un bout à l'autre... Il faut que je regarde encore... il y en a deux maintenant...

dans une minute il va y en avoir un troisième, voilà. Les trois arcs-en-ciel et là-haut, dans le ciel, une tache de feu reste suspendue comme une torche...

A mon grand étonnement, Billy Allenger a fait son apparition au dîner.

Il a trouvé une voiture pour le ramener de Yellowstone et a décidé de rentrer dans l'Est demain.

27

Billy et moi avons passé la longue soirée ensemble. Il faisait assez frais pour allumer du feu et je m'assis sur le sofa, étalant autour de moi un ambitieux projet de couture : la confection et le capitonnage d'une robe d'intérieur d'hiver en soie rouge cerise, ample et douillette, me descendant jusqu'aux pieds, faite en réalité comme un manteau de cocher, et doublée de soie imprimée de couleurs vives : cramoisi, jaune et lavande. Un léger molletonnage en laine d'agneau en faisait le fin mot du luxe et chaque point me remplissait d'un plaisir extrême.

Je crois que c'est grand-maman May qui, la première, éveilla en moi cette passion des vêtements, car elle avait l'habitude de nous ramener de ses visites à l'étranger des choses merveilleuses : d'Allemagne, des petites pelisses de fourrure achetées à Wiesbaden; d'Italie, des écharpes brochées à rayures multicolores; et de Londres, les plus jolies robes de chez « Liberty's » — je me souviens d'une en soie bleu pâle, avec un empiècement en smocks. Je ne fus satisfaite que lorsque j'eus copié cette même robe pour ma poupée. Je me souviens des difficultés que je rencontrai, car découper le patron à la taille de la poupée, puis faire des smocks dans la soie, n'eût pas été tâche aisée, même pour une couturière accomplie. Des habits de poupée j'en vins à mes propres chemisiers, et je revois encore l'expression exaspérée d'une de mes camarades de classe s'écriant :

— Oh ! tu me rends folle ! Tu as toujours de si jolis chemisiers !

J'ai toujours continué. Je me suis même fait faire un mannequin à mes mesures exactes. Parfois, il est rangé dans un placard, mais la plupart du temps il se tient dans un coin de la pièce, habillé d'un vêtement en cours de confection, et la première chose que dit Elma lorsqu'elle vient me rendre visite est :

— Voyons voir ce qu'il y a sur le mannequin.

Billy commença à s'épancher en parlant avec moi, et petit à petit, découvrit tout ce qu'il avait sur le cœur; en me rendant compte que ce « jeune homme neurasthénique », « cet homme d'affaires blasé de trente ans », était l'enfant le plus naïf qu'on puisse imaginer, je fus amusée. J'aurais dû le deviner. Je me mis à rire. Billy aussi.

Tandis que je cousais, coupais et tailladais, il me raconta comment il en eut assez d'être traité « comme un enfant » par ses parents, alors qu'il se sentait, à l'intérieur de lui-même, un adulte capable de se débrouiller tout seul, et il leur demanda sa liberté.

Il importuna ses parents jusqu'à ce qu'ils cèdent. Pour son seizième anniversaire, il y avait juste un an, ils lui avaient bourré sa mallette de billets et l'avaient laissé partir un mois avec leur bénédiction.

Puis il me raconta comment il avait gaspillé tout son argent; lorsqu'il en vint aux doubles brandy, je l'interrompis.

— Pourquoi un « double » brandy, Billy ? N'aurais-tu pu dire simplement un brandy ?

— J' sais pas. Quand le garçon m'a demandé : « Que prenez-vous ? » je n'ai pas pu faire autrement que de demander un double brandy et partout où j'allais je demandais la même chose. J'ai continué à aller d'une boîte de nuit à l'autre, du nord au sud de la ville, et chaque fois ça recommençait. J'essayais bien sûr de me soûler — je ne l'avais jamais fait avant et c'était ma dernière nuit, le lendemain soir je serais de retour à la maison — mais j'étais embêté parce que les chauffeurs de taxi me prenaient tant d'argent et je commençais à être à sec.

— Où était-ce, Billy?

— A Chicago.

— Chicago! Que diable allais-tu faire à Chicago en plein été?

— Eh bien! j'avais d'abord été dans ce Ranch Touristique [1] du Colorado, et comme on ne m'aimait pas beaucoup j'avais dû partir.

— Pourquoi?

— C'est-à-dire... je refaisais tout ce que j'avais vu faire dans les westerns, je pourchassais les vaches et les jeunes bœufs, je m'en donnais à cœur joie et galopais sans cesse; alors, quand ils m'ont dit de m'en aller, j'ai été à Chicago pour ma dernière nuit.

— Pour te soûler.

— Ouais.

— Et tu l'as fait?

— J'étais complètement rond. C'était bien dans un sens, parce que chaque verre que je prenais, j'avais l'impression d'être plus riche! L'argent qui me restait était pour payer ma note à l'Hôtel du Congrès et me nourrir jusqu'à New York, et ce n'était pas de trop. Mais mon billet de retour était payé... J'aimais la musique... — je joue moi-même de la clarinette — et je m'asseyais tout près de l'orchestre, tournais ma chaise vers eux et battais la mesure...

La longue main effilée de Billy tapotait un air rythmé sur son genou osseux.

— Et savez-vous que, lorsque j'essayais de dire quelque chose au garçon, je bégayais? Ça ne m'était jamais arrivé avant. Et je n'arrivais pas à rester en

1. Il y a dans l'Ouest de nombreux ranches pour touristes où l'on apprend le côté amusant de la vie du cow-boy. L'expression est péjorative, surtout dans la bouche des « westerners » : « Ranch d'opérette », « Ranch au chiqué ». *(N. d. T.)*

place; j'étais agité tout le temps d'une sorte de tremblement; je me frottais les mains sur les jambes; je regardais tout autour de la pièce et, si je voyais quelqu'un m'observer, j'avais envie de disparaître sous la table.

— Tu as donc continué à prendre tes doubles brandy.

— Oui. Et du whisky, et du gin — peu importait... J'ai été au « Winona Gardens » et au « Sadie's Shack », et au « Quick and Dirty », et d'autres boîtes dont j'ai oublié les noms. Je m'endormais en route dans les taxis. Je me suis trouvé dans un restaurant chic, quelque part, sans orchestre, mais il y avait au piano un Noir qui était un véritable magicien; je suis resté longtemps à le contempler de tout près. Une seule chose me gâtait toute ma soirée. Mon pantalon. C'était le seul que j'avais et je l'avais usé jusqu'à la corde au Ranch Touristique. C'était un pantalon gris, déchiré, crasseux, en lambeaux : chaque fois que je me levais, j'avais envie de me cacher dans un trou. J'en devenais fou, je ne pouvais penser à rien d'autre. Aussi lorsque je fus de retour à ma chambre de l'Hôtel du Congrès, je pensai que je n'avais qu'à lui rendre la pareille. Avant d'aller me coucher, je remplis la baignoire d'eau et plongeai cet ignoble pantalon dedans.

— Billy!

— Ouais. Ça leur apprendrait.

Il avait un air piteux en rappelant ces souvenirs.

— ...le lendemain matin fut terrible... Oh! ma tête! Je n'avais jamais pensé qu'on puisse avoir mal à la tête à ce point. Je ne pouvais plus penser. Et mon train partait à trois heures. Et mon unique pantalon se trouvait dans la baignoire. Je fis tout mon possible pour réfléchir, mais n'y parvins pas. Je ne pus que m'asseoir sur une chaise, la tête entre les mains. Il me fallut des efforts surhumains pour arriver à la conclusion que je n'avais qu'à me dessoûler, aller jusque chez « Marshall Field », acheter un nouveau pantalon et prendre le train. Je devais compter mon argent. J'y parvins difficilement. Lorsque j'eus fini, j'en crus à peine mes yeux. Si j'achetais le pantalon, il ne me resterait rien pour manger, à moins que l'hôtel accepte que je paie avec un chèque.

« J'enfilai donc ce pantalon trempé, sale et plein de trous, je pris l'ascenseur et j'allai à pied chez Marshall Field... »

Billy se tut un instant. Je lus sur son expression malheureuse qu'il revivait cette marche atroce à travers les rues, l'empreinte humide de ses pas, les sourires goguenards des gens.

— La vie est parfois terrible, n'est-ce pas, madame Bergwin ?

— Oui, bien sûr. Tu as trouvé le pantalon ?

— Oui.

— Ont-ils accepté le chèque à l'hôtel ?

— Ils ont dit : « Certainement, monsieur Allenger, si vous pouvez prouver votre identité. »

— Tu as pu ?

— Je leur ai dit d'appeler le bureau central de « Long and Fisher ». Ce sont les associés de mon père à Chicago. Je leur ai dit de demander M. Fisher. Il me connaît personnellement. Je pensais donc que mes ennuis étaient terminés et je commençais à me sentir mieux ; mais l'homme revint du téléphone en disant que M. Fisher n'était pas là et qu'il ne viendrait que beaucoup plus tard. Je fus terrassé et j'essayai de réfléchir, mais il me semblait que ma tête allait éclater ; le patron dit alors : « Je crois que nous allons devoir vous demander de payer comptant, monsieur Allenger. »

Il y eut un autre silence, puis Billy continua :

— Je commençais à trembler. Les idées s'embrouillaient dans ma tête. J'avais l'impression d'être passé sous un rouleau compresseur. Je me demandais comment les gens faisaient dans la vie alors qu'il vous arrive toujours des choses pareilles. Je retournai mes poches et billets et monnaie tombèrent. Il ramassa l'argent et le compta. Il y en avait assez, et il me restait encore un peu de monnaie — pas tout à fait assez pour un pourboire... un garçon prit ma valise et la transporta dehors ; je la lui pris des mains et lui donnai toute la monnaie qui me restait. En tout cas, je ne laissais pas une flaque d'eau dans la rue chaque fois que je faisais un pas. Savez-vous ce que je voulais ?

— Quoi ?

— Une seule pièce de cinq cents. Une seule pièce de cinq cents [1] !

— Pour quoi faire ?

— Pour acheter un Bromo Seltzer. Mais je n'en avais pas. Pas un « cent ». J'allais devoir rester dans le train vingt-quatre heures sans manger. Et je n'avais pas d'argent pour prendre un taxi pour aller à la gare.

— Tu y es allé à pied ?

— Oui. Et à la gare on m'a dit que mon billet de retour était périmé depuis dix jours. C'était un billet étudiant. L'homme me dit : « Il vous faudra payer quinze dollars en plus pour aller jusqu'à New York. »

« Je pensais que je pourrais peut-être trouver quelqu'un de plus important et lui expliquer mon cas, et puis je me sentis écœuré ; de toute façon, on ne me laisserait pas partir et, après avoir dépassé la dernière portière, je crus que j'allais m'effondrer complètement et m'évanouir. Je ne savais pas où aller. J'aperçus alors une cabine téléphonique ; j'y entrai, je fermai soigneusement la porte, m'assis sur le tabouret, posai ma valise par terre, mis la tête entre mes mains et commençai à pleurer.

« Je pleurai et pleurai sans arrêt, il me semblait qu'il n'y avait rien d'autre à faire... et j'eus encore plus mal à la tête, mais en même temps je me sentis un peu soulagé, j'ai dû pleurer pendant environ un quart d'heure, puis j'eus envie de me moucher et fourrageai dans mes poches à la recherche d'un mouchoir, mais je n'en trouvai pas ; j'ouvris alors la valise et fouillai partout, et me dis que ce serait vraiment le comble si je ne pouvais même pas me moucher ; j'inspectai la poche d'un vieux cardigan et dénichai un mouchoir et une pièce de cinq cents.

« Je pensai d'abord au Bromo Seltzer ; puis je pensai à un autre coup de fil aux bureaux « Long and Fisher ». »

1. *Cent* : monnaie américaine valant un centième de dollar. *(N. d. T.)*

Je fis quelques points en attendant que Billy continue, puis, levant les yeux, j'aperçus son visage rayonnant. Il enleva ses lunettes et les essuya; se passa la main dans les cheveux. Je me mis à sourire en moi-même. Je prévis que cette triste histoire allait bien se terminer et m'apprêtai à me réjouir avec lui. Je posai mon ouvrage. Je me disais que son récit donnait une petite histoire toute prête dont le titre serait : « Il ne pouvait pas se moucher ».

— Eh bien! éclatai-je, raconte!

Il eut un large sourire.

— M. Fisher était rentré, et bien sûr, c'est tout ce qu'il fallait. Je pris un taxi; il vint à ma rencontre et le paya; il m'emmena au bureau; je restai ahuri à rien faire; et on téléphona, on fit des chèques, on dépêcha des garçons de service, on ramena plein d'argent, on en remplit ma mallette, on me donna un billet d'avion, on me mit dans un autre taxi et on m'expédia.

Après un long silence, il ajouta :

— C'est tout... J'ai acheté le Bromo Seltzer à l'aéroport. Mais sur le chemin du retour, je me demandais avec stupéfaction comment on pouvait se débrouiller dans la vie. Je vois que les adultes s'en sortent très bien, et je pensais qu'il n'y avait que cela à faire : devenir adulte; mais ce n'est pas suffisant, n'est-ce pas?

— Non. Pas tout à fait.

Nous nous souhaitâmes alors une bonne nuit et je montai me coucher, passablement fatiguée par cette longue chevauchée et cette longue soirée; mais tout en me déshabillant, je ne pouvais m'empêcher de sourire à la pensée de cette fin palpitante, surtout en imaginant le père déversant ses trésors sur ce fils égaré; et en me mettant au lit, je me rappelai bien sûr un passage de la Bible : « Mets-moi à l'épreuve maintenant, et vois si je ne te comblerai pas de plus de bienfaits que tu n'en pourras recevoir... »

28

MICHAEL revint avec les garçons.

Alice ne revint jamais.

J'arrachai presque le volant des mains de Michael à son arrivée, descendis jusqu'en ville, et à la porte du bureau de placement, me heurtai à Etta Biggs, de nouveau en quête de travail.

Je la ramenai avec moi. On va bientôt faire les foins et il nous faut une cuisinière pour l'équipe de travail.

A mon retour au ranch, je trouvai les garçons en pleine effervescence.

— La « Chevauchée Suicide » pour demain, madame Bergwin !

Cette randonnée, qui n'était d'abord que la « dernière chevauchée », s'est transformée en une véritable épopée conduite par Michael en personne. Elle alimente les conversations de tout l'été, avec force descriptions hautes en couleur, destinées à intriguer, pour ne pas dire terrifier, les nouveaux venus. En vérité, c'est tout ce qui les retient ici maintenant. Elle ne se passe jamais sans chute. Si la moitié des garçons reviennent en selle c'est déjà bien beau.

Lorsqu'elle sera terminée, ils ne seront déjà plus là, mais tournés impatiemment vers le futur.

(Au fait, existe-t-il un « présent » ? Il n'y a que le fil d'un rasoir entre le passé et le futur.)

Je n'aperçois pas grand-chose de la « Chevauchée Suicide. » Je les vois partir peut-être et, quinze minutes plus tard environ, j'aperçois leurs silhouettes se détacher au loin sur une colline rocailleuse, puis faire demi-tour et dévaler la pente à fond de train. Ou bien ils surgissent brusquement de derrière les arbres en direction des champs, sautent par-dessus le ruisseau les uns après les autres, faisant décrire à leur cheval une courbe harmonieuse; puis tournent, rebroussent chemin, font un saut plus long cette fois-ci à un endroit plus large; soudain disparaissent complètement; et tout est de nouveau calme, à l'exception des tourbillons de poussière.

Aujourd'hui, Jérôme fut le héros de la Chevauchée — dans le mauvais sens.

Je les avais vus serpenter le long du plateau au-dessus du Pâturage de la Piscine, à huit cents mètres de là environ. Tandis que je les observais, une des formes quitta son cheval et dessina dans l'air une parabole extraordinairement longue avant d'aller se confondre avec un buisson.

Le soir à table, je dis :

— J'ai vu quelqu'un ramasser une belle bûche près des rochers du Pâturage de la Piscine. Qui était-ce?

— Moi, bien sûr, dit Jérôme, mortifié mais souriant bravement. (L'été nous a révélé qu'il reste encore quelques points faibles dans l'éducation hippique de Jérôme.)

— Il est passé à côté d'un buisson, madame Bergwin, et, bien sûr, il a fallu qu'il tombe dedans.

Jérôme ne put apprendre à sauter avant que Michael n'eut fait arracher par les garçons un buisson qui se trouvait à droite du lieu d'exercices. Chaque fois qu'il passait devant, une espèce de force horrible s'en échappait, venait le saisir et l'obligeait à se précipiter dedans.

— Sans raison, m'expliquait Michael, riant aux larmes. Sans aucune raison. Il s'essuyait les yeux.

Et, bien sûr, les cruels diablotins le tourmentèrent. Lorsqu'ils étaient à cheval, ils hurlaient :

— Attention, Jérôme, un buisson! Regarde! Là-bas!

Sur quoi, une expression figée se répandait sur le visage de Jérôme. Son cheval, apparemment de son propre chef, quittait la bande pour foncer sur le buisson. Lorsqu'il l'avait dépassé, le cheval était sans cavalier et Jérôme était dans le buisson.

Les garçons détestent dire au revoir à leurs chevaux. Surtout quelques-uns. Il s'est créé des liens très étroits entre Fred et Shag; et entre Red Brewster et Rheingold.

Dès le début de l'été, Red enseigna à son cheval à le suivre. Il nouait les rênes, les jetait par-dessus la tête du cheval, s'éloignait en lui traçant les directions, et Rheingold le suivait de si près qu'il marchait presque sur les talons de Red.

Je les vis se dire au revoir le dernier jour. Chaque garçon devait rassembler le harnachement, le ranger dans la remise, puis conduire son cheval jusqu'à la porte du corral et le laisser partir. Red hésita devant la porte. Je caressai les naseaux de Rheingold.

— Si papa voulait me l'acheter, madame Bergwin, croyez-vous que le Général le lui vendrait?

Red habite dans les faubourgs de Boston.

— Nous avons plein de place. Nous pourrions transformer un garage en écurie pour lui.

— Mais, Red, Rheingold est un étalon.

— Je sais, murmura-t-il.

Les garçons sont maintenant partis et ont été remplacés par une bande d'hommes basanés qui envahissent le ranch : l'équipe des foins.

Toutes nos pensées se tournent maintenant vers la récolte de foin; finalement ce ne sera pas la peine d'acheter ou de louer une machine pour le mettre en balles. Michael, en effet, s'est mis d'accord avec un entrepreneur agricole qui coupera, mettra en balles et entreposera toute la récolte dans notre grange.

Le beau temps persiste. La chance persiste. C'est à nouveau l'été.

Sanski, le patron, utilise nos deux attelages : Captain et Fanny et Ginger et Jock. Les chevaux regardent ces ouvriers avec surprise et méfiance, tournent la tête pour prêter l'oreille à ces voix étranges et si différentes.

Les hommes sont partout. Ils habitent dans les communs mais prennent leurs repas dans notre grande cuisine. Michael mange avec eux parce que, dit-il, cela est préférable pour l'organisation du travail. Je ne le vois guère.

Etta Biggs se trouve dans son élément. Elle leur fait des steaks minces et desséchés, des crêpes épaisses, de lourdes sauces farineuses pleines de grumeaux.

Elle éclate brusquement d'un rire bruyant et imprévu qui résonne dans toute la maison. Tous les soirs, après le dîner, un individu brun et robuste l'attend à la porte de la cuisine pendant qu'elle finit la vaisselle. Lorsqu'elle a terminé, ils disparaissent ensemble dans l'obscurité.

Pendant toute la durée des foins dans le Wyoming, le vent transporte sa senteur embaumée sur des centaines de kilomètres.

Mais Sanski, avec son équipe d'hommes, ses faucheuses, ses râteaux, et sa grosse machine à essence a rendu le ranch méconnaissable. On s'y sent dépaysé. Une fois encore, je me trouve à l'extérieur d'un monde bruyant qui se déplace à côté de moi comme un nuage de poussière. Je me renferme dans *Svenska*. Je pars pour de longues chevauchées avec Pom et Rachel.

Nous sommes montées là-haut aujourd'hui.

Malgré ces chaudes journées, la neige reste épaisse sur les monts du Neversummer et le vent apporte son odeur.

Arrivée au sommet, je descendis de cheval et m'assis sur un rocher, les rênes sur le bras. Rachel s'accroupit entre mes genoux, toute frissonnante et surexcitée de la simple émotion de se trouver là-haut, de voir s'étendre devant ses yeux cette immensité insolite et envoûtante, de sentir le vent emplir ses narines d'odeurs fortes se succédant si vite qu'elle ne sait laquelle suivre, mais tressaille, dresse les oreilles, tremble, se retourne, s'immobilise, fixe son regard, puis tremble et se trémousse de nouveau; jusqu'à ce que je lui passe la main sur les oreilles en les lui caressant et en lui disant :

— Qu'est-ce qu'il y a Rachel? Qu'est-ce qui se passe, petite fille?

Son corps alors se détend, ses oreilles retombent, elle se retourne vers moi pour me donner quelques coups de langue frénétiques sur le visage, puis elle se redresse et se rassied de nouveau entre mes genoux, de nouveau en alerte, reniflante, tremblante.

Je laisse les rênes retomber mollement sur mon bras. Pom est debout près de moi, superbe statue équestre à la tête haute et éveillée, aussi tendue et excitée que Rachel. On les dirait toutes deux enivrées d'un vin puissant.

Svenska! Svenska! Mes ongles sont cassés à ras et une goutte de sang perle au coin de celui du petit doigt. La musique se déchaîne vraiment au moment où garçons et filles dansent dans le bosquet de bouleaux.

J'ai supprimé pas mal de cris, trop. Cela devient fade. J'en rajouterai quelques-uns.

Lorsque j'exécute le passage où la petite fille se détache du groupe et danse toute seule, je pense au mot *flicka* qui, en suédois, veut dire petite fille.

J'ai baptisé une des pouliches d'un an Flicka. Peut-être, dans une de ses réincarnations, sera-t-elle une petite paysanne suédoise avec une jupe rouge tourbillonnante et des pantalons bordés de dentelle.

Pourquoi cette petite pouliche ne serait-elle pas l'héroïne de l'histoire que je vais écrire? Je l'ai vue alors qu'elle venait à peine de naître. Tout à fait par hasard — les juments généralement vont se cacher dans des retraites secrètes lorsqu'elles sont sur le point de mettre bas. Un jour, au cours d'une promenade dans la prairie, je décidai de prendre un raccourci à travers un vallon encombré de broussailles et de rochers. J'y rencontrai une jument plantée là, tête baissée, oreilles en pointe, me regardant fixement. Elle me barrait le chemin et ne voulait pas se pousser pour me laisser passer. Je vis alors pourquoi. Le poulain était derrière elle, debout sans doute pour la première fois, cherchant en vacillant la mamelle. Je me retirai doucement et en silence, les laissant à leur paix et à leur solitude pour ce grand moment.

Cette pouliche est devenue une petite beauté, de la même couleur que Floss : robe dorée, crinière et queue couleur crème. Elle glisse sur les hauts plateaux comme une hirondelle.

J'écrirai cette histoire. « Flicka » est un bon titre.

J'ai éprouvé beaucoup d'ennuis avec ce morceau : mes difficultés habituelles. Je m'éprends d'un passage particulier et je perds les proportions avec l'ensemble.

Toujours cette même rivalité entre le tout et la partie. Lorsque je me mets à une histoire ou à une composition musicale, c'est parce que je l'imagine dans son ensemble, mais lorsque je me penche sur les détails, j'oublie l'ensemble. Je m'arrête d'écrire, prends de la distance, retrouve à nouveau le « tout ». Mais parfois, à force de fignoler les détails (car après tout, il faut bien jeter des notes ou des idées sur le papier, des milliers), je perds si complètement de vue l'ensemble que je ne peux le reconstituer. Je l'oublie même totalement. Je m'interroge alors, pleine de désarroi. Pourquoi fais-je ceci? Où vais-je? N'y a-t-il pas eu quelque chose au départ qui m'a poussée? Quelque chose de « merveilleux » qui m'a montré le chemin et me dira quand ce sera fini? Mais peut-on vraiment voir l'ensemble avant d'arriver au terme? Car le tout englobe la fin, doit englober la fin, et si vous écrivez non pas une histoire mais une vie (la vôtre), comment savoir si ce détail immédiat, cette aventure nouvelle où vous vous embarquez (l'école dans l'Est) fait partie du tout, avant d'en connaître l'issue?

C'est impossible. Nous nous embarquons dans une aventure. Nous espérons qu'elle deviendra partie de notre vie, mais il se peut que ce ne soit qu'un détour. Il se peut, après tout, que ce soit une faute.

Aller dans l'Est sera, pour moi, aller chez moi. Le circuit se referme. Et peut-être le moment est-il venu. Mais je n'aurais pas dû écrire cela. J'aurais dû dire, aller dans l'Est *serait*, pour moi, aller chez moi. Car, bien sûr, nous n'en savons rien encore.

Nous observons le ciel. Des averses maintenant pourraient ruiner la récolte de foin.

Et Michael dit :

— Crois-tu qu'il y ait des chances pour que Betty change d'avis?

— Change d'avis?

— A propos de son offre pour la maison de campagne, tu sais, pour notre école.

Je réfléchis un instant.

— Euh, elle changerait d'avis bien sûr, si elle voulait la garder pour elle.

— Tu ne lui as pas encore écrit?

— Non. Je pensais attendre, jusqu'à ce que nous soyons sûrs de la récolte, tu comprends!

Michael tire quelques bouffées de sa pipe, sourcils froncés.

— Je crois que tu ferais mieux de lui écrire.

— D'accord.

J'ai écrit à Betty. La lettre est en route, par avion.

Une grosse masse de nuages lourds s'étend aujourd'hui au-dessus de Cheyenne. Elle ne bouge pas de façon sensible, mais elle a un peu progressé. Elle est située au sud et à l'est du ranch. Rideau de plomb gris, compact et lugubre.

Mais nous restons dans le soleil. Notre chance persiste.

Lorsque Sanski a fini de faucher et de mettre en balles le foin d'un champ, il passe avec ses hommes au champ suivant et les nôtres viennent glaner celui qui est terminé.

Nous garderons quinze à vingt tonnes de foin en vrac pour nourrir notre bétail cet hiver. Nous l'entasserons dans la tour carrée, à l'extrémité de l'étable, prêt à être utilisé.

Je chevauche à travers la prairie où nos hommes sont en train de glaner. Avec seulement nos attelages, sans machine à essence, sans étrangers à l'œil sombre, je retrouve la physionomie, l'odeur, l'atmosphère habituelles de notre ranch. Et je m'y promène avec délices, montée sur Pom, puis mets pied à terre et m'allonge contre une meule de foin, relâchant les rênes de Pom. Elle enfouit sa tête dans le foin, en arrache de longues touffes odorantes, m'en aspergeant à moitié, et mâchonne, le regard fixé au loin, la tête presque au-dessus de moi. Les hommes mettent le foin en meules. Jetant un coup d'œil, je peux apercevoir la chemise bleue de Michael, sa gorge hâlée; ses bras nus et bronzés balançant la fourche.

La douceur ineffable du vent. La senteur de la menthe, des pins, du foin, la fraîcheur de l'eau courante; je renversai la tête en arrière jusqu'à ne plus voir que le ciel et les nuages et je me rappelai brusquement Della et une conversation sur le bonheur que nous avions eue l'année dernière à Los Angeles (j'éclatai de rire si soudainement que Pom sursauta) :

DELLA. — Es-tu heureuse?

MARY. — Honteusement heureuse!

DELLA. — Raconte! Explique! Vas-y! Je veux tout connaître de ce bonheur honteux!

MARY. — Eh bien! en allant me coucher le soir, je sais que je n'ai qu'à attendre le matin et cet instant merveilleux, à 5 heures, où les oiseaux se mettent à chanter, et je peux rester à les écouter. Je peux sauter du lit et apercevoir la lumière filtrer à travers les arbres. Je peux aller jusqu'au balcon et voir les montagnes faire jaillir leurs contours de la brume. Quelles merveilleuses montagnes! Quels merveilleux oiseaux! Quel merveilleux 5 heures du matin!

Et nous éclatons de rire comme deux petites filles.

DELLA. — Continue! Qu'y a-t-il encore de merveilleux?

MARY. — Le piano! Personne ne peut m'entendre! Ou si l'on m'entend, on a tellement l'habitude qu'on ne fait plus attention. Et pendant une heure ou deux je me débauche!

DELLA. — Encore! Encore des débauches!

MARY. — Je pense que je ne vais pas tarder à entendre un pas martial, le claquement et le fracas des portes, et voir le charmant visage de mon mari se diriger vers moi à travers la pièce!

DELLA. — Oh ! je t'en supplie ! Encore du charme !

MARY. — Et nous allons alors échanger les paroles les plus merveilleuses !

DELLA. — Telles que ? Oh, il faut à tout prix que j'entende cela.

MARY. — Telles que : « Il va faire beau aujourd'hui. »

Nous sommes pliées en deux.

MARY. — On peut dire aussi : « Prendrons-nous le petit déjeuner dans le patio ? »

Maintenant donc, allongée dans le foin odorant, je contemple ces merveilles et ces charmes et je me débauche.

En particulier, ces merveilleux habits bleus.

Il faut croire que le bleu est la teinture la moins chère car, dans le monde entier, les vêtements de toile grossière de coton pour les ouvriers, les fermiers, les paysans, sont bleus. Bleu foncé d'abord, puis la couleur se fane avec le vent, le soleil, les intempéries, le lavage, et devient d'une nuance à la fois douce et vive, rappelant le bleu profond d'un ciel d'été.

Elma m'a décrit les petites ânières japonaises, habillées d'étroits pantalons de coton bleu de cette teinte ravissante, recouverts d'une longue tunique ceinturée d'une large écharpe écarlate. Ce petit costume parfait est couronné par leurs épais cheveux lisses et raides retombant en frange sur leur front, noir et luisant.

Le chant soudain et effronté d'un merle aux ailes rouges me ramena de Los Angeles et du Japon à la prairie et à la meule de foin. Pom dressa la tête et pointa ses oreilles. Elle avança d'un pas, faisant grincer la selle (ses énormes sabots si près de mes côtes), arracha une autre bouchée de foin, m'aspergeant de nouveau.

En bas du pré, j'entendis les hommes échanger des appels.

Voilà un joli nom pour un poulain — peut-être celui que Pom porte en ce moment : « Ailerouge ».

La masse de plomb nuageuse a glissé encore un peu plus loin au-dessus de Cheyenne et nous n'en apercevons plus que le bord. J'essaie de la repousser et de la faire recûler. Oh! reste là jusqu'à ce que le foin soit rentré!

Michael lui aussi est inquiet. Sanski a fini environ les trois quarts.

Michael a des accrochages avec Sanski.

Sanski, qui s'est engagé à couper et à ranger le foin pour une certaine somme, continue à demander des avances à Michael pour payer ses hommes.

Michael n'est pas obligé d'accepter, mais nous sommes en fonds après le camp de vacances, et il donne à Sanski un chèque chaque fois qu'il le lui réclame.

J'ai averti Michael que l'argent sort plus vite que le foin ne rentre.

Je montrai les chiffres à Michael : il fut surpris. (On l'est toujours.) Il a dit maintenant à Sanski qu'il ne le paierait plus jusqu'à ce que le travail soit entièrement terminé.

Sanski est furieux. Il dit que le foin est beaucoup plus épais qu'il ne l'avait pensé; qu'il ne pourra pas le couper pour la somme qu'il avait fixée; qu'il lui faudrait plus d'argent. Michael lui a dit d'aller au diable. Sanski a dit qu'il allait laisser tomber. Michael lui a dit de laisser tomber et de se faire pendre.

Sanski est parti sans avoir mis en balles une portion de la dernière prairie. Michael et Riley transportent le foin pour l'entasser dans la petite tour. Sanski va intenter un procès à Michael; Michael va intenter un procès à Sanski.

Je crois que Sanski s'en est bien tiré. En tout cas, nous avons dépensé un argent fou pour ce travail.

Chaque automne, quand les foins sont finis, nous laissons les vaches en liberté sur les prairies afin qu'elles puissent participer à la liesse générale. Changement plein d'agrément pour elles après le pâturage d'été, qui commence à se faire aride. Et chaque automne, elles se conduisent de la même façon, comme une bande d'enfants déchaînés s'en donnant à cœur joie. Au lieu de rester dans le Pâturage de la Maison, elles suivent les hommes et les attelages jusqu'aux barrières qu'on laisse ouvertes pour les charrettes de foin. Elles chargent les meules de foin, les éparpillent avec leurs cornes, ruent, suivent de près les hommes. Leur pelage brillant jaune et blanc, leur long visage intelligent nous observant, nous les humains, d'un air interrogateur et intrigué.

Le foin. Je peux à peine le croire. Rien n'est perdu! Des centaines de tonnes mises en balles! Disons, peut-être, deux cents. Elles sont déjà engrangées.

C'est un trésor. Les prix, même maintenant que l'on regorge partout de fourrage, sont bons; plus tard, quand le fourrage se fera plus rare, ils vont doubler. Nous ne nous sommes jamais sentis si riches. Nous restons dans la Grange, fraîche et obscure, respirant la richesse, comme un souterrain où sont entassés des lingots d'or.

Je grimpe tout autour.

Les petits chats de Missy sont quelque part par là, j'en suis sûre. Elle reste là la plupart du temps. Mais elle ne nous donne pas le moindre indice. Les garçons et l'équipe des foins, ça a été trop pour elle cette année et elle prend ses précautions.

Si nous allons dans l'Est, ce sera seulement pendant l'hiver. Je ne voudrais pas perdre ce que nous avons ici. Je veux le garder, et le faire partager aussi. J'aimerais pouvoir aller dire aux gens : Regardez, savez-vous ce qu'il y a tout là-haut? Au sommet? Connaissez-vous cet infini, cette immensité, cette beauté incroyable et fulgurante? Savez-vous que vous pouvez aspirer une longue bouffée d'air, en emplir vos poumons, et vous sentir purifiés de toutes les misères et les mesquineries de ce monde?

Mais vous ne pouvez y vivre tout le temps. C'est trop grandiose, trop épique, et beaucoup trop solitaire.

29

Je vais avoir une dispute avec Michael. J'en suis désolée, mais c'est inévitable. Je commencerai en disant : Michael, tu ne coopères pas avec moi pour les vaches.

S'il plaçait sa réponse sur un terrain rationnel, j'aurais mes arguments tout prêts. Mais sachant cela, il évite la logique; il bloque les issues, introduit des éléments émotionnels et détourne la conversation du sujet véritable. Cela me coupe tous mes moyens et je ne sais plus que répondre.

La raison pour laquelle un reproche aussi bénin de ma part va déclencher une dispute est que la dignité de Michael ne tolère aucun reproche d'aucune sorte. Je me creuse la cervelle pour trouver une formule qui dirait la même chose sans avoir l'air d'une plainte, mais je n'en trouve pas.

Voilà de quoi il s'agit. M'occuper des vaches est mon domaine, mais Michael se réserve le droit exclusif de donner des ordres à Riley et à George. Si je veux changer la ration des vaches, en faire couvrir une ou non, sevrer des veaux, je dois en référer à Michael. Michael le dira alors à Riley et Riley exécutera l'ordre de travers.

Je soupçonne Michael d'être le coupable. Au moment de transmettre mon ordre à Riley, quelque autre idée qui lui semble meilleure lui traverse la tête, et il la commande à Riley. J'accuse Riley. Riley s'en rapporte au patron; j'interroge Michael, mais Michael a oublié, ou nie, ou est trop pressé ou trop occupé pour écouter.

Je vais donc engager une dispute, et j'ai préparé à l'avance tout ce que je veux dire, et je le dirai.

Mais pas aujourd'hui.

Aujourd'hui, Michael est d'une humeur particulièrement charmante et je ne voudrais pas tout gâter. Je le dirai demain. Il faut à tout prix que je le dise, parce qu'une des vaches est en chaleur mais je ne veux pas qu'elle soit couverte avant octobre, de façon qu'elle puisse donner son lait juste au moment où le camp de vacances ouvrira, en juillet prochain. Il faut l'enfermer.

L'an dernier, lorsque je voulus enfermer une vache et demandai à Michael de le dire à Riley, Michael — au moment de transmettre l'ordre — trouva que ce serait vraiment dommage de l'enfermer par un si beau temps et dit à Riley, à la place, de la mettre dans un pâturage éloigné. Il se trouva qu'il y avait un taureau de Hereford de l'autre côté de la clôture; aussi, le temps venu, nous eûmes non seulement une vache aux pis gonflés de lait au moment où il n'y avait personne au ranch pour l'utiliser, mais encore un veau rouge à tête blanche.

Je ne peux pas le dire aujourd'hui non plus, car il y aura des gens à déjeuner. De plus, Michael est très occupé. En outre, il nous faut le temps de vider la querelle jusqu'au bout, le temps ensuite de la laisser s'apaiser et de nous réconcilier.

Ce sera une querelle pour de bon. Je ne vois pas, dans cette discussion, ce qu'il va trouver pour sa défense. Je me demande vraiment ce qu'il pourra dire. Je voudrais bien le savoir, pour préparer quelques réponses bien senties.

Il m'évite. Il sait que j'ai une idée derrière la tête. Parfois cela dure pendant des semaines. Toutes les femmes connaissent cela. Il arrive que, lorsqu'elles ont quelque chose d'important à dire et que le manège a trop duré, elles coincent leur mari au moment où il prend son bain, ce qui met le mari dans une position désavantageuse.

— Michael, tu ne coopères pas avec moi pour les vaches.

— Tu ne coopères pas avec moi pour les chevaux. La réponse me cingla comme un coup de fouet et me démolit comme si je n'avais pas répété la scène depuis des jours.

— Enfin! Enfin! Comment peux-tu! Enfin, Michael, tu sais très bien...

Il se mit à crier (il sait que je ne peux le supporter). Il hurla sans me laisser le temps de placer un mot :

— Je ne peux m'occuper du ranch si on intervient sans cesse dans mon travail.

— Je ne peux m'occuper des vaches si les hommes ne suivent pas mes ordres.

— Oh! j'ai toujours tort! Je ne fais jamais rien comme il faut! Je ne suis qu'un imbécile.

J'éclate en sanglots :

— Mais Michael! Si seulement... enfin tu sais bien... écoute! Écoute-moi seulement...

Bien que j'eusse prévu la scène et que je l'eusse délibérément provoquée, je n'étais plus qu'une épave tremblante, et je m'enfuis vers ma chambre, me conduisant de la façon la plus puérile, traînant mes pieds sur le sol, sanglotant, me tordant les mains et marmonnant des imprécations. Mais, en même temps, je me félicitais intérieurement, car j'étais arrivée à mes fins. Le pire était passé, et la vache serait finalement enfermée. Elle allaiterait en temps voulu, en juillet prochain, et nous aurions du lait pour les garçons.

Maintenant, je dois vite m'éponger les yeux et me rafraîchir le visage pour l'étape suivante, qui se déroulera comme suit :

Michael nous convoquera, Riley et moi, et me déclarera froidement sur le ton patient d'un homme excédé outre mesure :

— Bon, maintenant qu'est-ce que tu veux?

— Je veux qu'on enferme Bouquet jusqu'à ce qu'elle ne soit plus en chaleur.

Il répétera l'ordre à Riley, en le regardant d'un air menaçant, et Riley dira : « Oui, patron » d'une voix enjouée, et je m'enfuierai à nouveau pour m'asseoir au piano et jouer *Svenska* tandis que des larmes rouleront sur le clavier.

Et c'est ce qui se passa.

Puis je commençai à devenir de plus en plus fâchée. La mauvaise humeur de Michael empirait. L'atmosphère était insoutenable. Il me punissait.

Je déclarai que j'allais en ville; me préparai et étais déjà dans la voiture en train de desserrer le frein pour descendre la colline, lorsque j'entendis crier derrière moi.

Jetant un coup d'œil en arrière, j'aperçus Michael dévaler la pente dans ma direction, arborant un sourire éblouissant. Il sauta sur la voiture en marche, se pencha à l'intérieur, jeta son bras autour de mon cou, m'attira à lui, dit : « Pardonne-moi » et bondit à nouveau du marche-pied. Je redressai mon chapeau.

Je ne me laissai pas attendrir. J'allai en ville, décidée à l'oublier, à oublier le ranch, à oublier nos querelles, à tout oublier.

Le meilleur moyen est d'aller au cinéma.

Lorsque nous nous retrouvâmes, Reese et moi, après avoir été sur deux côtés opposés du continent pendant des années, l'un et l'autre maintenant chefs de famille et dotés d'un ex-conjoint et d'un conjoint actuel — ce fut comme si nous devions faire connaissance de nouveau et découvrir comment avaient évolué nos goûts d'adultes. Nous sondâmes donc le terrain et nous nous interrogeâmes.

— Tu aimes le cinéma? me demanda-t-il.

Je répondis :

— Oh, oui! On entre dans cette salle sombre, avec des gens assis tout autour de vous — si calmes — et une moquette moelleuse sous vos pieds; tout est silencieux à l'exception de cette musique de rêve et on regarde l'écran.

Reese termina ma phrase :

— Et on oublie tout!

Nous prononçâmes les mots ensemble et nous nous regardâmes en souriant. Et voilà! Nous avions vécu tous deux ces mêmes rêves de notre enfance où, au milieu de la nuit, nous allions sur la pointe des pieds jusqu'au rebord de la fenêtre de ma chambre (dans la maison de Brooklyn), nous nous enveloppions dans nos édredons et restions assis à écouter les sirènes des bateaux dans la baie; nous pensions aux grands navires arrivant dans ce port de tous les coins du monde, ou embarquant pour des terres lointaines et exotiques, et nous nous demandions vers quelle « vie » ils se dirigeaient — et vers quelle « vie » nous nous dirigerions bientôt nous-mêmes; le souffle nous manquait tant nous étions gonflés d'espoir, de curiosité et d'attente.

Maintenant, nous avions touché ces terres lointaines, nous avions dépassé cet espoir, cette curiosité et cette attente. Nous avions entrepris le grand voyage.

Et bien que nous ayons été séparés par six mille kilomètres, c'était comme si nos pas avaient suivi le même sentier et atteint le même but : « Tout oublier! »

Aussi, aujourd'hui, à Cheyenne, j'irais voir un film et tout oublier.

On donnait une comédie musicale où Fred Astaire et Ginger Rogers dansaient divinement bien.

La musique et leurs évolutions pleines de grâce, d'aisance et de brio me ramenèrent à mon enfance et je fus submergée d'un bonheur intense au souvenir d'une de mes propres expériences.

C'était un jour où, à l'école de danse, Elma et moi, âgées alors de onze et sept ans environ, fûmes appelées à exécuter une danse en solo.

Il me faut d'abord décrire ces deux petites filles. Elles sont jolies, se ressemblent et sont habillées pareillement d'une guimpe d'organdi blanc et d'un habit en popeline de soie écossaise. La jupe se tient toute raide et le petit corselet, retenu à l'épaule par des bretelles, enserre étroitement le buste. Sur le visage pâle et tiré des petites filles passent des sourires fugitifs, et leurs grands yeux noirs brûlent d'ardeur. Leurs cheveux sont d'un brun chaud, relevés souplement au-dessus de la tête. Derrière, ils retombent en lourdes boucles jusqu'à la taille. Une épaisse frange barre le front.

On avait appris à toute la classe à danser la « schottish ». Il fallut ensuite choisir ses partenaires. Elma et moi nous nous étions choisies. La musique commença et la grande salle s'emplit de petites silhouettes tourbillonnantes et frappant du pied. Soudain, on entendit le claquement de mains de M. Dodsworth. Enfants et musique s'arrêtèrent.

— Regagnez vos places, tous. Vous, Elma et Mary, ne bougez pas.

Les autres enfants allèrent s'asseoir sur la banquette qui courait le long des murs de la salle. Elma et moi restâmes seules au milieu. Le professeur fit signe au pianiste. La musique reprit. Puis, s'adressant à nous :

— Dansez.

Nous dansâmes seules dans cette salle, sous le regard de M. Dodsworth et de tous les enfants. On nous applaudit. On nous remit la médaille.

Nous nous produisîmes à travers toute l'Europe.

Je revins donc à la maison après le spectacle (vers 10 h. ½ environ), tout attendrie, souriante et heureuse comme si on venait d'épingler la médaille à mon épaule.

Michael était assis dans le grand fauteuil près de la radio, absorbé dans une émission théâtrale.

— Ça ne te fait rien si j'écoute la fin? demanda-t-il poliment.

Je montai donc me coucher.

Et c'est ainsi que Bouquet fut enfermée.

Cela semble assez compliqué.

Nous n'avons plus personne pour nous aider maintenant.

Riley nous a quittés pour l'hiver. Le vieux George est parti aussi prendre quelques vacances, mais reviendra dès que nous aurons besoin de lui.

Michael avait pensé que Etta pourrait continuer à nous faire la cuisine jusqu'à notre départ, moi pour Los Angeles, lui pour Washington, mais je ne désirais pas la garder et elle m'épargna la peine de la congédier.

Nous faillîmes entrer en collision à la porte de la cuisine. Elle avait un visiteur : le grand type aux cheveux noirs qui faisait partie de l'équipe de Sanski. Un bras appuyé contre le mur, il nous observait en silence, d'un air énigmatique, tandis qu'elle me déclarait sur un ton agressif :

— Je vous quitte, madame Bergwin.

— D'accord, Etta, répondis-je. Je vous descendrai en ville avec George dans la matinée.

Je m'arrêtai en route pour prendre le courrier au Canyon de Granite et trouvai une grande enveloppe carrée couverte de l'écriture inimitable du « Pur Génie » ; je devinai, le cœur battant, que c'était la critique de *Joie matinale*. (Toujours pas de réponse de Betty. Il aurait pu y en avoir une maintenant.)

Je lus la lettre de Spencer en ville, dès que j'eus un moment à moi. Il me démolissait complètement. Il ne pouvait formuler aucun jugement favorable sur le morceau. Ses termes me rappelèrent le passage d'une prière qu'on nous avait apprise à l'école du dimanche : « Nous n'avons pas fait ce que nous aurions dû faire; et nous avons fait ce que nous n'aurions pas dû faire; aucune santé n'est en nous. »

« ...vous n'avez pas gardé le même style et le même degré de difficulté d'un bout à l'autre... quelqu'un capable de jouer les passages difficiles ne serait pas intéressé par les passages plus aisés... le morceau tout entier manque d'unité. Faites-en, soit une valse pour concert, soit une pièce enfantine. Vous possédez de bons éléments pour la seconde solution, mais il vous faudra supprimer une grande partie. C'est en un mot, une pièce bâtarde. »

Je réfléchis à cette lettre sur le chemin du retour. Je vois exactement ce qu'il veut dire : je prends un thème musical simple, le genre de musique qui plaît justement parce qu'elle est simple, mélodieuse et facile à fredonner, puis j'en fais quelque chose de « grand ». Et tous ceux qui l'entendent, en particulier les auditeurs profanes comme le porteur, Elma, Michael ou les ouvriers agricoles, le trouvent ravissant.

Cela me confirme dans mon opinion que ma musique est plutôt faite pour la scène d'une opérette. Mais pas toute. Il y a la *Harpe éolienne*, et le *Crépuscule*, et les morceaux de Schirmer. Je me rends compte que *Joie mati-*

nale doit aller dans la « boîte » attendre *Le Poulain indompté.*

Arrivée à la maison, je m'assis au piano avec la lettre et jouai le morceau plusieurs fois, le confrontant à sa critique.

Il avait raison, bien sûr.

Inévitablement, je me sentis déprimée. Mais j'étais un peu consolée à la pensée que mon dernier-né (et bien sûr mon préféré) n'était plus celui-là, mais *Svenska!* Attendons qu'il voie *Svenska.*

Et puis, il y a le foin!

Je ne pouvais me sentir déprimée longtemps.

Je décidai de ne rien dire à Michael. Il serait navré pour moi. Il serait également renforcé dans son sentiment que je ferais mieux de m'en tenir aux romans et de laisser tomber la musique. De plus je veux lui jouer *Svenska* dès que je serai maîtresse de l'interprétation. Il faut beaucoup s'exercer. J'ai fini la composition; je l'ai terminée plusieurs fois, mais je continue à revenir sur ce que j'ai fait, à la recherche d'un meilleur crescendo. J'ai déjà commencé à mettre au propre la première partie.

Prenant Rachel avec moi, j'étais montée tôt dans ma chambre l'autre soir lorsque Michael entra et resta dans l'encadrement de la porte, sa pipe à la bouche.

— C'est bizarre que Betty n'ait pas répondu à ta lettre. Où la lui as-tu envoyée?

— A Newport. C'est là qu'elle se trouve toujours à cette époque. Alan me l'a dit aussi. Elle doit partir en Europe à la fin du mois.

Rachel avait quitté sa place à côté de mon lit pour accueillir Michael et se tenait devant lui, tête levée, remuant doucement la queue. Les mains de Michael s'abaissèrent pour lui caresser les oreilles.

— De toute façon, il faudra que j'aille à Washington.

— Oui. Et je dois aller à Los Angeles.

Michael regarda sa pipe, qui s'était éteinte. Il se servit de ses deux mains pour la rallumer et Rachel reprit sa place à côté de mon lit.

Je relevai les genoux et calai mon livre ouvert contre eux.

— J'étais en train de penser, continua Michael une fois sa pipe rallumée, sommes-nous obligés de dépendre d'elle ? Ne pourrions-nous pas nous en tirer tout seuls ?

— Je me suis demandé la même chose.

Nous en discutâmes.

Ce qu'il nous faut, c'est une grande maison de campagne, avec plein de chambres et de salles de bains ; des écuries, une étable et du terrain. Il y a en Nouvelle-Angleterre beaucoup de propriétés de ce genre, plus ou moins abandonnées parce qu'elles sont trop difficiles à entretenir et que personne ne veut les acheter ou les louer. Elles sont reprises par des institutions : académies, couvents, écoles, maisons de repos, etc.

— La difficulté sera d'en trouver.

— Lorsque j'en aurai fini à Washington, je pourrais monter jusqu'en Nouvelle-Angleterre et inspecter le pays.

Nous nous tûmes alors un moment, réfléchissant au prix du voyage : aller d'un endroit à un autre, dormir dans des motels ou des hôtels, manger trois fois par jour au restaurant; il y avait aussi la question du temps : si nous commencions cet hiver, il faudrait que nous soyons prêts à ouvrir vers le milieu de l'année.

Il faudrait dépenser tout cet argent (et probablement commencer par l'emprunter) avant d'avoir vendu le foin, ou savoir ce qu'il allait nous rapporter.

Tout était si incertain...

Le lendemain, j'écrivis de nouveau à Betty. Elle pouvait être partie quelque part.

Maintenant, nous avons bien sûr beaucoup plus de lait et de crème qu'il ne nous en faut; beaucoup plus de canetons en âge d'être mangés; beaucoup plus de champignons dans la prairie.

C'est moi qui trais les vaches maintenant. Je les trais toutes, sauf deux.

Michael est incapable de traire. Lorsque nous avons commencé l'élevage des vaches laitières, il déclara :

— Il faut que quelqu'un dans cette famille sache comment s'y prendre pour traire.

Il se rendait compte combien cela était nécessaire. Je pouvais le lire dans son regard. Puis, il ajouta :

— Ce ne sera pas moi.

Il est celui qui fait tout. Construit les maisons et les ponts, répare la tuyauterie, nettoie les écuries, dresse les chevaux; peu importe que le travail soit ardu, difficile ou rebutant, c'est lui qui le fait. S'il savait traire, la corvée journalière — 4 heures du matin, 4 heures de l'après-midi — viendrait s'ajouter à ses charges. Je fis donc preuve de compréhension.

Il existe d'autre part une autre bonne raison. Il est tout simplement « incapable » de traire. Il y a totale incompatibilité entre ces gros doigts qui peuvent tout faire et le pis d'une vache. Celle-ci se retourne vers lui avec surprise. Qui donc s'avise de traiter de la sorte mes parties inférieures? Et le visage de Michael grimace comme celui d'une pianiste aux prises avec un passage d'une difficulté insurmontable.

A Deercreek, lorsque j'étais enfant, on me donnait la permission d'aller dans l'étable à l'heure de la traite et de traire une vache. D'essayer de traire, devrais-je dire. Joe plaçait mes petites mains sur le pis, me montrait comment saisir la mamelle et tirer. Je n'ai jamais oublié cette sensation. Et quand j'essayai de nouveau au ranch, je n'eus aucun mal à apprendre.

Heureusement d'ailleurs, car je dus bientôt mettre mes capacités en pratique.

Ce fut lorsque je dirigeais l'exploitation laitière. Nous avions deux jeunes garçons de traite placés, pour ainsi dire, en tutelle au ranch, ayant été confiés à la garde de Michael par son bon ami, John Pickett, l'avocat de Cheyenne.

Les garçons avaient commis un crime sérieux.

Partis un jour dans la campagne avec leur vingt-deux long rifle pour tirer des lapins, ils avaient à la place tué un homme, et qui plus est, avec préméditation.

— Comment cela s'est-il passé? leur demanda John

Pickett lorsqu'il les trouva dans les bois deux heures plus tard, chassant toujours les lapins.

— Nous avons vu un train de marchandises qui venait là-bas, très lentement. Il y avait un chemineau debout sur l'un des wagons. J'ai dit : « Regarde un peu si tu peux avoir ce pauvre type, cet imbécile. » Nous avons tiré tous les deux. Et il est tombé.

— Eh bien, vous l'avez tué.

— Ah...

— Et je dois vous ramener en ville avec moi.

— Ah...

— Et vous mettre en prison.

— Ah... Nous n'avons pas encore pris un seul lapin.

— Allons.

— Dites, vous ne pourriez pas nous laisser chasser encore un peu? Nous avions préparé cette partie de chasse longtemps à l'avance.

— Bon, un tout petit peu alors.

John s'assit sur une bûche et fuma.

Les garçons furent mis à l'épreuve. John demanda à Michael de leur donner du travail et de garder l'œil sur eux.

C'étaient de bons garçons laitiers. L'un d'eux pouvait traire une vache en quatre minutes. Un jour, pendant leur heure de liberté à midi, ils pensèrent que ce serait amusant de suivre les rails de chemin de fer.

Ils ne revinrent pas.

Heureusement j'avais à l'époque, dans les communs, un cuisinier qui, vingt ans auparavant, avait été garçon de traite dans un élevage.

Il y avait dix-huit vaches à traire. Nous les trayions, Tim et moi, à 4 heures de l'après-midi et à 4 heures du matin par des températures en dessous de zéro.

Tim me réveillait au petit matin en frappant à ma fenêtre. Michael se réveillait aussi et venait dans ma chambre. Il avait l'air m'alheureux; il tenait disait-il à m'accompagner. Je pensais que c'était de l'héroïsme inutile, mais il insistait. Et il restait à côté de moi dans l'étable sombre, me tenant la lanterne tandis que j'allais d'une vache à l'autre. Il me réconfortait quand mes forces m'abandonnaient et que je n'en pouvais plus. Il prenait mes mains dans les siennes, les frictionnait et les réchauffait lorsqu'elles étaient tellement raidies par les crampes qu'elles ne m'obéissaient plus.

Vingt-quatre heures plus tard nos deux garçons laitiers revinrent, affamés, pleurant, repentants.

Maintenant je vais aller faire cuire du pain.

Lorsque je vins au ranch pour la première fois, je m'attendais à être une piètre ménagère, en regard de mes voisins, pour tout ce qui concernait la salaison des jambons, le fumage des langues ou la cuisson du pain.

Je m'aperçus, au contraire, que les ranchers considèrent les aliments achetés en ville chez « A et P » ou « Safeway » comme beaucoup plus « chic ».

J'aime le pain qui a une consistance ferme et moelleuse, pas trop léger, avec une couleur légèrement crème (ce que l'on obtient en ajoutant de la farine de blé complète dans la proportion de un pour cinq) et fait avec de l'eau plutôt qu'avec du lait. N'est-ce pas le pain classique fait de farine et d'eau, de levure et de sel? Et je l'aime avec un léger goût de quelque chose : de noisette, ou de viande, ou de fromage, ou de jaune d'œuf.

Je fis d'innombrables expériences.

J'obtins le meilleur résultat avec une recette trouvée dans un journal, la donnant pour une recette familiale de Teddy Roosevelt.

Il faut faire le levain en mélangeant un peu de farine de maïs, du lait « frais » et une pincée de sel et de sucre, et le laisser fermenter toute la nuit à une température égale et chaude.

Le lendemain, si le levain est « fort », vous ajoutez de la farine, vous pétrissez et vous laissez lever comme pour n'importe quelle pâte. Vous recommencez plusieurs fois.

Vous obtenez le pain le plus savoureux, le plus moelleux, parfumé d'un léger goût de fromage.

Vous savez si le levain est « fort » ou non à l'odeur

répandue dans la maison lorsque vous descendez le matin.

La première fois, je tombai tout simplement à la renverse. Je m'écriai qu'il devait y avoir un rat crevé dans la maison! Puis je me souvins du levain, me précipitai pour le renifler, repartis précipitamment en me bouchant le nez, puis me précipitai à nouveau pour le renifler une seconde fois et m'assurer que c'était possible — que quelque chose pouvait sentir aussi mauvais!

Donc, lorsque vous ouvrez les yeux le matin, mettez-vous sur votre séant et reniflez — vous serez immédiatement fixé. Le plus souvent, je dois l'avouer, vous pouvez retomber sur votre oreiller et vous accorder un autre petit somme. Mais de temps à autre, vous pouvez sauter du lit et vous habiller en vitesse.

Je préfère ce pain, coupé pas trop mince, grillé au-dessus d'un fourneau et recouvert de beurre frais non salé, à n'importe quelle autre chose au monde.

30

Avant le départ des garçons, on devait dresser trois poulains sauvages.

Il n'y en eut que deux, car Cinder, la petite rouanne grise, était partie dans le Pâturage aux Écuries et ne put être retrouvée.

Cinder est une pouliche de deux ans, légère comme le vent, avec une allure aérienne et gracieuse. Toute sa vie, elle a galopé en compagnie d'un petit groupe de six poulains de la même année qu'elle. Ils passent l'hiver dans l'une des sections abritées du ranch et l'été sur les hauts plateaux. Je les ai souvent rencontrés au cours de mes promenades, effarouchés comme des daims.

A la moindre alerte ils s'évanouissent ! Cinder, la plus sauvage, la plus légère, la plus rapide de tous. Elle vogue au-dessus des ravins sans un saut, repliant seulement sous elle ses fines pattes de devant. Elle semble libérée de la pesanteur.

Il fallait que Michael la trouve et la dresse avant la fin de l'été.

La veille du départ de Riley, ils fouillèrent en tous sens le Pâturage aux Écuries sur Lingot d'Or et Diabolo, trouvèrent Cinder et la mirent dans le corral pour commencer son dressage.

Mais Cinder était l'un de ces chevaux qui préfèrent mourir que d'abandonner.

Elle se roulait au sol, se débattait, ruait et se renversait en arrière sans arrêt.

Au crépuscule, elle était encore insoumise. Michael l'attacha au poteau avant de venir dîner, avec l'intention de la détacher avant d'aller se coucher et de la laisser libre dans le corral pour la nuit.

Il était éreinté, sombre, morose. Il parla à peine.

J'allai la voir à 8 heures. Dans la faible lueur, je distinguais sa silhouette délicate. En m'approchant de plus près, je m'aperçus qu'elle saignait en dix endroits différents. Ses yeux étaient terrifiés et égarés. Je lui parlai doucement et lui tendis le seau d'avoine. Mais à mon approche, elle recommença à se débattre de façon désespérée. Je la laissai donc.

A 10 heures, Michael sortit pour la détacher. Il s'attarda plus longtemps que je ne le pensais, et à son retour déclara :

— C'en est fait de cette petite pouliche, je crains.

Il l'avait trouvée inconsciente, accrochée au poteau par la tête, jambes inertes. Il l'avait libérée, mais elle restait au sol sans faire un mouvement. Il pensait que, dans ses plongeons furieux, elle s'était tordu la tête entre la corde et le poteau et s'était brisé le cou.

Mais je gardais espoir, encore.

Et j'avais raison. Le matin, elle était sur pieds.

Michael la laissa partir. Elle brouta un peu. Mais son cou était encore tout tordu et enflé. Elle arrivait à baisser la tête pour atteindre l'eau et l'herbe, mais ne pouvait la lever ni redresser le cou.

Michael la mit dans la Section 7 où elle pourrait rester seule. Car elle évitait bien sûr les autres chevaux. Tous les chevaux éprouvent de la honte à être malades et veulent rester seuls. (J'approuve.)

Je l'aperçus une ou deux fois au début, immobile, tête penchée. Elle se tenait dans un petit vallon caché. Lorsque je regardai, la fois suivante, elle avait disparu.

— Ou bien elle s'en tirera, ou elle mourra, dit Michael.

J'ai la main sérieusement écorchée. Pom m'a coincée contre la branche d'un arbre. Cela me gêne pour jouer du piano, mais, de toute façon, je n'ai pas beaucoup de temps entre la cuisine et la traite.

Les meubles de la salle de séjour vont bientôt être recouverts de housses propres.

Tout l'été, elles ont été en contact avec des blue jeans arrivés à différents degrés de crasse. Chaque automne, après le départ des garçons, je les retire et les envoie à la blanchisserie. Puis au printemps, avant que les garçons arrivent, je les fais teindre d'une couleur différente. Jaune pâle. Gris clair. Gris bleuté. Cet été, elles étaient blanches.

Elles sont à la blanchisserie pour l'instant. On va me les renvoyer non repassées. Je devrai alors les repasser et la salle de séjour respirera la fraîcheur et la propreté. J'espère que ma main sera suffisamment guérie.

De nouveau, du pain levé; de nouveau, le levain a « pris » et j'ai failli tomber en descendant les escaliers ce matin.

Michael s'intéresse au plus haut point à la préparation. Elle prend presque toute la journée, l'odeur se dissipant graduellement jusqu'à ce que le pain sorte du four, répandant un parfum si suave et délicat que lorsque j'enveloppe les miches dans un linge propre et les empile sur la table de la cuisine, Michael vient en reniflant jusqu'à la porte.

— C'est déjà prêt?

Puis il aperçoit la pile, entre, prend le couteau à pain, se coupe à l'une des miches un quignon — tout chaud et croustillant — étend une couche épaisse de beurre frais et le mange.

Pendant que je le préparais ce matin, il m'appela subitement de la terrasse où il prenait une tasse de café après le petit déjeuner.

— Qu'est-ce qu'il y a? criai-je.

— Je veux te montrer quelque chose.

— Quoi?

— Une goutte d'eau suspendue au bout d'une feuille de lilas.

— Mais je suis occupée.

— Le soleil brille dessus. Tu n'as jamais vu de couleurs pareilles : bleu, rouge, orange.

Je continuai à tourner le levain.

— Il *faut* que tu viennes, hurla-t-il.

Je sortis avec mon tablier de cuisine et ma longue cuiller à la main.

Pour que je puisse la voir exactement sous le même angle que lui, il me hissa sur ses genoux et étendit le bras. Je restai juchée là, tendant le cou.

Quel miracle! Toutes les couleurs de l'arc-en-ciel s'y jouaient.

Nous restâmes à la contempler pendant dix minutes. Elle ne restait jamais cinq secondes semblable. Orange, cramoisie, violette, verte.

— Comme un diamant, dis-je finalement en me levant.

Michael, ébloui par le rayonnement de la goutte, mit sa main sur les yeux et répliqua :

— C'est sans doute ce que l'on veut dire lorsqu'on parle d'un diamant de l'eau la plus pure.

Il me presse, me bouscule.

Bien qu'il sache que je dois travailler à ma musique et qu'il veut que j'y travaille, il ne peut s'empêcher, maintenant qu'il n'a personne sous ses ordres, de s'affairer perpétuellement, faisant un tas de choses inutiles, véritable reproche vivant.

Je me suis habituée à abandonner en un clin d'œil le repas que j'étais en train de préparer, en le voyant sortir de l'office les bras chargés de provisions pour un tout autre repas.

J'ai besoin du torchon à vaisselle, regarde autour de moi et l'aperçois sur son épaule. Heureusement que cela m'est égal. Finalement, je m'éclipse et le laisse faire. Si plus tard il m'adresse des reproches détournés, je ne réponds rien.

Lorsque mes housses revinrent de la blanchisserie, j'installai la planche à repasser dans la cuisine et, pendant que je disposais les petits plis creux des volants, il s'arrêta pour me regarder.

— Dois-tu vraiment les repasser? Ne vont-elles pas se défroisser quand tu les remettras sur les meubles?

— Oui, mais pas les volants.

— Eh bien! laisse les volants comme ça.

— Mais il me semble que c'est d'avoir tous ces petits plis creux bien repassés qui leur donne un air pimpant et coquet.

— Tu as raison, répondit-il aussitôt, et il continua à m'observer. Je pourrais le faire à ta place — pour reposer un peu ta main endolorie.

— Oh! elle ne me fait pas mal. Je savais qu'il trouvait ces petits plis réguliers irrésistibles.

Je terminai une housse, humectai les autres et les laissai en pile sur le buffet de la cuisine.

Au milieu de l'après-midi, je trouvai comme prévu Michael, dans sa tenue de cheval habituelle (qui a l'air d'un accoutrement de parade), devant la planche à repasser en train de repasser les plis.

— C'est pour reposer ta main, expliqua-t-il.

— Oh! merci mille fois!

J'ai monté une jument appelée Pink. Jérôme m'a dit qu'elle courait à une allure très rapide. On ne dirait pas à la voir. C'est un rouan vineux, à la fois cheval de selle et de trait. Épaisse, mal bâtie. Elle a maintenant un poulain, lui aussi mal bâti, disgracieux et intraitable, avec un long corps maladroit, une vilaine tête en forme de marteau, et des oreilles plus aplaties que ne le furent jamais oreilles chevalines. Il découvre les dents et mord tout ce qu'il voit : sa mère, lorsqu'elle ne s'arrête pas pour le laisser téter au moment précis où il le désire — ou son cavalier.

Michael a dit qu'elle n'était pas bien pour moi, mais je lui ai promis de faire attention. Jérôme avait raison : c'est l'un des chevaux les plus rapides du ranch. Malheureusement, elle a la bouche dure et s'il lui prend envie de courir, elle court. Mais j'avais prévu que son poulain l'empêcherait de courir, et c'est ce qui se passa.

Je continue à regarder si je vois Cinder. L'autre jour, j'ai aperçu un cheval, très loin, la tête bizarrement penchée et volant littéralement sur la prairie. Je suis sûre que c'était Cinder...

... Michael l'a vu lui aussi, et il dit que *c'est* Cinder; si nous pouvions seulement la faire rentrer sans l'effrayer.

Hier, en marchant dans la Section 16, je suis tombée sur la bande des yearlings broutant dans un petit vallon. Ils m'entourèrent, se groupèrent derrière moi et me suivirent.

Ils sont extraordinaires. Lisses et soyeux, leur petite robe si dense et épaisse qu'on dirait qu'ils vont éclater.

Le temps s'est beaucoup refroidi.

Hier, tard dans la soirée, tandis que nous lisions dans la salle de séjour, Michael leva brusquement la tête, tendant l'oreille; il avait entendu un bruit dehors.

J'avais entendu, moi aussi, mais dans mon subconscient, sans être distraite de mon livre d'harmonie. Il sortit et revint avec un des petits chats de Missy agrippé autour de son cou.

— Vilaine Missy. Elle l'avait sorti dans le froid. Pauvre bébé. Là, là, papa te tient, vilaine maman.

Il resta devant moi, me montrant la pauvre petite bête dont la tête charmante émergeait du creux de ses mains comme un petit diablotin. Ses yeux brillaient de tendresse.

Puis, après nous l'être passée de mains en mains, avoir joué avec elle et avoir calmé ses cris, il la rapporta jusqu'à la Grange et avertit Missy d'un ton sévère qu'elle devait laisser ses enfants où ils étaient et ne pas les transporter dehors dans le froid.

Nous passâmes le restant de la soirée à nous chercher les puces.

Pas plus tôt couchés, nous entendîmes de nouveau les petits cris perçants. Missy l'avait ramené.

Puis un autre, et un autre. Dès que nous en rapportions un, elle en transportait un autre. Elle veut les mettre dans la maison maintenant que tous les intrus sont partis et que le froid arrive.

Mais Michael a dit non. Nous avons fermé toutes les portes, endurci nos cœurs, et sommes remontés nous coucher.

Tôt ce matin, Michael est parti pour aller à la Station de Remonte du Gouvernement dans le Nébraska. Ils ont fait l'acquisition d'un nouvel étalon qu'il veut voir. Nous pourrions lui faire couvrir quelques-unes de nos juments.

Peu après son départ, une équipe d'inspecteurs locaux est arrivée pour examiner nos vaches. On a décidé de réduire le cheptel laitier du Wyoming.

Toute vache ne répondant pas à certaines conditions physiques : poids, constitution, âge, productivité, doit être abattue sur place; on donne au rancher un chèque de dédommagement (d'une somme minime) et on le laisse disposer du corps.

Dans le troupeau des vaches stériles, ils repérèrent Moon et dirent qu'il faudrait l'abattre.

J'avais gardé un secret penchant dans mon cœur pour Moon, car elle s'était déchiré si profondément la mamelle avec des fils barbelés qu'elle ne pouvait supporter les mains rudes des garçons de traite. Je la trayais moi-même, vidant lentement son pis avec le plus grand soin et la plus grande douceur; et pendant ce temps, elle restait tranquille, tournant la tête pour me regarder, soulagée de sentir le lait s'écouler de son pis gonflé à éclater, certaine de ne pas souffrir tant que c'était moi qui étais sur le tabouret.

Je la trayais tous les matins après le petit déjeuner quand l'étable était vide, les autres vaches allongées probablement dans le corral à ruminer en attendant d'être emmenées dans le pâturage.

Lorsque je descendais jusqu'à l'étable, Moon se trouvait généralement avec les autres vaches dans le corral.

Je l'appelais par son nom, restais simplement à la porte en disant : « Viens, Moon ! » et elle tournait lentement la tête vers moi, puis se levait d'un air délibéré, entrait dans l'étable et pénétrait dans sa stalle.

Et maintenant, il allait falloir l'abattre, froidement, et laisser son corps sur place.

Il est inutile d'essayer de discuter avec des envoyés du Gouvernement ; d'ailleurs le projet est avisé et sera profitable à l'État.

Leur dire que je suis seule au ranch est le genre de prétexte que je n'aime pas invoquer. Et pourtant, quel accueil pour Michael ! Rentrer tard ce soir et devoir traîner le cadavre d'un animal jusqu'au puits de la mine.

Je vis que les hommes étaient navrés.

Je leur demandai finalement s'ils avaient assez de temps pour me laisser conduire la vache jusqu'au puits de la mine et l'abattre à cet endroit.

Ils acceptèrent, mais semblèrent sceptiques sur la façon dont j'allais la conduire là bas ; ils dirent qu'ils ne pouvaient perdre trop de temps à lutter avec elle.

Mais je n'eus qu'à l'appeler.

Elle vint immédiatement vers moi de l'endroit où elle broutait dans le Pré aux Veaux, me regardant de ses grands yeux bruns pleins de confiance.

En fait, je n'eus même pas à la conduire. Je répétais ces mêmes mots : « Viens, Moon », et elle me suivit pas à pas, les deux hommes fermant la marche.

Nous grimpâmes le long de la pente douce de la Section 16, jusqu'au puits. Lorsqu'elle fut au bord, ils tirèrent ; elle bascula en avant ; disparut.

Nous restâmes silencieux, attendant le bruit sourd.

...presque minuit, et Michael n'est pas encore rentré. Quand je reste seule la nuit ici, il m'arrive si souvent de me sentir nerveuse et crispée à l'intérieur de la maison que je sors faire un tour. Le ciel était orageux. De gros nuages épais, déchiquetés et rapiécés, laissaient apparaître des rais de lumière. Çà et là la lune surgissait quelques secondes, puis se couvrait de nouveau. Michael devait être en route, pensai-je, sur le chemin du retour. J'espère que tout va bien. Parfois les dangers de la vie au ranch, sur les grands chemins, m'oppressent — les dangers de la vie partout — quelque chose peut toujours arriver; je tendais l'oreille, intensément. J'entendis les trains rouler sur la voie, les uns après les autres. J'entendis des voitures au loin, sur la route nationale Lincoln, le grincement des freins, un klaxon: sans doute les grands autobus transcontinentaux. J'entendis le mugissement de Roamer, j'entendis le tintement d'une cloche de vache. Mais pas de voiture sur le chemin du ranch.

Je rentrai donc à nouveau et me mis à recopier *Svenska*.

J'ai fini. Je l'enverrai demain à Vernon Spencer.

Résumons mon œuvre musicale. Ce que j'ai accompli ces dernières années? Les quatre pièces vendues à Schirmer (sur dix-huit écrites), *Joie matinale* (avec une mauvaise notation de Spencer, mais elle peut attendre *Le Poulain indompté*) et un bon nombre d'études sérieuses, parfaitement assimilées en fait, avec les « félicitations du jury » de la part de Spencer pour l'*Invention en sol mineur*.

Maintenant *Svenska*. Verdict encore inconnu.

Je m'endormis sur le sofa et Michael rentra à 3 heures.

Le feu s'était éteint. Il le ralluma et alla boire quelque chose dans la cuisine.

Il s'assit et nous bavardâmes quelque temps au sujet du haras du Gouvernement, puis je demandai :

— Tu n'as pas pu prendre le courrier, je suppose? (Nous n'attendons presque plus la réponse de Betty Bedford, mais nous espérons encore un peu; et, chaque jour, il y a une minute d'émotion au moment de prendre le courrier.)

— Non. Quand je suis passé devant le Canyon de Granite ce matin, le courrier n'était pas encore arrivé.

— Et ce soir, ce n'était pas ouvert.

— Non.

Nous restâmes silencieux. Nos pensées suivirent le même trajet et aboutirent au même point : la banque.

— Je me suis arrêté à la banque en traversant Cheyenne ce matin.

— Ah! oui? Pour un emprunt?

— Oui. Avant de partir pour Washington, je veux savoir à quoi m'en tenir.

— Bien sûr. Qu'est-ce qu'ils ont dit?

— Ils nous donneront ce qu'on veut, sans difficulté.

Mais un doute perçait dans sa voix en terminant la phrase. Nous avons dû faire cela si souvent. Hypothéquer les gains de l'année à venir pour faire face aux nécessités du moment.

— La seule autre solution possible serait de vendre le foin tout de suite aux prix en cours.

— C'est impossible.

— Ou, poursuivit-il, abandonner l'école pour cette année.

— C'est-à-dire, on ne peut pas encore savoir.

— J'ai rencontré le vieil Harvey en ville, continua-t-il. Il demande toujours quand il pourra venir te saler une vache. Que dirais-tu de le faire venir maintenant? Jusqu'au retour de George. Cela t'épargnera la traite et le travail ménager.

— Il est vraiment sobre?

— Sobre comme un juge. Plus d'alcool, m'a-t-il dit. Pour de bon.

— C'est pour rire.

— Ne sois pas si sceptique.

— Qui as-tu vu d'autre?

— Personne d'autre ce matin, mais en revenant à

Cheyenne vers 6 heures, en emmenant la voiture au garage pour la faire graisser, je suis tombé sur Jessie Reid, et elle m'a invité à dîner. On donnait une grande réception au Cercle pour le général Todhunter. Nous y sommes allés ensuite.

— Oh ! il est revenu ?

— Il est arrivé hier. Puis nous sommes tous descendus jusqu'à l'hôtel. J'ai engagé une conversation avec le lieutenant Guffey. La soirée s'est terminée devant une assiette d'œufs brouillés chez le vieux Joe. J'ai flâné pour revenir. Il y a un clair de lune magnifique.

— Le temps s'est donc dégagé ? Il était couvert il y a quelques heures.

— Oui. La lune brille. Et il y avait une symphonie de Beethoven à la radio.

— Laquelle ?

— J'ai oublié le numéro. Celle avec l'orage.

— Ah ! la *Pastorale*.

— Ce doit être ça. Quoi de neuf, ici ?

Je restais si longtemps silencieuse, pensant à Moon, et me demandant si je devais lui dire maintenant ou attendre demain matin, qu'il me fixa avec insistance.

— Alors ?

— J'ai fini ce morceau auquel je travaillais. Celui que j'intitule *Svenska*.

Il secoua la cendre de sa pipe, mit celle-ci dans sa poche et se leva. Tout en éteignant les lampes et en installant le pare-étincelles devant la cheminée, il dit :

— Tu dois me le jouer.

— Pas tant que je n'arrive pas à le jouer parfaitement.

— J'ai cru que tu avais dit que tu l'avais fini.

— J'ai fini de le composer et de l'écrire. Le jouer est autre chose.

Je m'y suis mise sérieusement mais ce n'est pas encore au point.

Temps merveilleux aujourd'hui. Nous avons entrevu Cinder au loin, près des vaches. Michael pense qu'elle se sent seule, qu'elle est un peu mieux et qu'elle recherche de la compagnie.

Au moment de partir pour ma promenade, Michael me dit que je pourrais aller jusqu'à la Section 7 voir si elle me laisse approcher. Il se pourrait même qu'elle me suive. Dans ce cas, que je la ramène.

Je choisis un parcours circulaire qui me fait traverser presque toute la partie nord, y compris la Section 7. Pas le moindre indice.

Je chevauchais Pink, et son poulain était insupportable. Chaque fois qu'il s'approchait suffisamment, il me mordait la jambe, tourbillonnait et nous lançait des coups de pied, rabattait les oreilles en arrière, poussant de petits cris aigus. Il était furieux de me voir attachée à sa mère de cette manière horrible.

Je décrétai que Cinder devait être à l'autre bout de la Section et me mis à descendre la pente.

Soudain, Pink et son poulain sursautèrent et dressèrent les oreilles. Ils tournèrent la tête et je fus sûre que Cinder n'était pas loin. Je regardai autour de moi et ne pus l'apercevoir, mais brusquement elle s'élança vers nous au galop.

J'étais ravie de la voir! Il ne lui restait aucune trace d'accident, aucune malformation, rapide, élancée et belle comme autrefois.

Pink hennit. Cinder hennit. Le poulain se rua vers Cinder, puis freina brusquement, s'arrêta, se rua vers nous, puis de nouveau vers Cinder.

Décidée à ne pas perdre de temps, je fis demi-tour et me dirigeai vers le ranch, suivie du poulain et de Cinder.

Sans ralentir, je les conduisis jusqu'à la maison à travers le pâturage, directement dans le corral.

Michael était là. Il prit un seau d'avoine, l'offrit d'abord à Pink qui s'empiffra goulûment, sous le regard de convoitise de Cinder, à quelques pas de là. Puis il le lui présenta. Elle s'éloigna en décrivant des cercles, excitée, anxieuse, effrayée, courant en tous sens devant lui. Finalement, apaisée par le son de sa voix et son attitude calme, elle s'arrêta. Encore un peu trop loin, elle allongea le plus possible sa petite tête, atteignit presque le seau, puis encore un peu, un peu plus, et y plongea enfin la tête pour s'emparer d'une énorme bouchée. Terrorisée de sa propre audace, elle bondit au loin pour la mâchonner en lieu sûr.

La barrière était encore ouverte. Lorsque je conduisis Pink dans le pâturage, Cinder m'y suivit, et c'est là qu'elle se trouve maintenant. Juanita et Eitel Fritz, Lingot d'Or, Pink et son méchant diablotin, et Baby — tous ensemble. Groupe d'habitués bien tranquilles qui l'apaiseront et lui parleront de nous, les humains, lui disant que nous sommes ses amis et qu'elle ne doit pas avoir peur de nous.

Pendant que je chevauchais Pink, Michael était en train de chevaucher Rheingold sur le Dos d'Ane. Soudain, Rheingold aperçut quelques-unes des juments de selle broutant çà et là, et décida qu'il était de son devoir de les rassembler et de les ramener au corral. Autant dire que Rheingold était devenu subitement un adulte, conscient de ses droits et de ses devoirs d'étalon.

Il est tout simplement impossible de monter un étalon pendant qu'il rassemble des juments, mais Michael était sur son dos et y resta jusqu'à la fin. Il ne pouvait avoir aucun contrôle sur le cheval. Le cou ondulant serpentait au ras du sol, et le corps de Rheingold suivait à une vitesse terrifiante, galop déchaîné et étourdissant qui secouait Michael jusqu'au tréfonds de lui-même. Dévalant les collines, à travers pierres et rochers, pardessus ravins et précipices, décrivant des cercles, déviant çà et là, il les réunit et les conduisit à toute allure à travers le Pâturage aux Écuries jusque dans le corral. Les muscles du dos de Michael furent tout endoloris et moulus par la course. Il marche péniblement et avec raideur. Mais je remarque sur son visage une expression que je n'y avais jamais vue auparavant. Il a été transporté, et pas seulement physiquement. Peut-être une sorte de « Shinar » pour lui.

31

QUE c'est donc une aventure, cette vie du ranch ! Et avant il y eut l'aventure de Hollywood ; et une autre maintenant s'annonce ; en viendra-t-il une autre ensuite ? Puis une autre, et encore une autre ? Et la vie entière, finalement, ne serait-elle qu'une aventure ? Je le crois. Comment, dans ce cas, prendre la vie au sérieux ?

Pas trop au sérieux. Elle deviendrait insupportable.

L'hiver s'abat sur nous.

Le vent souffle avec force dans les cimes des pins ; son ronflement doux et incessant me rend nerveuse.

Une puissance mystérieuse et tragique oblige mes sentiments à changer avec les saisons. Maintenant, avec l'automne, j'ai envie de faire des choses différentes, d'avoir des pensées différentes, d'établir des plans différents, de porter des habits différents.

Il y a un excellent tailleur militaire à Cheyenne. Il habille également les femmes. Nous allons donc nous faire faire, Michael et moi, un nouveau costume. Le sien sera gris oxford. Il aime s'habiller de façon classique. Ce costume ira très bien pour Washington.

J'ai décidé que le mien serait vert. En grosse laine verte, pas trop lourd. Je pourrai le porter à Los Angeles, et aussi lorsque j'irai à New York, mais en fait il sera surtout pour la campagne. Je pourrai le mettre pendant tout l'hiver du Connecticut.

Je reste immobile au bout de la terrasse et me demande où sont passés, en une nuit, les verts, les rouges et les bleus somptueux.

Le ciel s'est décoloré ; les prairies, la Pelouse, la maison, mes fleurs, tout est terne.

Le froid est mordant; quelques-uns des géraniums de mes pots bleus ont gelé. Nous avons entendu dire qu'il a neigé à Laramie.

Les haies sont pleines de baies de sureau et j'en ai cueilli de pleins récipients. Rube Haygood m'a donné une recette pour faire du vin de baies de sureau. Il affirme qu'elle est incomparable et qu'on ne peut la rater si on suit les instructions à la lettre. Elle lui vient de sa mère. En tout, il faut bien plusieurs semaines.

J'ai mis le vin à la cave pour l'instant, dans un petit baril, et il sent mauvais. Pas aussi mauvais que le levain, mais suffisamment quand même.

Le but auquel je tends en ce moment est de posséder à fond *Svenska* afin d'arriver à le jouer à Michael avec sûreté et à la perfection.

Il m'arrive de jouer très bien.

Cela se produit généralement lorsque je viens de composer une nouvelle œuvre, travaillant nuit et jour de toutes mes forces, et que mes doigts la jouent presque d'eux-mêmes. Mon jeu devient alors d'une justesse presque miraculeuse.

Parfois, vers minuit, lorsque personne n'est là pour m'entendre, je deviens une virtuose. J'accomplis des prodiges dont je suis en réalité, incapable, et les accomplis avec aisance.

George a l'habitude de dire aux ouvriers agricoles qui viennent au ranch :

— Attendez que la Madame joue. Y a rien de pareil à la radio.

Il y a un long banc à l'extérieur des communs, et ils s'asseyent là le soir et écoutent en fumant.

Lorsque je jouerai *Svenska* à Michael, il faudra que ce soit vraiment bien, je m'exerce donc tout le temps.

C'est une composition réellement splendide.

J'entendis les pas de Michael résonner dans la cuisine.

Je revins brusquement à moi, il faisait presque nuit.

— Est-ce qu'on a trait les vaches? rugit-il.

— Mon Dieu, non! Est-ce l'heure de la traite?

— Il est 5 heures et demie.

— J'y vais immédiatement.

Je me précipitai à la porte. Il me suivit.

— Où sont-elles? demanda-t-il. (Je suis bien sûr censée rentrer les vaches si elles ne sont pas venues d'elles-mêmes.)

— Ne sont-elles pas près de l'étable?

— Pas la moindre en vue.

J'eus la certitude qu'il savait où elles étaient.

— As-tu regardé aux alentours? demandai-je.

Il hocha la tête.

— Oui. Quelqu'un a dû laisser les barrières de la prairie ouvertes, et elles ont passé. (Cela le rend toujours furieux.) Viens. Je vais t'emmener en voiture.

Sur la terrasse je m'arrêtai, regardant le ciel qui se couvrait.

— Il va tomber une averse, dis-je, et je rentrai précipitamment pour prendre mon imperméable et mon béret.

Pas la moindre trace des vaches dans la première prairie, ni dans la seconde, et lorsque nous atteignîmes la Prairie de Castle Rock, un véritable déluge s'abattit sur nous.

Les vaches avaient trouvé abri dans le bois de trembles à l'autre bout.

Pour arriver à mettre des vaches en mouvement, il faut crier d'une certaine façon et il est utile d'avoir un gourdin à la main. Elles se tenaient des deux côtés du ruisseau.

Tandis que Michael m'attendait dans la voiture avec le moteur en marche, je poussai des cris, agitai mon gourdin, sautai et ressautai par-dessus le ruisseau, et arrivai finalement à les mettre en branle. Puis je montai dans la voiture et nous rentrâmes doucement vers la maison en guidant le troupeau. J'ai trait les vaches avec mes habits trempés.

Michael était furieux à cause des barrières ouvertes. Tous les chevaux sont à nouveau mélangés.

Moi aussi je me mis donc en colère, et ne me souciai plus d'arriver à lui jouer *Svenska* ou non... il fallait que je me change... cherchant à l'aveuglette quelque chose dans l'obscurité de ma chambre je trébuchai sur mes bottes de cheval et me mis encore plus en colère. Puis, voulant prendre mon livre avant de redescendre, je renversai l'encrier qui était débouché. L'encre se répandit sur le bureau et sur mes mains.

Avec un sang-froid imperturbable, j'allumai une lampe, pris un chiffon et épongeai les dégâts.

Michael aperçut mes mains, poussa un cri d'horreur, me conduisit avec autorité jusqu'à l'évier de la cuisine, y déversa sa boîte de détergent et m'aida à les nettoyer.

Je dormis mal. M'éveillai vers minuit. Me livrai alors à tous les gestes ridicules, auxquels on se livre, à toutes les pensées ridicules qui vous assaillent lorsqu'on est réveillé après minuit. Quintes de toux. J'étais sûre d'entendre une voiture. Me levai, rôdai çà et là, regardai à chaque fenêtre. Pas de voiture, pas de cavaliers. Je retournai me coucher et décidai que j'étais horriblement malheureuse. Je sombrai dans des abîmes de détresse, étais horriblement seule...

Tout le monde est seul et isolé depuis sa naissance jusqu'à sa mort. L'habitude d'écrire son journal est-elle donc une défense contre cette solitude? Cela est bien possible, car me voilà aujourd'hui, en train d'écrire tout ce que j'ai sur le cœur.

J'ai pensé à tous ces journaux d'écrivains célèbres. Celui de Kafka, et de Gide, et de Katherine Mansfield, et de George Moore — en particulier George Moore dont le journal se poursuit d'une année à l'autre, d'un endroit à l'autre.

Katherine Mansfield parle des « lamentations énormes de son journal ». Est-ce que je me lamente? Eh bien! pourquoi pas? Cela fait du bien de pleurer : cela soulagea Billy Allenger dans la cabine téléphonique, cela soulagea Vernon Spencer.

Dans la traduction d'un écrivain français je lus : « ... Je trouve dans ces épanchements une telle consolation!... tandis que je reste à griffonner des pages que personne ne lira jamais, j'ai le sentiment d'une présence invisible qui sûrement ne peut être Dieu — plutôt un ami fait à mon image, quoique distinct de moi... et je me surprends à tourner la tête vers cet auditeur, avec une envie de pleurer dont j'ai honte... »

Même les animaux éprouvent le besoin, je crois, de venir pleurer auprès de quelqu'un, de conter leur misère et leur désespoir.

Je me souviens d'un jour, à Los Angeles, où Michael et moi en rentrant à la maison un après-midi trouvâmes Hitchie, notre petit bull-terrier, se traînant au sol en poussant des cris pitoyables. Nous pensâmes immédiatement à un accident de voiture (Hitchie en avait déjà eu un auparavant). On ne voyait pas de blessures, mais nous pensâmes qu'il pouvait avoir une lésion interne. Nous le prîmes donc avec le plus grand soin et nous l'emmenâmes chez le vétérinaire.

Il se soumit avec reconnaissance à l'examen médical, tout en continuant à trembler et à gémir.

Lorsque le médecin déclara qu'il n'avait rien et que nous changeâmes de ton en nous écriant : « Espèce de petit garnement! Tu n'as rien du tout! », il changea de ton lui aussi, bondit joyeusement de la table et sauta autour de nous en poussant des aboiements heureux et en frétillant de la queue.

L'explication nous fut donnée plus tard par un voisin. Il y avait vraiment eu un accident cet après-midi-là, auquel Hitchie avait assisté. Un petit chien avait été écrasé et tué. Mais c'est Hitchie qui s'était jeté au sol en hurlant, et qui n'avait pas voulu se consoler tant que nous n'étions pas rentrés pour écouter son histoire.

Il y eut encore un autre cas : ce chien égaré qui arriva au ranch un jour. Il ne portait aucune blessure, mais son esprit ou son cœur avaient dû être brisés car il s'enfuyait et était saisi de terreur à l'approche de quiconque.

Nous mîmes de la nourriture à sa portée, mais il restait caché tout au fond de l'une des vieilles charrettes et ne voulait pas en sortir tant que nous restions là.

Au bout de plusieurs jours, je décidai d'aller vers lui, et je m'assis près de la charrette, lui parlai, l'appelai, attendant qu'il sorte. J'attendis pendant des heures. Finalement il s'approcha, rampant centimètre par centimètre et poussant des cris pitoyables. Je ne fis pas un mouvement mais continuai de lui parler sur un ton rassurant, tandis qu'il se rapprochait. A la fin il fut sur mes genoux, dans mes bras, sa tête contre ma poitrine, et alors il me raconta tout, quelle histoire désespérée, navrante, terrifiante, horrible!

Il n'eut qu'à la raconter.

Mais il y a d'autres larmes que les larmes de tristesse. Des larmes merveilleuses, lorsque ce que vous voyez, ce que vous entendez, ce que vous lisez, est trop noble pour pouvoir être supporté. De ces larmes-là, tous les grands livres sur les êtres exceptionnels en parlent.

Les plus humbles de nous aussi, lorsque les cordes profondes vibrent... Moi, avec la musique. Et Michael...

Un jour où nous avions assisté à un concert donné par Paderewski et que la salle, à la fin, croulait sous les applaudissements, je vis le visage de Michael ruisseler de larmes. Il les essuya sans honte.

— Il me fait toujours pleurer. C'est une si belle âme.

Mais les journaux intimes ne jouent pas seulement un rôle de catharsis. Ils traduisent un autre besoin. Le besoin qui pousse chacun à les écrire. Cette passion qui commence très tôt dans la vie, de transformer en littérature tout ce qui vous arrive. Vous voyez quelque chose de beau. A quoi cela ressemblera-t-il une fois écrit? Et vous essayez aussitôt de faire la traduction.

Cela revient finalement à une tendance innée, chez chacun, à la création.

Elle se manifesta chez moi dès que je sus écrire, vers l'âge de sept ans. Les cahiers étaient des cahiers de papier jaunâtre et grossier que je ramenais de l'école. Lorsque j'atteignis ma dixième année, on augmenta mon argent de poche et je pus m'offrir des cahiers plus jolis. Ils étaient recouverts de cuir noir et doux, dorés sur tranches, avec d'épaisses pages blanches et lisses.

J'ai toujours été consciente de l'importance des pensées et des sentiments, et j'ai découvert très tôt que les mots nous en donnent la clé, à condition d'utiliser les « termes exacts ». Je pris l'habitude de demander non seulement : « Qu'avez-vous dit? » mais : « Quels étaient vos termes exacts? » si bien que l'on ne me désigna plus qu'ainsi : Voilà Mary qui veut connaître les termes exacts. Si vous ajoutez aux mots l'expression du visage, le ton de la voix et les gestes, toute la vie intérieure vous est dévoilée — le mouvement de l'âme.

Tout cela, reporté dans mon journal, non seulement le rendait attrayant et vivant, mais prenait, à la lecture, tournure de récit. Tout le monde voulait lire mes cahiers.

J'inventais aussi de toute pièce des histoires, où je racontais avec minutie ce que disait l'héroïne et je décrivais son expression au moment où elle le disait. Ces histoires étaient destinées surtout à ma jeune sœur, Bess. Nous surmontâmes l'ennui accablant d'un voyage à travers l'Europe, grâce à un récit interminable que je lui commençai sur le bateau à l'aller, et qui ne se termina qu'à notre retour.

Quelle que fût la région du vieux continent que nous traversions : le Tyrol autrichien, les Dolomites, la Sicile, l'Allemagne, Alger, elle se faufilait jusqu'à moi, glissait sa petite main dans la mienne, disait doucement : « Continue ! » et je reprenais l'histoire où je l'avais laissée la veille. Nous poursuivions même ce petit manège durant les visites de galeries d'art, si calmes, si bien élevées, nos petits yeux perfides si éveillés pour faire semblant de regarder les tableaux que, quelle que fût la personne qui nous accompagnait, elle s'y laissait prendre; nous réussissions ainsi à échapper à tous les avantages pour lesquels on nous avait emmenées à l'étranger.

Ma vie fut de la sorte composée d'histoires. Inventées et racontées aux autres, lues dans les livres (mon lit était rempli de livres que je lisais en cachette) et l'histoire de ma propre vie remplissant des pages et des pages de cahiers qui remplissaient des étagères qui remplissaient progressivement mon placard.

J'extrais ce passage d'un ancien journal :

« Vous ne voulez pas voir les cahiers de Mary? » demandèrent mes sœurs à la Famille (la Famille étant notre père et notre belle-mère que nous appelions Matrigna).

On manifestait partout un intérêt morbide pour mes cahiers, ce qui m'obligeait à être constamment sur le qui-vive afin de les protéger. Je fermais à double tour portes, commodes et armoires sur eux. Bess montrait une insistance particulière. Elle voulait savoir comment je pouvais bien réunir suffisamment de mots pour les remplir.

Lorsque la Famille dit oui, qu'elle aimerait beaucoup voir les cahiers de Mary, je me sentis émue au plus haut point et me tins prête à les protéger. On devrait tout juste jeter un rapide coup d'œil sur les couvertures.

La Famille vivait au second étage, et nous, les filles, au troisième. Mes sœurs descendirent les escaliers, les bras chargés de mes cahiers et les transportèrent dans le salon de la Famille tandis que je déambulais comme une poule excitée. Elles les empilèrent par terre en un échafaudage impressionnant.

Père et Matrigna les contemplèrent avec le plus grand intérêt. Matrigna voulait à tout prix en lire un, mais je proférai des menaces si violentes à l'intention de quiconque s'aviserait d'ouvrir une seule page que personne n'osa essayer.

En vérité, j'avais honte de ce qu'ils contenaient. J'avais peur que ce soit puéril.

Que contenaient-ils? Eh bien... la « vie » m'intéressait : je formulais des Pensées, des Réflexions, des Interrogations à son sujet. Les « gens » m'intéressaient : je formulais des Pensées à leur sujet également. Et beaucoup de Spéculations abstraites : le sens et le but de la vie, le bonheur, le malheur, l'amour, la douleur; tout cela remplissait de nombreuses pages.

On y trouvait aussi, bien sûr, le fil de ma propre existence tel qu'il se déroulait année après année. Où nous allions, nous les filles, l'été à la campagne, l'hiver à Brooklyn; une querelle entre mon père et ma grand-mère pour savoir si l'une de nous irait habiter avec elle à New York; à quelles écoles nous allions; les maladies graves des membres de la famille; mes amies, mes amis — mais nous ne les appelions pas ainsi. Nous disions d'un ton sérieux « les hommes que je connais ». Ces hommes étaient peut-être à l'Université : sur le point d'y entrer ou étant déjà à Yale, Harvard, ou Princeton. Ils paradaient dans les rues de Brooklyn vêtus de pardessus mirifiques pendant les froides vacances d'hiver. Nous paradions nous aussi, moi et une ou deux amies, restant en alerte pour essayer de les apercevoir. Nous étions enfouies dans des fourrures d'hiver. J'avais une écharpe de renard noir qui descendait sur le devant jusqu'à l'ourlet de ma jupe, et un immense manchon; ce manchon donnait vraiment des allures théâtrales à l'ensemble, car il pouvait servir à camoufler le bout d'un nez que le froid devait rougir de façon disgracieuse; ou à camoufler un sourire indiscret; ou simplement à dissimuler de l'embarras. Lorsque nous les voyions s'approcher et pensions les connaître, il y avait alors ce long émoi tandis que nous nous rapprochions d'eux, puis le sourire et le signe de tête juste à l'instant qu'il fallait; il soulevait son chapeau et continuait son chemin; et nous gardions le silence le plus total jusqu'à ce qu'il fût suffisamment loin pour ne plus nous entendre; nous tournions alors la tête pour nous regarder, levions nos manchons devant notre visage et éclations de rire. Si nous ne les connaissions pas, l'émotion était encore plus forte. Car il était absolument nécessaire de les croiser comme s'ils n'existaient pas. On pouvait leur lancer un coup d'œil, sinon ce ne serait pas vraiment drôle; on pouvait même à la rigueur rencontrer leur regard, mais comme si votre œil apercevait un réverbère ou un bouton de porte. Ne pas avoir l'air de soupçonner le moins du monde leur existence.

A ces « hommes » nous avions donné des noms d'animaux. Nous avions peuplé Brooklyn de toute une faune. Il y avait l'Ours, le Taureau, le Lapin, la Belette, le Cerf, le Rat. Et je dois avouer à ma grande confusion que j'avais une préférence très nette pour le Taureau. Devinait-il qu'à le croiser simplement dans la rue mon cœur battait à tout rompre?

Il y avait tout cela dans mes cahiers. Et aussi beaucoup de « Et si... », « Je me demande... », « A supposer que... ».

Impensable de laisser la Famille les regarder!

Des cinq personnages (moi y compris) qui jouaient cette scène, l'un d'eux se détache, à jamais fixé dans ma mémoire : mon père.

Car, pendant que tous les autres jacassaient et s'exclamaient bruyamment, il gardait les sourcils froncés au-dessus de ses yeux sombres et brillants, son regard allant et venant de ma personne à l'échafaudage de livres.

Il s'interrogeait sur mon avenir, et je le savais; ses yeux se perdirent dans le vague, imaginant les aventures à venir de sa seconde fille, et je vis une ombre s'abattre sur lui et sur son visage; comme je le regardais avec étonnement, elle s'abattit sur moi aussi. J'en sentis l'étreinte poignante.

La mémoire garde un souvenir plus précis qu'un échafaudage de cahiers. Nulle part dans ces cahiers on ne trouvera la description des siestes de mon père l'après-midi du dimanche, mais j'en conserve une image bien vivante.

J'ai huit ans; dans le bureau de mon père, je suis debout à côté du grand lit. Ce lit est recouvert d'un tapis d'Orient : un Shiraz (maintenant dans la salle de séjour du ranch) : mon père s'est installé sur le lit pour dormir, allongé sur le dos, les yeux clos, les mains croisées sur la poitrine. On a baissé les stores de la fenêtre et pas un mot n'est échangé. L'instant est au sommeil et cela, la fillette le comprend parfaitement. Elle plie avec adresse un grand foulard de soie noire, le pose sur les yeux de son père et l'attache derrière la tête. Il reste immobile.

La dernière étape de la cérémonie est la plus importante. Elle desserre tout doucement ses mains, grimpe sur le lit, se blottit contre lui, le bras paternel autour d'elle et la joue sur sa poitrine.

Elle reste ainsi, veillant sur son inconscience, et n'arrive à surmonter l'ennui accablant de la longue, longue attente s'écoulant jusqu'au réveil du père, qu'en se racontant une histoire.

Où sont passés tous ces cahiers? La plupart ont été brûlés. De temps en temps je m'emparais des cinq ou dix plus anciens, trop puérils pour que j'y trouve encore un intérêt, et les brûlais. Parfois, dans un accès de dégoût, je les brûlais tous. Je restais une semaine ou deux, un mois ou deux, peut-être un an ou deux, sans cahier. Puis, je recommençais.

Le vieil Harvey est arrivé. Ces « vieux » hommes de l'Ouest, sont à peine dans la quarantaine. Je me demande toujours comment ils font pour s'user et se décrépir si vite.

Il est mince, affable et empressé. Il traira les vaches; donnera à manger aux poulets; préparera les repas; et salera une vache.

Plus de cuisine pour moi!

Cela semble trop beau pour être vrai.

32

MICHAEL me dit que Harvey pleura presque de reconnaissance lorsqu'il lui dit que Mme Bergwin désirait sa venue.

J'ai toujours voulu savoir comment saler une vache. Quand une vieille vache n'a plus de dents, elle n'est bonne ni pour le lait, ni pour véler, ni pour la boucherie. Harvey dit que ces vieilles vaches sont les meilleures à mettre en conserve.

Mon travail est maintenant réduit de moitié. Si nous partons faire un tour, nous n'aurons pas besoin de l'interrompre brusquement à cause de la traite. J'aurai beaucoup plus de temps libre pour travailler à ma musique avant mon départ.

Ce soir, nous prendrons un repas que je n'aurai pas préparé. Michael descend en ville et ne sera sans doute pas de retour, mais j'aurai du poulet rôti. J'ai dit à Harvey d'attraper une de nos poules blanches, de la tuer et de la plumer.

Michael s'habille pour la ville et il est d'humeur excellente, tout bleu et doré. Lorsqu'il se sent en forme, il resplendit. Il entre dans ma chambre pour demander si cette cravate lui va bien — ou s'il vaut mieux mettre l'autre.

C'est une journée étrange. Je suis restée à regarder le

ciel, maintenant maussade et couvert. Le soleil ressemble à une boule terne et brune.

J'ai dit à Harvey de nettoyer d'abord le poulet, puis de me préparer le déjeuner.

Il est parti à l'étable pour attraper le poulet.

Je vais faire un peu de couture.

J'ai aperçu à l'instant Harvey sortant de l'étable où il a pris le poulet, et se dirigeant vers le pavillon de la source pour le plumer et le vider.

Il marchait très lentement, faisant tournoyer d'une main le poulet, en le tenant par le cou.

Mon regard s'immobilisa. Mon aiguille s'arrêta dans la soie.

J'étais contrariée de le voir agir de la sorte. C'était indécent. Je me demandai s'il avait bu. Ils arrivent généralement avec une bouteille dans leurs affaires et ne dessoûlent pas jusqu'à ce que la bouteille soit vide. Ensuite, tout rentre dans l'ordre.

Il faut que j'aille voir ce qu'il en est.

Je dus me tancer sévèrement pour me décider à y aller.

J'allais jusqu'au pavillon de la source.

Il fut très respectueux, dit que c'était un beau poulet, qu'il allait le préparer en un rien de temps; puis qu'il me ferait mon déjeuner.

Mais il avait un air bizarre. Je ne pouvais être sûre.

Je l'entends maintenant dans la cuisine. Il va et vient partout dans l'office, la cave, la cuisine, la buanderie, cherchant sans doute où sont rangées les affaires.

Il est reparti dans les communs maintenant.

2 heures, et pas de trace de déjeuner; pas de trace de Harvey.

Il va falloir que j'aille dans les communs. (Comme je déteste cela.)

Quand j'ouvris la porte, je le trouvai vautré par terre, ivre-mort.

Il y a quelque chose de choquant à voir un homme

inconscient affalé, jambes et bras écartés, sur le sol.

Je me sentis malheureuse et effrayée. J'aurais voulu que Michael soit là. J'essayais d'imaginer ce que ferait Harvey lorsqu'il reprendrait ses sens. Viendrait-il dans la maison? J'espérais que non. Et surtout, pas dans la salle à manger.

Pour prévenir cette éventualité, je calai une des chaises de la salle à manger contre la porte conduisant à la cuisine, pour qu'au moins il ne puisse pénétrer dans la salle à manger sans la renverser et m'avertir de sa présence.

Puis je retournai à mon ouvrage de couture.

A 3 heures et demie, je l'entendis trébucher dans la cuisine et prêtai l'oreille, en proie à une tension et une frayeur extrêmes.

Il me semblait qu'il renversait tous les meubles de la pièce, puis il se mit à lutter avec la porte de la salle à manger jusqu'à ce que mon barrage cède dans un fracas épouvantable. Il se trouvait maintenant dans la salle à manger, où aboutissait l'escalier menant directement à ma chambre.

Il n'avait jamais pénétré dans la maison auparavant. Je pense qu'à la vue de la salle à manger, il se sentit un intrus et que son instinct le poussa à ne pas trop s'égarer hors de son domaine.

Il prit ma petite sonnette d'argent sur la desserte, remit soigneusement la chaise en place contre la porte de la cuisine, s'assit dessus cette fois-ci de l'autre côté du barrage, et se mit à agiter la sonnette.

Il « me » sonnait. Je lui avais montré la cloche, et lui avais expliqué que je « le » sonnerais lorsque j'aurais besoin de lui. Il en avait gardé dans son esprit cette notion que — si vous voulez appeler quelqu'un, vous sonnez.

Et il sonnait, sonnait.

Je finis par descendre et lui fis face avec fermeté.

— Harvey, vous êtes soûl. Cela me surprend beaucoup de votre part et je suis très déçue. Retournez immédiatement dans les communs.

— Non, m'dame. J' vais vous préparer le déjeuner.

— Vous allez retourner dans les communs.

— J' vais vous préparer le déjeuner.

— J'ai déjeuné il y a deux heures. Il est presque 4 heures.

Il fut abasourdi.

— Vous avez dormi pendant tout ce temps; ne me dites pas le contraire, je vous ai vu. Vous avez amené une bouteille dans vos affaires je suppose. Maintenant, retournez là-bas. Allez! — J'élevais la voix avec aigreur. — Je ne veux plus vous revoir ici jusqu'à ce que vous soyez dégrisé!

Je le mis dehors, fermai toutes les portes et me remis à coudre.

Mes mains tremblaient et je n'arrivais pas à enfiler l'aiguille.

J'entendis le vent se lever et, regardant par la fenêtre, j'aperçus de petits tourbillons de poussière qui, rapides, s'élevaient en l'air, puis couraient à ras du sol. Je les appelle les « chiens du vent ».

J'étais trop nerveuse pour rester à l'intérieur, mauvais temps ou pas.

Je sortis et scrutai le ciel. Dans un ranch, personne ne va dehors sans jeter ce coup d'œil interrogateur à la voûte céleste.

Un véritable drap mortuaire était suspendu au-dessus de l'horizon, à l'est, en direction de la ville. Des nuages sombres s'entassaient au sud. Ce pouvait être de la pluie; ou simplement du vent.

Bunny et Rachel, devinant exactement ce que j'allais faire, accoururent en trombe en bondissant et en culbutant l'un sur l'autre.

Je montai jusqu'au corral, sellai Pom, la ramenai vers la maison et l'attachai au poteau pendant que je me changeais.

Je pensais traverser les pins jusqu'aux prairies, suivre la clôture pour vérifier qu'elle était intacte, compter les poulains; en réalité, faire tout ce que je pouvais pour ne pas être à la maison l'après-midi entier.

Je fermai soigneusement les portes à clé derrière moi.

Arrivée dans les prairies, je m'aperçus avec surprise

que le vent était violent et très froid. Il transperçait la mince couche de mes vêtements. Nous étions venus doucement, empruntant des chemins détournés à travers les pins. Ici, la force du vent nous atteignait en plein et il était impossible d'y résister. A coup sûr, un orage important se préparait. Pourvu que Michael puisse rentrer à la maison ce soir. Mon cœur se serra.

Si nous étions partis pour avoir du mauvais temps, non seulement Harvey ne me serait d'aucune utilité pour le bétail, mais il constituerait une menace réelle pour ma tranquillité d'esprit.

Je lançai Pom au grand galop et ne m'arrêtai plus sauf pour mettre pied à terre aux barrières.

Pendant que je la dessellais dans le corral, j'entendis soudain un bruit de voiture. Michael était de retour! Quel soulagement!

Je lui racontai ce qui s'était passé et il partit à la recherche de Harvey. Personne dans les communs. Il le trouva finalement dans la Grange, profondément endormi dans le foin, et le laissa là.

Michael était d'avis de renvoyer Harvey et de le ramener en ville demain matin à la première heure, mais je voulais qu'il sale la vache.

— Si, rétorquai-je, tu prends quelqu'un d'autre, lui aussi il aura une bouteille dans sa valise, et il sera ivre les premiers jours; alors, à quoi bon?

Michael fut d'accord; nous attendons donc maintenant que Harvey finisse sa bouteille.

Au moment du coucher, le vent s'est calmé et il tombait de la neige fondue. Nous nous débattîmes de nouveau avec les jardinières de fleurs, entourant les géraniums de couvertures.

Je me réveillai une fois ou deux au cours de la nuit en sentant un vent glacial pénétrer par la fenêtre ouverte, il transportait de la neige fine et poudreuse; en me levant tard ce matin, je vis le paysage tout blanc.

Michael hurla de sa chambre :

— Tu as vu la neige!

— Magnifique! m'écriai-je.

J'adore cela. Je me sens reportée à mon enfance.

Il en résulta un travail supplémentaire, il fallut la balayer devant les portes.

Après le petit déjeuner, Michael se mit en route vers les communs. Je hurlai par la fenêtre :

— Je dois mettre ma tenue de ski pour sortir. Où est-elle?

— Dans le « carton à camphre », avec tes fourrures d'hiver, cria-t-il.

Je trouvai la boîte avec mes fourrures soigneusement rangées dans de la naphtaline (par Michael) et étiquetées de son écriture déliée : veste de castor de Mary; manteau doublé de fourrure; costume de ski; manchon.

Je courus et jouai dans la neige avec les chiens.

Lorsque je rentrai à la maison, Michael m'annonça que Harvey était dégrisé, tout penaud, disant qu'il méritait d'être renvoyé.

Mais je voulais qu'il sale la vache. Ce n'était pas le moment de partir maintenant que son ivresse était finie et qu'il se trouvait en état de travailler.

Je l'appelai et essayai de le convaincre, mais il restait inébranlable. Il fallait qu'il s'en aille, disait-il, parce qu'il n'était pas digne de rester.

J'étais perplexe.

— Tout ce que je veux savoir, Harvey, c'est si vous avez fini la bouteille que vous aviez amenée avec vous?

— Oui, m'dame, je l'ai finie. Monsieur a fouillé ma valise ce matin et il a vu lui-même que je n'avais plus d'acool avec moi.

— Bon, alors vous allez rester, et voilà tout. Vous savez que vous le désirez vous aussi, Harvey. Vous voulez me montrer comment vous savez si bien saler une vache, n'est-ce pas?

Son regard s'éclaira.

— Oh! oui, m'dame. Je voudrais bien.

— Savez-vous aussi, Harvey, comment s'y prendre pour faire du vin de baies de sureau? Rube Haygood m'a donné la recette de sa mère, et nous avons tant de baies de sureau cette année que j'avais pensé en faire du vin.

— Oui, m'dame, je sais comment faire. J'aurais pu vous le dire!

— Le mieux, c'est encore de venir y jeter un coup d'œil. Je l'ai mis dans un tonnelet à la cave.

Il me suivit et je lui montrai en lui expliquant les indications que j'avais suivies.

— Ce qu'il faut maintenant, dit-il, c'est ne plus y toucher. Il doit rester dans le baril vingt et un jours. Le saviez-vous?

— Oui. C'est ce que dit la recette. Cela fait douze jours qu'il y est maintenant.

— C'est du poison pour l'instant, m'dame.

— Bon, cela fait encore neuf jours à attendre. Pensez-vous qu'il sera bon?

— Le vin de sureau c'est épatant, m'dame. Pour sûr qu'il sera bon.

— Bien, allons jeter un coup d'œil maintenant sur les vaches stériles dans le pâturage. Vous pouvez envisager de commencer demain. Aujourd'hui, je veux que vous nettoyiez les communs. On n'y a pour ainsi dire pas touché depuis le départ de l'équipe des foins.

Nous eûmes une journée paisible. Je travaillai à mon ouvrage de couture. Michael descendit jusqu'à Laramie pour voir au vivier s'il serait possible de repeupler notre ruisseau et notre bassin de truites. Harvey fut invisible.

Mais tard dans l'après-midi, en revenant d'une promenade à cheval, j'aperçus Michael traversant la Pelouse en provenance de l'étable, et transportant sur ses épaules quelque chose de flasque qui ressemblait à un épouvantail aux jambes et aux bras ballants.

— Ciel! m'écriai-je.

— De nouveau soûl, dit Michael. Je l'ai trouvé dans le foin. J'avais peur de le laisser là. Il fait si froid qu'il pourrait geler. Il devait avoir une autre bouteille cachée quelque part. La première chose que je fais demain, c'est de le ramener en ville.

Je soupirai en pensant à la vache. Mais il faut être philosophe...

Aujourd'hui le temps est clair, la neige a fondu

presque entièrement. Michael est parti en ville avec Harvey. Il était encore si soûl qu'il pouvait à peine se tenir assis dans la voiture. Michael a dit qu'il essayerait de trouver quelqu'un d'autre, peut-être Jack. Si seulement il pouvait trouver Jack! Jack a été ordonnance dans l'armée et il sait se tenir. Il sert à table avec style.

Jack est arrivé.

Il est sémillant, svelte, de belle prestance, le visage rose d'un bon vivant, des cheveux gris, un sourire avenant et rougit facilement. Il essaie de s'habiller comme Michael le plus possible.

Nous l'avons employé ici pour différents travaux, mais c'est encore pour le service de la maison qu'il est le mieux doué.

Il ne lui est jamais venu à l'esprit qu'un maître d'hôtel pouvait ou devait être invisible. Au contraire, arrivant de la cuisine avec un plateau, il apparaît à la porte de la salle à manger comme une véritable prima donna, tout rougissant, avec force sourires et courbettes.

Jack fait partie de la longue liste de « maris » d'Alice.

Nous mangeâmes enfin le poulet rôti pour le dîner, avec une délicieuse salade.

Michael me raconta la dernière du jour :

— La première chose que je fis ce matin en arrivant en ville fut de partir à la recherche de Jack, et Jack déclara qu'il serait ravi de venir. Je lui racontai l'histoire de Harvey, qu'il n'avait pas dessoûlé un seul instant et que nous n'arrivions pas à comprendre comment il avait pu emporter tellement d'alcool avec lui. Voilà; et pendant que je faisais les courses, Jack, intrigué par cette histoire, trouva Harvey, et Harvey lui donna l'explication. Que crois-tu?

Je n'arrivais pas à imaginer.

— Le vin de sureau!

Jack fit un large sourire en me passant la salade et dit :

— Pour sûr, madame Bergwin, il a dit qu'il était assez fort pour tuer un bœuf.

— Le scélérat! J'étais révoltée. Il me disait que c'était

du poison à ce stade, et que personne ne devait y toucher!

C'est un réconfort d'avoir Jack.

Oh! mon Dieu! Au petit déjeuner, Jack a été impertinent et Michael l'a attrapé.

Jack s'est retiré dans la cuisine en claquant la porte Michael l'a suivi, et je restai à table, découragée, la tête dans les mains, écoutant les éclats de voix.

Soudain, il me sembla — était-ce possible — que Jack pleurait.

J'ouvris la porte et regardai à l'intérieur. Jack était assis devant la table à carreaux rouges et blancs, les bras sur la nappe et la tête enfouie dedans.

Il sanglotait de façon saccadée.

— Ne me grondez pas, Capitaine. Je ferai tout ce que vous voudrez, vous le savez, mais je ne peux pas supporter que l'on me gronde. Sa voix s'élevait.

Michael tourna les yeux vers moi. Le jour se fit en nous.

— Vous êtes soûl, Jack.

— Jamais de la vie, Capitaine.

— Vous aussi vous avez pris goût au vin de sureau!

— Parole d'honneur, Capitaine, je n'y ai pas touché.

Michael descendit d'un pas furieux jusqu'à la cave et revint avec le baril sur l'épaule.

Je le suivis et Jack me suivit.

Michael traversa la Pelouse et vida le vin dans la petite rigole au pied de la falaise.

Le visage de Jack valait la peine d'être observé : confusion, chagrin, abattement.

Michael, en revenant, vociféra :

— Quant à vous, Jack, le seul à qui je croyais pouvoir faire confiance, je vous ramène en ville demain matin à la première heure.

Jack se remit à pleurer.

Michael était réellement ulcéré. Pour moi, je trouvai tout cela très drôle et, lorsque après le déjeuner, j'aperçus des poulets penchés au-dessus de la rigole, becquetant les baies de sureau et vacillant sur leurs pattes, je trouvai cela encore plus drôle.

Tard dans l'après-midi, une grosse limousine grise s'avança sur le chemin, et s'arrêta devant la maison. Bien qu'il arrive souvent que les officiers du Cercle militaire viennent nous rendre visite, parfois même avec leurs femmes et leurs enfants, nous voyons cependant rarement une voiture de sept places bondée d'uniformes. On aurait dit une vraie visite officielle.

— Pourquoi, général Todhunter — et lieutenant Guffey — pourquoi n'avez-vous pas amené vos femmes?

Ils s'entassèrent dans la salle de séjour, et Michael allait leur demander s'il préférait du *scotch* ou du *rye* [1] lorsque Guffey éclata de rire et dit :

— En fait, nous sommes surtout intéressés par un certain baril de vin qui est dans votre cave. Sa réputation a fait le tour de la ville. On ne parle plus que de cela.

— Vous avez donc pensé venir le goûter? demanda Michael en grimaçant.

— S'il est à la hauteur de sa réputation, c'est une chose qu'aucun homme digne de ce nom ne voudrait manquer.

Je levai le doigt.

— Il n'est plus dans la cave. Venez. Je vais vous montrer où nous l'avons mis.

Ils me suivirent jusqu'à la rigole. Il n'y avait plus seulement une demi-douzaine de poulets, mais tout le troupeau. C'était un spectacle infamant.

Jack se tenait derrière nous, agitant son tablier blanc, souriant et rougissant.

Lorsque tout le monde eut contemplé les poulets titubant (certains restaient immobiles, couchés sur le côté) suffisamment longtemps en se tenant les côtes à force de rire, nous revînmes à la maison.

Jack demanda cérémonieusement :

— Scotch ou rye, Messieurs?

Lorsque nos visiteurs furent partis, je plaidai en

1. *Rye :* sorte de whisky distillé du seigle. *(N. d. T.)*

faveur de Jack auprès de Michael; Michael se laissa attendrir; Jack pourrait rester.

— Mais attention à vous, maintenant!

Jack se sentit ragaillardi d'entendre à nouveau la voix tonitruante de Michael.

— Parole d'honneur, Capitaine.

Mais il nous faut maintenant laisser partir Jack car il fait si froid que nous devons vivre dans la cuisine. Je mets des chaussettes la nuit pour dormir.

Il y a derrière une petite chambre où Hilda dormait. Je vais m'y installer. Michael et Jack l'ont blanchie à la chaux et ont passé le parquet sombre à l'huile. On y a transporté mon lit recouvert de l'édredon imprimé de vert et de blanc, et par terre il y a une des carpettes au crochet de Pat, décorée de roses.

Mon rocking-chair, mon coussin et mon panier à ouvrage sont maintenant dans la cuisine entre le fourneau et la fenêtre. Nous avons pu sauver quelques géraniums, nous en avons mis quelques-uns à fleurs roses en pot, et ils sont sur le rebord des fenêtres de la cuisine.

Missy continue à apporter ses petits chats à la maison. Il y en a six. Chaque fois que nous la rencontrons, elle tient dans sa gueule une petite boule pelucheuse qu'elle dépose à nos pieds, puis nous regarde en poussant un miaou suppliant.

Michael les a transportés dans la petite remise où nous rangeons les meubles dont nous ne nous servons pas.

Après le petit déjeuner, nous restons, Michael et moi, assis pendant des heures devant la table, allant chercher l'énorme cafetière sur le fourneau puis la ramenant, discutant des projets d'avenir; essayant de trouver la bonne voie; profondément affectés par la mélancolie de la saison, l'incertitude de nos vies, la séparation et les changements imminents.

Ce froid glacial nous enserre comme dans un étau.

33

De nouveau il fait beaucoup plus chaud.

Quel silence absolu! Quelle douceur, quel charme, quelle tranquillité... se tenir là, sur la terrasse, en s'en imprégnant!... Il m'a semblé entendre le bruit d'une scie près du hangar à outils et je me suis posé la question : où est Michael et que fait-il?

Les gens me demandent si je ne me sens pas trop solitaire au ranch lorsque Michael et moi y restons seuls. A quoi je m'occupe? Que faisons-nous toute la journée?

Je me demande moi aussi ce qui me restera de cette vie lorsque nous serons partis pour d'autres aventures; et que cette aventure-là s'estompera dans le passé, tel un navire dont les contours deviennent flous et vagues juste avant de glisser de l'autre côté de l'horizon.

Je me souviendrai des petites choses.

Je grimpai nonchalamment jusqu'au hangar à outils et y trouvai Michael en train de travailler au milieu de planches, de scies et d'outils. Je m'assis sur le chevalet et il m'accueillit joyeusement.

— Tu vois ces piquets, je les ai pris à la barrière de congère, et si j'y fais des encoches, je pourrai les adapter à ceux-là pour faire un parc à bétail; un parc à chevaux, plutôt; le parc à bétail est une chose, le parc à chevaux une autre.

Je restai assise, tantôt prêtant l'oreille à ses propos, tantôt n'entendant que le son de sa voix, souriant, laissant mes pensées vagabonder.

Il va et vient de la sorte pour me garder près de lui.

Lorsque je descendis pour partir, il me dit :

— Ne t'en va pas.

Je remontai donc sur le chevalet.

Au bout d'un instant, je redescendis.

— Reste ici. Pourquoi es-tu si pressée?

— Eh bien! je pensais prendre les chiens et faire une promenade. J'ai écrit toute la journée.

— Quoi?

— Des nouvelles. Je pensais en finir une ou deux et les emmener à Hollywood avec moi. Il se pourrait que je vende quelque chose.

— C'est bien possible.

— Aussi, je veux prendre un peu d'exercice. Je voulais aller au bassin voir la quantité d'eau qu'il contient.

— C'est bien, vas-y. Quand tu reviendras, j'aurai terminé ici. Et nous pourrons faire un saut jusque chez Rube pour voir s'il a terminé ma charrue. En revenant, nous ferons un détour par le Canyon de Granite pour ramasser le courrier. Puis nous prendrons ensemble un verre de xérès sur la terrasse avant que tu fasses la traite.

Ce sont là quelques-unes des mille et une petites choses quc nous faisons ensemble. Et sur cette promesse de nous retrouver bientôt, nous nous séparons pour une heure et sommes contents.

En dernier, le moment du coucher, lorsqu'il entre dans ma chambre pour fumer une pipe, et s'assied tandis que nous bavardons un peu.

La nuit paisible nous enveloppe. Nous écoutons les bruits isolés qui nous parviennent de loin dans les plaines. L'aboiement d'un coyote, le mugissement du taureau, le cri d'un oiseau de nuit.

Et voilà que ce passage me revient en mémoire : « Mets-moi à l'épreuve maintenant et vois si je ne te comblerai pas de bienfaits », car nous avons fait un détour par le Canyon de Granite pour prendre le courrier et il y a eu non seulement une mais deux bonnes nouvelles. La lettre de Betty enfin. Bien sûr, nous pouvons avoir la maison (le retard était dû seulement à quelques visites et une séance de rajeunissement à l'institut d'Elizabeth Arden — il est évident que

Betty se prépare pour son voyage en Europe). Également une grande lettre de Vernon Spencer avec une critique détaillée de *Svenska.* Il pense que c'est un chef-d'œuvre.

Je n'en dis mot à Michael. Je veux d'abord qu'il l'écoute et qu'il me donne son opinion librement.

Je pense parfois qu'il est bien bête de ma part de demander l'avis de chacun. Je deviens une véritable cible. Mais je ne peux m'en empêcher.

Michael a un sens musical très développé mais qui me déconcerte. S'il comprend tant de choses, et qu'il les aime, pourquoi n'en comprend-il pas davantage?

Par exemple, au cours d'une discussion récente à propos des pièces enfantines que Schirmer a achetées, il se plaignit à nouveau que ma musique prenait de bons départs, mais ne montait jamais aux « crescendos ». Il me cita comme exemple Wagner et Beethoven. Eux, ils pratiquent les crescendos.

— Mais Michael, pour l'amour du ciel! Tu me parles de musiciens de cette valeur, et de grands opéras et de symphonies! Comment puis-je faire des crescendos dans des petits morceaux récréatifs? Dans des petites pièces de rien du tout pour enfants?

— Peu importe ce que tu fais. Tu devrais faire des crescendos. Prends un soldat qui joue du clairon, par exemple, il n'a que cinq notes à sa disposition. Mais, bon Dieu! ce qu'il arrive à faire avec ces cinq notes!

Il commença à s'exciter et ses yeux lancèrent des éclairs. « Ta-ta, ta-ta, ta-ra-ta-ta!, ta-ta, ta-ta. » Tout en reproduisant la sonnerie du clairon de sa voix haute, douce et légère de ténor — surprise toujours nouvelle pour moi que cette voix — il accéléra le rythme jusqu'à ce que je commence à m'agiter nerveusement.

Il créait dans la pièce une atmosphère extraordinaire, soulevant des vagues de musique tandis qu'il lançait les appels du clairon debout, accoudé au manteau de la cheminée, sa pipe à la main.

— Eh bien! cela suscitait de tels troubles qu'on devait rappeler les hommes, leur dire de s'arrêter. (Je me rendis compte qu'il était transporté à nouveau à l'époque de la guerre.)

— Et moi, justement parce que je n'y connais rien du tout en musique, on m'avait chargé de créer une fanfare avec un tambour, un fifre et un clairon. Nous composions les morceaux.

Il se remit à chanter. J'écoutai attentivement. Toutes les techniques pour amplifier l'intensité du morceau, accélérer le mouvement, qu'utilise Wagner dans de nombreux passages, se retrouvaient là, dans ces petites sonneries de clairon qu'il avait inventées; et tout en l'écoutant, j'ajoutai en imagination le tambour et le fifre et mes cheveux se dressèrent sur la tête.

— Ce tambour s'est tellement excité qu'il a crevé son instrument. Alors le colonel m'a dit de m'arrêter : « Pour l'amour de Dieu, ne jouez plus ces machins-là, surtout dans les revues. » J'ai dû inventer quelque chose de plus tranquille.

— Par exemple?

— Hé bien! quelque chose de ce genre-là, qui était tout à fait ce qui convenait pour leurs parades : Ta-ra, ta, ta, ta-ra, ta, ta.

Il termina sur une charmante improvisation au clairon, beaucoup plus calme.

Tout cela me passionnait tellement que j'en oubliai ma musique et écoutai ses souvenirs avec un plaisir extrême. Il me vint également à l'esprit que je pourrais faire de ces compositions pour clairon, fifre et tambour un arrangement pour piano que j'intitulerais par exemple « Souvenirs de guerre ». Les garçons aimeraient sûrement le jouer.

La séance prévue pour *Svenska*, ce matin, a mal débuté.

Nous venions de terminer le petit déjeuner lorsqu'il me dit :

— Quand tu m'as réveillé, ce matin...

— Moi, Michael! Jamais de la vie!

— Oui, tu m'as réveillé! Tu chantais tout en te maquillant!

— Cela n'est pas suffisant pour te réveiller.

— Mais tu le voulais. Tu chantais : « Je fais mes petites ablutions matinales. Il est temps de se lever! Il est temps de se lever! » Je l'ai entendu avant même d'ouvrir les yeux. En descendant, tu l'as joué au piano et tu l'as enchaîné avec ce morceau sur lequel tu travailles.

— Oh! Michael, c'est un passage de *Svenska!* Dis-moi, ça t'a plu?

— Ma foi, il a quelque chose. Il débute bien. Il veut continuer, mais il n'y arrive pas. Il devient seulement très compliqué et n'aboutit nulle part.

— Michael, tu veux bien écouter le morceau en entier? J'aimerais te le jouer.

Il se jeta sur le sofa.

Lorsque j'eus terminé, il éclata de rire.

— C'est très drôle, suffoqua-t-il.

Il se mit à rire de plus en plus fort. Il riait d'un rire saccadé, presque nerveux (comme pour les pièces de Schirmer!). Il ne pouvait plus s'arrêter.

— C'est vraiment désopilant! Il se leva en ce tenant les côtes.

— Veux-tu dire..., j'hésitai. C'est-à-dire : est-ce que tu ris « du » morceau ou « à cause du » morceau?

Il m'était venu à l'esprit qu'avec toutes ces jeunes filles qui dansaient, tous ces cris et toutes ces jupes virevoltantes, c'était *vraiment* drôle — ce devait être drôle.

— C'est drôle, voilà tout, dit-il en se calmant. Terriblement compliqué. Tu commences simplement, et puis, avant la fin, tu mets tout dedans excepté le fourneau de la cuisine! L'orchestre tout entier!

Cela me réconforta un peu. Après tout, j'avais voulu y mettre tout l'orchestre et je m'étais débattue pour y parvenir : une gamme étendue de tonalités. C'est Spencer qui me l'avait enseigné. Il disait, jouant plusieurs fois le même morceau : « Écoutez l'orchestre maintenant : voilà la plainte des cuivres, le grondement des cordes des contrebasses, des violoncelles. »

— Ce n'est pas facile du tout, dis-je d'un ton hésitant.

A ces mots, son hilarité le reprit de plus belle, car

il n'y a rien de plus drôle, bien sûr, qu'une personne qui arrive finalement, après des peines et des efforts infinis, à faire quelque chose de tout à fait ridicule.

Mais je ne voulais pas abandonner. Éviter toutes « complications » ne serait-ce pas éviter tout « développement » ?

Je lui demandai :

— Tu te souviens de ces danses gitanes que nous avons entendues à la radio la nuit dernière; elles étaient, bien sûr, écrites et orchestrées par un compositeur célèbre. Tu trouves qu'elles étaient compliquées?

— Certainement. Tout comme tes compositions.

Cela me rendit mon optimisme. Il alla dans son bureau faire du courrier et, libérée de sa présence, je rejouai le morceau; cette fois-ci, je le jouai beaucoup mieux. Il se rendit compte que j'étais bouleversée, car il me cria :

— C'est vraiment très bien. Intellectuel et tout. Tu sais tout à fait comment t'y prendre.

— Tu veux savoir ce qu'en pense le « Pur Génie »? Je vais te lire sa lettre.

Michael sortit de son bureau, léchant des enveloppes. Je me levai pour prendre la lettre de Spencer.

— Dis-moi ce qu'il te raconte, me dit Michael en s'arrêtant près du piano.

Je parcourai les pages

— Eh bien! là il dit que c'est « stupéfiant », et là que c'est « transparent ».

— Qu'est-ce qu'il veut dire?

— Qu'il n'y a pas une seule note inutile; il ajoute qu'il n'y a aucune correction à faire et que j'ai fait vraiment du beau travail avec le développement.

— Et qu'est-ce que ça veut dire?

— Eh bien! le « Développement thématique ». C'est là-dessus que j'ai travaillé. On prend un thème et on le développe.

— Et puis on le met sens dessus dessous et tout ça?

— Oui, plus ou moins.

— C'est ça l'ennui avec presque toute la musique

que l'on entend. C'est joli au début, et puis après ça se complique.

— Et il dit que c'est une composition d'une valeur suffisante pour qu'un virtuose tel que Percy Grainger la choisisse comme morceau à succès, aussi bonne que certain de ses propres arrangements.

— Quand descends-tu en ville?

Je posai la lettre :

— Tout de suite. Je vais chez le tailleur essayer mon costume.

— N'oublie pas de prendre le courrier, s'il te plaît?

Il laissa les lettres sur le piano et me donna un rapide baiser.

— Et surtout ne te presse pas pour revenir. Je rentrerai les vaches et les tiendrai prêtes. Si tu les trais à 5 heures, ce sera largement suffisant.

Tout en roulant sur la route nationale Lincoln, je me remémorais les autres compliments que Spencer m'avait faits dans sa lettre. Que si seulement j'avais étudié dans ma jeunesse, j'aurais été véritablement un grand compositeur.

Il ne cesse jamais de déplorer ce qu'il considère comme une négligence de la part de mes parents à l'égard de mes talents. Il les accuse. La vérité est que c'est moi qui ne me suis jamais prise au sérieux. Bien que je fusse la « musicienne » de la famille, cela restait pour moi à l'échelon familial; il ne me traversa jamais l'esprit que je pouvais me mesurer à armes égales avec de grands musiciens.

Le puis-je? Je commence à le penser. De l'oreille, des dispositions musicales, le sens du rythme; je possédais tout cela bien sûr. Mais il n'est pas rare de rencontrer des personnes possédant les mêmes dons. C'est le « Shinar » qui est rare. Si j'avais pu avoir de grands moments, c'est parce que j'avais pénétré dans le « Shinar ».

Je rentrai un peu tard. J'avais parcouru toute la ville à la recherche de petites pommes vertes à cuire.

Hilda m'a appris à faire les tourtes aux pommes l'été dernier et Michael m'en réclame toujours.

Peu importait que je rentre un peu tard, pensai-je en tournant dans le chemin du ranch. Je pouvais me changer en vitesse, enfiler mes blue-jeans et traire les vaches pendant que Michael allumerait le feu dans la cuisine pour le dîner.

Je contournai la colline et fus surprise, en apercevant le ranch, de remarquer que les deux vaches étaient encore dans le pâturage. Aha! M. Michael était négligent cette fois-ci; il avait promis de me les tenir prêtes dans l'étable.

Puis, en approchant de la maison, j'aperçus Jinx sellé et harnaché, attendant tranquillement sans cavalier sur la Pelouse.

Quelque chose ne tournait pas rond.

Pendant que je garais la voiture, Jinx me regardait d'un air suppliant.

Aucune trace de Michael.

Les chiens bondissaient autour de moi.

Je courus devant la maison et appelai. Pas de réponse. Comment pouvait-il être loin alors que Jinx était encore sellé? J'appelai et j'appelai encore.

Les chiens, à mes pieds, regardaient tout autour et tendaient l'oreille, eux aussi.

Je fus prise de panique, essayai de me raisonner; me souvins du nombre de fois où, ayant ressenti la même angoisse, l'explication finalement s'était trouvée toute simple.

Mais Jinx était « détachée »! Michael ne laisse jamais un cheval sellé et harnaché sans l'attacher.

S'il avait été jeté à terre et blessé, où se trouvait-il? Il ne pouvait avoir disparu et Jinx ne l'aurait pas laissé. Jinx serait resté sans bouger à côté de lui.

Peut-être quelqu'un était-il venu. Peut-être un homme pour acheter des chevaux. Michael était descendu de cheval et avait attaché Jinx pour emmener l'homme en voiture; et Jinx s'était alors détaché.

Cela me réconforta un peu, bien que parfaitement

convaincue que lorsque Michael attache un cheval, il ne se détache pas.

Quoi qu'il en fût, il fallait que je traie les vaches maintenant; sinon elles se disperseraient de nouveau.

Aussi, avant d'entrer dans la maison me changer, j'allai à l'étable, mis les vaches dans leurs stalles et leur mesurai leurs rations.

Puis je retournai à la maison. J'entrai, refermai la porte derrière moi et aperçus alors Michael étendu inconscient sur le sol.

Je me précipitai vers lui. Son visage, ses cheveux, sa chemise étaient trempés comme si on avait renversé de l'eau sur lui. Ses traits étaient tirés et son teint terreux.

Une petite courroie était attachée à son poignet droit, et il avait le corps tordu dans une position singulière, le bout de sa botte gauche pris dans la boucle de la courroie. Situation incroyable, inexplicable. Comme si quelqu'un l'avait attaqué et essayé de l'attacher.

Je le dégageai et le redressai, puis pris sa tête et ses épaules sur mes genoux, dans mes bras et m'écriai en pleurant.

— Oh! Michael! Michael! Que t'est-il arrivé? Michael!

Au bout d'un bon moment de ces cris répétés, ses yeux s'ouvrirent. J'arrivai finalement à le hisser sur le lit et à lui faire ingurgiter trois bons doigts de whisky.

Il commença à reprendre un aspect plus normal et retrouva également son timbre normal.

— La plus satanée aventure, dit-il dès qu'il fut en mesure de me conter son histoire.

Il avait sellé Jinx pour aller voir les poulinières.

Dans le champ d'exercice, Jinx avait mis le pied dans un trou de terrier et était tombé.

Michael est un spécialiste. Je l'ai vu plus d'une fois relâcher les rênes, courber la tête et se laisser rouler en boule le long du cou du cheval, atterrissant comme un acrobate après un saut périlleux.

Instinctivement, il fit la même chose aujourd'hui, mais en roulant, sa main droite se prit dans les rênes, son bras fut tiraillé en tout sens et finalement se démit complètement.

Il heurta le sol, essaya de se remettre sur ses pieds et de se redresser, eut l'impression que son corps tout entier était écartelé et perdit connaissance.

Jinx resta près de lui à gémir.

Une douleur lancinante le fit revenir à lui, il ouvrit les yeux, vit son épaule droite comme un énorme chou à côté de sa joue et comprit ce qui s'était passé.

Il se souvint que Rube devait venir cet après-midi faire quelque travail dans notre atelier. Il fallait qu'il se mette debout, qu'il aille jusqu'à l'atelier et demande à Rube de l'aider.

En temps ordinaire, il lui aurait fallu cinq minutes. Il me raconta qu'il se traîna à quatre pattes comme une araignée, rampant au sol. Le ciel vacillait.

Il devait à chaque instant lutter pour ne pas s'évanouir.

Jinx le suivait.

Arrivé à l'atelier, il le trouva vide. Rube avait terminé son travail et était reparti chez lui. Michael était seul au ranch.

Il entra dans la maison, sachant que d'une façon ou d'une autre il fallait à tout prix qu'il remette son épaule en place.

L'ingénieur en lui dressa des plans, et il arriva finalement à se remettre le bras aussi bien que quiconque eût pu le faire.

Apercevant ses skis, appuyés dans le coin de la salle de séjour, il remarqua la courroie attachée au milieu; la retira en se servant de sa main gauche, et l'attacha autour de son poignet droit en laissant pendre une boucle de quinze centimètres.

Puis, se tenant sur la jambe droite, il passa son pied gauche dans la lanière de cuir, rassembla toutes ses forces et toute sa volonté, détendit brusquement sa jambe gauche, entendit comme un coup de revolver et perdit à nouveau connaissance.

Lorsque je le découvris, bien qu'il fût encore évanoui et inondé de sueur, l'épaule était en place et il retrouvait ses esprits.

— Vous avez de la chance, nous dit le docteur lorsque nous allâmes le voir, d'avoir pu la remettre si vite. Elle est parfaitement en place. Dans ce genre d'accidents, si le bras reste plusieurs jours ou même plusieurs heures déboîté, il devient si enflé et rigide qu'il est très difficile de le remettre correctement en place.

Il n'en restera aucune trace et ce ne sera douloureux que pendant quelques jours.

Mais je n'arrive pas à retrouver mon équilibre. Michael est radieux, les yeux brillants, et arbore des sourires triomphants.

Moi j'ai l'impression de marcher sur un marécage, tout entourée de sables mouvants. Comment avons-nous l'audace de recevoir tous ces jeunes garçons pendant l'été, de les laisser monter des chevaux sauvages? Comment avons-nous l'audace de faire quoi que ce soit?

Je me souviens d'une conversation avec Eugénie à ce sujet, sur les dangers qui nous environnent, et elle répondit calmement : « Oui, le bonheur ne tient qu'à un fil. »

34

Je ne peux pas travailler, je ne peux rien faire. Je voudrais apporter quelques changements à *Joie matinale*, mais lorsque je m'assieds devant le piano pour chercher quelques idées, c'est comme si je devais pousser une brouette pleine à ras bord.

Je ne peux plus supporter cet endroit. Je ne peux plus supporter cette solitude; je ne peux plus supporter l'intensité de la vie ici. Vivre, jour après jour, en compagnie de la solitude et des pics montagneux, des arcs-en-ciel et des folles chevauchées, de la musique et de la mort — c'est trop...

Toute la ville, tout le comté, pleure aujourd'hui la mort du jeune Donnie Crane — ce charmant jeune homme, beau, intelligent, bien bâti — dont les parents sont si gentils.

Je les connaissais tous deux. Le père, éleveur de vaches laitières au nord de Cheyenne. Combien de fois suis-je restée assise sur les marches de son étable à bavarder avec lui, discutant du fourrage des vaches, de la production laitière, des différentes races. De son taureau « Pride », et du mien « Roamer ».

Et la mère de Donnie, originaire d'une vieille famille du Vermont; elle et moi, toutes deux de Nouvelle-Angleterre, restions sur le pas de sa porte à converser. Je n'arrivai pas à la croire lorsqu'elle me raconta l'histoire : comment elle avait attendu devant la porte de sa maison, près du Parc de la Frontière, sonnant la cloche pour appeler Donnie qui travaillait dans le grand garage à cent mètres de là et l'avertir que le repas était prêt; elle avait préparé pour lui une fournée toute fraîche de galettes, et elle se demandait pourquoi il ne venait pas; comment elle s'était fait la remarque que quelqu'un devait faire rôtir de la viande pour le dîner, elle avait senti l'odeur dans l'air.

C'était Donnie...

Il était étendu par terre dans le garage, serrant la lampe électrique dans ses bras, tout le corps recroquevillé et convulsé, fondu avec elle par le courant qui l'avait électrocuté au moment où il avait marché dans la flaque d'eau sur le sol pour saisir la baladeuse.

Je me demande pour qui la catastrophe est pire : pour l'enfant ou pour les parents? L'hiver dernier, au début de janvier, au cours de ce terrible blizzard, lorsque la petite Dorothy Melvin se perdit, tout le monde — la famille, des équipes d'hommes venant de Cheyenne, et tous les voisins — partit à sa recherche pendant trois jours et trois nuits, se débattant contre la tornade hurlante de neige et de glace, retournant de temps à autre à la maison demander si quelqu'un avait des nouvelles, avaler une boisson chaude, réchauffer les pieds et les mains gelés.

On retrouva l'enfant lorsque la tourmente s'apaisa et que le soleil réapparut. On la découvrit endormie dans une étable. La tempête l'avait surprise là, alors qu'elle faisait un somme, et elle n'avait plus oser sortir. Son visage était tout maculé de larmes. Chaque fois qu'elle se réveillait, elle voyait qu'il neigeait encore, pleurait et se rendormait. Elle avait terriblement faim, disait-elle...

On la ramena chez elle, et la mère monta s'allonger dans sa chambre, tout doucement; pour se reposer, dit-elle.

Mais c'était pour mourir.

Elle ne se releva plus.

Des familles viennent s'installer ici, acheter un ranch, bâtir un foyer, gagner leur vie, élever leurs enfants; les femmes espèrent avoir bientôt l'eau courante et le « confort », les hommes espèrent envoyer leurs fils à l'Université — et ils triment tous du matin au soir. Puis chaque année, le cheptel diminue un peu plus, le matériel se rouille et se détériore, les bâtisses commencent à pencher, et un beau jour, lorsqu'ils veulent renouveler un emprunt à la banque, ils découvrent qu'ils sont en faillite. C'est alors la désolante vente aux enchères. Et ensuite? Il se peut que toute la maisonnée, avec ce qu'elle possède encore et quelques animaux, s'entasse dans un vieux camion délabré ou dans une vieille guimbarde et s'en aille vers des contrées plus souriantes. La Californie, peut-être...

(Quel gâchis! Quel gaspillage!)

Je ne veux pas m'abandonner à cet état d'esprit.

J'ai de la couture à faire. Je profite généralement de cette courte trêve de l'automne pour mettre à jour tous les travaux de couture accumulés pendant l'année. Des rideaux neufs pour la maison. Des sous-vêtements, des blouses, tout ce dont j'ai besoin pour moi-même. Je dois me faire trois chemises de cheval en soie blanche. Elles sont toutes taillées... il arrive parfois que l'on doive se faire violence pour s'obliger à s'occuper...

Le vent s'élève de nouveau : le vent... le vent... le vent...

Si au moins je pouvais pénétrer dans le « Shinar ». Échapper à cela ! Il faut que je m'échappe. Et je joue le mi bémol et le si bémol de *Svenska;* je le joue et je le rejoue. Mais je suis comme l'homme des mille et une nuits qui veut faire s'ouvrir le rocher et a oublié la formule : « Sésame ouvre-toi ! » Il frappe, il cogne et il crie, mais la roche ne veut pas s'ouvrir. *Svenska* non plus ne veut pas m'ouvrir la porte.

J'ai l'impression que ma tête va éclater... il y avait longtemps que je n'avais plus eu ces terribles migraines auxquelles j'étais sujette autrefois.

Je suis étonnée au souvenir des perpétuelles maladies de mon enfance, car maintenant, en règle générale, j'ai une santé et une énergie à toute épreuve.

Dois-je cela à mon *gourou* et aux *mantras* qu'il m'a enseignées ?... « tout est bien »... paroles à ne jamais oublier et à répéter sans cesse tout au long de sa vie ? (Je remarque que ces paroles reviennent très souvent dans ce journal.)

Une fois, j'avais environ huit ans, je restai couchée au lit, malade, pendant tout un long hiver. Je me souviens de grand-maman May, assise à mon chevet, penchée sur moi et me souriant, et du réconfort que je trouvais dans son beau visage. Lorsque je m'agitais et gémissais, ses longues mains douces se glissaient sous les draps pour masser doucement mes genoux enflés et douloureux, d'abord l'un, puis l'autre, puis descendaient et remontaient le long de mes jambes badigeonnées de teinture d'iode, qui me cuisaient et me démangeaient.

Tous les après-midi, elle sortait faire une promenade avec la jeune Polonaise qu'elle avait fait venir de l'étranger pour lui tenir compagnie, et chaque fois elle me rapportait un nouveau jouet. Je m'en amusais un instant, puis il allait sous le lit rejoindre tous les autres. Le dessous du lit était bourré de jouets.

A tous ces jouets, je préférais la grande boîte à musique que je calais sur mes genoux, assise dans le lit, et sur laquelle j'appuyais un côté de mon visage, fermant les yeux.

Elma me dit que c'est là l'image qu'elle garde de moi enfant. Malade dans un lit, une compresse autour de la tête ou de la gorge, la boîte à musique sur mes genoux, la tête appuyée dessus.

Une fois sur pied et rétablie, je fus l'objet d'une surveillance constante. Avais-je des cernes noirs sous les yeux? un cercle blanc autour de la bouche?

Lorsque l'on répartit les meubles et les souvenirs de famille, je choisis la petite table de lit en noyer qui encadrait mes genoux et se tenait fermement sur ses quatre pieds courts, supportant aussi bien les plateaux de nourriture que mes livres de contes, mes boîtes à peinture, mes cubes, et mes livres de découpage, compagnons quotidiens d'une enfant malade.

Ces courants sous-jacents m'ont entraînée si loin dans les bas-fonds de la vie que j'en ai atteint les scories et peux en sentir les exhalaisons sulfureuses. Le soufre — j'ai déjà respiré son odeur autrefois et j'en ai entendu parler dans les livres et les écrits religieux — c'est donc une chose réelle. Elle vous fait suffoquer. Tout ce qui s'offre à ma vue est horrible et terrifiant; les sons qui me parviennent sont si lugubres que je ne peux les supporter... j'ai envie de m'enfuir en hurlant.

Je m'assieds au bord des nappes d'eau profondes et tranquilles du ruisseau, entoure mes genoux de mes mains, contemplant les truites jaillissant çà et là de l'eau claire, et le désespoir me fait parler tout haut.

Les chiens s'ébattent autour de moi, vont faire un tour pour suivre une piste, reviennent s'allonger à mes côtés.

Les animaux vous apportent une aide, dans ces cas-là. Ils ont un effet bienfaisant. Leur innocence et leur insouciance sont, dans une certaine mesure, un réconfort. Je garde Rachel près de moi.

Et les chats. Michael a donné tous les petits chats de Missy sauf un. J'ai supplié que l'on garde celui avec les longs poils gris et les yeux bleus. Michael a dit que c'était le plus pleurnichard de tous, jetant des cris à vous percer les oreilles, comme un poulet, mais nous l'avons gardé.

Je l'ai appelé Poco et je lui ai installé une couverture pliée en quatre dans le coin de la cuisine près du fourneau. Il en a pris aussitôt possession.

Je suis montée jusqu'aux écuries et suis restée à côté de Pom, dans sa stalle, la tête appuyée contre elle, les bras étendus au-dessus de son dos... « tout est bien »... il fait un froid épouvantable... irai-je faire une promenade à cheval... ?

Finalement, je me décidai pour la promenade.

Nous grimpâmes là-haut, au-delà du Dos-d'Ane et galopâmes pendant des kilomètres. Peut-être sera-ce la dernière chevauchée, car je n'aime pas aller là-bas lorsque la neige recouvre tout. Nous rencontrâmes la bande des poulinières, puis, plus loin, les yearlings.

Je m'arrêtai sur ce plateau élevé où Pom et moi sommes restées si souvent immobiles. Je me souvins de certaines chevauchées de l'été dernier, lorsque mon regard portait si loin. Il m'arrivait d'apercevoir une demi-douzaine d'orages à la fois; l'un s'avançait, puis tournait le dos et s'enfuyait; un autre arrivait alors d'un coin opposé de l'horizon, ils se heurtaient presque, puis glissaient l'un à côté de l'autre, tandis que des éclairs espacés jaillissaient çà et là. Mais aujourd'hui pas d'orages. Le ciel est couvert. Aucune couleur, aucune lumière; seulement ce voile de plomb gris et uniforme annonçant qu'une tempête se prépare.

Le froid est si intense... Pom ne voulait pas rester... les larmes ruisselaient le long de mon visage, ruisselaient... comme sur le visage de Spencer... elle frappait le sol du pied et secouait la tête dans une direction, puis dans une autre... nous galopâmes sans nous arrêter jusqu'à la maison. Lorsque je la dessellai dans l'écurie ses naseaux fumaient.

Il existe une technique pour se sortir des remous.

Les « mots », oui, (répéter les *mantras* bienfaisants); les pensées (retrouver les trésors cachés, le rince-doigts qui chante, l'edelweiss); la prière (adresser cette prière désespérée qui ne manque jamais d'obtenir une réponse : « Mon Dieu, aidez-moi »). Et il y a des choses « à faire ». Ce sont, vous semble-t-il, des gestes vides, accomplis sans enthousiasme, mais on s'oblige à les faire quand même.

Les trois chemises de cheval en soie.

Il y a quelque temps, nous avons promis aux Benziger d'aller leur rendre visite lorsque notre camp serait terminé. Nous devons le faire.

Il faut que je me remette un peu à la musique. J'en ai assez de toutes ces compositions auxquelles j'ai travaillé l'été passé. Je vais donc reprendre les trois chansons que j'avais ébauchées l'hiver dernier : *Il y a longtemps dans un lointain pays*, *Oh! étoile charmante!* et *La Grosse Colline*. Elles seront pour l'opérette *Le Poulain indompté*.

Me voilà au lit et malade. J'aurais dû le prévoir. On ne peut avoir l'âme aussi souffrante sans que le corps ne s'en ressente. C'est si drôle de se sentir ainsi, si fiévreuse, secouée par la toux. Mais c'est presque un soulagement... Michael a dû aller chercher Rube pour la traite... Michael fait la cuisine et m'apporte à manger sur des plateaux; je les pose sur cette petite table en noyer qui s'encadre sur mes genoux; je retourne à mon enfance... où est la boîte à musique?

Et brusquement c'est fini. Je peux à nouveau respirer librement, je regarde autour de moi, je vois que tout va bien et je me demande ce qui s'est passé.

35

MON tailleur vert est terminé.

Je l'ai essayé devant Michael la nuit dernière et il lui plaît beaucoup. C'est un ensemble de demi-saison composé d'une veste légère et d'une jupe, mais qui peut s'adapter pour tous les temps — sauf les journées de très grand froid — en y ajoutant un col roulé en vison et en mettant dessous un chandail de cachemire vert. Il y aura aussi une toque de vison, mais elle n'est pas encore prête. Pour le plein hiver, il n'y a qu'à enlever le col de vison et porter la jaquette de castor par-dessus le costume.

J'ai fini les trois chansons. Elles ne m'ont donné aucun mal.

Lorsque j'écris une chanson, je connais d'abord son atmosphère générale, les sentiments qui l'animent; je les ressens profondément et je m'en imprègne; puis un rythme surgit et je bats la mesure en m'accompagnant au piano avec des notes de basse simples. Puis, je pense au personnage (dans le poème ou dans le livre) qui la chante, et ces personnages se mettent d'eux-mêmes à proférer des paroles. J'encourage ce processus car je sais que le poème tout entier jaillira à partir de ces bribes de phrases et de pensées. Mais pas encore de rimes — je ne m'en soucie pas pour l'instant. Seulement le courant de pensée. Puis vient la mélodie, et je commence à diviser le courant de pensée en vers. Tout cela va très vite. Je griffonne des notes de musique sur une portée; je griffonne le poème sur un gros bloc de papier jaune. Les rimes viennent d'elles-mêmes. Il est rare que j'aie besoin de les revoir. Je ne leur attache pas une grande importance. En quelques heures tout est fini. Puis, je fignole les détails, complète l'accompagnement musical.

Nous allâmes voir les Benziger et cette visite me procura un plaisir extrême. Ils possèdent un important élevage de bétail à la frontière du Colorado à cent cinquante kilomètres d'ici.

C'est une famille qui nous ressemble. Ils ont vécu un peu partout, leur vie a comporté de nombreux chapitres, de nombreuses aventures en Europe et même en Corée aussi bien que dans ce pays; maintenant ce grand ranch de bestiaux. Ils se demandent s'ils ont le droit d'élever ici leurs filles et leurs fils. Quels mariages feront-ils? Et leurs finances sont toujours précaires — comme les nôtres.

— Qu'en pensez-vous au juste, Martha? demandai-je, profitant d'un court instant de tête-à-tête. (Il y a un remue-ménage perpétuel dans cette maison.)

Elle haussa les épaules en me montrant ses bras, ses mains et son cou couverts d'eczéma, et dit en riant :

— Il n'y a rien qu'un million de dollars n'arriverait à arranger.

Mais ils sont inquiets pour le jeune Phil — un si beau jeune homme. Il a attrapé cet étrange champignon transmis par le bétail et a une tumeur sur la mâchoire.

Peut-on le guérir? Ils n'en savent rien.

J'aurais beaucoup aimé rester plusieurs jours chez les Benziger, mais nous devons rentrer pour la traite.

La toque de fourrure est prête maintenant.

La fourrure provient d'un vison pris dans le Ruisseau de l'Arbre Solitaire.

Nous avons quantité d'animaux à fourrures dans ce ranch : des visons, des rats musqués, des hermines, des renards et des coyotes. Nous avons aperçu sur le Dos-d'Ane deux vrais renards argentés. De temps à autre, lorsque le sol est blanc de neige, on peut voir les animaux à fourrure sombre; les lapins et l'hermine deviennent blancs et passent inaperçus.

Nous continuons, Michael et moi, après le petit déjeuner, à accorder toute notre attention aux lettres, listes et plans nécessaires. La machine à écrire portative trône en permanence sur la table de cuisine et Missy est installée sur le coussin de mon rocking-chair, gardant Poco à l'œil.

Il essaye d'assimiler ce monde nouveau et se tient les quatre pattes écartées, dodelinant sa minuscule tête renversée en arrière et faisant clignoter ses doux yeux bleus qui semblent ne pas y voir. De temps en temps, il se hasarde sur le sol en se dandinant, s'effondre régulièrement, puis fait retraite vers la couverture. Il sait que c'est là sa maison, il se pelotonne dans le coin le dos contre le mur, et reste tranquille pendant des heures, appuyant parfois sa joue sur sa patte pour lui servir d'oreiller. On dirait qu'il suce son pouce.

Il me connaît déjà — ma main en tout cas — et l'autre jour, lorsque je m'agenouillai devant lui et agitai un doigt, deux petites pattes battirent l'air pour essayer de l'attraper, puis il se roula par terre pour se faire chatouiller.

Il fait une journée d'hiver claire et mordante...

Michael entra plein de fougue.

— Nous partons faire une promenade! Change-toi! Je veux te montrer un spectacle splendide!

Je courus me changer pendant qu'il sellait Pom et Juanita. Le beau petit Eitel nous accompagna bien sûr, faisant des sauts de mouton, jaillissant en l'air comme une truite, décrivant d'étranges figures de danse, bondissant de côté.

Toutes ces acrobaties sont la façon naturelle de se déplacer des chevaux. C'est aller droit qui n'est pas naturel pour eux. Il faut les y dresser.

Il n'a jamais observé vraiment un cheval en mouvement celui qui l'a vu seulement suivre une ligne droite.

Le spectacle splendide était l'extraordinaire couche de neige fraîchement tombée sur les montagnes. Les montagnes Neigeuses, les montagnes du Neversummer. Les longues murailles ondoyantes, les pics s'élançant vers le ciel, et les vastes capuchons de nuages qu'ils avaient rabattus sur leurs têtes. Et au-dessus, le bleu vif et profond.

Nous arrêtâmes nos chevaux et restâmes silencieux. A notre joie se mêlait cette douleur étrange que fait naître une beauté trop parfaite. Presque du désespoir.

Nous faisons des courses en ville... nous attendons des lettres... Michael installe les chevaux dans leurs pâturages d'hiver... Missy fait la toilette de son bébé.

Poco déteste cela. Lorsqu'elle commence, il y a un redoublement de ces cris à vous percer le tympan — comme un petit garçon à qui l'on nettoie les oreilles. Il se tortille en tout sens pour essayer de lui échapper; elle le rive au sol en le tenant par le cou et le lèche sans pitié. Hier il a sifflé contre elle. Elle l'a giflé, il l'a giflée; elle l'a mordu, il l'a mordue. Et maintenant, chaque fois qu'il aperçoit la langue rouge, il lui donne une claque.

Missy, découragée et décrétant que nous le gâtons, l'a emmené dehors au milieu des rochers et des buissons pour l'entraîner à chasser et l'endurcir; mais il nous manquait, et nous sommes sortis le chercher pour le ramener à la maison.

Michael l'a installé dans un carton dont les côtés sont hauts de dix centimètres. Poco s'est exercé pendant dix minutes à l'escalader pour entrer et sortir. Il arrive tout juste à hisser son petit corps rond et pelucheux jusqu'au rebord. Michael a attaché au-dessus de la boîte une bobine au bout d'une ficelle. Poco se met sur le dos, donne une claque à la bobine avec la patte de devant, puis lui donne une ruade de la patte arrière.

Il s'endort d'un seul coup, les quatre pattes écartées sur la couverture en désordre, la bobine au-dessus de lui, une soucoupe de lait à côté, en tous points semblable à un petit humain qui, éveillé et jouant depuis 6 heures, s'endort avant son bain dans son lit défait, serrant un jouet d'une main; et son biberon de l'autre.

Poco est très courageux lorsqu'il est dans sa boîte, un peu moins courageux lorsqu'il se trouve sur le plancher de la cuisine; enclin à faire demi-tour et à s'enfuir lorsqu'il rencontre soudainement le pied de la table de cuisine. Vite vers la boîte, on se hisse comme on peut par-dessus bord... et nous revoilà en sécurité à l'intérieur.

Hier, il eut un moment de frayeur intense lorsque les chiens firent leur apparition.

Missy chassait une souris dans la cave, Poco était seul près du fourneau. Tout à coup les deux monstres, Bunny et Rachel, entrèrent avec Michael.

Je ne pouvais en croire mes yeux. Poco attaqua. Il raidit tout son corps de façon extraordinaire, les quatre pattes tendues, les oreilles en arrière, tous ses poils dressés; et il ouvrit sa bouche toute grande, poussant des sifflements menaçants.

Rachel, la gueule fendue d'une oreille à l'autre, frétilla de la queue et se pencha sur lui d'un air admiratif; Poco bondit alors plus près de ses flancs en émettant de sourds grondements.

Sur ce, Missy arriva à toute allure. Je m'attendais à des étincelles. Mais elle saisit la situation d'un coup d'œil, s'assit nonchalamment à côté de la boîte et se mit à faire sa toilette. Cela produisit son effet. Poco s'assit à côté d'elle, mais continua à grommeler.

Nos lettres sont arrivées et nous sommes allés hier en ville acheter mon billet et retenir une place pour Los Angeles. Michael ne partira pas avant le « Thanksgiving Day [1] », qu'il passera avec les Benziger.

Il ne reste plus qu'une semaine. Il fait si froid que nous devons vider le radiateur de la voiture toutes les nuits. Elle est sur la pente douce derrière la maison, de ce côté-ci des cabines des garçons.

Avant de la mettre en marche, Michael verse de l'eau dans le radiateur. Puis il relâche les freins et la laisse descendre la pente, et à ce moment-là le moteur démarre. (Presque toujours...)

L'hiver rend tout plus difficile.

Le soleil brillait hier lorsque nous commençâmes à déjeuner.

1. Jour d'action de grâces (institué par les Pilgrim Fathers). Fête observée chaque année le quatrième jeudi de novembre. *(N. d. T.)*

Il y a tant de choses à se dire pendant ces derniers jours : M. Spencer et les leçons que je vais prendre avec lui, vais-je vendre quelques nouvelles à Hollywood (en tout cas j'essayerai), et bien sûr l'école et les garçons que nous y prendrons ; nous avons déjà préparé quelques listes.

— Le ciel se couvre, dit Michael en jetant un coup d'œil au dehors.

Le soleil avait disparu de la cuisine.

La pièce devint plus sombre. Michael regarda de nouveau.

— Du brouillard, dit-il, venant de l'est, comme d'habitude. J'espère que ce ne sera pas trop mauvais.

La plupart de nos mauvais orages viennent de l'est et commencent par un froid brouillard que le vent entraîne.

Je montai ranger les affaires dans l'office et me trouvai ainsi au fond de la maison ; et là aussi, de la fenêtre, je vis passer le brouillard.

Il était tout déchiqueté. Il avait l'air bizarre. Je l'observais avec attention.

Je dis :

— Le brouillard est terriblement épais, Michael. Il a un drôle d'aspect. On dirait de la fumée.

Et alors je compris. Je compris d'un seul coup. Je revins précipitamment dans la cuisine.

— C'*est* de la fumée, Michael. La grange !

Il bondit dehors. Je le suivis. Nous contemplâmes le spectacle.

C'était un brasier incandescent. Une muraille de flammes d'un orangé clair et vif l'encerclait.

Comment se faisait-il que nous n'ayons pas entendu les crépitements ? Ici, ils étaient assourdissants et, soudain, dominant les crépitements et le vacarme, nous parvinrent les hurlements des chevaux.

— Fanny et Captain ! s'écria Michael, et il se précipita vers la grange. L'attelage de trait était à l'intérieur ; dehors dans le corral, Juanita, Eitel et Pom.

Je courais après Michael, décidée à ne pas le laisser

pénétrer, pour tous les chevaux du monde, dans cet enfer de foin brûlant.

Le mur de la façade s'écroulait au moment où nous arrivâmes. Le bâtiment avait dû littéralement exploser, comme Michael l'avait toujours prédit. Il flambait comme si on l'avait arrosé d'essence.

Michael contourna en trombe l'extrémité de l'étable pour aller dans le corral voir, si par hasard, le mur latéral de la grange ne brûlait pas encore, mais ce n'était qu'un rideau de feu. La porte d'entrée de la grange se trouvait au milieu de ce mur mais on ne la voyait déjà plus.

Juanita était terrorisée, elle piaffait, ruait, face à la grange comme si elle voulait s'y précipiter.

A l'intérieur, Captain et Fanny hurlaient encore.

Michael courut vers le mur, là où il savait que se trouvait la porte. Je le rattrapai par le dos de sa ceinture et m'y accrochai.

— Tu ne vas pas entrer!

— Laisse-moi!

— Si tu y vas, je te suis.

Il essaya de se libérer.

— Laisse-moi!

Je dis :

— Regarde Juanita! Elle avançait vers la grange.

Michael se retourna vers elle. Nous essayâmes de calmer les chevaux. Michael se mit entre eux et la grange, bras écartés, leur parlant doucement, tandis que je me tenais à leurs flancs et ouvrais la barrière du second corral; puis de là je les conduisis dans le pâturage et refermai les barrières pour qu'ils ne puissent plus revenir.

Lorsque nous revînmes, tous les murs de la grange s'écroulaient à la fois et, dans un terrible fracas s'enflant au fur et à mesure que le feu se précipitait pour dévorer le foin, les flammes s'unirent en une tour immense qui s'élevait à plus de quinze mètres dans l'air. Captain et Fanny ne criaient plus.

— Où pouvons-nous trouver de l'aide? hurlai-je.

— Prends la voiture et va jusqu'à l'équipe d'ouvriers sur la voie ferrée, rugit Michael.

— Il n'y a pas d'eau dans le radiateur.

— Je vais le remplir. Il courut à la cuisine.

— Le foin est fichu de toute façon, dis-je en courant à côté de lui.

— Il y a toujours la pile à l'extrémité de l'étable; le feu commence seulement à s'attaquer à l'étable, si j'arrive à la sauver, il y aura de quoi nourrir le bétail pendant l'hiver.

La tour de flammes se dressa encore plus haut, et subitement une rafale de vent d'est rabattit cette tour sur le toit de la maison comme on souffle sur la flamme d'une bougie.

Je pensai à mon piano. Je fus secouée d'un tremblement incoercible. Tout était irrémédiablement perdu.

Michael l'avait vue, lui aussi. Il arrivait maintenant à toute vitesse, un seau d'eau dans chaque main, et il jeta l'eau sur le toit de la maison. De la vapeur s'éleva; la tour de flammes se redressa. Le danger était passé pour l'instant.

Il courut rechercher de l'eau.

— Prends ces seaux pendant que je monte sur le toit de l'étable.

Je lui passai les seaux, et il inonda le toit de l'étable juste devant les flammes qui déjà le léchaient.

— Va me chercher la hache.

Je me précipitai vers le hangar à outils, ramenai la hache, et il commença à tailler une brèche dans le toit de l'étable.

— Si je peux faire une ouverture ici, j'arriverai peut-être à sauver la meule de foin.

Il gardait l'œil sur la maison. La tour de flammes s'abaissa à nouveau pour la lécher, se redressa, se courba encore et la lécha encore.

Une ou deux rangées d'échandoles ondulèrent et crépitèrent en fines lignes de petites flammes oranges.

D'un bond, Michael sauta de l'étable, courut chercher d'autres seaux d'eau, les jeta sur le toit de la maison et éteignit les flammes.

La maison, la réserve de foin entassé en vrac, peut-être pourrions-nous les sauver.

— Va chercher les ouvriers, me cria-t-il, et je courus vers la voiture. J'attendais qu'il mette l'eau dans le radiateur. Elle y était. Quand l'avait-il mise? Je ne l'avais pas vu.

Je me mis à la place du conducteur et m'apprêtai à relâcher le frein. Allait-elle démarrer? Elle n'y arrivait pas toujours. Oh! pourvu qu'elle y arrive! Très souvent je ne sais pas la faire partir.

La voiture bougea, prit un peu de vitesse; j'embrayai; le moteur cracha, je mis les gaz; il ronfla.

Il y a environ deux kilomètres et demi d'ici la voie ferrée. Je n'eus qu'à crier : « Au feu! » et les hommes laissèrent leurs outils pour accourir. Je tournai la voiture pendant qu'ils grimpaient à l'intérieur et sur les marchepieds.

Ils luttèrent contre le feu pendant une heure. Michael avait alternativement arrosé le toit de la maison et taillé celui de l'étable, mais l'une et l'autre étaient encore en danger.

La violence et l'intensité mêmes du sinistre abrégèrent sa durée. Le déchaînement furieux s'apaisa bientôt. La grange n'était plus qu'un amoncellement de charbons ardents; la moitié de l'étable restait debout et, à son extrémité, la petite tour carrée de foin, intacte.

Il fallut le restant de la journée, avec l'aide de toute l'équipe d'ouvriers, pour éteindre les dernières flammes.

Lorsque les vaches laitières revinrent sans se presser à la maison à l'heure de la traite, elles restèrent médusées à la vue des décombres fumants, flairèrent le sol çà et là avec précaution, trouvèrent finalement une pile de graines humides là ou les auges avaient brûlé et elles se mirent à la lécher.

Un autre jour.

Michael a installé un petit appentis dans le corral, près de l'étable, où je peux traire les vaches.

Ce n'est pas encore tout à fait l'heure de la traite, mais le soleil ne va pas tarder à se coucher. Je me tiens sur la terrasse, appuyée au mur de la maison. Je regarde les pins sombres sur la falaise d'en face, et l'arête vive et oblique que découpent leurs faîtes sur le ciel.

Je descends sur la Pelouse et me retourne pour voir comment sera le coucher de soleil. Il sera somptueux. Une frange d'or borde des nuées houleuses amoncelées bas sur l'horizon. Au-dessus, tout le ciel est parsemé de lambeaux de nuages transparents, frivoles, délicieux. Tandis que je les contemplais, ils commencèrent à rosir.

Je sentis l'odeur de la neige.

Je sentis l'odeur des cendres.

Je sentis l'odeur de la viande cuite.

Dans toutes les haies s'éparpillaient les baies écarlates des églantiers dénudés par l'hiver.

La nature se prodigue sans contrainte. Le ciel est embrasé maintenant. Des bandes de rouge et d'or alternent avec du bleu ciel, tout festonné de flocons de nuages colorés qui se bouclent et s'enroulent en spirales. Cela nous promet une belle journée pour demain; et après-demain je pars.

Michael ne dort plus. Il ne parle plus. Son visage vous brise le cœur. Il pense à Captain et à Fanny. Il pense au foin.

Le jour de mon départ, nous descendrons suffisamment tôt en ville pour qu'il puisse essayer son costume chez le tailleur. Puis il me mettra dans le train, mangera en ville et ira au spectacle ou au Cercle militaire.

George est arrivé aujourd'hui avec l'autobus. Michael a été le chercher au Canyon de Granite.

Dans un nœud ferroviaire, on désigne tous les trains par leur numéro.

Le n° 27, en direction de l'ouest, quitte la ville à 6 heures 15 de l'après-midi. On lui ajoute une locomotive supplémentaire pour l'aider à franchir la dernière montée de la « grosse colline ». C'est le train que je prendrai, j'y dînerai... le menu comporte généralement de la « truite arc-en-ciel [1] » dans cette région...

J'ai regardé ce même train passer des centaines de

1. Nom d'une truite très goûtée aux États-Unis. *(N. d. T.)*

fois en allant me promener à pied ou à cheval dans la Section 8.

C'est amusant d'apercevoir, à travers les fenêtres éclairées, les passagers dîner dans l'intimité d'un vis-à-vis, servis par des garçons en habit blanc. C'est une scène prise au cœur même de la vie civilisée.

Parfois, ils jettent un regard dehors et, s'il ne fait pas trop sombre, ils peuvent m'apercevoir, debout là, avec les chiens; ou peut-être à cheval; et ils regardent fixement. Moi aussi je les regarde fixement et les suis des yeux jusqu'à ce que la rangée de carrés brillants ait fini de défiler lentement devant moi et que la voie soit vide.

Maintenant, c'est moi qui suis assise dans le wagon-restaurant Pullman, le menu à la main, attendant qu'on vienne prendre ma commande; et je regarde par la fenêtre au moment où nous passons devant le ranch du Goose Bar. Je porte un ravissant tailleur vert.

Je serais à peine surprise d'apercevoir une femme à cheval, là, regardant passer le train, flanquée de deux chiens assis et la langue pendante; mais la plaine est vide. Elle a l'air lugubre et inhabitée. Aucune lumière, aucun signe de vie.

Mais elle n'est ni vide ni inhabitée.

Je sais que le vieux George est tapi dans les communs, installé douillettement dans ses quartiers d'hiver. S'il n'a pas encore rentré Bunny et Rachel dans le hangar à outils; ils sont assis sur la colline, observant le chemin qui serpente jusqu'à la route nationale pour guetter la voiture de Michael. De cet endroit, on peut apercevoir les lueurs des trains. Peut-être, en ce moment même, les lumières de ce train se reflètent-elles dans leurs yeux.

Poco est peut-être couché dans sa boîte, en train de donner une ruade à sa bobine avec la patte arrière; Blazes est là-haut sur le Dos-d'Ane, entouré de toutes ses juments et de ses poulains. Et Trombone. Où est Trombone? Qu'allons-nous faire de cet étalon?

Le garçon attend ma commande : « truite arc-en-ciel », bien sûr; peut-être a-t-elle été pêchée dans le Ruisseau de l'Arbre Solitaire.

Tandis que nous escaladons péniblement la côte jusqu'au faîte du Rocky Mountain Divide — on l'appelle le Sommet — traînés par les deux locomotives essoufflées, mon cerveau est occupé de mille pensées. Je pense à Pat que je tiendrai bientôt dans mes bras; je pense à Spencer et au sourire qui éclairera son visage lorsque nous discuterons de *Svenska*. Je pense aussi à mon agent de Hollywood à qui je remettrai la nouvelle sur la petite pouliche. Je lui ai donné un titre, pas simplement « Flicka »; mais « Mon amie Flicka », à cause de cette conviction que j'ai que c'est une si belle chose de devenir vraiment l'ami d'un cheval.

J'ai un autre projet de nouvelle, mais j'en ai tracé seulement les grandes lignes. Elle sera sur ce petit gnome qu'est le poulain de Pink — ce véritable phénomène.

Je pense à Michael, en train de dîner à l'instant même à Cheyenne avec des officiers du Cercle.

Je pense à l'école d'hiver dans le Connecticut, qui après tout ne sera pas pour cette année, mais pour quelque autre année. C'est tout à fait possible. C'est même probable. Lorsque le moment sera venu, cela se fera sans aucune difficulté.

Nous ralentissons maintenant, quittons la locomotive supplémentaire... Nous voilà sur l'autre versant de la grosse colline, gagnant de la vitesse pour la descente longue et facile.

IMPRIMÉ EN FRANCE PAR BRODARD ET TAUPIN
Usine de La Flèche (Sarthe), le 06-09-1989.
1681B-5 - N° d'Editeur 2049, mai 1987.

PRESSES POCKET - 8, rue Garancière - 75006 Paris
Tél. 46.34.12.80

MARY O'HARA

Presses Pocket

MON AMIE FLICKA

C'est le début de l'été au ranch « Goose Bar », en plein cœur du Wyoming, mais un été pas comme les autres... Le jeune Ken ne va-t-il pas voir son rêve le plus cher, son désir le plus fou enfin assouvi : posséder un poulain bien à lui ? Pourtant, Dieu sait si le capitaine Mc Laughlin n'est pas satisfait de son fils : un bulletin de fin d'année désastreux, des journées entières passées à flâner au lieu d'aider au ranch...
Face à la générosité inattendue de son père, Ken saura-t-il se montrer à la hauteur des tâches qui lui incombent et de ses nouvelles responsabilités ?

Mary O'Hara s'est inspirée de la vie qu'elle mena dans son ranch du Wyoming pour écrire la célèbre série de « Flicka », un classique de la littérature enfantine. « Mon amie Flicka » est le premier volume de la série. Également chez Presses Pocket : « Le fils de Flicka », « L'herbe verte du Wyoming », « Le ranch de Flicka ».

MARY O'HARA

LE FILS DE FLICKA

Décidément, le poulain de Flicka ne veut pas venir au monde ! Flicka, c'est la jolie pouliche du jeune Ken Mc Laughlin, la fille de Rocket, la jument « dingo », et la petite-fille de l'Albinos, le grand étalon sauvage, blanc comme la neige qui recouvre, l'hiver, les hauts plateaux et les plaines du Wyoming...
Ken place tous ses espoirs dans ce poulain qui va naître : n'héritera-t-il pas de l'intelligence de Flicka et de la puissance de ses ancêtres ? Si Ken parvenait à en faire un cheval de course, ne sauverait-il pas le ranch qui est loin d'être prospère ? Mais les lois de l'hérédité ne sont pas si simples...

Mary O'Hara s'est inspirée de la vie qu'elle mena dans son ranch du Wyoming pour écrire la célèbre série de « Flicka », un classique de la littérature enfantine. « Le fils de Flicka » est le deuxième volume de la série. Également chez Presses Pocket : « Mon amie Flicka », « Le ranch de Flicka », « L'herbe verte du Wyoming ».

MARY O'HARA

Presses Pocket

L'HERBE VERTE DU WYOMING

Des jours paisibles, rythmés par les saisons du Wyoming, s'écoulent pour les Mc Laughlin. L'élevage des moutons, associé à celui des chevaux, redonne au ranch une nouvelle prospérité. Pourtant Nell a de noirs pressentiments...
Thunderhead, l'étalon blanc que Ken a rendu à la nature sauvage, semble rôder dans la plaine. Pourquoi a-t-il abandonné ses juments ? Comment est-il descendu du plateau dont Ken avait pris soin de fermer l'unique fissure dans la roche ?
Le jeune adolescent est décidé à le retrouver ainsi que la pouliche qu'il a enlevée et qui appartient à Carey, jeune fille qui ne laisse pas Ken indifférent...

Mary O'Hara s'est inspirée de la vie qu'elle mena dans son ranch du Wyoming pour écrire la célèbre série de « Flicka », un classique de la littérature enfantine.
« L'herbe verte du Wyoming » est le troisième volume de la série.
Également chez Presses Pocket : « Mon amie Flicka », « Le ranch de Flicka », « Le fils de Flicka ».